RICHARD ROST

Das Ketzerdorf

DER AUFSTIEG DES

INQUISITORS

RICHARD ROST

Das Ketzerdorf

DER AUFSTIEG DES INQUISITORS

Historischer Roman aus der Zeit der Reformation

GMEINER

S. 19: Text »Freut euch des Herrn …« und S. 24: © EVERS, UTE: Das geistliche Lied der Schwenckfelder. (Tutzing, Schneider-Verlag 2007)

S. 83: Text und Übersetzung des »Sub tuum praesidium« stammen aus dem Osservatore Romano (Oktober 2018). Mit freundlicher Genehmigung des Schwabenverlags.

S. 96-97: Briefauszug und Gebet Caspar Schwenckfelds zitiert nach: Eberlein, Paul Gerhard »Caspar von Schwenckfeld, der schlesische Reformator und seine Botschaft« (Metzingen, Ernst Franz Verlag, 1998)

FSC www.fsc.org
MIX
Papier aus verantwortungsvollen Quellen
FSC® C083411

Besuchen Sie uns im Internet:
www.gmeiner-verlag.de

Im Ehnried 5, 88605 Meßkirch
Telefon 07575/2095-0
info@gmeiner-verlag.de

1. Auflage 2021

Lektorat: Daniel Abt
Herstellung: Mirjam Hecht
Umschlaggestaltung: U.O.R.G. Lutz Eberle, Stuttgart
unter Verwendung eines Fotos von: © https://commons.wikimedia.org/wiki/File:Rafael_-_Retrato_de_um_Cardeal.jpg
und © Nielen de Klerk / shutterstock.com
Druck: CPI books GmbH, Leck
Printed in Germany
ISBN 978-3-8392-2802-9

Piae gratias

Die Charaktere und Ereignisse dieses Romans sind fiktiv; Inquisition und »Hexen«-Verfolgung verbreiteten jedoch tatsächlich Schrecken und Leiden über Jahrhunderte, Kontinente und Weltanschauungen hinweg. Die historische Forschung zeigt, dass bislang wenige selbstkritische Stimmen bekannt sind. Bei den Dominikanern haben die Klostergemeinschaften Norddeutschlands im Jahr 2000 innerhalb ihrer Ordensprovinz klar Stellung bezogen für ihre Gegenwart und Zukunft:

»Deutsche Dominikaner waren nicht nur in die Inquisition verstrickt, sondern haben sich aktiv und umfangreich an ihr beteiligt. Historisch gesichert ist die Mitwirkung an bischöflichen Inquisitionen und an der römischen Inquisition. Unabhängig von den vielleicht manchmal nachvollziehbaren historischen Gründen für die Mitwirkung erkennen wir heute die verheerenden Folgen dieses Tuns unserer Brüder. Wir empfinden dies als ein dunkles und bedrückendes Kapitel unserer Geschichte. Dies gilt in gleicher Weise für die nachgewiesene Beteiligung des deutschen Dominikaners Heinrich Institoris an der Hexenverfolgung. Durch das Verfassen des ›Hexenhammers‹ unterstützte und förderte er die menschenverachtende Praxis der Hexenverfolgung. Folter, Verstümmelung und Tötung haben unendliches Leid über zahllose Menschen gebracht; deutsche Dominikaner haben dazu, neben anderen, die Voraussetzung geschaffen. Die Geschichte dieser Opfer – namenlos und vergessen – können wir nicht ungeschehen machen. Wiedergutmachung ist unmöglich. Uns bleibt die Verpflichtung zur Erinnerung.

Wir wissen, dass der Geist von Inquisition und Hexenverfolgung – Diskriminierung, Ausgrenzung und Vernichtung Andersdenkender – auch heute latent oder offen in Kirche und Gesellschaft, unter Christen und Nicht-Christen leben-

dig ist. Dem entgegenzutreten und sich für eine umfassende Respektierung der Rechte aller Menschen einzusetzen, ist unsere Verpflichtung, die wir Dominikaner den Opfern von Inquisition und Hexenverfolgung schulden. Das Provinzkapitel fordert alle Brüder unserer Provinz auf, unsere dominikanische Beteiligung an Inquisition und Hexenverfolgung zum Thema in Predigt und Verkündigung zu machen.«

Für alle, die trotzdem glauben

Dramatis Personae

Caspar Schwenckfeld von Ossig*	Prediger, Reformator, Verfolgter
Johann Otto von Gemmingen*	Student, Kanoniker in Augsburg, Vikar
Erminio vom Berg	Dominikaner, Kardinalpriester, Inquisitor
Georg Mayer alias Agricola*	Prädikant, Streiter für Schwenckfeld
Anna Dorn*	Vollwaise, später in Leeder verheiratet
Agatha Streicher*	berühmte Ärztin in Ulm, Schwenckfelderin
Jacobus Rehlinger*	Augsburger Patrizier und Herr über Leeder
Emanuel Rehlinger*	sein Sohn, erbt das Gut
Raymund Rehlinger*	Pfaffenkind mit roten Haaren
Helena Rehlinger*	seine »Zwillingsschwester«
Karl	Kutscher der Rehlinger, weiß viel
Hieronymus Rehlinger*	Emanuels Onkel, Tuchhändler
Jakob III. Fugger, genannt Giacomo*	Student, Sohn Anton Fuggers
Oktavian Honold von Emmenhausen	Student, späterer Medicus, nie um eine Idee verlegen

Heinrich Lauber, genannt Rico	Student, Hitzkopf, Söldner mit Rachegelüsten
Ambrogio und Moglie	italienischer Bauer und sein Weib
Mona, Giovanna, Bella, Paola	Bademägde in katholischen Diensten
Francesco	Kastrat, dem das Singen vergangen ist
Don Alfonso	Oberhaupt einer fahrenden Gauklerfamilie
Ugo Boncompagni*	Professor, später Papst Gregor XIII.
Michele Ghislieri*	Dominikaner, Großinquisitor, Papst Pius V., Heiliger
Tiziana di Santa Fiora, auch Santafiora	Kurtisane, bei Geistlichen sehr beliebt
Paschalis	Kind der Kirche, hört alles und sagt nichts
Luigi Cornaro*	Kardinal, Camerlengo des Papstes, lüstern
Alessandro, genannt Ultimo	Zuhälter und Kardinalsanwärter
Dominikus Engelschalk*	Pfarrer, lebt zölibatär
Keggelbauer und sein Weib*	
Huetter, Theo, Linder, Mesnerin, Hefflerin, Schmelzerin, Halblützerin	Marianische, beten viel und denken schlecht
Totengräber der Rehlinger	verkannter Philosoph, konfessionslos

Els von Ettringen*	angesehene Wahrsagerin und Kräuterkundige, keine Hexe
Gerhild Maierin	reiche Witwe, Opfer einer Intrige, hat das zweite Gesicht
Balthasar von Hornstein*	Hofrat, Hofmarschall
Christoph von Biberach*	Nachrichter, Henker, selbstkritisch
Gottl Blärsch	Wirt im »Raben« zu Kempten, skrupellos

Mit einem * gekennzeichnet sind historische Personen, deren Lebensläufe teilweise verwendet wurden. Alle anderen Personen sind frei erfunden und wurden nach bestem Wissen in den historischen Kontext eingearbeitet.

Prolog

Ulm, Unterstadt, am Vorabend zu Maria Magdalena* 1534

Tok … totok … totok, da war es wieder: das Klopfzeichen. Nino zuckte zusammen, obwohl es heute schon zum dritten Mal an die Tür pochte – er musste sich schnell in der Holztruhe verstecken, die dem Bett gegenüberstand. Als er nach dem Deckel griff, merkte er, dass er das Wichtigste für die nächste halbe Stunde vergessen hatte. Er rannte zum Bett zurück, langte unter das Kopfkissen und holte ein rotes Tuch hervor. Sofort war er wieder an der Truhe, hob den Deckel, sprang hinein und ließ ihn zufallen.

»Wenn du da drin nicht mucksmäuschenstill bist, setzt es Schläge«, hatte Mama gedroht. Nino presste sich das rote Tuch vor den Mund, um ja keinen Laut von sich zu geben. Die Truhe war gerade so lang, dass er sich hinlegen konnte.

Irgendwann hatte er aufgehört, durch die Luftlöcher das immer gleiche Schauspiel zu beobachten: Mama kam mit einem fremden Mann herein. Der Mann legte ein Geldstück auf den Tisch. Mama hob ihre Röcke und ließ sich darunter anfassen. Es machte ihr Spaß, denn sie lachte. Auch der Mann lachte und stöhnte. Dann ließ er die Hosen herunter und sie legten sich auf das Bett. Was dort passierte, konnte er durch die Luftlöcher nicht sehen. Er hörte jedoch ihre Laute. Die Schreie von Mama fand er jedes Mal widerwärtig.

* 22. Juli

Vater hätte das sicher nicht erlaubt. Der war Richter und kämpfte gegen das Böse und Schlechte. Aber Vater war seit seinem fünften Geburtstag verschwunden und hatte ihn und Mama zurückgelassen. Zuerst hatte seine Mutter geglaubt, dass er nur auf Reisen sei, doch er war bis heute nicht zurückgekommen. Seine Mutter erzählte überall, dass er ermordet worden sei, vielleicht von einem der üblen Burschen, die er in den Kerker gebracht hatte. Sie hatten jedenfalls die schöne große Wohnung am Münsterplatz verlassen müssen und lebten nun in diesem kleinen Dachzimmer im Gerberviertel, wo es im Winter bitterkalt war. Jetzt, im Sommer, war es unausstehlich heiß. Die toten Tierhäute an der Blau mussten trocknen, sie stanken so übel, dass man kaum atmen konnte. An so schwülen Tagen wie heute dachte Nino nur daran, schnell wieder aus der Kiste zu kommen.

»Oh, Wiga!« Der Ausruf holte ihn abrupt aus seinen Gedanken. Nie zuvor hatte er von irgendeinem der Männer den Namen seiner Mutter gehört. Das war kein Fremder. Diese Stimme kannte er. Schnell lugte er durch die Luftlöcher.

Das war der Pfarrer, der immer so lange von der Kanzel sprach und bei dem Mama jede Woche in dem großen Wandschrank kniete, um ihm ihre Sünden zu beichten. Nun stand dieser Mann nackt hier im Zimmer, war freundlich und zärtlich zu ihr – und sie zu ihm. Seine Mutter zog sich langsam aus und fiel diesem Mann um den Hals. Das hatte sie früher nur bei Vater gemacht. Der Mann legte auch kein Geldstück auf den Tisch, sondern schenkte ihr ein kleines Kästchen, über das sie sich offenbar sehr freute. Was anschließend im Bett passierte, das Nino normalerweise mit seiner Mutter teilte, konnte er wieder nicht sehen. Zuerst hörte er Stöhnen, dann lange Zeit Stille und schließlich die Stimme, die er von der Kanzel kannte: »Martinus, ich danke dir!«

»Wen meinst du?«

»Meinen werten Herrn Collega aus Wittenberg.«

»Erklär dich deutlicher.«

»Dem Luther hab ich recht eigentlich die Freuden mit dir zu verdanken. Denk nach, Wiga. Ohne den großen Reformator wäre dein Mann nie Protestant geworden, dich hätte dein unkeuscher Broterwerb nie in meinen Beichtstuhl getrieben, und ich wäre nie in deinem Bett zu solchen Freuden gekommen.«

»Aber dass jetzt die heilige Messe in Ulm verboten ist, kümmert dich wohl überhaupt nicht, Mann Gottes?«, fragte seine Mutter und lachte.

»Dein warmer Leib ist mir lieber.«

»Sacrilegium!«

»Nicht unter diesen gottlosen Umständen! Lass uns diesen ruchlosen Ort verlassen, wo Calvinisten, Lutheraner und Schwenckfelder die Luft verpesten. Komm mit mir dahin, wo uns niemand kennt und die Leute noch den wahren Glauben leben. Keine Einwände! Ich richte dir in der Nähe meiner neuen Gemeinde eine Unterkunft ein. Du wirst dieses Loch schnell vergessen.«

»Aber ich bin eine verheiratete Frau, Herr Pfarrer!«

»Erstens ist dein Mann Protestant geworden, eine solche Ehe kann man gar nicht brechen, weil dieses Sakrament nicht mehr gültig ist. Und zweitens ist der schöne Herr Richter mit einer Lutherischen gesehen worden. Von dem hast du nichts zu erwarten.«

Nach einer Pause flüsterte er: »Und was ist mit …?« Seine Stimme war kaum hörbar.

Nino wusste sofort, dass es um ihn ging.

»Er ist bei einer Nachbarin«, log seine Mutter.

Am liebsten hätte er gegen die Truhe geschlagen. Wenn *er* log, setzte es Hiebe.

»Für die Frucht deines Leibes wird die Mutter Kirche sorgen. Wenn du ihn wirklich loswerden willst, dann steht ihm eine glänzende Zukunft bevor.«

»Ich verstehe nicht.«

»Wenn du dich mir ganz und gar anvertraust, sorge ich dafür, dass er in strenger Zucht zu einem keuschen Mitglied der katholischen Kirche erzogen wird. Du kannst Gott kein größeres Geschenk machen als deinen Sohn. Das wäre der Ablass für all deine Sünden, meine Schöne! Die du bereits begangen hast und die da hoffentlich noch kommen werden!« Er lachte und erhob sich.

»Aber er ist doch noch so klein!«

»Er muss weg, je schneller, desto besser!«

Stämmige Beine näherten sich der Truhe. Nino presste sich ängstlich auf den Boden. Der Deckel ächzte unter dem Gewicht des Pfarrers und in Ninos Ohren dröhnte es, als der Mann mit der Faust auf die Truhe schlug und ein weiteres Lachen ausstieß.

»Ein Kind zu Gottes Ehren und unserer Lust! Am Ende bringt dein Balg es vielleicht sogar noch zum Bischof oder Kardinal und ich beichte ihm mein eigenes unkeusches Leben. Ist das nicht eine herrliche, eine geradezu göttliche Schnurrpfeiferei?«

Im nächsten Moment war der Pfarrer zurück im Bett. Das Stöhnen drang nicht durch Ninos Gedanken, die immer quälender wurden:

Warum? Warum, Mutter? Er war doch ganz still geblieben, hatte sich nicht gerührt. Sie wollte ihn nicht mehr bei sich haben. Er war doch immer lieb zu ihr gewesen, hatte sich ganz klein gemacht. Er hatte nichts falsch gemacht und sie trotzdem verloren. Es hatte keinen Sinn, lieb zu sein. Mama würde mit dem Mann von der Kanzel gehen und ihn alleinlassen – so wie sein Vater. Er nahm das rote Tuch, vergrub sein Gesicht darin; alles in ihm und um ihn wurde finster.

Ulm, Oberstadt, 21. Juli 1534

Tok … totok … totok, der schwere Eisenring mit der Schlange des Asklepios schlug auf die Metallplatte. Georg stand vor Taddäus Streichers Haus und wartete. Klopfzeichen und Losungswort hatte ihm ein Kommilitone anvertraut. Die Sonne war bereits hinter dem Münster verschwunden und die Straßen Ulms leerten sich allmählich.

Was für ein kluges Versteck sich diese Schwenckfelder gewählt haben, dachte er und lächelte. *Das Haus eines Arztes können einzelne, ja sogar kleine Gruppen von Menschen zu jeder Tages- und Nachtzeit unauffällig aufsuchen.*

Ganz wohl war ihm nicht beim Gedanken an die bevorstehende Zusammenkunft, schließlich gehörte er nicht zu den Anhängern dieser Gemeinschaft. Vielleicht würden sie ihn als Katholiken gar nicht einlassen? Andererseits würde er nur dann Antworten auf das erhalten, was ihn innerlich seit Langem umtrieb, wenn er neue Wege ging.

Solange er denken konnte, hatte er einen Riss gefühlt. Erst in der eigenen Familie, später in seiner Gemeinde, und je mehr er seinen Horizont erweiterte, desto tiefer und schmerzlicher empfand er ihn. Er konnte und wollte sich nicht damit abfinden, dass Menschen, die sich auf Christus beriefen, sich um Gottes willen bekriegten. Der absurde Wahnsinn darin hatte ihn schwindlig gemacht, als sein damals kindlicher Geist sich um diesen Punkt gedreht hatte. Die eigentliche Botschaft der Bibel war zur Nebensächlichkeit geraten. Georg kannte die Worte Jesu und die Forderung, ein Friedensreich zu bauen: *Und dieses Friedensreich muss zuerst im Inneren der Menschen Gestalt annehmen, bevor es auch im Äußeren wächst. Daran werden alle erkennen, dass ihr meine Jünger seid, wenn ihr Liebe untereinander habt.*

Das, was Georg von den Kanzeln entgegengeschleudert wurde, waren nicht die Worte Jesu, sondern Angriffe und gegenseitige Schuldzuweisungen der Vertreter beider Kirchen. Wenn er für sich die Worte Jesu las, fühlte er sich Gott nahe, doch andere wollten sich als Vermittler zwischen ihn und den Herrn schieben. Warum sollte ein Mensch nicht selbst mit seinem Schöpfer in Kontakt treten können? Protestanten kämen ohne diese Vermittler aus, jedenfalls hatte man ihm das erzählt. Aber er wollte sich selbst ein Bild machen.

Was hatte er nicht alles auf sich genommen, um die berühmtesten Prediger des Landes zu hören, in Augsburg Michael Cellarius und in Mainz den Domprediger Johann Wild. Beide hatten ihn enttäuscht, denn eines war ihnen gemeinsam: Sie waren Eiferer, die neben sich nichts gelten ließen. Der Katholik verdammte jede Meinung, die nur um Haaresbreite von den Dogmen abwich, gab Juden, Türken und Hexen die Schuld am Zerfall der Kirche, und der Protestant rief dazu auf, Bauern abzuschlachten, die sich mit Bezug auf das Evangelium aus der Leibeigenschaft befreien wollten. Wo wurde denn Jesu Wort tagtäglich gelebt? In den Klöstern? Im Vatikan? Um Gottes willen! Fast hätte er laut gelacht, dass er sich über die Eiferer ereiferte.

Geh hin, dein Glaube hat dir geholfen! Ja, der Glaube, es ging nicht mehr um den Glauben, sondern um die Macht und den Anspruch, den einzig wahren Glauben zu besitzen.

Irgendwann hatte er von ihm gehört, diesem Schwenckfelder. Man sagte ihm nach, er ziehe wie Jesus ohne Besitz durch die Lande, wohne bei Freunden und berufe sich ausschließlich auf das Evangelium. Als Georg ihm nachforschen wollte, hatte er wenig über den schlesischen Prediger erfahren können, schon gar nichts Geschriebenes, obwohl ihm mit seinen fünfzehn Jahren endlich der Weg zu einem Studium offenstand und er Zugang zu Bibliotheken hatte. Erst in einem vertraulichen Gespräch hatte ihm ein Kommilitone den Weg zu dieser Tür gewiesen. Hinter der regte sich aber nichts. Vielleicht hatte man sein Klopfen nicht gehört. Er nahm den Eisenring und schlug ihn noch einmal auf das Metall.

Die Tür wurde diesmal einen Spaltbreit geöffnet. »Wach auf, mein Seel!«, meldete sich eine freundliche Stimme.

Nach einigen Augenblicken begriff er, dass seine Antwort erwartet wurde. »Lobpreise – nein – lobsinge seinen Namen! Ich bin Georg Mayer und möchte zum Meister vorgelassen werden.«

»Na, dann kommt herein, aber seid leise. Der Meister spricht bereits.« Eine junge Bedienstete öffnete ihm die Tür.

Ehrfürchtig betrat Georg das Haus des berühmten Arztes. Das Mädchen führte ihn durch etliche Gänge und über mehrere Treppen hinunter ins Kellergeschoss. Modriger Geruch zog ihm in die Nase, und er verdrängte das aufkommende Gefühl, etwas Unerlaubtes zu tun.

Kurz darauf blieben sie vor einem schweren Vorhang stehen und er hörte zum ersten Mal die Stimme: durchdringend und gleichzeitig sanftmütig. Wie in einen unsichtbaren Sog geraten, wollte er nur noch den Menschen sehen, der so viel Wohlklang verbreitete.

Die Bedienstete legte den Zeigefinger auf ihren Mund und schob den Vorhang zurück. Alles, was Georg sah, war eine dichte Menschentraube, die den Prediger umgab wie ein Bienenvolk seine Königin.

»… Brüder und Schwestern im Herrn! Tragt das Reich Gottes in eurem Herzen und nicht vor euch her. Liturgie, Feierlichkeit, Messgewänder und Posaunenblasen von den Türmen mögen eure Liebe zu Gott zum Ausdruck bringen, aber auch die Liebe zu eurem Nächsten? Gottesliebe ist Nächstenliebe. Jesus spricht die Menschen an, wie sie sind: in ihrer Armut, ihrem Hunger, ihrer Trauer, ihrer Verfolgung. Und in Matthäus fünfundzwanzig hat er uns erklärt, was das heißt: Wer zu mir gehören will, der muss den Hunger bekämpfen, den Menschen zu trinken geben, den Obdachlosen eine Wohnung, Flüchtende aufnehmen, den Frierenden Kleider geben, Kranke pflegen und Gefangene besuchen. Vier Kirchen: Die päpstische, die lutherische, die zwinglische und die täuferische verfluchen sich untereinander, im Streit, welche nun die wahre Kirche Christi sei. Wir aber wollen niemanden verdammen und mit Petrus antworten, dass Gott die Person nicht ansieht, sondern wer ihn fürchtet und ihm gehorcht, der ist ihm angenehm. Vor Gott werden diejenigen nicht ausgeschlossen und nicht verdammt sein, die im Gehorsam mit Christus leben und ihm nachfolgen. Wir haben hier keine bleibende Statt, darum lasst uns die zukünftige suchen. Jesus hat auf Plätzen, im Kreise seiner Freunde und auf dem Berg gepredigt: Selig sind, die da Leid tragen, denn sie sollen getröstet werden. Selig sind die Sanftmütigen, denn sie werden das Erdreich besitzen. Selig sind, die um der

Gerechtigkeit willen verfolgt werden, denn ihrer ist das Himmelreich. Selig seid ihr, wenn euch die Menschen um meinetwillen schmähen und verfolgen.«

Georg hörte gebannt die Worte und es schien ihm, dass die Anwesenheit dieses Mannes den Saal in einen Ort der Erleuchtung, des Friedens und der Zuversicht verwandelte. Endlich ging es nicht um das Verdammen Andersdenkender. *Ein Mensch, der wie Jesus die Liebe und den Frieden predigt und deshalb von der Amtskirche als gefährlich erachtet und verfolgt wird.* Georg war so in seinen Gedanken versunken, dass er nicht bemerkte, wie jemand ein Lied anstimmte.

»Freut euch des Herrn, ihr Christen all!
Ihr Frommen sollt Gott preisen
Ein neues Lied lasset erschall'n,
dankt ihm alle Weisen.
Von ganzem Herzen, ganzer Seel;
Preist ihn und macht der Freuden viel,
zu Lob und Ruhm dem Herrn.«

Die Schwenckfelder sangen voller Inbrunst.

Dass die Gemeinde sang, dazu noch auf Deutsch, war Georg völlig fremd. In seiner katholischen Kirche war die Gemeinde nur Zuschauer, Priester und Mönche sangen und zelebrierten. Aber wie doch ein gemeinsam gesungenes Lied in der Lage war, eine Gemeinschaft entstehen zu lassen, ergriff Georg in seinem Innersten.

Aufgeregte Stimmen vor einer Tür, die anscheinend einen weiteren Zugang zu dem Haus gewährte, holten ihn aus seiner Einkehr.

»Sie haben unseren Freund Melchior ins Gefängnis geworfen, sie machen Ernst, bald sind wir alle an der Reihe!«, rief ein völlig aufgelöster junger Mann und drängte sich an Georg vorbei durch die verstörte Menge.

»Lasst ihn durch!«

»Es ist einer von uns.«

»Der Himmel steh uns bei!«

Die Unruhe unter den Schwenckfeldern wurde größer und die Leute riefen wild durcheinander. Durch die Gasse, die sich um den Jungen gebildet hatte, sah Georg den Prediger zum ersten Mal. Er saß vollkommen ruhig da, in ein einfaches Gewand gekleidet, eher klein von Gestalt, mit einem Bart, der ihm bis an die Brust reichte. Caspar Schwenckfeld erhob sich, winkte den Jungen zu sich und streckte ihm die Arme entgegen. Als dieser die dargereichte Hand Caspars nahm, ging ein Aufschrei durch die Menge: Man hatte seine Finger zerquetscht, blutige Fetzen hingen herunter.

»Sie haben Melchior und mich gefoltert, seht meine Hände an! Meister, verzeiht mir, ich bin schwach geworden! Ich habe alles gestanden und Euch verraten. Es kann nicht lange dauern und sie stehen auch vor dieser Tür. Ihr müsst fliehen«, schluchzte der Junge.

Ein Tuscheln ging durch den Raum, aber scheinbar breitete sich keine Angst unter den Leuten aus. Georg bewunderte die Gelassenheit der Schwenckfelder.

»Bringt heißes Wasser, Wundsalbe und Binden!«, rief jemand, anscheinend war es der Hausherr.

Georg beobachtete, wie sich der Junge vor Caspar kniete und dieser ihm über das Haupt strich.

»Simon Petrus hat unseren Herrn dreimal verleugnet«, verkündete er unbeirrt. »Und trotzdem hat Jesus ihm den Auftrag erteilt: *Tu es Petrus, et super hanc petram aedificabo ecclesiam meam!** Petrus bleibt auch als Sünder der Fels der Kirche. Gott richtet nicht über ihn, obwohl er ihm das Bekenntnis verweigert hat. *Simul iustus et pec-*

* Du bist Petrus (der Fels), und auf diesen Felsen will ich meine Kirche bauen!

*cator!** Du hast keine Schuld auf dich geladen. Geh hin in Frieden und verkünde in Zukunft deinen Glauben. Mein Freund Taddäus wird deine Wunden behandeln!« Caspar Schwenckfeld segnete den Jungen, streifte sich das schlichte Holzkreuz über den Kopf und hängte es ihm um. Dann führte eine Bedienstete des Arztes den Jungen hinaus. »Möge Melchior standhaft bleiben im Glauben und Zeugnis ablegen, der Herr wird es ihm lohnen.«

»Gott stehe ihm bei!«

»Der Herr möge ihn befreien!«

»Gott segne ihn«, murmelte die Gemeinde durcheinander.

»Habt keine Angst vor den Menschen, die euch nach dem irdischen Leben trachten«, nahm Caspar erneut das Wort, als gäbe es keine Gefahr. »Bereitet euch auf das himmlische Leben vor, das in Ewigkeit währt. Wehret hingegen dem Bösen, das euer Seelenheil gefährdet. Geht in eure Häuser und lebt den Geist Gottes in eurem Inneren. Legt Zeugnis ab und verbreitet euren Glauben weiter an eure Kinder und Kindeskinder. Gehet, ihr seid entlassen. Amen.«

Georg war sich sicher, dass nur ein heiliger Mann so über den irdischen Dingen stehen konnte, wie Caspar Schwenckfeld es vermochte.

Schnell war der Prediger wieder von seinen Anhängern umringt und schüttelte die vielen Hände.

»Ich möchte auch den Propheten anschauen«, flüsterte ein kleines Mädchen mit langen blonden Zöpfen, zerrte an Georgs Wams und sah ihn flehend mit großen Kinderaugen an. »Kannst du mich nicht ein wenig hochheben, damit ich auch etwas sehe?«

»Na, dann komm!« Georg nahm die Kleine auf seine Schultern.

---

* Zugleich gerecht und Sünder!

»Bist du ganz allein hier? Wie heißt du denn?«, fragte er, während sie sich an seinem Kopf festhielt.

»Ich bin Agatha, mein Vater ist ein Medicus und das ist unser Haus.«

»Dann bist du eine Streicherin und dein Vater Taddäus Streicher?«

»So ist es. Und wer bist du?«

»Ich bin Georg Mayer, Student und …« Weiter kam Georg nicht, denn die Kleine strampelte aufgeregt mit den Beinen gegen seine Brust.

»Lass mich schnell runter, der Prophet kommt und ich muss ihm die Hand geben, hat meine Mutter gesagt!« Die Kleine lief davon und er verlor sie aus den Augen. Georg wusste nicht, wie ihm geschah, plötzlich kam Caspar Schwenckfeld auf ihn zu, blieb direkt vor ihm stehen und sah ihn an. Er hatte nur zuhören wollen, jetzt fühlte er sich wie ein ertappter Eindringling. Doch in dem Moment, in dem ihn der Blick dieser gütigen und sanften Augen traf, wich das Gefühl von ihm und Georg war überwältigt. Die Zeit schien stillzustehen. Der Meister legte ihm seinen Arm auf die Schulter.

»Du bist auf der Suche«, sprach er, als könne er in Georgs Innerstes blicken. »Nur wer zweifelt, kann Gott wirklich nahekommen, denn der Weg zu ihm ist steinig und unwegsam.« Nun sah er Georg direkt in die Augen. »So sehr liebst du Gott? Du bist ohne Furcht und reinen Herzens, also hilf mir, mein Feld zu bestellen. Tu es Theophilus et Agricola.*« Ein Lächeln glitt über die Wangen Caspar Schwenckfelds.

Georg stand wie angewurzelt da, konnte nichts antworten. Eine Erleuchtung war über ihn gekommen. Er nahm gar nicht mehr wahr, wie er mit den anderen die steile

* Du bist Theophilus (ein Gottliebender) und Agricola (der Feldbesteller).

Treppe hinaufging. Erst als er wieder hinaus in die abendliche Kühle trat, entglitt ihm ein tiefer Seufzer und er flüsterte: »Aber sprich nur ein Wort, und so wird meine Seele gesund!« *Gott meint es ernst mit mir. Er hat mich zu diesem Prediger geführt. Jetzt gehöre ich innerlich zu ihm, wie all die anderen Zweifler, die vom Wittenberger Enttäuschten, die der Päpstlichen und deren Gefolgschaft Überdrüssigen sowie die Unschlüssigen und die religiös Heimatlosen. Aber wo wird meine Heimat sein?*

Wache auff/ Meine
Seele/ klinge vnd ſchal-
le Muſica vnd Seiten Spiel/
Frühe wil ich auffwachen/ Deß
Herren Namen rühmen/ Vnd
des Abends wil ich frölich ſein.
Gott/ ich wil dir dancken vnter
den Völckern/ Jch wil dir Lob-
ſingen vnter den Leuten. Denn
deine Gütte erſtrecket ſich/ ſo
weit der Himmel iſt/ vnd deine
Warheit/ ſo weit die Wolcken
gehen. Der Herr hat groſſe
Ding an mir gethan/ der da
mächtig iſt/ vnd deß Nahme heylig iſt.

Aus »Gebete Caspar Schwenckfelds«

1

Kempten, drei Tage vor Sankt Josef* 1557

»SCHAUT, DASS IHR HEIMKOMMT, versoffenes Pack!«

Anna Dorn schlug energisch die Tür zu und strich sich die schweißverklebten Strähnen aus dem Gesicht. Nachdem sie die letzten betrunkenen Gäste aus der Wirtsstube des »Raben« ins Freie verfrachtet hatte, kehrte sie in den Schankraum zurück, wo der alte Blärsch am Stammtisch schnarchte. Unter ihm hatte sich auf dem Boden, wie so oft, eine übel riechende Lache gebildet.

Anna versuchte, den Wirt noch immer mit Wohlwollen und Demut zu betrachten. Sie konnte sich gut daran erinnern, wie sie dem Alten vor Dankbarkeit um den Hals gefallen war, als er sie vor vier Jahren aus dem Waisenhaus geholt hatte. Damals hatte sie geglaubt, dass sie einen neuen Vater bekommen würde. Alle Kinder im Heim wünschten sich sehnlichst eine neue Familie. Aber dem Blärsch stand der Sinn nach etwas anderem. Freie Kost und Logis bei Mithilfe in der Wirtschaft hatte er der Schwester Oberin versprechen müssen und ihr einen schönen Batzen zugesteckt.

Kurze Zeit später war klar geworden, was er im Schilde führte. Manches Mal hatte er versucht, sich an ihr zu vergreifen, und nur weil die Blärschin Anna wegen ihrer Schreie zu Hilfe gekommen war, hatte er von ihr abgelassen. Wenn er am Abend betrunken war und sie lüstern anstarrte, versuchte sie, ihn möglichst auf Abstand zu hal-

---

* 19. März

ten. Sie hatte nur noch Abscheu für ihren vermeintlichen Retter übrig.

Wer sich selbst erniedrigt, der wird erhöht werden. Anna stand einige Augenblicke da und kämpfte mit sich und dem gestrigen Bibelwort. War dies eine von den zahlreichen Erniedrigungen, die ihr im Himmelreich vergolten würden? Unter dem alten Blärsch aufwischen und gleichzeitig an die himmlischen Freuden denken?

»Ach, Georg, du hast gut reden! Ich wüsste mir schon Freuden, aber halt irdische«, seufzte sie leise.

Georg, der Prediger der Sankt-Mang-Kirche, war ihr einziger Lichtblick und Rückhalt. Sie kannte ihn bereits aus dem Waisenhaus, wo er Lesen und Schreiben unterrichtete. Schließlich hatte er sie eingeladen, seine Bibelstunden zu besuchen. Er war eben ganz anders als die ungebildeten Wirtshausbrüder. Seine große, noble Erscheinung, die gütigen Augen und sein gepflegtes schulterlanges Haar hatten sie seit jeher beeindruckt.

Sie war neugierig und löcherte ihn mit Fragen, und er allein war es, der ihren Wissensdurst stillen konnte. Oft hatte er ihr von Caspar erzählt, seinem Meister, den er pries und verehrte. Er hatte sich in das katholische Kempten begeben, um dort die Menschen zurück zu den Ursprüngen des Christentums zu führen. Das Wort Gottes in seiner reinsten Form, ohne Beiwerk. Sie konnte es kaum erwarten, ihn sonntags nach dem Gottesdienst zu hören – und zu sehen. Es gab keine andere Gelegenheit, aus der Wirtschaft zu entkommen. Der alte Blärsch wachte eifersüchtig über jeden ihrer Schritte.

Als sie den Wirt jetzt hilflos in seinem Erbrochenen sitzen sah, konnte Anna nicht anders. Sie holte Kübel und Putzlappen und begann, auf allen vieren die Holzdielen zu wischen. Während sie ihm so nahe kam, dass sie seinen fauligen Atem riechen konnte, stieg der vertraute Ekel in ihr auf und die ganze Demut war beim Teufel. »Stinkender Widerling!«

Am liebsten hätte sie ihm die Brühe über den Kopf geschüttet, doch sie beherrschte sich, brachte den Kübel nach draußen, löschte alle Kerzen in der Stube und ließ den Alten weiterschnarchen. Dann hangelte sie sich erschöpft und müde die Treppen hoch in ihre Kammer. Sie wusch sich die Hände, öffnete ihre blonden Haare und setzte sich an das Tischchen. Liebevoll streichelte sie das Buch, das Georg ihr überlassen hatte: die »Confessio von der Erklärung und der Erkenntnis Christi«. Es war zu dunkel, um zu lesen, aber Anna freute sich allein daran, es zu fühlen. Das Buch war für sie ein Teil von Georg, es zeigte seine Zuneigung, vielleicht sogar seine Liebe. Sie faltete ihre Hände zum Gebet.

Das irdische Leiden öffnet euch die Tür zum ewigen Leben. Seid demütig und duldsam, das ist der Schlüssel für das Himmelreich. Immer wenn es unten in der Stube besonders schlimm war, kamen ihr die Worte Caspars in den Sinn, mit denen Georg versucht hatte, sie zu trösten.

»Lieber Gott, sei nachsichtig mit deiner Dienerin.« *Aber muss denn mein Leiden so lang und so ekelerregend sein?* »Erlöse mich von dem Übel, aber nicht mein Wille geschehe, sondern …« Anna schreckte auf. Es hörte sich an, als hätte jemand ein Steinchen an die Scheibe geworfen. Sie öffnete das Fenster.

»Wach auf, mein Seel!«, kam es geflüstert von unten.

»Lobsinge seinen Namen!«, antwortete sie freudig und augenblicklich war jede Müdigkeit von ihr gewichen. Sie lehnte sich aus dem Fenster. »Georg? Ist etwas passiert?«

»Anna, hör zu, ich muss fliehen.«

Sie wollte den Gedanken, dass Georg weggehen würde und sie hier in diesem elenden Loch veröden müsste, gar nicht zu Ende denken. Sie gehörte nun einmal dem Blärsch, und es würde wohl nicht mehr lange dauern, bis er sie mit einem seiner versoffenen Stammtischbrüder verkuppelte. Ihr Entschluss fiel in Sekundenschnelle. Sie wandte sich dem schlichten Holzkreuz in ihrer Kammer zu. »Es ist göttlicher Wille! Du willst also, dass ich dieses Haus verlasse und mit deinem Prediger gehe!« Sie überlegte nicht mehr. »Georg«, rief sie in die Dunkelheit, »in Gottes Namen! Warte auf mich, bitte!« Anna zog ihren Kapuzenumhang über, nahm das Kreuz von der Wand, schnürte die wenige Wäsche, die sie besaß, zu einem Bündel und … Fast hätte sie das Wichtigste vergessen: das Buch. Sie nahm es, küsste es, schob es zwischen die Wäsche und stürmte aufgelöst die zwei Stockwerke hinunter, am Schankraum vorbei.

»Du wirst mich nie wieder anfassen, du mieses, ekelhaftes Dreckstück!«, zischte sie dem schnarchenden Blärsch als Abschiedsgruß in die Stube. Es tat ihr gut, diese Worte wenigstens einmal auszusprechen. Vorsichtig schob sie den Riegel zurück, was nicht ohne Geräusch vonstattenging, und lief in die Nacht hinaus.

»Georg«, flehte sie schon von Weitem und fiel ihm um den Hals, »bitte nimm mich mit, wohin du auch gehst. Ohne dich halt ich es hier nicht aus!«

»Anna, es ist nicht so einfach!«

Sie spürte, wie er sich aus ihrer Umarmung löste und sich seinem Pferd zuwandte. »Ganz ruhig, mein Brauner.« Der wiehernde Gaul, den es zu beruhigen galt, kam ihm anscheinend gerade recht. »Der neue Abt, Herr von Gravenegg-Burchberg, hat mich des Amtes enthoben, nachdem ich den ganzen Abend mit ihm gestritten hatte.« Seine

Stimme klang besorgt. »Ich muss die Stadt noch vor dem Morgengrauen verlassen.«

Endlich erwiderte er ihre Umarmung und Anna genoss es.

»Ich habe es mir nach deiner Predigt am letzten Sonntag fast gedacht, als du die Gegenwart Gottes während der Wandlung infrage gestellt hast und daraufhin mehrere Ratsmitglieder unter Protest aus der Kirche gelaufen sind.«

»Sie verstehen uns hier nicht. Darum ist die Entscheidung des Pfaffen nur konsequent. Ich bin ab sofort ein Flüchtling, Anna. Du hast wenigstens ein Dach über dem Kopf.«

Anna wusste, dass er sie mit all ihren Habseligkeiten nicht stehen lassen würde und alles Gerede nur eine Ausflucht war.

»Die tägliche Unsicherheit, die Angst vor Verfolgung, Anna. Überlege es dir gut, ob du deine Heimat gegen das unstete Leben eines Prädikanten tauschen willst.«

»Da gibt es nichts zu überlegen, Georg. Ich gehe mit dir. Alles, was bisher mein Leben hier erträglich gemacht hat, würde ohne dich absterben. Du hast mich auf den richtigen Weg geführt. Frag dich doch, wie Caspar an deiner statt handeln würde? Ich kann nicht mehr zurück zu den Pfaffen mit ihrem Hokuspokus. Gott hat mir durch dich die Augen geöffnet. Lass uns da hingehen, wo wir unter Gleichgesinnten miteinander leben können.«

Während sie notdürftig ihre Haare zusammenband und ihr Bündel an einer der Satteltaschen befestigte, sah sie aus den Augenwinkeln Georg Mayer – den Prediger und Kämpfer vor dem Herrn, stattlich und eindrucksvoll, sonst nie um eine Antwort verlegen – wie zur Salzsäule erstarrt dastehen.

»Was ist mit dir, Georg? Hat es dir die Sprache verschlagen?«

»Ich weiß nicht, Anna …«

»Annaaaaaaa!«, klang es gellend aus der Gastwirtschaft

und Anna zuckte zusammen. »Mach, dass d'reikommscht, aber weidle*!« Im nächsten Moment stand der alte Blärsch schwankend auf der Straße.

»Der Alte kommt, jetzt mach schnell!«, rief sie Georg zu. Geistesgegenwärtig erkannte dieser die Situation, saß auf und zog Anna mit einem Ruck hinter sich auf das Pferd.

»Büttel, kruzitürkn, komm raus und hol mir dia Feel z'ruck, dia g'heart mir! Mein Lade kann i zuamacha, wenn des Luader die geile Böck nimma bediena duad«, lallte der Wirt, während Georg das Pferd antrieb.

»Lass se gau, Gottl!«, schrie die Blärschin aus dem geöffneten Schlafzimmerfenster. »Dia blond Hex hätt no viela Mannsbilder de Kopf verdräht!«

»Jetzt ist auch noch die Alte wach geworden«, rief Anna Georg ins Ohr.

Das Pferd trabte an und verlangsamte den Schritt erst kurz vor dem Illertor. Der Torwärter kam müde aus seinem Häuschen und ließ die beiden ungefragt passieren, zumal es ihm peinlich schien, im Schlaf erwischt worden zu sein.

»Halt dich gut an mir fest!«, mahnte Georg. Genau das wollte Anna hören. »Wir wollen die Stadt schnell hinter uns bringen, und wer weiß, ob die Stammtischbrüder vom alten Blärsch nicht versuchen, dich zurückzuholen.«

Anna legte vertrauensvoll ihren Kopf an seine Schulter und klammerte sich mit beiden Händen fest an ihn. Georg trieb das Pferd im Galopp in Richtung Norden.

»Machen wir uns jetzt auf die Suche nach Caspar?«, fragte sie.

»Ich brauche irgendwo eine Anstellung, nur mit dem Verfassen von *disputationes* kann ich nicht überleben. Aber vielleicht können wir das eine mit dem anderen in Verbindung

---

* Allgäuerisch: schnell.

bringen. Bei den Katholischen werde ich keinen Fuß mehr in die Tür setzen, das ist vorbei! Ich wollte eigentlich in die Reichsstadt Isny, wo Caspar eine treue Gemeinde hat, aber lass uns lieber gleich nach Ulm reiten, dort ist alles protestantisch. Da weiß man am besten, wo ich als Prediger oder Lehrer gebraucht werde.«

»Egal, wohin du mich bringst, Georg, bei dir fühle ich mich geborgen.«

»Also dann auf nach Ulm. Vielleicht bekommen wir dort Hinweise, wo sich der Meister aufhält.«

Mit ihrem Retter hinaus in die Freiheit, weg vom Mief und Dreck und der drohenden Verkuppelung! Anna hätte die ganze Welt umarmen können, und das zeigte sie Georg. Sie genoss es, eng an ihn geschmiegt hinter ihm zu sitzen und seinen Herzschlag zu fühlen. Sie war glücklich. Das fahle Mondlicht beleuchtete die Straßen. Als sie fast eine Stunde durch die kalte Nacht geritten waren, verlangsamte Georg die Geschwindigkeit und hielt an einem Heuschober an.

»Lass uns hier ein paar Stunden ausruhen«, schlug er vor. Im nächsten Moment war er abgestiegen und half Anna vom Pferd. Frierend folgte sie ihm zum Stadel. Im Inneren war es stockdunkel. Dennoch bemerkte sie, dass Georg zwei getrennte Lager aus Stroh vorbereitete.

»Kann ich heute Nacht nicht neben dir liegen, Georg? Mir ist so kalt. Wir gehören doch jetzt zusammen, werden beide verfolgt.« Anna versuchte, im Dunkeln Georgs Hände zu greifen.

Ohne auf ihr Anliegen einzugehen, legte sich Georg in sein Stroh.

»Wer der Kirche Christi angehören will, muss mit Verfolgung rechnen; dies ist ein konstituierender Faktor des

Christenlebens. Je mehr einer Christus in sich aufnimmt, umso mehr wird er verfolgt.«

Anna war enttäuscht. »Ich weiß, Georg, aber du brauchst heute nicht mehr zu predigen! Mach etwas für mich, denn mich friert.«

Als wieder keine Antwort kam, stand sie auf, streifte trotz der Kälte ihre Kleider ab, nahm energisch ihre Decke und legte sich an seine Seite.

Georg machte weder Platz, noch wehrte er sich, er flüchtete sich in das, was er am besten beherrschte: in seine Sprache.

»Die katholische Kirche hat sich weit von der Urkirche entfernt, sie baut auf Macht und auf das alte Fleisch und nicht auf den Geist und das Gewissen. Die äußerlichen Zeichen unserer Kirche sind nicht großartige Gebäude, sondern Geduld, Liebe, Frieden, Gottesfurcht, Erkenntnis Christi und gottseliger Wandel. Das Haus Gottes, in dem ich gepredigt habe, ist nur ein Versammlungsraum und nicht meine Heimat. Jeder wahre Christ muss seinen Körper und seine Seele so bereiten, dass Gott darin ein Zuhause …«

»Ach, Georg, wenn du nur ein wenig mehr an das irdische Zuhause denken könntest«, nörgelte Anna, drehte sich einmal um die eigene Achse und lag nun direkt neben ihm. Sie schmiegte sich an ihn, nahm seine Hand, zog sie unter die Decke auf ihre nackte Haut und führte sie von ihren weichen Brüsten bis hinunter zwischen ihre Beine. Georg versuchte verzweifelt, mit irgendwelchen Nebensächlichkeiten abzulenken und sich so ihrem Begehren zu widersetzen.

»In Ulm gibt es ein Haus unserer Gemeinde, von wo die Ärztin Agatha Streicher Nachrichten und Botschaften verteilt. Sie steht in regem Briefkontakt mit Caspar, wenn du möchtest, gehen wir …«

Weiter kam er nicht; Anna hatte von seinem Mund Besitz ergriffen und ihn mit einem alles vergessen machenden Kuss zum Schweigen gebracht. Sie ließ ihm keine Möglichkeit, sich zu wehren. Anna öffnete ihm mit flinker Hand die Hose und ergriff den Teil seines Körpers, für den sie noch keinen Namen hatte. Sie kannte nur das, was sie an schamlosen Übertreibungen in der Wirtsstube des alten Blärsch aufgeschnappt hatte.

Es bedurfte keines Namens und Georg ließ es geschehen. Ihre Körper fanden so zueinander, wie sie es sich in ihren Träumen immer vorgestellt hatte. Sie war es, die ihn dahin führte, wohin ihre unbändige Lust es gebot und wo er sehnlichst erwartet wurde. Sie wiegten sich in einen Rausch des Gebens und Nehmens, der sich stetig steigerte. Immer kürzer wurde ihr Atem, immer lauter ihr Stöhnen, bis Georg mit einem unterdrückten Aufschrei an ihre Seite glitt. Erschöpft und glücklich sanken sie fest umschlungen in einen gemeinsamen tiefen Schlaf.

Die Sonne schickte ihre ersten Strahlen in den Heuschober, und das Pferd, das in der Ecke angebunden war, scharrte ungeduldig mit den Hufen. Anna beobachtete, wie Georg aufstand, sich anzog, das Pferd sattelte und hinausführte. Sie fühlte sich trotz der Kälte wie neugeboren.

Als Georg sah, dass sie sich streckte und rekelte, kam er auf sie zu. »Ich hätte es nicht tun dürfen. Wir sind nicht verheiratet. Du warst noch Jungfrau. Ich habe mich an dir versündigt und deine Zukunft zerstört. Ich habe einen großen Fehler gemacht, Anna, es tut mir unendlich leid.« Georg ging vor ihr auf die Knie.

»Guten Morgen, Liebster«, flüsterte Anna mit einem breiten Lächeln, als hätte sie seine Worte nicht gehört.

»Ich weiß, dass du niemals heiraten wirst und dein Leben ganz und gar Gott geweiht hast, aber heute Nacht hast du mir etwas gegeben, das ich von keinem Mann hätte lieber empfangen mögen als von dir, nämlich eine richtige Frau zu werden.« Sie sprang hoch und umarmte ihn so wild, dass er ihr nicht ausweichen konnte.

»Anna, ich habe mich heute Nacht gehen lassen, die Wollust hat sich meiner bemächtigt, und ich schäme mich für meine Unbeherrschtheit. Verzeih mir, bitte!« Georg flüsterte diese Worte in ihr Ohr und drückte ihren Kopf fest an seinen Mund.

»Wie kannst du nur eine Sekunde von dem bereuen, was wir beide heute Nacht gemeinsam erleben durften, Georg? Hast du mir nicht ständig gepredigt, dass nichts Schlechtes sei an der Verbindung zwischen Mann und Frau, dass das Wesen der göttlichen Liebe auch die körperliche mit einschließe?«, erwiderte Anna und biss ihm ins Ohrläppchen.

»Wenn ich Caspar irgendwann mal treffe, werde ich ihn fragen, ob du unrecht getan hast, indem du mir eine himmlische Nacht bereitet hast. Quält es dich denn so, dass du nicht mehr zur Beichte gehen kannst wie deine katholischen Mitgeistlichen, die nach einer solchen Untat, oder wie du es nennen magst, sich bei ihrem Beichtvater das *ego te absolvo** abholen? Ist es das, was du vermisst? Willst du dir von einem Pfaffen die Absolution erteilen lassen?« Georg war ins Stroh gesunken und saß da wie ein Häufchen Elend. Es fiel ihm sichtlich schwer zu antworten.

»Ich liebe dich, Anna, das ist es! Aber ich kann dir keine Zukunft geben, ich bin Prediger. Ich weiß, wie sehr du dich nach einem festen Dach über dem Kopf sehnst, nach einer Familie, nach Kindern.«

»Lass das meine Sorge sein, Georg, du hast mir keine Gewalt angetan, bring das endlich aus deinen Gedanken.

---

* Ich spreche dich frei.

Ich werde dich nicht der Vergewaltigung anklagen. Es soll dir erspart bleiben, drei Sonntage lang im Büßergewand mit einer Kerze während des Gottesdienstes draußen vor der Kirche stehen zu müssen.« Anna lachte, denn diese Szene hatte sie oft genug in Kempten miterlebt.

Georg sah darüber wenig erheitert aus. »Sollte ich einen Mann finden, der mit mir ein gemeinsames Leben führen möchte, werde ich ihm von unserer Nacht erzählen, und wenn das für ihn ein Grund wäre, mich zu verstoßen, wäre er eben nicht der richtige«, stellte Anna abschließend fest.

Sie suchte ihre Kleider zusammen, zog sich an, warf den Mantel über, marschierte hinaus und setzte sich mit verschränkten Armen auf das Pferd. Georg sagte nichts mehr; es blieb ihm nichts anderes übrig, als sich selbst zu ihr auf den Pferderücken zu schwingen und sich dem Herrn zu empfehlen. Anna lehnte ihren Kopf an seine Schulter, und während Georg halblaut im Rhythmus der Hufe um Vergebung seiner Sünde betete, genoss Anna den Morgen; sie fühlte sich gut, freute sich über die neue Freiheit und hatte keinerlei Mitleid mit ihrem Georg.

2

Ulm, 20. März 1557

VIER TAGE WAREN sie unterwegs gewesen. In Memmingen und Dettingen hatten sie züchtig in Herbergen übernachtet. Anna spürte, dass Georg sich immer noch schwere Vorwürfe machte. Sie zeigte ihm ihre Nähe, indem sie ihn stets fest umarmte, wenn sie wieder hinter ihm auf dem Pferderücken saß. Seine Gedanken wollte sie jedoch nicht stören. An diesem Tag hatten sie so gut wie nichts miteinander gesprochen. Sie waren die Letzten, denen am Memminger Tor noch Einlass nach Ulm gewährt wurde. Kaum eine Menschenseele war zu sehen, als sie den braven Gaul über die Donaubrücke in die Stadt führten.

»Glaubst du denn, dass wir Caspar treffen werden?« Anna war müde und erschöpft, alle Knochen taten ihr weh. Nie zuvor in ihrem Leben war sie auf einem Pferd gesessen und jetzt ritt sie schon tagelang.

»Agatha Streicher weiß eigentlich immer, wo er sich aufhält. Ihr Haus befindet sich in der Langen Gasse, ganz nah am Münsterplatz. Ich war fünfzehn, als ich bei ihrem Vater zum ersten Mal Caspar gehört habe. Er hat mir den Weg gewiesen, dem ich heute noch folge.«

»Ich kann kaum laufen, Georg«, seufzte Anna. »Ich sehne mich nach einem Bett, aber die Nacht mit dir im Heustadel werde ich nie vergessen.«

Georg tat so, als hätte er es nicht gehört. »Agatha wird uns sicher Quartier gewähren.«

»Was macht denn diese Agatha so besonders?«

»Sie hat sich von ihrem Vater ein ungeheures Wissen erworben, obwohl sie nie an einer Universität war, und sie ist ein Engel. Sie hilft den Leuten, die von weit her zu ihr kommen«, er senkte die Stimme zu einem Flüstern, »und lebt das Schwenckfeldertum. Bei ihr ist das Zentrum der Gemeinde. Agatha steht seit vielen Jahren mit Caspar in Verbindung, der selbst immer wieder in ihrem Haus Gast ist.« Inzwischen waren sie vor dem Haus in der Langen Gasse angekommen.

»Ich hoffe«, sagte Anna, »dass sie uns weiterhelfen kann.«

»In Gottes Namen, so lass es uns versuchen.« Georg klopfte mit dem schweren Eisenring an die Tür. Gleich darauf öffnete sich ein Fenster.

»Wach auf, mein Seel!«, rief er hinauf.

»Lobsinge seinen Namen«, klang es verschlafen von oben. »Wer klopft denn um diese Zeit noch an?«

»Gnade und Friede im Herrn, Schwester. Ich bin Georg Mayer, Agathen bin ich sehr wohl bekannt. Das ist Jungfer Anna Dorn aus Kempten, wir sind seit vier Tagen auf der Flucht und bitten für eine Nacht um Quartier.«

Anna konnte sich ein Lächeln nicht verkneifen.

»Stellt das Pferd hinten in den Stall, der Knecht wird es versorgen. Wartet dort, ich komme hinunter!«

Georg bedankte sich und führte das Pferd in den hinteren Teil des herrschaftlichen Hauses, wo durch einen Bretterverschlag Licht schimmerte.

»Ich bin dir so dankbar, Georg, dass du mich mitgenommen hast.« Anna band ihr Bündel von den Satteltaschen los, während Georg das Pferd dem Knecht übergab, der mit qualmender Pfeife aus seinem Verschlag getreten war. Die Frau, die sie an den Stallknecht verwiesen hatte, kam auf sie zu und bat sie ins Haus. Sie trug einfache Kleidung und war vermutlich die Magd.

»Die Herrschaft will am Abend nicht gestört werden und wird euch morgen früh empfangen. Ich habe euch etwas zu essen hergerichtet.«

Mit einer Laterne und zwei Holztellern voller Speck, Wurst und Brot begleitete die Magd sie in das oberste Stockwerk des Hauses, wo in zwei nebeneinanderliegenden Zimmern Betten bereitstanden.

Georg verabschiedete sich mit einer heftigen, aber betont kurzen Umarmung von Anna. Für sie fühlte es sich an, als wolle er sie sich vom Hals halten, sie war allerdings zu erschöpft, um länger darüber zu grübeln. Ihr ganzer Körper schmerzte, mehr aber tat es ihr in der Seele weh. Sie hatte sich das Ende des heutigen Tages etwas anders vorgestellt. Sie hatte wenigstens einmal noch eine Nacht mit ihm verbringen wollen, dieses Gefühl des Verschmelzens ein zweites Mal erleben oder zumindest neben ihm einschlafen, dem Mann, den sie bewunderte und verehrte, der sie aus den Zwängen des Sklavendaseins befreit hatte und ihr eine neue Perspektive geben würde. Sie seufzte und wandte sich schließlich ihrem Essen zu. Kurz darauf fiel sie gesättigt ins Bett, dachte sehnsüchtig an Georg und inmitten dieser Gedanken fielen ihr die Augen zu.

»Der Friede sei mit euch, seid willkommen in meinem Haus, das allen unseren Brüdern und Schwestern, die guten Willens sind, offen steht. Georg, wie schön, dich wiederzusehen.« Agatha Streicher umarmte Georg und begrüßte Anna ebenso herzlich.

»Lasst uns in die gute Stube gehen. Susanna, ihr habt sie gestern bereits kennengelernt, hat euch die Milchsuppe hergerichtet.« Sie betraten das Kaminzimmer und setzten sich an den riesigen Eichentisch, der vielen Gästen Platz bot.

»Erzähl, wie geht es dir, und was verschafft mir die Ehre eures Besuchs?«, wandte die Hausherrin sich an Georg, nachdem Susanna heißen Tee eingeschenkt hatte.

»Du weißt, Agatha, dass ich vieles unter meinem Pseudonym für Caspar verfasst habe. Seit vier Tagen bin ich ohne Anstellung, weil mich der neue Abt in Kempten nicht mehr ertragen konnte. Jungfer Anna Dorn hat sich mir angeschlossen. Sie denkt und lebt in unserem Geiste und ist auf der Flucht vor einem skrupellosen Wirt, von dem sie ausgebeutet wurde. Wir hoffen, dass du uns Caspars Aufenthaltsort nennen kannst. Es ist unser gemeinsames Ziel, dem Meister nah zu sein.«

Anna lächelte Georg zu, hoffte aber vergebens auf einen Blick der Zuneigung.

»Das Letzte, was ich von ihm gehört habe, war, dass der Meister sich bei den Augsburger Rehlingern in Pilgerhausen* auf einem der Einödhöfe versteckt hält. Ich werde einen Brief an Jacobus verfassen und euren Besuch anmelden.« Anna dachte an ihre nach wie vor schmerzenden Knochen und sah Georg auffordernd an. Er hatte ihren Blick offenbar verstanden.

»Wir sind dir zu großem Dank verpflichtet, Agatha. Wenn du erlaubst, würden wir uns gerne einen weiteren Tag erholen, bevor wir die lange Reise antreten.«

Agatha Streicher lachte. »Bleibt, so lange es euch gefällt, und seht euch in Ulm ein wenig um, bevor ihr dort oben in den Wäldern mit Füchsen und Bären hausen werdet. Unsere Stadt hat einiges zu bieten.«

* Von Schwenckfeldern verwendetes Synonym für Leeder.

3

Leeder, 24. März 1557

Sie waren noch mehr als eine Wegstunde von Pilgerhausen entfernt, als ihnen bereits der rote Backsteinturm am Horizont die Richtung wies. Sie konnten den Ort nicht verfehlen.

»Unauffälliger hätte sich Caspar gar nicht verstecken können. In einem Ort mit so einem riesigen Kirchturm vermutet niemand Protestanten, und erst recht keine Schwenckfelder.« Seit sie am Spöttinger Ballenhaus vorbeigekommen waren, ging Georg zu Fuß neben dem Pferd her, während Anna im Sattel saß.

»Ich kann mich ja um deinen Haushalt kümmern. Wenn du dort eine Stelle als Prediger und Schulmeister bekommst, wird dir bestimmt auch eine Wohnung zugestanden.« Anna hatte sich bisher nicht mit Georgs Zurückweisung abgefunden.

»Das schlag dir aus dem Kopf, Anna! Das Konkubinat ist kein Weg für uns beide. Nur der gemeinsame Glaube wird uns für immer verbinden. Auf so einem Gut gibt es zahllose Möglichkeiten, sich nützlich zu machen, und jemand, der wie du keine Arbeit scheut, findet sicherlich etwas. Jacobus Rehlinger ist ein reicher Kaufmann, der in Augsburg sein Bürgerrecht aufgegeben hat, um sich dort oben in Leeder unbehelligt den Schriften Caspars widmen zu können. Er leistet sich wahrscheinlich ein großzügiges Gesindehaus.«

Anna verbarg ihre Enttäuschung und schwieg. Am späten Nachmittag trafen sie endlich ein. Sie hatte ein ungutes Gefühl, als das mächtige Schloss unterhalb der Kirche auftauchte.

Anscheinend wurden sie erwartet.

»Wach auf, mein Seel!«, rief ihnen ein Mann in schwarzem Talar freudig entgegen.

»Lobsinge seinen Namen«, antworteten Georg und Anna gleichzeitig, bevor sie das Tor erreichten.

»Das muss Jacobus sein«, erklärte Georg.

»Der Friede des Herrn sei mit euch beiden und geleite euch auf allen Wegen. Seid herzlich willkommen in Leeder. Deine Schriften sind meine tägliche Lektüre, Agricola. Ich freue mich wie ein Kind, dich leibhaftig vor mir zu haben! Das ist mein Sohn Emanuel«, stellte er einen jungen Mann vor, der zu ihnen getreten war. »Wir wollten es uns nicht nehmen lassen, dich und deine Begleiterin persönlich hier zu begrüßen.«

»Agricola?« Anna sah Georg verwundert an.

»Ich werde dir alles erklären«, versuchte er, sie zu beschwichtigen, und mit einem Schlag wurde ihr deutlich, wie bekannt Georg bereits durch seine Verteidigungsschriften für Caspar geworden war, wenn auch unter falschem Namen. Georg war berühmt. Und in seinem Leben war kein Platz für sie.

»Das ist Anna Dorn, ebenfalls aus Kempten«, stellte Georg sie vor. »Sie hat sehr früh ihre Eltern verloren und ist meine gelehrigste Schülerin. Sie hat mich gebeten, sie mitzunehmen. Wir ersuchen untertänigst und um der Barmherzigkeit des Herrn willen, bei euch aufgenommen zu werden.«

»Die Streicherin hat mich bereits benachrichtigt und es ist mir eine große Ehre, euch in meinen Besitztümern beherbergen zu dürfen.«

»Ich danke Euch von ganzem Herzen für Eure Gastfreundschaft. Gott vergelte es Euch tausendfach.« Anna ergriff Jacobus Rehlingers Hände und verneigte sich tief vor ihm.

»Wir haben zwei Zimmer hergerichtet. Mein Sohn Emanuel wird euch hinaufgeleiten. Es wird uns eine Freude sein, heute Abend gemeinsam mit euch zu speisen.«

Anna empfand es als wohltuend, in welch ruhigem Ton in diesem Haus miteinander gesprochen wurde, selbst den Bediensteten begegnete man respektvoll. Es ermutigte sie, eine Frage zu stellen: »Ist denn der Meister auch im Haus?«

»Caspar ist vor einigen Tagen unerwartet abgereist«, antwortete Emanuel. »Er wohnt meist nur ein paar Tage im Schloss und flüchtet sich anschließend auf einen der Höfe, wo er in Ruhe und Frieden seinen Studien nachgehen kann.«

Anna bemühte sich, ihre Enttäuschung zu verbergen.

In ein Gespräch mit Jacobus versunken, war Georg unten zurückgeblieben, während Emanuel sie in ihr Zimmer brachte. Sie hatte Georg verloren, war ihm unwichtig geworden, das spürte sie nur zu deutlich. Sie versuchte, auf andere Gedanken zu kommen, doch selbst die Teppiche, Bilder und bemalten Teller, die überall an den Wänden hingen, konnten ihre Stimmung nicht verbessern. Schließlich fasste sie sich ein Herz. »Hast du den Meister schon oft gesehen?«, fragte sie Emanuel, als er vor einer Tür stehen blieb, die mit prächtigen Schnitzereien verziert war.

»Er war wie ein Familienmitglied. Seine Besuche wurden in letzter Zeit zwar seltener, aber als Kind habe ich oft auf seinem Schoß gesessen.«

»Darum beneide ich dich, Emanuel.«

Er öffnete die Tür, um ihr das Zimmer zu zeigen. Dabei sah sie ihm aus nächster Nähe in seine warmen hellbraunen Augen. Emanuel drehte sich rasch um und verabschiedete sich.

Anna warf ihre Sachen auf das Bett, zog die Vorhänge zurück, öffnete das Fenster und blickte auf die schneebedeckten Berge in der Ferne. Auch wenn es ihr noch nicht vergönnt war, den Meister zu treffen, spürte sie in diesem Haus seinen Geist, eine tiefgründige Menschlichkeit und den Respekt untereinander. Auf dem Gut der Rehlinger herrschten kein Misstrauen, kein Hass und kein Befehlston, wie sie es jahrelang beim alten Blärsch erfahren hatte. Sie atmete tief durch. Diese Menschen waren Freunde. Sie wollte alles dafür tun, um hier ein Zuhause zu finden.

4

Eichstätt, Maria Immaculata* 1557

KERZENSCHEIN FLACKERTE ÜBER ihr weißes Gesicht und es schien ihm, als habe sich ihr roter Mund bewegt.

»Dein mildes Lächeln wird mir sehr fehlen.« Ungewollt war ihm ein tiefer Seufzer entglitten und sein warmer Atem

* 8. Dezember

vernebelte für einen Augenblick die Sicht in der eiskalten Kirche. Er konnte sicher sein, dass es keinen Mithörer gab, weil nach der Matutin alle wieder in ihren Zellen waren, um die wenigen Stunden Schlaf bis zur Morgenhore zu nutzen. Eigentlich hatte er gelernt, seine Gefühle zu unterdrücken. »Nur der Schwächling zeigt Gefühle«, waren die mahnenden Worte seines Novizenmeisters. Dennoch fiel ihm der Abschied schwerer, als er es sich vorgestellt hatte. Er würde dieses Bild der Madonna mit dem Kind vermissen. Fast vierundzwanzig Jahre hatte er beinahe täglich davor gekniet und gebetet. Sie war jederzeit für ihn da, wandte ihren Blick niemals von ihm ab, hatte ihn getröstet und ihm Kraft gespendet, diese Hure, seine treulose Mutter, zu vergessen. Die Madonna beschützte liebevoll ihren Sohn, der sein Köpfchen eng an ihre Wange schmiegte, das erhabene Rot ihres Kleides, die sie umgebenden Strahlen und die in allen Farben glitzernde Krone zeigten ihre Macht. Unter ihrem Schutz fühlte er sich geborgen, sie war die Himmelskönigin, der er sein Leben anvertrauen wollte; sie würde ihn nicht enttäuschen.

Auch die Klostermauern würden ihm fehlen, hatten sie ihm doch von klein auf Geborgenheit und Schutz bedeutet. Hier war er zu Hause, das Kloster war ihm Familie, Quell des Wissens, Ort der Kontemplation und Zuflucht vor weltlichen Begierden. Alles hatte er überstanden. Selbst das unkeusche Drängen im Dormitorium. Jahrelang musste er mit ansehen, wie dort mit Mund und Hand Unzucht getrieben wurde. Er hatte die Versuchungen an sich abprallen lassen.

»Nur eiserne Härte gegen dich selbst lässt dich stark gegen andere werden«, war ein weiterer Leitspruch des Novizenmeisters. Diesen Kampf hatte er gewonnen durch Fasten, Disziplin und den Nagelgürtel.

Draußen hatte die Welt sich verändert. Die Protestanten ließen nicht nach, sich mit Verleumdung und Hetze gegen seine Kirche und den Papst hervorzutun. Die Nachrichten, die das Kloster erreichten, waren beunruhigend, es verging kein Tag, an dem sie sich nicht mit Häresie und Ketzerei hatten auseinandersetzen müssen. Die Mutter Kirche war in großer Bedrängnis. In dieser schwierigen Zeit erging an den Orden der Ruf aus Rom. Der Papst rief nach ihnen, den Fähigsten und Besten, um seine Herde zu schützen.

»Deine Zeit ist gekommen. Strenge im Glauben, striktes rationales Denken, verbunden mit Gehorsam gegenüber der katholischen Kirche und den dominikanischen Prinzipien, zeichnen dich aus, mein Sohn.« So hatte sein Abt ihn gepriesen.

Er war bereit, sich in Italien zu einem derer machen zu lassen, die man ehrfürchtig *Domini canes* nannte, zu einem der »Hunde des Herrn«. Es machte ihn stolz und erhaben. Mit Freude und Dankbarkeit würde er dem Ruf folgen, aber da war das Unbekannte, das Neue, das Unberechenbare, das ihn unruhig machte. Nein, Angst war es nicht, vielmehr fühlte er eine Art Fieber in sich aufsteigen. Es war die fiebrige Erwartung, Witterung aufzunehmen und sich dem Bösen an die Fersen zu heften. Wie von selbst wischte das rote Taschentuch über seine feuchte Stirn.

»Fiat voluntas tua*, du wirst mich beschützen«, flüsterte er, berührte die Lippen der Gottesmutter mit seinen Fingern und verließ zum letzten Mal die Kapelle der Madonna.

---

* Dein Wille geschehe.

5

Leeder, Januar 1558

Fast ein Jahr war vergangen seit ihrer Ankunft in Pilgerhausen. Anna war richtiggehend aufgeblüht. Fast jeden Abend saß sie im Kreis der Leederer Schwenckfelder. Sie sangen und beteten, und Anna durfte die zahlreichen Bücher benutzen, die Jacobus während vieler Jahre zusammengetragen hatte. Emanuel war immer in ihrer Nähe. Sie redeten und diskutierten oft bis spät in die Nacht hinein und Anna hatte den Eindruck, dass er sie verehrte und bewunderte. Es entwickelte sich eine gegenseitige tiefe Zuneigung, von der Anna überzeugt war, dass daraus Liebe werden würde. Emanuels Blicke zeigten ihr mehr, als er mit Worten auszudrücken in der Lage schien.

Georg hingegen war allein in ein Haus unten im Dorf gezogen, um sich seinen Verteidigungsschriften zu widmen. Trotzdem war Anna glücklich. Georg blieb ihr ein guter Freund. Ihm hatte sie es zu verdanken, dass sie hier sein durfte, weg von den lüsternen Laffen und den besoffenen Säcken im »Raben«. Sie hätte sich auch als Bedienstete im Schloss verdingt, aber Jacobus Rehlinger hatte sie schon nach wenigen Tagen zur Seite genommen und ihr versichert: »Du bist eine von uns, Anna!«

Und als sie ihm eines Tages erklären wollte, dass sie ja keine Eltern hätte und deswegen ehr- und rechtlos sei, entgegnete Jacobus: »Hör auf, dir über Stand und Herkunft Gedanken zu machen! Wir Schwenckfelder machen keine

Standesunterschiede, jeder Mensch ist ein Geschöpf des Allmächtigen und steht mit seinem Leben und Tun in eigener Verantwortung.«

»Wenn nur alle Menschen so denken würden wie du, Jacobus, dann gäbe es keinen Zwist und Streit untereinander«, hatte Anna erwidert.

An diesem kalten Winterabend saß Jacobus in seinem Sessel vor dem offenen Kamin und ließ sich von Anna vorlesen. Sie hatte ihm das vor einiger Zeit angeboten, als sie bemerkt hatte, dass seine Sehkraft langsam schlechter wurde. Nach einer Weile nahm er ihr das offene Buch weg, legte es zur Seite, ergriff ihre Hand und schaute ihr tief in die Augen.

»Lass mich dich unterbrechen, Anna. Emanuel hat mich gefragt, ob ich mir vorstellen könnte, dass er dich heiratet. Er braucht eine zupackende und rechtschaffene Frau, wie du es bist, und ich könnte mir keine bessere Schwiegertochter wünschen. Also sei darauf gefasst, dass er dich bald danach fragen wird.«

Anna war gerührt. Nichts wollte sie lieber, als in diesem Haus der Toleranz und Nächstenliebe Oberste unter Gleichen zu werden und vielleicht sogar irgendwann Gastgeberin zu sein für den Meister selbst.

»Sollte er mich danach fragen, wird es für mich nur eine Antwort geben: Ja, ich will es, aus ganzem Herzen!«

Jacobus stand auf, streichelte Anna über die blonden Haare und küsste sie väterlich auf die Stirn.

6

Bologna, Osterfest 1558*

Es war sein erstes Osterfest in der Fremde. Er wusste, dass es die richtige Straße war, die er eingeschlagen hatte. Noch war er einer unter Hunderten. Doch der heutige Tag würde vieles verändern. Die Welle der Begeisterung, die die Dominikanische Mönchsgemeinschaft erfasst hatte, würde auch ihn nach oben tragen. Sein Freund und Vorbild Michele Ghislieri war zum neuen Großinquisitor ernannt worden.

Nach dem feierlichen Gottesdienst wurde die Urkunde Papst Pauls IV. vorgelesen. Barfuß und mit dem einfachen Mönchsgewand bekleidet stieg Michele die Stufen in den Altarraum hinauf, um die Schrift demütig aus der Hand des päpstlichen Nuntius zu erhalten. Er, der Kardinal, dem es gestattet gewesen wäre, zu diesem feierlichen Anlass in prunkvollem Rot mit Stab, Mitra und Cappa magna zu erscheinen, empfing die Macht über das Heilige Offizium als einfacher Diener; fast wie ein Büßer stand er da und verbeugte sich. Aber schon bei seiner Ansprache ließ er die versammelte Gemeinschaft nicht im Zweifel, nach welchen Kriterien er sein Amt führen wollte. »Nichts ist grausamer als Mitleid mit den Gottlosen!«, rief er in die Menge. »Wir werden mit unbeugsamer Härte Gotteslästerung, Ehebruch und Ketzerei bekämpfen. Unzucht, Okkultismus und Zauberei sind Kapitalverbrechen, die mit dem Beil oder dem Scheiterhaufen zu sühnen sind. Die unheilvolle Reforma-

---

*10. April

tion des Wittenberger Ketzers werden wir mit eiserner Faust bekämpfen.«

Er wusste, wovon sein Freund Michele sprach, war er doch einer der wenigen, der in den deutschen Landen das Beben am eigenen Leib gespürt hatte, das die lutherischen Horden ausgelöst hatten.

Nichts ist grausamer als Mitleid mit den Gottlosen. Dieser Satz hatte sich ihm eingeprägt und er wiederholte ihn immer und immer wieder.

7

Leeder, Juni 1558

ANNA STRAHLTE, UND mit ihr die Junisonne, als sie und Emanuel das Schloss verließen, in dem sie kurz zuvor der Amtsschreiber zu Mann und Frau erklärt hatte. Emanuel war der Richtige für sie, davon war sie überzeugt. Er stand mit beiden Beinen fest auf dem Boden, leitete umsichtig das Gut und würde sicher ein herzensguter Vater werden. Wie schnell hatte doch das Schicksal, über alle Standesdünkel hinweg, ihr trauriges Dasein beim alten Blärsch beendet und sie zur Frau eines wohlhabenden Gutsbesitzers gemacht.

Eine dicke Menschentraube wartete auf die beiden frisch Vermählten, war es doch Brauch, dass bei einer Hochzeit im Schloss für alle Dorfbewohner süßes Gebäck verteilt wurde. Anna dachte nur daran, hinaus nach Schäfmoos zu kommen, um ihren Bund vom Meister segnen zu lassen. Der festlich geschmückte Wagen wartete bereits auf sie und unter begeisterten Vivat-Rufen fuhren sie in Richtung Aschthal.

Das junge Paar hatte den Ort längst verlassen, als der Kutscher Karl plötzlich die Pferde mit einem lauten »Hooo, Buaba« anhielt und die beiden unfreiwillig gegeneinanderprallten.

»Ist etwas passiert, Karl?«, fragte Emanuel.

Anna sah ein kleines, dunkel gekleidetes Wesen mitten auf dem Weg stehen. Sie schob Emanuel zur Tür der Kutsche. »Ich glaube, du solltest nach dem Rechten schauen.«

Er folgte ihrer Aufforderung und stieg ins Freie. Anna kannte die Frau nicht, aber das verrunzelte Gesicht mit den stechend und unerschrocken blickenden schwarzen Knopfaugen prägte sich ihr ein.

»I hao miassa bremsa, sonscht wär se mir unter d'Räder komma«, stammelte der Kutscher Karl entschuldigend.

Anna hörte, wie Emanuel mit der Alten redete: »Was ist dein Begehr?«, fragte er die Frau höflich.

»I hao an Briaf für de Hoachzeitar«, antwortete sie mit krächzender Stimme und reichte ihm ein Stück Papier. »Es standet it so scheane Sacha dinna«, schob sie mit einem bösartigen Lächeln hinterher. »Mei, es gibt halt Leit, wo uib Rehlinger am liabschta zum Deifl schicka däded.«

Anna überlegte, wer ihnen wohl diese Nachricht zukommen lassen wollte und was die Alte damit meinte, dass es Leute gab, die die Rehlinger zum Teufel schicken wollten. Emanuel nahm das Papier, griff in die Tasche und gab ihr ein Geldstück.

»Du hast sicher nur deine Pflicht getan, vergelt's Gott«, entgegnete er der verdutzten Alten, die sich artig bedankte und das Weite suchte.

»Du hast ihr Geld gegeben? Jetzt komm, mach es schon auf«, rief Anna ihrem Mann von der Kutsche aus zu.

Emanuel setzte sich wieder zu ihr und gab Karl das Zeichen zum Weiterfahren. »Lass uns doch warten, bis wir wieder zu Hause sind; der Brief deutet auf nichts Gutes, und Caspar soll uns in fröhlicher Stimmung wiedersehen!«

Widerwillig gab Anna nach und konnte nicht verhindern, dass ihr Mann den Brief ungelesen in die Tasche steckte.

Als sie Aschthal verlassen hatten und bergauf in den Wald einbogen, hielt der Kutscher abermals mit einem »Brrrrr« das Gespann an. Ein dicker Baumstamm lag quer über dem Weg.

»Dean hot ebbar umg'säged. Mir könnt grad meah umdrehe!«, vermeldete Karl aufgeregt.

»Müssen wir wirklich umdrehen? Kennst du keinen anderen Weg nach Schäfmoos?«, fragte Emanuel, und Anna spürte, wie sie mit einem Mal traurig wurde.

»Es gibt bloßig den oine.« Karl ließ die Pferde rückwärtsgehen und bemühte sich, das Gespann zu wenden.

»Ich kann mir vorstellen, wer dahintersteckt! Wir lassen uns nicht von diesen Leuten den Tag verderben, Anna. Ich werde einen Holzmacher heraufschicken und morgen ist der Weg wieder frei. Caspar wird wohl noch ein paar Tage hier bleiben.«

Anna nickte nur und versuchte, ihre Enttäuschung zu verbergen; niemand konnte ermessen, was ihr dieser Besuch beim Meister bedeutet hätte.

8

Bologna, fünf Tage nach Maria nascita* 1560

Die Beine ausstrecken und ohne einen Präfekten im Nacken träge in der Sonne liegen, was gab es Schöneres. Auch wenn das Geratter auf den holprigen Wegen ihn kräftig durchrüttelte, hatte Otto die letzte Stunde zwischen Kisten und Säcken friedlich geruht. Der Duft von Kräutern und Früchten und das noch berauschendere Gefühl der Freiheit hatten ihm einen wohligen Halbschlaf beschert. Alles Mögliche war ihm durch den Kopf gegangen: sein Vater in Gestalt des mahnenden Onkels, Dompropst zu Speyer, der ihm bei jeder sich bietenden Gelegenheit als leuchtendes Vorbild vorgehalten wurde, der Stolz, mit schmerzenden Beinen auf der Passhöhe des heiligen Bernhard angekommen zu sein, die staubigen Straßen und freundliche Menschen. Die gefürchtete Glocke, die ihn im Domkonvikt zu Augsburg als einen der Ersten ins Chorgestühl gerufen hatte, hörte er ganz schwach im Hintergrund. Er drehte sich noch einmal um. Während er weiterdöste, vermischten sich in seinen Gedanken die Abschiedsrufe seiner acht Geschwister mit Späßen der Schweizergardisten, denen er sich angeschlossen hatte und die er bereits in Rom wähnte.

»Stronzo, sei in ritardo!**«, dröhnte es an seinem Ohr und Otto schreckte augenblicklich auf. »…ardo, ardo, ardo.« Ein Wald von roten Säulen tanzte um ihn. Otto war klar, dass das kein Kosewort gewesen war, als sich langsam Arka-

* 8. September
** Idiot, du bist zu spät!

dengänge um eine wunderschöne Piazza ordneten und ein Marktweib, die Arme in die breiten Hüften gestemmt, am Wagen stand. Sie waren also angekommen. Otto musste lachen, als er den gutmütigen Ambrogio so kleinlaut sah, den Bauern mit der großen Knollennase, der ihn seit Persiceto hatte mitfahren lassen. Ottos wunde Füße hatten sein Mitleid geweckt.

»Studente teutonico, moglie, stai zitto![*]« Otto sah einen schmutzigen Finger in seine Richtung deuten.

»Mea culpa, mea culpa«, haspelte Otto entschuldigend und kletterte vom Wagen. Ihm war klar, dass er der Grund des Streits sein musste.

»Ma scusa, sei benvenuto! Come ti chiami? Come sei magro![**]«, rief Moglie und stand schon mit einem bissbereiten Apfel vor ihm. Fast hätte er den Mund geöffnet, nahm die Frucht aber nur und sagte: »Otto, per piacere.«

»Ma che bello ragazzino! Guardi gli occhi azzurri! Poverino, come sei sporco![***]« Während Otto noch versuchte, vom lateinischen *porcus* abzuleiten, wischte bereits ihr nasser Schürzenzipfel durch sein Gesicht.

»Grazie, grazie, signora Moglie«, stammelte er verlegen, worauf die Bauersleute schallend lachten. Otto wunderte sich, denn er war sicher, den Namen richtig verstanden zu haben. Ohne lang zu zögern, half er, die Gemüsereste in die Kisten zu packen, und ließ sich auch von Ambrogio nicht davon abbringen. Beim Stapeln der Kohlköpfe konnte Otto den Vater mahnen hören, ein von Gemmingen habe sich nicht mit niederem Volk einzulassen. Und Otto hätte ihm mit Matthäus Kapitel fünfundzwanzig, Vers vierzig, widerspro-

---

* Deutscher Student, Frau, sei ruhig!

** Entschuldige, sei willkommen! Wie heißt du? Was bist du mager.

*** Was für ein hübscher Junge, schau, die blauen Augen! Du Armer, was bist du schmutzig!

chen: *Was ihr dem geringsten meiner Brüder getan habt …* Otto wusste, dass der neuerliche Standesdünkel in seinem Vater erst seit dem Notverkauf des Stammhauses in Mühlhausen gewachsen war.

»Mille grazie per … per guidarmi!« Otto bedankte sich artig, verabschiedete sich, und Moglie steckte ihm noch einige Pflaumen zu. Er ließ es geschehen, dass sie ihn zum Abschied an ihren üppigen Busen drückte, und winkte den beiden hinterher, bis das Fuhrwerk die Piazza verlassen hatte.

Einfache und liebe Menschen, dachte er und ließ den Blick über den Platz schweifen. Er wollte es sich nicht eingestehen, aber nun so mutterseelenallein zu stehen, machte ihn ein wenig mutlos. Er lehnte sich an einen der Arkadenbögen und beobachtete das Treiben auf der Piazza. Die Schönheit des Platzes schien sich in den Menschen widerzuspiegeln. Damen in prächtigen Gewändern, Reiter in blinkenden Uniformen und sogar die herumtollenden Kinder verbreiteten Fröhlichkeit und Anmut. Nur die Unzahl riesiger Türme, majestätischer als jeder Kirchturm daheim, erschienen ihm wie bedrohlich in den Himmel gereckte Zeigefinger. In Augsburg hätte niemand gewagt, einen Glockenturm an Höhe zu übertreffen, hier schienen sich die Gotteshäuser zu verstecken. Hatte die Kirche ihre Vormachtstellung an die Weltlichkeit abgegeben?

Otto schwankte zwischen Faszination und Beklommenheit. Er hatte sich so sehr gewünscht, in Bologna zu studieren, seinen Wissensdurst zu stillen, und jetzt kam er sich verloren vor. Aber mit Gottes Hilfe würde er auch das schaffen. Er wischte seine aufkommende Verzagtheit mit dem Argument hinweg, dass der Herr ihn bislang stets geleitet und beschützt hatte. Auf dem Weg über die Alpen, sechsundzwanzig Tage zu Fuß. Er hätte ein Pferd aus dem Stall des Vaters bekommen. Doch obwohl er gut reiten konnte und Pferde über alles liebte, hatte er verzichtet, weil er sehr wohl wusste, dass sein Vater sparsam sein musste. Die Zeiten, da man in adligen Kreisen den Namen von Gemmingen mit Ehrfurcht aussprach, waren längst vorbei.

Die Sonne hatte bereits den Wald der Türme erreicht. Im Schatten der Marmorfassade einer mächtigen Kirche, etwa hundert Fuß entfernt, beobachtete Otto einen Dominikaner, der Tauben fütterte. Wer die Tiere so liebt, dass sie ihm auf den Armen sitzen und ihm aus der Hand picken, muss ein vertrauenswürdiger Mensch sein. Otto beschloss, den Pater nach dem Weg zu fragen.

»Scusate, il convento di San Domenico?«, sprach er ihn an und zuckte kurz zusammen, als sich der Pater ruckartig umdrehte und Otto mit seinem Blick traf. Die Tauben flatterten ängstlich auf.

»Che fastidio! Avete perturbati le colombine![*]«

»Verzeihung, ich wollte nur … Es tut mir leid«, fiel Otto in die deutsche Sprache zurück.

»Oh, Ihr kommt aus den deutschen Landen, Herr Studiosus«, sagte der Kirchenmann zu seiner Verwunderung auf Deutsch. »Willkommen in Bologna, der Stadt der Laster. Wegen der Tauben macht Euch keine Gedanken, sie kennen mich und kommen immer zurück, weil sie mir vertrauen.« Der Pater schenkte ihm ein mildes Lächeln und Otto war froh, nach langer Zeit wieder seine Sprache zu hören.

»Ihr habt Glück, ich lebe in San Domenico. Ihr könnt mir folgen. Ich bin Erminio vom Berg«, stellte der Geistliche sich vor.

»Johann Otto von Gemmingen.« Otto streckte ihm die Hand entgegen.

---

* Wie ärgerlich, Ihr habt meine Tauben verscheucht!

»Sieh an, ein von Gemmingen! Mitglied der deutschen Reichsritterschaft. Ihr gehört ja dann bestimmt nicht zu diesem verarmten Zweig, oder?«

Otto wusste, dass sein Vater ihm nur unter größten Anstrengungen das Kanonikat ermöglicht hatte. Er schluckte. Der Pater schien sich gut auszukennen.

»Und was werdet Ihr nach dem Trivium* anstreben?«, bohrte der Geistliche weiter.

Endlich konnte Otto Kontra geben. »Ich bin seit zwei Jahren Kanoniker am Dom in Augsburg, soli Deo gloria.« Otto gestattete sich ein Lächeln.

»Oh, Herr Kanonikus! Da habe ich Euch ja ganz falsch eingeschätzt; da werdet Ihr ja eine geistliche Laufbahn einschlagen.«

Was so ein Titelchen doch ausmacht, dachte sich Otto.

»Ich habe Recht studiert und lebe seit einigen Jahren in Bologna«, fuhr der Pater fort. »Ich weiß sehr gut um die Schönheiten dieser Stadt, aber auch um deren Gefahren; der Teufel und seine Komplizen fühlen sich hier besonders wohl. Nehmt Euch in Acht vor den Versuchungen, die überall lauern!« Der Dominikaner hatte bedrohlich seine Stimme gesenkt.

»Was wollt Ihr damit sagen?«, fragte Otto und war sich sicher, dass der Pater es nur gut mit ihm meinte.

»Hütet Euch vor den Verführungskünsten der Töchter Evas, die schon manchen gutgläubigen Mann das Paradies gekostet haben.« Die Züge des Paters verzerrten sich. »Satan weiß, wie seine Werkzeuge einzusetzen sind, Herr Kanonikus!«

Otto musste etwas erwidern, er wollte sich sein Studium nicht madig machen lassen. »Wenn Ihr die Stricke des Teu-

---

* Grammatik, Rhetorik, Dialektik.

fels so gut kennt, dann wird er ja wohl nicht in Euren eigenen Mauern sein Unwesen treiben. Und mich aus der Bibliothek von Professore Boncompagni zu locken, wird sehr schwer werden.«

»Ah, Boncompagni! Ein Mann Gottes, der ungeniert mit Weibern verkehrt. Nicht gerade das beste Vorbild, das Ihr Euch da ausgewählt habt!« Der Padre rümpfte verächtlich die Nase.

Wie kann dieser Mensch so abfällig über Boncompagni sprechen, dessen guter Ruf bis über die Alpen ausstrahlt! Einen Moment lang wurde Otto unsicher. Sollte er in Augsburg falsch beraten worden sein? Er sagte weiter nichts und schämte sich zu sehr, um den Padre zu bitten, langsamer zu gehen, weil ihn seine Füße schmerzten. Also biss er die Zähne zusammen.

»Ich möchte, dass es Euch gut geht und Ihr erfolgreich Eure Studien betreiben könnt. Kommt zu mir, wenn Ihr nicht weiterwisst!«

»Ich danke Euch sehr für Eure Hilfe und werde gerne auf Euer Angebot zurückkommen«, antwortete Otto, als sie das Konventgebäude mit der Klosterkirche erreicht hatten.

»Ancora uno di ultramontani!*«, rief freudig ein weiterer in Weiß gekleideter Dominikaner schon von Weitem. Schwungvoll kam er Otto mit wehender Soutane entgegen. »Padre Ferrara«, stellte sich der junge Pater vor, »salve! Dominus tecum!«

»Das ist Euer Vorgesetzter, Herr von Gemmingen«, ging Erminio sogleich dazwischen. »Padre Ferrara, in dessen Obhut ich Euch übergebe, ist der Regens des Internats.« Erminio und Ferrara grüßten sich verhalten.

»Nehmt Euch in Acht vor den Fallstricken des Bösen, das die Schönheit magisch anzieht und versucht, sie in seinen

---

* Noch einer von jenseits der Berge!

Besitz zu nehmen«, rief Erminio warnend, hob bedeutungsvoll den Zeigefinger, zog mit einem Lächeln die Augenbrauen hoch und verschwand mit langen Schritten durch die Klosterpforte.

Otto atmete tief durch. Padre Ferrara führte ihn in den hinteren Bereich des Collegios, der von einem großen Garten umgeben war. Otto überkam ein mulmiges Gefühl, denn der Padre sprach nicht lateinisch, wie er es erwartet hatte, sondern toskanisch. Erst als sie im Speisesaal haltmachten und er sofort von einigen Mitstudenten auf Deutsch begrüßt wurde, legte sich seine Unruhe.

Ein freundlicher, etwas älterer Student kam auf ihn zu und schüttelte ihm kräftig die Hand. »Ich bin Giacomo, eigentlich Jakob Fugger, aber die Italiener können mich nicht aussprechen. Sei herzlich willkommen in Bologna.«

»Otto von Gemmingen; jetzt bin ich aber froh, dass ich mich noch auf Deutsch unterhalten kann«, entfuhr es Otto freudestrahlend. »Ein Augsburger Fugger?«, wollte er wissen.

»Ich bin in Babenhausen geboren. Mein Vater ist Anton Fugger, meine Mutter eine geborene Rehlingerin, wie du sicher weißt, sind wir neun Geschwister und die Familie überallhin verzweigt; da bleibt für den letzten männlichen Spross nicht mehr viel übrig.« Giacomo grinste und Otto erstarrte in Ehrfurcht. Er wusste nur zu gut, wie vermögend und einflussreich Anton Fugger im ganzen Reich und darüber hinaus war.

»Dann sind wir gar nicht so weit entfernt. Ich bin Kanoniker am Dom in Augsburg, meine Familie wohnt in Weinfelden am Bodensee. Es würde mir sehr helfen, wenn ich dich in der einen oder anderen Sache um Rat fragen dürfte. Bist du denn schon länger am Collegio?« Etwas verlegen richtete er den Blick auf den Steinboden.

»Es ist selbstverständlich, dass wir uns gegenseitig helfen. Als ich hier vor zwei Jahren begonnen habe, hat sich auch ein älterer Mitschüler meiner angenommen. Ich bin jetzt im letzten Jahr, vorausgesetzt, dass ich meiner Faulheit Herr werde.« Giacomo lachte und drehte sich zum Padre, der nichts verstanden hatte.

»Se voi permettete, Padre, gli mostrero la casa*«, versuchte Giacomo dem wartenden Padre Ferrara die unangenehme Aufgabe abzunehmen, den Neuankömmling durch das Haus zu führen, was dieser dankend annahm. Otto war erleichtert und fand Giacomo sofort sympathisch und vertrauenswürdig. Giacomo nahm Ottos Gepäck und lief, immer zwei Stufen nehmend, durch das Treppenhaus in das oberste Stockwerk, wo sich das Dormitorium befand. Otto hastete hinterher.

»Von den Betten, die nicht bezogen sind, kannst du dir eins aussuchen. Ich empfehle dir dringend, eins am Fenster zu nehmen, denn Erstinken ist schlimmer als Erfrieren. Mein Bett steht dort hinten an der Wand.«

In dem Saal standen mehrere Dutzend Betten, jeweils durch ungefähr brusthohe Wände in Vierergruppen abgeteilt. Neben jedem Bett befand sich eine abschließbare Holzkiste für persönliche Dinge. Otto warf seine Sachen auf ein freies Lager in der Nähe eines Fensters, wie ihm Giacomo empfohlen hatte, und setzte sich, um die Unterlage zu testen.

»Nicht gerade komfortabel, aber es scheint wenigstens kein Strohsack zu sein«, bemerkte Otto.

»Die Klosterbrüder haben vor ein paar Jahren alle Strohsäcke durch neue Rosshaarunterlagen ersetzt. Das hat zwar den großen Vorteil, dass man viel bequemer liegen kann, aber die Wanzen, Flöhe und Läuse fühlen sich im Rosshaar weitaus

---

* Wenn Ihr erlaubt, Padre, zeige ich ihm das Haus.

wohler als im Stroh. Du wirst dich daran gewöhnen. Wenigstens haben wir eine schöne Aussicht auf die Stadt und die Berge. Wenn du so weit bist, gehen wir nach unten«, drängelte Giacomo, »du willst doch nicht das Abendessen verpassen?«

Sie gingen ein Stockwerk tiefer, wo das Studierzimmer war, an dessen Eingangstür ein großes Schild mit dem Hinweis »Silentium« prangte.

»Such dir ein Pult aus, auf dem noch kein Buch liegt, und leg eines von deinen mit deinem Namen drauf.«

An den Wänden reihten sich hohe Regale mit Hunderten von Büchern, Folianten und Schriftrollen. Im Saal standen in fünf Reihen jeweils zehn Pulte, fast alle waren besetzt, sodass die Auswahl nicht sehr groß war.

»Wie war denn deine Reise? Warum bist du nicht mit den anderen Augsburger Scholaren gereist?«, fragte ihn Giacomo.

»Von Weinfelden aus ist es kürzer über den Septimer und über Mailand. Ich habe mich einer Gruppe aus Scholaren und Schweizergardisten angeschlossen. Sie haben dort die Tradition des Bettelsingens, was uns zwar immer ein Nachtlager und eine warme Mahlzeit eingebracht hat, aber nur selten konnten wir auf einem Wagen mitfahren.«

»Wir reisen, wenn es passt, mit einem Fugger'schen Handelstross, das ist wesentlich entspannter, weil wir nicht zu Fuß laufen müssen und in eigenen Fuggerhospizen übernachten können. In diesem Sommer war ich nicht zu Hause, sondern bei den Honolds in Venedig. Oktavian wirst du gleich kennenlernen; sein Vater ist ein einflussreicher Geschäftsmann; er hat dort eine wunderschöne Faktorei.« Giacomo schien sich gut auszukennen.

»Ich hätte ein Pferd bekommen können, aber ich wollte zu Fuß gehen. Mir wäre vieles entgangen, besonders die

Quälerei mit den Schuhen. Schau dir meine Füße an!« Otto zeigte ihm seine geschundenen Fersen und Zehen.

»Deinem Schuhmacher solltest du die Leviten lesen! Ich bringe dich nach dem Abendessen in die Krankenstation; dort werden sie deine Blessuren versorgen.« Giacomo sah Otto etwas mitleidig an. Von irgendwoher erklang das Läuten einer Glocke.

»Das Klingeln bedeutet Abendbrot; du wirst richtig Hunger haben nach der langen Reise! Aber mach dir keine allzu großen Hoffnungen. Die Küche ist ein *disastro*, wie die Italiener sagen.« Giacomo griff sich mit der Hand an den Hals und tat so, als müsste er etwas herauswürgen, um dann in schallendes Gelächter auszubrechen. »Gottlob gibt es in der Stadt wunderbare Tavernen.«

Ottos Miene hatte sich nur kurz aufgehellt. »Du kannst einem ja schon vor dem Essen den Appetit verderben«, gab er zurück.

Kurz darauf betraten sie im Erdgeschoss mit den anderen Studenten, die aus allen Richtungen zusammenströmten, den Speisesaal.

»Hier ist zwar freie Platzwahl, wir von der *Natio Germanica* sitzen meist zusammen. Die *Natio*, musst du wissen, das sind alle deutsch sprechenden Studenten. Außerdem wird noch unterschieden zwischen *Ultras* und *Citras*, das heißt diesseits und jenseits der Alpen, also Italiener gegen den Rest der Welt.« Giacomo platzierte Otto an einem Sechsertisch.

Padre Ferrara stand vor einem mächtigen Kreuz an der Wand und faltete mit großer Geste seine Hände, sodass augenblicklich Stille eintrat. *»Oremus: Benedic, Domine, nos et haec tua dona, quae de tua largitate sumus sumpturi. Per Christum Dominum nostrum. Amen«*, sprach er das Tischgebet.

Nach dem ersten Wort des Padre hatten alle Anwesenden in einen eigenartigen Singsang eingestimmt. Nun setzten sie sich, und während im ganzen Saal ein geschäftiges Gemurmel anhob, stellte Giacomo ihm die Tischgenossen vor. »Das ist Heinrich Lauber aus Hildesheim, genannt Rico, Johannes Langer, alias Longus, unser Spaßvogel, und Oktavian Honold, ein Lechrainer und zukünftiger Medicus.«

»Die Sodomisti werden an dir sicherlich ihre Freude haben.« Rico, sommersprossig, ein Bär von einem Kerl mit riesigen Pranken, war der Erste, der Otto mit einem betont laschen Händedruck begrüßte und dabei die Augen verdrehte. »Schwarze Wuschelhaare und blaue Augen, dazu noch einen Körper wie Adonis, da wird sich bei den warmen Brüdern die Kutte wölben«, fügte er breit grinsend hinzu.

»Die erste Warnung vor den Verführungen des Teufels, allerdings in Form schöner Frauen, habe ich bereits erhalten, ihr werdet es nicht glauben«, erzählte Otto freimütig von seiner Begegnung mit dem Padre. »Fra Erminio hat mir bereits eine Lektion darin erteilt.«

»Er nennt sich *vom Berg*, stammt aber aus ganz einfachen Verhältnissen. Es wird erzählt, dass ihn seine Mutter an die Kirche verkauft hat. Vor dem musst du dich in Acht nehmen. Wir nennen ihn nur *Sterminio*. Er füttert zwar Tauben, im Glauben, dass man ihn mit dem Heiligen Geist in Verbindung bringt – aber das sind die Schlimmsten, die selber den Nagelgürtel tragen«, schaltete sich Giacomo in das Gespräch ein.

»Schnall deine Schamkapsel fest, kneif die Arschbacken zusammen und erwarte die Verführungskünste des Teufels mit Gelassenheit«, polterte Rico. »Die warmen Brüder, die auf Frischfleisch aus dem Norden warten, werden dir hin und wieder nachstellen, aber so wie ich dich einschätze, bist du für diese Art von Perversion eher unempfänglich, geh ihnen am besten aus dem Weg!«

»Da kannst du dir sicher sein«, erwiderte Otto mit Nachdruck.

»Rico hat da bereits seine eigenen schlechten Erfahrungen gemacht«, ergänzte Oktavian, und Longus legte los:

»Conschtitutio Criminalisch Carolina Paragraph einhundertschechzschehn, Schodomie: Schtrafe für Unzschucht, scho schie wider die Natur geschieht«, rezitierte Longus offenbar einen zahnlosen Professor, indem er die Lippen zwischen die Zähne presste. »Ferner, wenn ein Mensch mit einem Vieh, Mann mit Mann, Weib mit Weib Unzschucht treiben, haben schie dasch Leben verwirkt, und man scholl schie nach allgemeiner Gewohnheit mit dem Feuer vom Leben zschum Tode richten. Merkt eusch dasch, meine Herren, wenn ihr von eurer Libido übermannt werdet.«

Alle sechs brachen in schallendes Gelächter aus, sodass der Regens Padre Ferrara, der am Magistertisch zu speisen pflegte, einen bösen Blick in ihre Richtung schickte.

»Bei uns in der *Natio* wird halt viel gelacht«, sagte Giacomo schulterzuckend.

»Was sich hinter den Klostermauern abspielt, bleibt der Justiz ohnehin verborgen, und zudem hat der Papst für die Seinen wohl gesorgt«, ergänzte Oktavian, ein schlaksiger, braun gebrannter Kerl, mit hochgezogenen Augenbrauen in unverkennbarem Lechrainer Dialekt halblaut.

»… nicht alles am ersten Tag, schließlich will er dereinst das Priesteramt bekleiden«, fügte Giacomo mit gespielter Sorge hinzu.

»Ad maiora mala vitanda«, entgegnete Oktavian geheimnisvoll.

Um größeres Übel zu vermeiden? Was meint er damit?, überlegte Otto.

»Na, dann wird es dich als zukünftigen geistlichen Würdenträger ganz besonders interessieren, was hier im Hintergrund gespielt wird«, wurde Oktavian immer mysteriöser.

Was hat denn der Papst damit zu tun?, ging ihm durch den Kopf.

»Ihr seid doch alle hoffentlich gut katholisch?«, fragte Otto und hoffte inständig, dass keiner der neuen Freunde seine Ahnungslosigkeit als Dummheit auslegen würde.

»Alle katholisch, natürlich! Unser Medicus nur zur Hälfte«, antwortete Giacomo, der sich wichtigtuerisch zu Otto über den Tisch beugte. »Du musst wissen, Otto, dass Oktavians Vater, der Protestant Hans III. Honold von Emmenhausen, Lengenfeld und Bronnen, noch mit Martin Luther persönlich an einem Tisch gesessen hat und immerhin Ohrenzeuge eines wahrhaftigen Furzes des Wittenbergers wurde. Des ach so großen Reformators heißer Darmwind hat seine eigene Einstellung zur katholischen Kirche in einigen wichtigen Belangen maßgeblich verändert. Und so ist er dem Drängen seiner päpstischen Frau erlegen, den Sohn abseits der sich gefährlich verbreitenden protestantischen Düfte zum Studium ins entfernte Italien zu schicken.«

Der ganze Tisch lachte herzlich über diese Geschichte, die Giacomo offensichtlich nicht das erste Mal zum Besten gab; Oktavian schien eher gelangweilt und gähnte Otto ostentativ an.

»Am Collegio herrscht allgemein die Ansicht, dass, bevor man sich ganz in den Schoß der Mutter Kirche begibt, das Leben in vollen Zügen und mit all seinen Annehmlichkeiten genossen werden müsste«, meldete sich unversehens Longus zu Wort.

In diesem Moment kam einer der *citramontani* mit einer großen Schüssel und klatschte jedem der sechs Tischgenossen einen Schöpflöffel von einer undefinierbaren Masse auf den Teller.

»In… In… Ingozzate, teutones!*«, stotterte er und schon hatte Rico einen Batzen Suppe auf seiner Hose. Das ließ der sich nicht gefallen. Er stand unverzüglich auf und seine Nasenflügel fingen an zu beben. »He, Balbetta, cazzo, fa piano!**«, schnauzte er. Der Italiener konnte gerade noch seine Schüssel auf den Tisch stellen. »Fi… Fi… Figurati, teu… teu…« Weiter kam der Italiener nicht, denn Rico versetzte ihm mit seiner Pranke einen Schlag, der ihn rücklings auf den Boden warf. In Windeseile wurden die beiden von den jeweiligen *Natio*-Mitgliedern getrennt.

Es geht wohl nicht ganz spannungslos zu zwischen Ultras und Citras, beobachtete Otto. Dann schritt Padre Ferrara ein.

»Heinricus Lauber e Antonio Balbetta siete suspensate dal pranzo oggi, andate alla chiesa e pregate per due ore!***«, verhängte er die Strafe mit lauter Stimme. Mit hängenden Köpfen trotteten die beiden Hitzköpfe nach draußen.

»Zwei Stunden beten und nichts zu essen ist ungerecht. Balbetta hat doch angefangen, Rico zu provozieren, das hat jeder gesehen«, protestierte Otto.

»Mit Rico musst du kein Mitleid haben. Er lässt sich halt nichts gefallen und auf die Suppe kann er heute getrost verzichten.« Oktavian zog die Mundwinkel nach unten und spielte gelangweilt mit seinem Löffel.

»Im Laufe der Woche wird die Suppe beständig dicker«, konstatierte Longus und stocherte in seinem Teller herum.

---

* Fresst, ihr Deutschen!
** Du Schwanz, bleib ruhig!
*** Verlasst das Abendessen, geht in die Kirche und betet zwei Stunden.

»Alles, was heute übrig bleibt, kommt morgen in leicht veränderter Form wieder auf den Tisch. Am Freitag kann es sein, dass der Löffel stecken bleibt, und am Samstagabend profitieren dann die Schweine von den letzten Resten; Saufraß, du verstehst, Otto!« Longus grunzte und die anderen lachten.

»Genießbar ist das Essen eigentlich nur sonntags und feiertags, wo auch einmal Pasta, Fleisch oder Knödel auf den Tisch kommen, bevor am Montag ein neuer *circulus* beginnt«, brachte Giacomo die Sache auf den Punkt.

Otto ließ sich nicht beeindrucken und löffelte weiter. »Ich weiß nicht, was ihr habt, die Suppe ist gar nicht so schlecht!« Er war so hungrig, dass er an diesem Abend fast alles gegessen hätte.

Nach dem Abendessen und einem kurzen Besuch in der Krankenstation erklärte Giacomo Otto den weiteren Ablauf des Abends, während sie sich mit den anderen Scholaren in der Klosterkirche zur gemeinsamen Komplet versammelten.

»Mit den Kuttenbrüdern sind wir, Gott sei Dank, nur zum Teil in den klösterlichen Alltag eingebunden. Da tagsüber Vorlesungen und Verpflichtungen an verschiedenen Orten der Universität anstehen, werden lediglich Laudes und Komplet zusammen mit den Mönchen in der Klosterkirche gebetet.«

»Ah ja«, gähnte Otto. Er war so müde, dass er sich kaum auf den Beinen halten konnte.

»Jetzt schlaf dich erst mal aus und gönn deinen geschundenen Füßen ein wenig Ruhe«, riet ihm Giacomo auf dem Weg ins Dormitorium. »Morgen werde ich dir alle anderen Dinge erklären.«

Otto warf seine Kleider über einen Stuhl, legte sich auf seine Rosshaarmatratze und deckte sich mit dem prall gefüllten Federbett zu. Endlich war er angekommen in der Welt, von der er sich so viel versprochen hatte. Gute Freunde zu finden, würde sehr wichtig sein. Das hatte er schon heute, an seinem ersten Tag, gespürt.

Sie haben hier irgendein Geheimnis. Der Papst hat für die Seinen wohl gesorgt. Was hat Oktavian damit gemeint? Das Böse würde in Gestalt von nichtsnutzigen Weibern lauern? Seltsam, dieser hilfsbereite Dominikaner, der Tauben füttert und vor dem Teufel warnt. Sterminio heißt doch das Verderben. Otto sinnierte über die Vorkommnisse des Tages und die Begegnung mit dem eigenartigen Pater auf der Piazza, aber noch bevor er sein Abendgebet beginnen konnte, hatte ihn der Schlaf eingeholt.

9

Leeder, 15. September 1560

»Da können wir uns drehen und wenden, wie wir wollen, der sonntägliche Kirchgang muss als lutherischer Predigtgottesdienst durchgeführt werden.« Jacobus Rehlinger war etwas ungehalten.

Anna hatte an diesem Abend die Frage in die versammelte Runde geworfen, ob man sich nicht den teuren Unterhalt der Kirche sparen könnte. »Es tut mir leid, wenn ich dich mit meinem Vorschlag erzürnt habe, Jacobus, aber die meisten von uns leben nach dem Vorbild Caspars und besuchen die Kirche nur als Vorwand«, versuchte sie, die Wogen zu glätten, und Georg nickte ihr bestätigend zu.

»Um uns nicht auf dem eigenen Territorium angreifbar zu machen, ist es geradezu überlebenswichtig, den Augsburger Religionsfrieden umzusetzen. Nicht wenige der Altgläubigen laufen hinauf nach Denklingen, um ihre Sakramente zu empfangen. Wir stehen dadurch ständig unter Beobachtung.«

Anna wurde durch ein Geräusch vor der Tür abgelenkt. Als sie nachschaute, stand Hieronymus vor ihr und umarmte sie innig.

»Wach auf, mein Seel«, rief er in den Raum. »Ich wollte euch nicht stören.«

Das »Lobsinge seinen Namen« schallte ihm vielfach zurück. Anna bat ihn herein und spürte sofort, dass ihn irgendetwas bedrückte. Jacobus, Georg und Emanuel begrüßten ihn.

»Was führt dich zu uns, Oheim? Wir waren gerade dabei, über unsere protestantische Gottesdienstordnung zu beratschlagen, setz dich!«, lud Anna ihn ein.

Hieronymus Rehlinger zögerte nicht lange und verkündete die Neuigkeit: »Anton Fugger ist gestern überraschend gestorben.«

»Der Herr sei ihm gnädig. Ein großer Verlust für die Katholischen«, bemerkte Jacobus.

»Ich würde sagen, für die ganze Stadt und weit darüber hinaus. Denn schließlich war er es, der nach dem Augsburger Religionsfrieden mit beiden Konfessionen im Dialog geblieben ist und bemüht war, bei seinen Einladungen vor allem die protestantische Seite zu berücksichtigen. Ich erinnere mich sehr gut daran, wie er katholischen Würdenträgern das *cuius regio, eius religio** erklärt hat: Es muss ein friedliches Nebeneinander geben, liebe Freunde, selbst wenn die politischen Konsequenzen für die katholische Kirche bitter und einschneidend sein werden. Es war ihm damals als kaiser- und papsttreuem Katholiken vollkommen bewusst, dass die Reformation nicht rückgängig zu machen war und sich die Äbte und Bischöfe mit dem Verlust von Zehnt und Steuereinnahmen wohl abfinden mussten«, berichtete Hieronymus.

»Ist es nicht so, dass sich die Katholiken mit ihrem Ablasshandel, der Unterdrückung der Bauern und der Förderung von Leibeigenschaft den Zorn Luthers und damit auf lange Sicht auch die Reformation selbst zuzuschreiben haben?«, mischte sich Anna in die Diskussion ein.

»Dass sich Martin Luther auf dem falschen Weg befunden hat, beweist die Tatsache, dass er dazu aufgerufen hat, die Bauernaufstände niederzuschlagen, und seine Leute Kirchen geplündert, angezündet und geschändet haben«, fügte Emanuel hinzu.

»Du darfst nicht vergessen, mein lieber Bruder, dass mit dem Beschluss des Reichstags, nur zwei Konfessionen zuzulassen, auch wir, zusammen mit Calvinisten, Täufern, Zwinglianern und Utraquisten, der Verfolgung ausgesetzt wurden«, ereiferte sich Jacobus.

»Alle großen Städte des Reiches werden sich zumindest auf eine Parallelität der Konfessionen einstellen müssen.

---

* Wessen Herrschaft, dessen Religion.

In den meisten wird dies bereits seit Jahren gelebt, nur in Augsburg tut man sich schwer mit dieser unausweichlichen Tatsache. In der Unfähigkeit, diesen Dualismus anzuerkennen, verfolgen sie alle anderen und stürzen sich auf uns, um von der eigenen Engstirnigkeit und Verblendung abzulenken. Die öffentliche Verbrennung unserer Bücher vor zwei Jahren war der sichtbare Beweis, dass es in Augsburg bis in die höchsten Kreise hinauf an der notwendigen religiösen Toleranz mangelt.« Hieronymus' Miene hatte sich während seiner Erzählung verdüstert. Anna vernahm mit Betroffenheit die Schilderung des Onkels.

»Ich kann nur immer wieder darauf hinweisen, und damit seid ihr, die junge Generation, gemeint, dass wir eigenständig bleiben müssen und wirtschaftlich gesund, um uns die katholischen Usurpatoren vom Leib zu halten. Auch der Herzog in München unternimmt alles, um uns das Leben schwer zu machen. Es kümmert ihn wenig, dass wir absolut konform mit den Augsburger Reichstagsbeschlüssen leben und handeln«, sagte Jacobus.

»Was haltet ihr davon, wenn wir hinuntergehen und ich das Abendessen auftischen lasse? Hieronymus hat eine weite Reise hinter sich und bestimmt einen mächtigen Appetit mitgebracht.«

»Dann tun wir der Schlossherrin den Gefallen und lassen uns nicht lange bitten.« Georg stand als Erster auf und Anna ertappte sich dabei, dass sie ihn – wie bei jeder sich bietenden Gelegenheit – beobachtete.

10

Bologna, San Michele* 1560

»WAS MEINTE OKTAVIAN eigentlich mit der Bemerkung *Ad maiora mala vitanda?*«, fragte Otto seinen neuen Freund Giacomo, als sie an diesem Feiertag zum Festgottesdienst in die Klosterkirche gingen. Es war ihm einfach nicht aus dem Kopf gegangen.

»Ich weiß ja nicht, wie der Klerus bei euch darüber denkt. Im Kirchenstaat, zu dem Bologna gehört, nimmt man es mit dem Zölibat nicht ganz so streng. Die meisten Geistlichen leben mit Konkubinen oder leisten sich Kurtisanen. Die Kinder, die dadurch entstehen, fallen ihnen bald zur Last. Die Päpste selbst gehen ja mit leuchtendem Beispiel voran: Papst Julius II. hatte deren drei, Paul III. sogar vier, und der jetzige Papst Pius IV. soll mehrere Geliebte haben, die ihm jederzeit zur Verfügung stehen.«

»Davon wird im Domkonvikt allenfalls gemunkelt. Dass sogar die Päpste eigene Kinder haben, wusste ich nicht«, bemerkte Otto und überspielte seine Überraschung.

»Vor einigen Jahren, unter Julius III., ist man dazu übergegangen, quasi als Vorsorgemaßnahme, Häuser einzurichten, in denen die geistlichen Herren, die es sich nicht leisten können, eine eigene Bettgefährtin oder Haushälterin auszuhalten, unter kirchlicher Kontrolle ihrer Libido frönen können. Julius' Nachfolger wollte, dass alle Bordelle, auch die katholischen im Kirchenstaat, geschlossen werden.

---

* 29. September

Bisher hat sich aber niemand daran gehalten, denn inzwischen haben wir ja Pius IV. Hier in Bologna gibt es so ein Haus, genannt *casa di tolleranza*, wir nennen es ›Castello‹. Ein Badehaus ausschließlich für Kleriker mit einem angeschlossenen Bordell.«

Otto kam aus dem Staunen nicht mehr heraus. »Das sind ja aufregende Neuigkeiten«, entfuhr es ihm, nachdem er seine Sprache wiedergefunden hatte.

»Eisernes Stillschweigen darüber, Otto! Es gibt in der Stadt sehr aufmerksame Ohren, die begierig sind, alles, was jenseits der Legalität getrieben wird, bei den richtigen Stellen zu deponieren!«

»*Ad maiora mala vitanda* bedeutet also, dass es der Kirche lieber ist, dass ihre Geistlichen in geordneten Verhältnissen Unzucht treiben, als dass unzählige Pfaffenkinder von der doppelten Moral ihrer geistlichen Väter zeugen«, fasste Otto zusammen.

»Das hast du messerscharf erkannt, mein Lieber! Schelbscht Thomasch von Aquin verglich die Funktion der Proschtitution für die Geschellschaft mit einer Kloake, die im Palascht für Schauberkeit schorgt«, ergänzte Giacomo lachend und fuchtelte mit dem rechten Zeigefinger, den schon bekannten Professor nachahmend.

Otto stellte sich vor, wie es wohl sein würde, den Professor zum ersten Mal selbst zu hören. Inzwischen waren sie vor dem Portal der Kirche angekommen. Dort hatte sich eine Menschentraube gebildet.

»Ich lasse mir nicht den Tisch des Herrn verwehren!«, schrie eine Frau aufgeregt und die Umstehenden pflichteten ihr lautstark bei.

»Denn der Herr, dein Gott, ist ein verzehrendes Feuer und ein eifriger Gott!« Erminio vom Berg hatte sich vor ihr auf der obersten Stufe platziert und hielt ihr die ausgestreckte flache Hand abwehrend entgegen.

Otto war schnell klar, dass dieser Frau Unrecht widerfahren würde.

»Wer ohne Sünde ist, werfe den ersten Stein auf sie! Was habt Ihr denn dieser Frau vorzuwerfen?«, mischte er sich auf Deutsch in die Auseinandersetzung ein. Giacomos Versuch, ihn davon abzuhalten, kam zu spät.

»Mutig, mutig! Ich bewundere Euch, von Gemmingen, kaum zwei Wochen in der Stadt und schon das Maul aufreißen! Ich will es Euch sagen: Diese Frau hat einen Priester verführt und lebt mit diesem in Sünde, darum soll sie im Staub liegen und Buße tun, anstatt die Wohnung des Herrn mit ihrer Anwesenheit zu besudeln. Und Euch empfehle ich mehr Respekt angesichts der geistlichen Autorität.« Erminio warf einen zornigen Blick auf Otto und Giacomo.

»Leg dich lieber nicht mit ihm an«, flüsterte sein Freund Otto zu.

Otto aber ließ sich nicht beirren. »So ihr den Menschen ihre Sünden vergebt, so wird der himmlische Vater sie auch euch vergeben. Matthäus, Kapitel sechzehn, Vers vier«, rief er dem Dominikaner über die Schaulustigen hinweg zu und erntete dessen höhnisches Lachen. Nachdem es verklungen war, war es auf dem Platz so still, dass man nur noch das Gurren der Tauben vom Kirchturm hörte.

Otto spürte Giacomos Hand an seinem Arm, der ihn durch die Menge zurück an den Seiteneingang zog. Otto ließ sich nur widerwillig wegzerren.

»Wie kommt dieser Mensch dazu, sich über die Worte des Herrn zu erheben, frage ich dich.«

»Da hast du dir den falschen Gegner ausgesucht, Otto! Erminio ist mächtig und durchaus in der Lage, dir das Leben zur Hölle zu machen. Ich verstehe dich ja, dass du Ungerechtigkeit, noch dazu gegen Schwächere, nicht ertragen kannst. Es gibt aber andere Möglichkeiten, ihn zu ärgern, wart es ab.«

Während des Gottesdienstes gingen Otto alle möglichen Gedanken durch den Kopf. *Ein Geistlicher darf sich in einem Bordell den körperlichen Freuden hingeben und steht anschließend wieder am Altar des Herrn. Einem Weib, das mit einem Priester verkehrt, wird dagegen der Zugang zu den Sakramenten verwehrt.*

Sein Glaubensgefüge hatte einen Riss bekommen.

Am Abend saßen die *Ultras* in ihrer Lieblingstaverne und erzählten sich von ihren Erlebnissen aus den Ferien.

»Da haben wir einen guten Fang gemacht!« Giacomo stieß Otto wie einem alten Freund mit seinem Ellenbogen in die Seite.

»Das hättet ihr heute hören sollen, wie Otto vor allen Leuten die Konkubine eines Pfaffen verteidigt hat. Das hatte Sterminio nicht erwartet, dass er vor der Kirche auf Widerstand stoßen würde.«

Otto überhörte das Kompliment. »Ihr erzählt mir, dass sich Geistliche im Bordell vergnügen dürfen. Hingegen verlieren Sünderinnen mit demselben Vergehen den Zugang zu den Sakramenten. Liegt denn darin nicht ein grober Widerspruch?«

»Sicherlich wird hier mit zwei verschiedenen Maßstäben gemessen. Das ist, wie so oft, eine Sache der Auslegung, Otto. Selbst der oft zitierte Aquinate ist der Meinung, dass Blicke, Berührungen und Küsse nur in Verbindung mit Wollust den Akt der Sünde darstellen, und Weiber sind ja bei den Katholiken von jeher sündhaft«, konterte Oktavian.

»Ach ja, du hast ja einen protestantischen Vater. Ist Sünde nicht immer Sünde, egal, ob Mann oder Weib, katholisch oder protestantisch?«, entgegnete Otto etwas verwirrt.

»Dann soll mir jemand Wollust nachweisen! Und außerdem wird dir doch in der Beichte Unschamhaftigkeit in Reden und Handeln mit ein paar Vaterunsern verziehen«, mischte sich Rico ein.

»Wenn ich das meinem Vater erzähle, konvertiert der zu den Lutherischen«, reagierte Otto entsetzt. »Woher wisst ihr eigentlich von diesem Bordell? Oder habt ihr euch das alles nur ausgedacht?«

»Wenn dir mal danach ist, nehmen wir dich gerne mit, dann kannst du dir für ein paar Tage die Handarbeit sparen«, bot ihm Rico an und klopfte Otto lachend auf die Schulter.

»He, Rico, langsam, langsam, und vor allem nicht so laut! Natürlich ist das alles geheim und geschieht absolut im Verborgenen«, mahnte Giacomo und legte seinen Zeigefinger auf die Lippen.

»Rico ist vor zwei Jahren mit einem älteren Kommilitonen aus der *Natio* der Sache auf die Spur gekommen, als sie einen Bruder erwischt haben, wie er es hinten im Ökonomiegebäude mit einem Schaf getrieben hat. Wenn sie ihn verpfiffen hätten, hätte er wohl mit dem Schlimmsten rechnen müssen.« Giacomo zog mit der Handkante den Hals entlang. »Entgangen ist er seiner Strafe nur, weil alle die Geschichte für sich behalten haben. Der Bruder hat zum Dank den beiden den Zugang zum Castello verschafft und versorgt sie bis heute mit der jeweils gültigen Losung, die dort die Türen öffnet.«

»Ihr habt ihn erpresst?«, staunte Otto.

»Wenn du so willst, profitieren beide davon. Dem Bruder rettete es das Leben und ersparte ihm den vorzeitigen

Abgang ohne Sakramente in die Hölle, uns hingegen öffnet es die Pforten ins irdische Paradies«, legte Giacomo schwärmerisch dar.

»Warst du denn bereits in diesem Castello?«, wollte Otto wissen, nun doch neugierig geworden.

»Einige von uns sind dort regelmäßig, ich nur gelegentlich.« Giacomo grinste in sich hinein.

»Um dort nicht irgendwelchen bekannten Gesichtern zu begegnen, kannst du eigentlich nur während der Gebetszeiten oder an Tagen, an denen die Herren ihren seelsorgerischen Pflichten nachgehen, dort aufkreuzen, was wiederum den Nachteil hat, dass du Schwierigkeiten bekommst, wenn sie dich nicht in der Kirche antreffen.«

»Wollt ihr unseren neuen Freund wirklich schon in die Geheimnisse einweihen? Du musst verstehen, Otto, wir kennen dich kaum, und die Sache darf niemals herauskommen«, meinte Oktavian.

»Sein Auftritt heute Morgen war Beweis genug, dass man sich auf ihn verlassen kann«, wandte Giacomo ein.

»Es weiß nur ein halbes Dutzend verschworener Leute von der *Natio* darüber Bescheid, und das muss so bleiben, sonst kriegst du es mit mir zu tun«, flüsterte Rico ihm bedrohlich ins Ohr.

»Ihr könnt euch auf mich verlassen«, versicherte Otto etwas verdattert.

»Jetzt ist genug geredet«, beendete Giacomo das Gespräch abrupt, als sich immer mehr Bekannte von der *facultas* an den Tisch setzten.

»*Inter pedes virginum gaudium est juvenum**«, sangen sie mit vereinten Kräften und Otto kam nicht umhin, ebenfalls mit einzustimmen. Während der Trebbiano das Übrige

* Das Vergnügen der jungen Burschen liegt zwischen den Beinen der Jungfrauen.

tat, um die Zungen zu lockern, beschloss Otto nach dem dritten Becher im Stillen, einen neuen Lebensabschnitt zu beginnen und für alles offen zu sein, was da auf ihn zukommen mochte.

»Giacomo, du sollst sofort zu Ferrara kommen, es ist etwas mit deinem Vater!«, schrie auf einmal Longus in die Runde. Er musste gerannt sein, so schwer, wie er atmete.

Giacomo stand mit versteinerter Miene auf und die Gesänge am Tisch verstummten augenblicklich. Für Otto war klar, dass der Himmel ein Zeichen zur Warnung geschickt hatte.

Sicher ist es nicht gottgefällig, was hier geschieht. Der arme Giacomo!

11

Leeder, November 1560

»Wo der Meister sich wohl jetzt befinden mag?« Jacobus Rehlinger sprach Anna aus der Seele. Es war der Gedanke, der alle im Schloss versammelten Anhänger und Freunde Schwenckfelds seit Langem beschäftigte. Anna hatte sich viel Mühe gegeben, um das Konventikel in der Form abzuhalten, wie Jacobus es ihr aus der eigenen Erfahrung mit Caspar weitergegeben hatte, und doch hätte sie es wenigstens einmal mit ihm selbst erleben wollen.

»Ich vermute, dass er sich in Öpfingen oder in Memmingen aufhält. Er folgt einer göttlichen Eingebung, die ihn behütet und vor Verfolgung bewahrt«, wandte Georg Mayer ein.

»Und ich habe ihm immer noch nicht begegnen dürfen. Was wohl seine überstürzte Abreise am Tag vor unserer Hochzeit ausgelöst hat? Ob er vor den Schergen des bayerischen Herzogs fliehen musste?«, sagte Anna und seufzte vernehmlich.

»Du trägst ihn in deinem Herzen, und nur das zählt. Agnes Martt wird jeden Tag aus Augsburg erwartet. Bestimmt wird sie Neuigkeiten mitbringen. Dort weiß man immer, wie es um ihn steht.« Emanuel nahm Anna in den Arm. »Darf ich dich um die Bibellesung bitten, Georg? Jacobus wird heute die Predigt übernehmen.«

Anna genoss es, Gastgeberin zu sein. Sie war es, die die Lieder aussuchte und nach dem Konventikel aus der Küche auftischen ließ. Auch wenn sie an diesem Sonntagabend erkennen musste, dass die Gespräche sich weniger um das seelische oder leibliche Wohl drehten, sondern erfüllt waren von der Sorge um Caspar.

»Wir hätten ihn nicht ziehen lassen dürfen; in den Monaten, die er hier verbracht hat, sind wir zu einem wichtigen Zentrum seiner Lehre geworden. In Schäfmoos war er jedenfalls sicher und behütet. Die Sorge um sein Wohlergehen und sein Leben teilen wir alle. Lasst uns miteinander für ihn beten, dass der Herr, unser Gott, ihm das Geleit gebe und ihn auf sicheren Pfaden führe.«

Anna stellte bewundernd fest, dass Jacobus Rehlinger wie immer die richtigen Worte gefunden hatte, und sie beneidete alle im Raum, die die unerklärliche und glückselig machende Ausstrahlung Caspars am eigenen Leib hatten erfahren dürfen.

12

Bologna, Weihnachten 1560

Am Vorabend des Weihnachtsfestes lagen die Freunde in ihren Betten und Otto sinnierte. »Denkt ihr nicht manchmal an eure Eltern?« Er ertappte sich dabei, wie wenig seine Gedanken in letzter Zeit bei seiner Familie waren. Das Studium forderte ihn so sehr, dass er kaum an irgendetwas anderes denken konnte. Bis jetzt hatte er nie den Heiligen Abend ohne sie verbracht.

»Ich denke oft an meinen Vater«, antwortete Giacomo. »Ihr müsst wissen, dass er den jähen Tod gestorben ist, ohne Sakramente und Letzte Ölung, nun müssen wir alles daransetzen, um ihn aus dem Fegefeuer zu befreien.«

»Ich werde ihn in meine Gebete einschließen«, versuchte Otto, seinen Freund zu beruhigen.

»Wisst ihr, warum Oktavian nicht im Collegio ist?«, wollte Otto wissen.

»Ich glaube, er macht einen Besuch bei seinem älteren Bruder in Venedig. Die Honolds machen dort gute Geschäfte, und ehrlich gesagt würde ich ebenfalls lieber in einem Palazzo am Canale Grande das Fest verbringen als in unserem muffigen Kloster«, erklärte Giacomo. »Vor allem ist es wichtig für mich, auf andere Gedanken zu kommen.«

»Du brauchst ein wenig Abwechslung, Giacomo. Die *Citras* sind fast alle zu ihren Familien nach Hause gereist, der Regens ist in Rom und das bedeutet für uns, dass die Katze aus dem Haus ist, ihr Ratten! Lasst uns am Heiligen Abend das

Fest der Nächstenliebe feiern, wie Luther es so schön genannt hat. Während die Brüder ihre Christmette zelebrieren, statten wir den Mädchen im Castello einen Besuch ab, sozusagen eine *delectatio carnalis**. Francescos Vögelchen werden deinen Alten schnell vergessen machen.« Rico pfiff durch die Lücke zwischen seinen Schneidezähnen. »Was meinst du, Giacomo, wollen wir den Kanonikus mitnehmen?« Dabei wandte er sich Otto zu. »Hast du denn überhaupt Lust mitzukommen?«

Otto hatte all die Wochen nicht mehr an die *casa di tolleranza* gedacht, zu sehr war er mit den Vorlesungen, den Büchern und den Aufgaben beschäftigt, die sich auf seinem Schreibpult stapelten. »Was glaubt ihr denn? Natürlich komme ich mit.« Er klang überzeugter, als er war, aber er wollte auf keinen Fall ein Spielverderber sein, schließlich war er doch in Italien, um das Leben und alles, was es zu bieten hat, richtig kennenzulernen.

»Holst du morgen das Losungswort ab?«, fragte Giacomo Rico.

»Nicht nötig, ich denke, es gibt erst im neuen Jahr einen Wechsel der Losung, so lange ist die alte gültig«, flüsterte Rico und Otto spitzte die Ohren.

»Also *sub tuum praesidium*«, wiederholte Giacomo.

»Schrei noch lauter!«, zischte Rico. »*Sub tuum praesidium!* Otto, hast du gehört?«

Otto konnte mit der Übersetzung »unter deinen Schutz« keinen Zusammenhang zu einem Bordell herstellen. »Ich bin ja nicht taub! Ich versuche nur, mir den morgigen Abend bildhaft vorzustellen, und stolpere über die Tatsache, dass es eigentlich eine schwere Sünde ist, was wir da vorhaben.«

»Jetzt hör auf mit deinen Moralvorstellungen, Otto. Alle machen es, vom Papst über die Rotkappen und Bischöfe,

* Fleischliches Vergnügen.

bis hinunter zu den Pfaffen und Kuttenbrunzern.« Otto kannte bereits die markigen Sprüche Ricos. Sie rangen ihm nur ein müdes Lächeln ab.

»Danke für euer Vertrauen, ich werde mir ja wohl Gedanken machen dürfen. Wie hältst du es eigentlich mit der Tugend, Giacomo? Bist du nicht so erzogen worden, die Zehn Gebote einzuhalten und in Rechtschaffenheit und Gottesfurcht durch das Leben zu gehen?«

»In unserer Familie hat man es mit der Hilfe Gottes zu großer Macht und Einfluss gebracht. *Ibi fas ubi proxima merces**. Niemand aus unserer Familie würde all die skrupellosen Geschäfte, die mein Großvater und mein Vater mit Königen, Kaisern und sogar dem Papst gemacht haben, als verwerflich und unmoralisch bezeichnen. Bei uns lebt man nach der Devise: Gut ist, was uns nützt. Mein Großonkel Jakob war sein Leben lang ganz eng mit der Kirche verbunden. Hinter all seinem Tun standen sein guter Wille und der Wille des Allmächtigen. Auch wenn in den Kriegen, die er dem Kaiser finanziert hat, Tausende von unschuldigen Menschen ihr Leben verloren haben, war es für ihn und sein Gewissen ausreichend, für diese armen Seelen in Augsburg eine eigene Kapelle zu bauen und ausstatten zu lassen. Mit seinen Zinsen, die er für das Verleihgeschäft verlangt hat, hat er sich nicht nur zum reichsten Mann der Welt gemacht, sondern gleichzeitig Tausende in die Armut und in den Tod getrieben. Weil er aber ein rechter Fugger ist, hatte er selbst dafür mit dem lieben Gott eine Vereinbarung getroffen: Er stiftete eine Siedlung für Arme und Bedürftige. Die Leute wohnen dort umsonst und sprechen dafür täglich einmal ein Vaterunser, ein Credo und ein Ave-Maria für den Stifter und meine Familie. Aber wem

* Wo der Gewinn am höchsten ist, da ist das Recht.

erzähle ich das alles, man kennt ja die Geschichten über unsere Familie. Du hast nur ein Leben, das du nach deinem Gutdünken gestalten kannst. Wenn du deinem Gott am Altar dienen und auf das fleischliche Glück verzichten willst, dann tu es! Wenn du dein Leben in einem Kloster verbringen willst, wer hindert dich? Aber jetzt lerne die Welt kennen, die die katholische Kirche als schlecht und verdorben darstellt. Mach dir dein eigenes Bild von dem, was in der katholischen Badestube vor sich geht, hinterher kannst du immer noch zum Pfaffen gehen und deine Sünden beichten.«

Selbst wenn Giacomo nicht so brillant argumentiert hätte, Otto war inzwischen gerne bereit, sich überzeugen zu lassen. Er sehnte sich nach der Wärme und Geborgenheit eines anderen Körpers. Die Nächte waren frostig und im großen Dormitorium stand nur ein kleiner Ofen, der kaum verhindern konnte, dass sich an den Fenstern Eisblumen bildeten. Wer wollte, konnte sich für das Bett einen heißen Stein aus der Küche nehmen, der für ein paar Stunden Wärme verbreitete. Er beschloss, einen solchen zu holen.

»*Sub tuum praesidium confugimus, Sancta Dei Genetrix. Nostras deprecationes ne despicias in necessitatibus, sed a periculis cunctis libera nos semper, Virgo gloriosa et benedicta.*[*]« Otto repetierte leise und gebetsmühlenartig die Marienantiphon, während er mit einer Kerze in der Hand die drei Stockwerke zur Küche hinunterstieg.

Als Otto mit dem Stein in der Hand und dem Psalm auf den Lippen zurückkehrte, lästerte Giacomo: »Im Castello wissen sie mit deinen Nöten umzugehen, Herr Kanoniker.«

---

* Unter deinen Schutz und Schirm fliehen wir, heilige Gottesgebärerin. Verschmähe nicht unser Gebet in unseren Nöten, sondern erlöse uns jederzeit von allen Gefahren, oh glorreiche und gebenedeite Jungfrau.

»Silentium finalmente, teutones!«, beschwerte sich lautstark der *Citra*, der als Einziger die Feiertage nicht zu Hause verbrachte; streng genommen war nach dem Löschen der Kerzen jegliche Unterhaltung untersagt.

»Habt ihr nicht Sorge, dass der *Citra* etwas gehört haben könnte?«, fragte Otto besorgt.

»Ach, der versteht kein einziges deutsches Wort, darauf verwette ich meinen Teutonenarsch«, antwortete Rico lachend.

Otto lag noch lange wach, er war hin- und hergerissen. Auf der einen Seite das Kanonikat, die Erwartungen seines Vaters, seine Heimat, die Kirche, auf der anderen Seite das Leben, das Verbotene, die Lust und das Verlangen des eigenen Körpers. Erst als der heiße Stein längst seine ganze Wärme abgegeben hatte und von den anderen Betten lautes Schnarchen zu vernehmen war, schlief er endlich ein.

Sie hatten gewartet, bis die Glocken verstummt waren, die die Christmette einläuteten, dann zog Otto mit Giacomo und Rico los. Die Nacht war kalt und neblig.

»Und was, wenn wir erwischt werden?«

»Scheiß dir nicht ins Hemd, Otto«, entgegnete Rico.

»Da in der Christnacht die Vigil in der Regel als Nachtwache abgehalten wird, ist die Wahrscheinlichkeit, im Castello ein bekanntes Gesicht zu treffen, sehr gering«, versuchte Giacomo, Ottos Bedenken zu zerstreuen.

»Die meisten Leute sitzen in einer der Kirchen; die Geistlichkeit sowieso.«

Sie hatten ihre schwarzen Umhänge angelegt. Giacomo trug die Öllampe und leuchtete.

»Ich komme mir vor wie eine der lichtscheuen Gestalten,

die ihre Arbeit im Dunkeln verrichten: Abdecker, Henker und Verdingmörder«, murmelte Otto.

»Da vorne in die Via Marsili, links in die Via Urbana und schon sind wir in der Via Senzanome, dort liegt die *casa di tolleranza*«, flüsterte Giacomo geheimnisvoll.

Er spielt nur zu gern den Fremdenführer, dachte Otto und fragte: »Warum ist Longus nicht mitgekommen?«

»Er macht sich nichts aus Weibern«, antwortete Rico »dafür kann er wie kein anderer Leute nachahmen und Witze erzählen.«

»Nach dem Studium will er eine geistliche Karriere einschlagen, am liebsten in einem Kloster. Na, die werden viel Spaß mit ihm haben! Er ist ein guter Kerl. Da das Collegio nach der Komplet abgesperrt wird und es keine Möglichkeit gibt, ins Gebäude zu kommen, wartet er im Studierzimmer auf uns, um uns nach unserer Rückkehr durch ein Fenster neben der Küche hineinzulassen«, erklärte Giacomo.

»Was erwartet uns in dieser *casa di tolleranza*?«, fragte Otto.

»Ein Kastrat und ein Haufen junger Weiber, die ihre feuch…«

»Rico, bleib gelassen!«, unterbrach ihn Giacomo. »Viele von den Mädchen dort haben ein schweres Schicksal zu ertragen. Die meisten von ihnen stammen aus katholischen Waisenhäusern. Sie sind uneheliche Kinder von Geistlichen, die von Nonnen erzogen wurden, oder ihre Eltern sind tot. Der Lebensweg von Waisen endet gewöhnlich im Frondienst eines Klosters oder eines Spitals, nur die hübschen und kräftigen Mädchen werden für spezielle Aufgaben ausgewählt; immerhin haben sie einen besonderen Status.«

»Offiziell gelten sie als Bademägde, deren Aufgabe es ist, jede Woche den geistlichen Kunden die Schwarten zu säubern«, merkte Rico an und lachte.

»Es ist ihnen daher erlaubt, sich ohne besondere Kennzeichnung frei in der Stadt zu bewegen«, ergänzte Giacomo. »Für normale Huren sind ein gelbes Gewand oder zumindest gelbe Schleifen vorgeschrieben. Unsere Bademägde dürfen die Sakramente empfangen und stehen, wie alle in Krankenhäusern, Hospizen und Pflegeeinrichtungen Beschäftigten, unter dem besonderen Schutz der katholischen Kirche, die sie darob als ihr Eigentum betrachtet. Wobei es nicht wenige in der Kirche gibt, die sie am liebsten zum Teufel jagen würden.«

Otto klopfte das Herz bis zum Hals, als sie vor der unscheinbaren Stadtvilla ankamen.

»Ach ja, bevor ich es vergesse, Otto: Es gibt ein paar Spielregeln zu beachten. Zum einen, verrate niemals deinen Namen und deine Herkunft, und das Wort ›Collegio‹ darf nie fallen. Wir sind alle drei Novizen eines Klosters, verstanden! Die Mädchen sind ebenfalls angehalten, nicht über sich zu sprechen oder ihren wahren Namen zu nennen; also nicht nachfragen und keine Küsse auf den Mund, hörst du! Zum anderen mögen sie es, wenn du dich vorher gebadet hast; außerdem gibt man am Ende für die geleisteten Dienste mindestens zwei Bolognini.«

Otto nickte und Giacomo zog an einem Seil, an dem im Inneren ein Glöckchen bimmelte. Otto spürte Ricos mächtige Hand auf seiner Schulter.

»Nicht lachen, Otto, wenn gleich der alte Francesco an der Tür erscheint. Die Stimme passt überhaupt nicht zu seinem Äußeren. Er war früher einer der berühmtesten Sänger am *duomo*. Der damalige Domkapellmeister hat ihn als Kind den Eltern abgekauft und kastrieren lassen, um seine engelsgleiche Stimme der *cantoria* des Doms zu erhalten. Nun, da ihm das Singen vergangen ist, kümmert er sich hier um die Vögelchen und verrichtet die schweren Arbeiten im Badehaus.«

Otto schluckte angewidert. Er hatte von dieser Praktik in Italien bereits gehört. »Was für ein grausamer Preis«, entfuhr es ihm und er griff sich reflexartig zwischen die Beine.

In der Tür öffnete sich eine kleine Luke und ein rundes, aufgeschwemmtes Gesicht erschien. Zwei Knopfaugen sahen ihnen entgegen.

»Accesso parola?*«, plärrte der Mann im Sopran.

Giacomo sah sich kurz um, wohl aus Sorge, dass irgendjemand ihnen gefolgt sein könnte. Dann wandte er sich wieder dem Kastraten zu. »*Sub tuum praesidium*«, flüsterte er und steckte ihm einen Bolognino zu.

»Entrate«, fiepte Francesco. Er schien schlecht gelaunt, da er wohl an diesem Abend nicht mit Kundschaft gerechnet hatte. Den Obolus nahm er dennoch dankend an und alsbald öffnete sich die große Tür.

»Komm, Otto, es wird Zeit, dass du erwachsen wirst«, feixte Giacomo und zog ihn über die Schwelle.

Der Kastrat trottete vor ihnen her. Otto sog die warme, feucht dampfende Luft ein.

»Sein massiger Körper steht auf viel zu langen Beinen, dafür sind seine Arme viel zu kurz geraten; diese Missbildung hat wohl etwas mit dem Eingriff zu tun. Es ist ja nicht normal, wenn sie dir mit neun Jahren die Eier abschneiden. So hat es mir Oktavian erzählt«, erklärte Rico leise, während sie das von den warmen Steinplatten beheizte Erdge-

* Passwort?

schoss durchquerten, in dem die Badestube mit mehreren Holzzubern eingerichtet war.

»Die Badestube ist eigentlich für die Stadtkleriker gedacht, von denen es in Bologna mehrere Hundert gibt«, ergänzte Giacomo die Führung durch das Badehaus. »Die meisten Klöster indes haben ihre eigene Badeabteilung, das hindert aber die Mönche nicht, diesen außergewöhnlichen Ort mit der Option auf eine Sonderbehandlung aufzusuchen. Hier lassen sich die geistlichen Herren den Rücken abschrubben, die Warzen und Schwielen behandeln, die Zehennägel schneiden und für eventuelle weitere Genüsse in Stimmung bringen.«

»Giacomo meint, dass sich die Kuttenbrüder ficken lassen«, erklärte Rico und Otto errötete. Er hatte dieses Wort noch nie benutzt.

»Jetzt benimm dich, Rico«, ermahnte ihn Giacomo.

Langsam stapfte Otto den beiden Freunden hinterher die breite Steintreppe hinauf in die obere Etage des Hauses. Hier gingen von einer umlaufenden Galerie die einzelnen Zimmer ab. Von dort oben konnte man das Badevergnügen im Erdgeschoss beobachten. Otto staunte über den Prunk und die verschwenderische Ausstattung des Hauses, sog den wunderbaren Duft ein und genoss jeden Atemzug.

So riecht also die Sünde.

In dem geräumigen Kaminzimmer, das einen großen Teil des Stockwerks einnahm, saßen im Halbdunkel ein gutes Dutzend Mädchen lachend und scherzend um das offene Feuer auf Fellen, Polstern und Kissen, die überall ausgebreitet waren. Der Raum war durch die züngelnden Flammen des Kamins und der Kerzenhalter, die an den Wänden angebracht waren, nur spärlich beleuchtet. Otto versuchte, sich im Hintergrund zu halten, konnte jedoch kaum seinen Blick von den leicht bekleideten Mädchen abwenden. Oft hatte er sich in seiner Fantasie vorgestellt, wie es wäre, bei einer Frau zu liegen, heute war er diesem Gedanken so nah wie nie.

Rico wandte sich ihm zu. »Los, Krummbuckel, nicht so schüchtern, alles gut katholisch hier.«

Die Mädchen mussten Rico und Giacomo gut kennen, das war Otto sofort klar, als er sah, wie stürmisch die beiden begrüßt wurden. Giacomo öffnete den Beutel, den er unter dem Umhang versteckt hatte, prall gefüllt mit allerlei süßem Gebäck. Er hatte die Köstlichkeiten in den letzten Tagen von den im Speisesaal ausliegenden Tellern abgezweigt und kippte sie auf einen Tisch. Otto saß im Nu inmitten der schnatternden Mädchen, bekam heißen Kräuterwein angeboten und mit einem fröhlich tönenden »Buon natale*« kamen sie sich rasch näher.

»Die Mädchen freuen sich, wenn wir kommen. Kein Wunder, mit uns haben sie weitaus mehr Vergnügen als mit den alten, unappetitlichen Fettsäcken, denen sie sonst zu Diensten sein müssen. Komm, Otto, lass es dir gut gehen.« Rico lachte und trank Otto aufmunternd zu.

Otto beobachtete, wie Giacomo sich klammheimlich von einer drallen Dunkelhaarigen in die Badestube führen ließ.

Rico hatte sich neben einer schwarzhaarigen Schönheit niedergelassen.

»Darf ich dir Mona vorstellen?« Stolz präsentierte er ihm seine Freundin. »Sie ist das wundervollste Mädchen in ganz Italien und wir lieben uns auf immer und ewig.«

Die schöne Mona nickte. Sie hatte bezaubernde Augen, verführerische Lippen und einen makellosen Körper.

---

* Frohe Weihnachten.

»Eins sag ich dir: Fass sie nicht an, Otto, sonst geh ich dir an die Gurgel. Komm, zeig ihm deine Rose, Mona!«

Sie schob aufreizend ihr Kleid über die Schulter, zeigte eine filigrane Rosentätowierung und lächelte Otto an, der nicht recht wusste, was er dazu sagen sollte.

»Ein Kunstwerk!«, stammelte er und trank von dem mit Salbei und Minze versetzten Wein.

»Ich habe sie zu ihrem Geburtstag stechen lassen. Ist sie nicht wunderschön?« Rico stand auf, zog Mona zu sich, küsste sie und verschwand mit ihr eng umschlungen. Allein zurückgelassen, war Otto so mulmig zumute, dass er verlegen Schluck für Schluck von dem Wein trank.

»Che bel ragazzino!*« Jemand fuhr ihm von hinten durch die Haare. Eine rothaarige, groß gewachsene Schönheit setzte sich neben ihn. Sie nahm seinen Kopf und drückte ihn an ihr halb geöffnetes Mieder. Otto ließ es geschehen und sog den warmen und anregenden Körperduft dieser Verführerin in seine Nase, bis er keine Luft mehr bekam.

»Ich heiße Giovanna«, säuselte sie ihm ins Ohr. Ihre schwarzen Pupillen wanderten hin und her, sodass das Weiße ihrer Augen auffallend funkelte, ihre Lippen formten sich zu einem einladenden Kuss.

»O…« Ihm kam gerade noch in den Sinn, dass er seinen Namen tunlichst vermeiden sollte. Mit einem »Oh, Giovanna, was für ein schöner Name. Ich bin sechzehn und komme aus Germania«, gelang es ihm, eine elegante Wende zu nehmen. Sein Italienisch war inzwischen so gut, dass sie sich ohne Probleme unterhalten konnten.

»Du warst noch nie bei uns, stimmt's?«

»Ja, und ich habe noch nie einem Weib beigewohnt; ich bin erst vor Kurzem in ein Kloster eingetreten.«

---

* Was für ein schönes Jüngelchen!

Otto fand, dass das gar nicht gelogen war.

»Wir sind ein ganz und gar katholisches Haus. Alles, was Gott dir geschenkt hat, sollst du zum vorgesehenen Zwecke nutzen und anwenden, wie damals König David, der mehrere Frauen besaß und sich jede genommen hat, die er begehrte. Jedenfalls steht das so im Alten Testament«, erklärte ihm Giovanna selbstbewusst und rückte näher an ihn heran.

»Du meinst das zweite Buch Samuel, Kapitel elf, wenn du …«

»Ich habe gedacht, dass es nördlich der Alpen nur blonde Menschen gibt, du aber bist schwarzhaarig«, unterbrach ihn Giovanna und fuhr ihm ein weiteres Mal durch seinen Wuschelkopf.

»Bei uns gibt es alle möglichen Haarfarben, mein Vater ist schwarz, meine Mutter blond; ich habe die Haare von meinem Vater und die blauen Augen von meiner Mutter geerbt. Ich habe noch nie ein Mädchen mit so schönen roten Haaren gesehen.«

Giovanna schien wenig beeindruckt und Otto fühlte, wie sich sein schlechtes Gewissen, das ihn beim Betreten des Hauses fest im Griff gehabt hatte, langsam, aber sicher von ihm verabschiedete. Außerdem wollte er vor den Freunden nicht als Versager dastehen, also trank er einen weiteren kräftigen Schluck von dem inzwischen lauwarmen Wein und hoffte inständig, sein Begehren nach diesem Weib würde möglichst schnell über die Moral und seine katholische Erziehung die Oberhand gewinnen.

»Komm mit, ich werde dir alles zeigen, was Mann und Frau zusammen machen«, forderte Giovanna ihn auf, nahm eine brennende Kerze und zog ihn hinter sich her auf die andere Seite der Galerie, die den Blicken der Besucher des

Badehauses entzogen war. Eine Tür reihte sich an die andere, dazwischen jeweils eine schwach scheinende Öllampe. Über jedem Türstock war ein in Stein gemeißelter Spruch wie »*Qui sine peccato primam lapidem mittat*[*]« oder »*Gaudium donum dei*[**]«. Sie öffnete die Tür zu einem der Zimmer, darüber stand »*Debita nostra dimitte nobis*[***]«, und schubste Otto hinein. Es war ein großes Zimmer, das neben einer Truhe als einziges Möbelstück ein Bett enthielt; den Boden bedeckte ein weicher Teppich, die Wände waren mit wertvollen Stoffen bezogen. Giovanna zündete mehrere Kerzen an der Wand an und streifte sich die Röcke vom Leib.

Otto stand wie gebannt vor ihr und bewunderte im diffusen Flackerlicht den nur mit einem Hemdchen bekleideten Körper, den sie verführerisch zu bewegen verstand. Giovanna tänzelte, strich sich aufreizend über die Hüften, zog ihn zu sich und griff ihm zwischen die Beine, wo seine Libido hinter der Schamkapsel nicht mehr zu verbergen war. Innerhalb weniger Sekunden hatte sie ihm Wams, Hemd und Hose heruntergerissen, was seine ungestüme Rute ins Freie drängen ließ. Als Giovanna vor ihm auf die Knie ging und mit einem geübten Handgriff aus einem Topf mit Rindertalg seine Männlichkeit einrieb, schoss es bereits aus ihm heraus und ein wohliges Zucken durchschüttelte ihn. Giovanna wischte sich laut lachend mit einem Tuch das Gesicht ab, als wenn dieses Missgeschick nicht zum ersten Mal passiert wäre.

»Es tut mir leid, ich wollte nicht … Warum lachst du?«, fragte Otto verwirrt.

»Ich lache nicht über dich und das ist auch nicht schlimm«, beruhigte ihn Giovanna und zog ihn zum Bett unter die

---

* Wer ohne Sünde ist, werfe den ersten Stein.
** Das Vergnügen ist ein Geschenk des Herrn.
*** Vergib uns unsere Sünden.

Decke, wo sie eng aneinandergeschmiegt im gleichen Rhythmus ein- und ausatmeten.

»Wenn du nie bei einem Mädchen gelegen hast, ist das ganz normal.«

»Du erzählst hoffentlich meinen Freunden … äh … Mitbrüdern nichts davon?«

Giovanna schüttelte den Kopf. »Alles will gelernt und geübt sein, *Carino*.«

So nennt sie vermutlich alle ihre Kunden, ging Otto durch den Kopf.

»Sicherlich geht es beim nächsten Versuch besser, dann nehme ich dich auf in mein Reich. Über deine Mitbrüder mach dir keine Sorgen, die beiden kennen wir seit Längerem. Wir sind zu absolutem Stillschweigen verpflichtet; was hier passiert, bleibt hier, nichts dringt nach draußen.« Giovanna hatte sich eine eigenartige Ausdrucksweise angewöhnt, die voll war mit klerikalen Anspielungen. Während sie sprach, erkundete er mit seinen Händen ihren glatten, makellosen Körper vom Hals über ihre kleinen, zierlichen Brüste bis hinunter zu ihren Beinen; dabei ertastete er zum ersten Mal in seinem Leben die weiche, feuchte und geheimste Stelle einer Frau. Der bloße Gedanke galt als schweres Vergehen, nun hatte er sogar seine Finger daran gelegt.

Sünde, Sünde, Sünde!, hämmerte es in seinem Kopf.

Von dir lass ich mir nichts mehr sagen!, hielt er dagegen. *Geh mir aus dem Sinn. Als Mann und Weib erschuf er sie. Sie ist ein Geschöpf des Vaters.*

»Mach es so, *Carino*!«, unterbrach Giovanna seine Gedanken, nahm seine Hand und führte sie an die Stelle ihres Körpers, die ihr anscheinend am meisten Lust bereitete. Mit seinen Fingerkuppen steuerte er ihre Verzückung.

»Oh, Giovanna«, seufzte er begehrlich, als sie ihre Lust laut hinausschrie.

»Na, wie war die Rothaarige?«, versuchte Giacomo auf dem Heimweg etwas spöttisch, Otto aus der Reserve zu locken.

Otto wollte nichts dazu sagen, um sich nicht in Verlegenheit zu bringen.

»Ich hoffe, dass das alles unter uns bleibt und nicht in Augsburg die Runde macht, sonst wird mein Stipendium ganz schnell auslaufen. Mein Kanonikat mitsamt meinen Pfründen kann ich dann vergessen«, lenkte er vom Thema ab.

»Mach dir nicht ins Hemd, bis heute haben alle aus der *Natio* dichtgehalten«, beruhigte ihn Rico und trällerte sein Lieblingsliedchen. *Inter pedes virginum gaudium est juvenum.*

Um die zweite Stunde nach Mitternacht waren sie zurück.

»Alle bis auf Longus waren dort und werden den Teufel tun, irgendjemandem etwas davon zu erzählen«, versicherte Giacomo.

»Auf Longus kann man sich verlassen, oder?«, fragte Otto.

»Sei unbesorgt. Wie ich ihn kenne, liest er stundenlang in seiner Exegese.*« Giacomo warf ein Steinchen ans Fenster. Longus schaute kurz heraus und bald darauf öffnete sich in einem Nebenraum der Küche ein Fenster, durch das sich Otto und seine Freunde hintereinander hineinzwängten.

»Na, habt ihr schön gefeiert und von den verbotenen Früchten genascht?«, fragte Longus gespielt tadelnd.

»Jedenfalls waren die klösterlichen *biscotti* ein voller Erfolg, wenn du das meinst«, schwärmte Rico.

---

* Bibelbetrachtung

»Ihr könnt nach oben gehen, die Luft ist rein. Der *Kustos* schläft vermutlich bereits weinselig und Padre Ferrara ist außer Haus. Deo gratias!«

»Wenn es solche guten Freunde wie dich nicht gäbe, Longus, wäre das Leben nur halb so schön!«, flötete Rico und wischte sich den Schmutz von seinem Wams.

Gleich den Helden einer siegreichen Schlacht schritten Otto, Giacomo und Rico, die Arme um die Schultern des Nächsten gelegt, hinauf in das Dormitorium.

Otto war in Gedanken an Giovanna eingeschlafen und aufgewacht. »Giovanna«, seufzte er. Auch während des langen Festgottesdienstes war er alles andere als bei der Sache gewesen.

»Von mir aus könnte jeden Tag Weihnachten sein, endlich wieder Fleisch und nicht diese langweilige Pasta«, stellte Giacomo beim Essen zufrieden fest.

»Mir wachsen die Spaghetti bald zur Nase heraus«, bemerkte Longus und Otto nickte gedankenschwer.

»Je weniger Studenten im Collegio sind, desto besser schmeckt das Essen, und man kann sich endlich einmal satt essen«, sagte Rico, wobei er genüsslich ein Hühnerbein abnagte.

»Meinst du, wir könnten in den nächsten Tagen vielleicht dem Castello einen weiteren Besuch abstatten?«, fragte Otto Giacomo etwas verlegen.

»Das Funkeln deiner Augen ist ja vielsagend. Du bist wohl auf den Geschmack gekommen? Die nächste Gelegenheit wird wohl erst an Silvester sein«, antwortete Giacomo und grinste ihn süffisant an.

»Geh erst einmal zur Beichte, natürlich nicht bei den Dominikanern, sondern irgendwo, wo man dich nicht kennt.

Und ein guter Rat: Lass dich auf keinen Fall ausfragen, hörst du!«

Otto nickte und atmete tief durch. Die Möglichkeit, es beichten zu können, hatte ihn zwar mit ins Castello gehen lassen. Jetzt stellte sich ihm die Frage, ob man das überhaupt beichten konnte.

13

Leeder, Sommer 1561

ANNA REHLINGER KÜSSTE das Buch. Der Bote aus Mindelheim hatte ihr soeben eine große Freude bereitet. Sie hielt die langersehnte, druckfrische Ausgabe von Caspars »Was die christliche Kirche sei und woran sie erkannt werden soll« in den Händen. Der Begleitbrief von Adam Reißner, der in gewohnter Art für die Drucklegung gesorgt hatte, klang jedoch sehr besorgt:

... ich ihro Liebden anmerken muss, so aus glücklich Zufriedenheyt er sein newes Werk hat erleben derfen, unseres

Meisters Gesundheyt sich in diesen Tagen in groben Maßen habe verschlechtert.

Sie versuchte vergeblich, sich in das neue Werk zu vertiefen, zu sehr war sie in Gedanken mit Caspars Gesundheitszustand beschäftigt. War Krankheit der Grund seiner überstürzten Abreise gewesen? Alle Versuche, den Flüchtigen irgendwo zu treffen, waren gescheitert. Selbst Georg war nicht in der Lage, seinen Aufenthaltsort herauszufinden. Sosehr sie hin und her überlegte, sie fand keine andere Antwort, als im Gebet den Meister in die Obhut Gottes zu empfehlen. Anna kniete sich auf ihren Betschemel, faltete die Hände und versank in eine tiefe und lange Meditation:

Oh Herr, gütiger Vater, ich begehre nicht das Deinige, sondern Dich;
Dich selbst will und suche ich,
darum will ich unablässig an Dich denken
und mein Herz mit Deiner Güte stillen;
ich will weder sein noch nicht sein,
weder wissen noch nicht wissen,
weder haben noch entbehren.
Allein, was Du willst, wie viel Du mir geben willst,
*darauf will ich täglich warten, Amen.**

* Gebet Caspar Schwenckfelds.

14

Bologna, San Matteo* 1561

OTTO KAM TIEF erschüttert von seinem Professor Boncompagni zurück ins Collegio und traf die Freunde auf dem Weg ins Refektorium. »Habt ihr von dem Massaker an den Waldensern gehört?«

Er erntete nur fragende Blicke.

»In der ganzen Stadt gibt es kein anderes Thema«, fügte er an und war entsetzt, dass seine besten Freunde nichts davon wussten.

»Ich dachte, dass sich diese Leute zum protestantischen Glauben bekannt haben und somit nach den Reichstagsbeschlüssen von Augsburg geschützt wären«, erwiderte Giacomo. Er hatte Otto wiederholt erzählt, dass er damals selbst von seinem Vater zu einigen öffentlichen Sitzungen mitgenommen worden war.

»Die *canes Domini* und ihr Ziegenhirt Ghislieri schlürfen anscheinend an ihrem eigenen Süppchen«, fügte Rico an, und Otto hatte den Eindruck, als würde er diese Geschichte ins Lächerliche ziehen. Er konnte diese Reaktion nicht verstehen.

»Rührt euch denn nicht das grausame Schicksal Tausender unschuldiger Menschen, Frauen und Kinder? Geht es euch nur um überschrittene Kompetenzen?«, polterte er los. »Was seid ihr denn für Christen!«

Rico und Giacomo blieben sichtlich verdutzt stehen und schauten Otto fragend an.

---

* 21. September

»Beruhig dich erst mal und erzähl uns diese Geschichte.« Giacomo legte ihm eine Hand auf die Schulter, die Otto barsch zurückwies.

Er war außer sich. »Die Waldenser haben sich zur protestantischen Reform bekannt und wurden dennoch in ihrer Heimat verfolgt. Sie siedelten sich in dem kalabrischen Ort Guardia Piemontese an. Kardinal Michele Ghislieri, Bischof der piemontesischen Stadt Mondovì, befahl, alle Waldenser, sowohl im Piemont als auch in Kalabrien, auszurotten. Am fünften Juni wurden in dem kleinen Ort an die zweitausend Menschen abgeschlachtet. Die wenigen Waldenser, die überlebt haben, wurden gezwungen, zum Katholizismus zu konvertieren. Ein Mord an unschuldigen Menschen! *Was ihr dem geringsten meiner Brüder getan habt, das habt ihr mir getan.*«

»Ich habe dich niemals so wütend gesehen, Otto. Was schmerzt dich denn an dieser Sache: dass das Blut von Unschuldigen vergossen wurde oder dass es unsere eigene katholische Kirche ist, die das zu verantworten hat?«

Otto packte Giacomos Schulter und schüttelte ihn. »Ich sage es dir, was mich schmerzt, Herr Fugger: Teilnahmslosigkeit und Gleichgültigkeit.«

15

Leeder, Ende November 1561

Anna stand am geöffneten Fenster und blickte hinunter in den Hofgarten. Die Bäume hatten ihr buntes Kleid bereits abgeworfen und erwarteten in stoischer Gleichgültigkeit den Winter. Die Berge am Horizont waren schneebedeckt und die Sonne tauchte sie in ein rotes Licht. Anna konnte sich nicht daran erfreuen. Sie verspürte eine Unruhe, die sich in ihr über Monate hinweg ausgebreitet hatte, und je länger sie darüber nachdachte, desto klarer wurde ihr, dass es sich entweder um eine Strafe Gottes oder um den Fluch der Marianischen handeln musste. Die Nacht mit Georg im Heuschober vor vier Jahren. War es das, wofür sie büßen musste? Gerade jetzt, wo die Natur alles absterben ließ, fragte sie sich, warum sie nicht in der Lage war, neues Leben zu schenken. Sie fühlte sich stark und gesund und es vergingen keine zwei Tage, in denen Emanuel ihr nicht beiwohnte.

Es klopfte an der Tür. Anna wusste, dass es nur ihr Mann sein konnte, und antwortete nicht.

Sie hörte, wie Emanuel hereinkam und sich ihr näherte.

»Du bist traurig?« Zärtlich legte er seine Hände um ihren Hals.

Anna blickte weiterhin aus dem Fenster.

»Ich weiß, dass es dein größter Wunsch ist, Kinder zu haben, und es an mir liegt, dass dir dieser Wunsch nicht erfüllt wird.« Sie drehte sich um und schaute ihn mit feuchten Augen an.

»Sprich nicht von Schuld, Anna! Vertraue auf Gott und seine unendliche Vorsehung; wenn es ihm gefällt, wird er uns Kinder schenken.«

»Deine lieben Worte mögen tröstlich sein, Emanuel, lösen aber unser Problem nicht. Kannst du dich an unseren Hochzeitstag erinnern? Als wir zu Caspar nach Schäfmoos fahren wollten, hat uns ein altes Weib aufgehalten, ganz in Schwarz gekleidet. Sie hat dir ein Schriftstück überreicht. Du hast mir nie gesagt, was sein Inhalt war. Schließlich mussten wir umdrehen, weil ein Baum den Weg versperrt hatte. Ich glaube, dass diese Frau etwas mit unserem Unglück zu tun hat. Es liegt ein böser Zauber auf unserer Verbindung, der nicht mit schönen Worten gebannt werden kann. Ich beschwöre dich, Emanuel, lass uns etwas dagegen tun!«

»Ich habe dir diese Zeilen verheimlicht, weil sie von bösen Menschen unten aus dem Ort verfasst wurden, die uns, unserem Glauben und unserer Liebe Schaden zufügen wollen. Kein Wort davon ist es wert, gelesen oder gar geglaubt zu werden.«

»Ich kann keine Kinder bekommen, weil ich verflucht wurde! Ist es nicht so?« Anna sah ihrem Mann kurz in die Augen, setzte sich auf einen Stuhl und verbarg ihr Gesicht mit den Händen.

»Lass dich nicht auf den Irrglauben vom Verfluchen und Verfluchtwerden ein, Anna. Wir führen ein gottgefälliges Leben und kein menschliches Wesen ist in der Lage, sich einzumischen.«

»Vielleicht ist es die Strafe Gottes, dass ich kinderlos bleiben muss, weil ich nicht als Jungfrau in die Ehe gekommen bin.«

Emanuel strich ihr beruhigend übers Haar. »Wie kannst du so etwas sagen, Anna? Du lebst in den traditionellen

Vorstellungen eines Rachegottes. Gott ist gütig und verzeiht, er hält seine Hand über uns und beschützt uns, glaub mir.«

Sie konnte diesen salbungsvollen Ton ihres Mannes nicht mehr hören. Es musste etwas geschehen und sie wusste, was es war. Anna lief zwei Schritte zur Seite, wischte sich hastig die Tränen von den Wangen und drehte sich ihrem Mann zu. »Ich muss herausbekommen, was es ist, das mich unglücklich macht. Ich bitte dich darum, Emanuel, für ein paar Tage nach Ulm gehen zu dürfen. Caspar ist dort im Haus von Agatha Streicher, anscheinend geht es ihm nicht gut. Ich muss ihn sehen.«

»Woher hast du die Informationen über Caspar?«

»Georg kam gestern aus Memmingen zurück, wo er bei den Moretzgis erfahren hat, dass sie Caspar nach Ulm gebracht haben. Sie alle machen sich Sorgen um seine Gesundheit. Lass mich bitte, bitte fahren, Emanuel! Vielleicht ist es die einzige Möglichkeit für mich, ihn einmal zu sprechen.« Sie wusste, dass Emanuel ihrem Ansinnen nicht im Weg stehen würde.

»In Gottes Namen, du sollst deinen Willen bekommen, Anna! Ich würde am liebsten mit dir kommen.«

Sie zuckte innerlich zusammen. Genau das würde ihren Plan gefährden.

»Das brauchst du nicht, Emanuel. Karl wird auf mich aufpassen. Sorge dich um Jacobus und das Schloss.«

»Du hast recht. Hm, die Tage sind schon sehr kurz und es ist für Reisen fast zu kalt.« Er runzelte die Stirn. »Ich gebe dir einen Zweispänner mit, das verkürzt die Reisezeit. Ein paar Tage werden für diese Fahrt wohl nicht ausreichend sein. In Ulm quartierst du dich im ›Goldenen Hirschen‹ ein, das ist das erste Haus am Platz. Aber vorher steigt ihr in

Memmingen bei den Moretzgis ab. Du kannst ihnen einige Bücher geben, auf die sie bereits lange warten.«

Anna fiel ihm um den Hals. Sie war zufrieden.

Am nächsten Morgen stand der Kutscher Karl abfahrbereit vor dem Tor.

»Ich habe ein wenig Geld, das Vater dir für Caspar mitgibt, falls er Medikamente oder sonstige Hilfe braucht.«

Anna nahm den kleinen Beutel, den ihr Mann ihr in die Hand drückte, umarmte Emanuel und küsste ihn lange.

»Pass gut auf Anna auf, Karl! Der Herr möge dich beschützen und dich mir erhalten, Anna. Entbiete Caspar, Agathen und allen Brüdern und Schwestern die herzlichsten Grüße.«

»Mach dir keine Sorgen, Emanuel, auch wenn die Reise etwas länger dauern sollte, Gott wird bei mir sein.« Sie schlug ihren Mantel über die Schulter und setzte sich zum Kutscher auf den Wagen. Die beiden Rappen trabten los, und als sie sich nach kurzer Zeit umsah, war das Dorf bereits im herbstlichen Dunst verschwunden.

»Ihr g'sehnd us, Herrin, als wöded Ihr bis ans Ende vo dera Welt reisa.« Karl lachte verschmitzt.

»Nicht ganz so weit, Karl, aber wir werden einen kleinen Umweg machen. Halt an, damit ich es dir erklären kann.«

»Brrrrrrr … Buaba, es gibt ebbas nuis!« Der Kutscher zog die Zügel straff und die Pferde blieben schnaubend stehen.

»Hör gut zu! Wir fahren über Ettringen nach Memmingen und nicht über Buchloe.«

»Ettringe? Aber d'Herrschaft hot g'seed aufm schnellschta Wäg …«

»Jetzt bin ich die Herrschaft, mein Lieber, also keine

Widerrede. Und merk dir das: Der Umweg bleibt unter uns; ich möchte, dass du mit niemandem darüber sprichst.« Anna öffnete das Säckchen, überlegte kurz und verschloss es. Als sie in ihre eigene Tasche griff, zwinkerte sie mit einem Auge und drückte Karl eine Münze in die Hand.

»Ha, wenn des so isch, nochad weil o it glei!« Karl schnalzte mit der Zunge und die Rappen trabten an. Nach drei Stunden fuhren sie in Ettringen ein.

»Ma fährt uf Ettringa bloßig, wemma zur Els will«, kombinierte Karl nach längerem Überlegen und sah Anna fragend an.

»Genau das ist der Grund. Geh jetzt und frag nach dem Haus.«

»Kenscht du d' Els und woisch, wo se wohnt?«, fragte Karl einen Jungen, der eine Kuh vor sich hertrieb.

»Wer kennt se idda? Es kommed viel Leit zur Els. Franzosa, Fürscht und Grafa. 's Geld verschenkt se. Dohinda bei dr Kiacha wohnt se.«

Kurz darauf hielt Karl hinter dem Friedhof an einem kleinen, unscheinbaren Häuschen, das von einem riesigen Garten umgeben war, die Rappen an.

»Geh rüber ins Wirtshaus, Karl, und versorg die Pferde, es wird nicht lange dauern«, rief Anna und stieg vom Wagen. Ihr Herz klopfte, dass sie es bis zum Hals spürte, als sie das Gartentor öffnete und sich dem Häuschen näherte. Bevor sie es erreicht hatte, kam ihr die Els entgegen. »Willkommen, schöne Frau, der Friede sei mit dir.«

Anna hatte sich eine Wahrsagerin und Kräuterkundige ganz anders vorgestellt. Die Els war eine groß gewachsene Frau mittleren Alters. Ihr Haar hatte sie kunstvoll geflochten zusammengesteckt. Unter einem weiten Mantel trug sie ein bodenlanges rotes Kleid.

»Ich bin Anna, das Weib von Emanuel Rehlinger«, stellte Anna sich vor.

»Komm herein, hier sind wir ungestört. Seit wie vielen Jahren bist du schon kinderlos verheiratet?«

Anna staunte nicht schlecht. »Seit drei Jahren«, flüsterte sie, »woher weißt du das?«

»Wenn mich so junge Weiber besuchen, geht es meist darum. Ich sehe es einer Frau außerdem an, ob sie Kinder geboren hat. Setz dich.«

Anna tat wie geheißen und sah sich in dem Häuschen um. Überall standen Töpfe, Krüge und Kübel; getrocknete Kräuter, Leinensäckchen und allerlei Äste und Zweige hingen von den Wänden. Der Duft nach Minze und frischem Heu stieg ihr in die Nase. Die Wärme, die die Feuerstelle verströmte, tat ihr gut, und zufrieden wollte sie sich die Hände reiben, doch bevor sie dazu kam, hatte die Els ihre Rechte genommen und strich wiederholt mit ihrem Daumen über die Handfläche.

»Die schlimmste Zeit deines Lebens liegt bereits hinter dir, Anna Rehlinger. Deine Eltern haben dich früh verlassen und böse Hände hatten sich nach dir ausgestreckt.«

Anna erinnerte sich sofort an den alten Blärsch.

»Aber es gab und gibt auch gute Männer in deinem Leben. Du wirst vier gesunde Kinder haben.« Die Els stutzte, schaute sie mit gütigen Augen an und lächelte. »Eines davon wird ein Pfaffenkind sein.«

»Ein Pfaffenkind?« Anna schüttelte den Kopf und sah die Frau fragend an. Dann überkam sie ein erlösender Schwall von Glück, und Tränen rannen ihr über die Wangen.

»Sie werden alle in eine unruhige Zeit der Krankheit und Verfolgung hineingeboren, aber keinem deiner Kinder wirst du ins Grab schauen müssen. Das ist alles, was ich dir sagen kann.«

Anna hätte vor Erleichterung am liebsten getanzt und gejubelt.

»Ich gebe dir ein Pulver mit, das du deinem Mann an den ersten drei Tagen des zunehmenden Mondes ins Essen mischen sollst. Es ist eine Mischung aus getrockneter Alraune, Löffelkraut und Kerbel. Es wird seine Wirkung nicht verfehlen.«

Anna sprang auf. »Ich danke dir von ganzem Herzen. Nimm dies als kleines Zeichen der Wertschätzung für deine Hilfe!«

Anna zog eine Münze aus dem Beutel, den ihr Mann ihr mitgegeben hatte, und drückte sie der Els in die Hand.

»Gott vergelt's! Ich helfe nur Menschen, die gut sind; du bist rein in der Seele und edlen Gemüts.« Sie schaute ihr mit einem wissenden Lächeln tief in die Augen und begleitete Anna bis zum Gartentor.

»Nimm dich in Acht vor den Pfaffen, Rehlingerin, wenn du einmal in ihren Bann geraten bist, wird es schwer, sie wieder loszuwerden.« Sie lachte laut, als wenn sie ihre eigenen Erfahrungen mit der Geistlichkeit gemacht hätte, und deutete hinüber zur Kirche.

Karl stand bereits neben der Kutsche. Anna setzte sich froh gelaunt und dennoch gedankenschwer auf den Wagen.

Ein Pfaffenkind? Wie kann es sein, dass ich von einem Pfaffen ein Kind bekommen soll?, grübelte sie. *Mit Georg verbindet mich ein Freundschaftsband, das durch den gemeinsamen Glauben geknüpft ist. Und außerdem liebe ich Emanuel und käme niemals auf den Gedanken, ihm untreu zu werden.*

Sie schob die Worte der Els beiseite. *Es wird mir nichts*

anderes übrig bleiben, als die Geschehnisse auf mich zukommen zu lassen.

»Fahr mer jetzt weiter uf Memminga, bevor's Nacht wead, Herrin?«

Anna nickte dem Kutscher zu und mit einem aufmunternden »Hüa, Buaba!« holperte der Wagen aus dem Ort.

16

Memmingen, 1. Dezember 1561

Es WAR DAS erste Mal seit langer Zeit, dass sie ohne dieses verkrampfte Gefühl im Bauch aufgewacht war. Sie hatte sich am Abend lange Gedanken gemacht über die Worte der Els. Sie musste die Schuldgefühle überwinden, die sie jahrelang geplagt hatten, und die Zuversicht, die sie bei der Els gewonnen hatte, würde ihr dabei helfen.

Wie viel Freude sie mit Caspars Schriften in dieses Haus hatte bringen können. Anna freute sich darüber, als sie sich am nächsten Morgen von den Moretzgis verabschiedete.

»Du hast unser Leben bereichert, Anna, vergelt's Gott!«, bedankte sich Thomas Moretzgi. Sie wusste nicht, ob sie selbst damit gemeint war oder die Bücher.

»Wer isch öbba dia Frau, wo mir nafahred?«, fing Karl ein Gespräch an.

»Sie ist eine von uns und die einzige niedergelassene Ärztin im reichsstädtischen Ulm. Obwohl sie keine Universität besuchen durfte, was nur Männern vorbehalten ist, besitzt sie ein profundes medizinisches Wissen, das sie sich als Assistentin ihres Bruders angeeignet hat. Caspar ist dort sicher in allerbesten Händen«, antwortete Anna. »Wann glaubst du, dass wir dort eintreffen werden?«

»Wenn mir des Ulmer Münschter zum erschte Mol erkennet, isch es no a Stund.«

Es war so, wie Karl es vorhergesehen hatte. Am späten Nachmittag fuhren sie über die Donaubrücke und bogen gleich darauf auf den Münsterplatz ein.

»Wir logieren im ›Goldenen Hirschen‹, Karl. Versorg die Pferde und lass es dir gut gehen. Über zwei Nächte werden wir sicherlich bleiben.«

Die Gastwirtschaft lag nur eine kurze Strecke vom Münsterplatz entfernt.

»Habt Ihr eine Vorladung bekommen bei der Ärztin?«, fragte der Wirt am nächsten Morgen, als Anna ihm den Grund ihres Aufenthalts in Ulm nannte.

»Es geht nicht um eine Behandlung, eher um einen Besuch, angemeldet bin ich allerdings nicht.«

»Es kommen Leute aus dem ganzen Reich zu ihr und vielen hat sie geholfen. Die Streicherin mag äußerlich grob und unnahbar sein, aber glaubt mir: Sie hat ein großes Herz, es versteckt sich hinter einer rauen Schale. Ihr könnt ihr Haus nicht verfehlen. Es ist das große an der Ecke, oben an der Langen Gasse, die südlich des Münsterplatzes verläuft. Geht möglichst bald, dann seid Ihr bei den Ersten.«

Anna bedankte sich bei dem Wirt. Sie konnte sich gut an das Haus erinnern. Vor Jahren hatte sie mit Georg nach der Flucht aus Kempten vor dieser Tür gestanden. Mit klopfendem Herzen schlug sie den Ring mit der Asklepiosschlange auf das Eisen.

»Wach auf, mein Seel! Ich bin Anna Rehlinger aus Pilgerhausen und möchte Caspar besuchen«, rief sie der Frau zu, die ihr öffnete. Sie glaubte, es wäre eine Bedienstete.

»Lobsinge seinen Namen! Sei herzlich willkommen, Schwester.«

»Oh, verzeih mir, ich dachte, dass mir eine Magd öffnen würde. Es tut mir leid, dass ich dich nicht gleich erkannt habe. Ich war mit Georg vor einigen Jahren schon einmal in eurem Haus.«

»Freilich, Anna Rehlinger, ich sehe euch vor mir, wie ihr völlig ausgehungert und müde in Ulm angekommen seid. Was verschafft mir denn die Ehre deines Besuchs?«

»Ich habe gehört, dass Caspar von dir gepflegt wird und es ihm nicht gut geht. Ich möchte wenigstens einmal in meinem Leben mit ihm sprechen. Würdest du mir das ermöglichen, Agatha?«

»Natürlich kannst du zu ihm. Caspar hat oft von seinen Freunden in Pilgerhausen gesprochen; dabei hat er geschwärmt, wie wohl er sich dort gefühlt hat und eure Familie ihm hilfreich in allen möglichen Situationen zur Seite stand. Georgs Schriften sind ständig Thema bei Caspar, auch wenn seine Kraft nachgelassen hat.«

Als sie Georgs Namen vernahm, spürte Anna, dass sich bei ihr eine Gleichgültigkeit ihm gegenüber eingestellt hatte.

»Caspar geht es nicht gut, er betet täglich darum, in die himmlische Heimat aufgenommen zu werden«, sagte Agatha, während sie die breite Treppe in das obere Stockwerk gingen.

»Welcher Art ist denn Caspars Leiden?«, fragte Anna besorgt.

»Schwindsucht! Wir haben die Besuchszeiten auf zwei Stunden täglich beschränken müssen, da ihn ständiges Sprechen zusätzlich schwächen würde. Er wird im Augenblick versorgt, und in ungefähr einer Stunde kommen seine Freunde zum täglichen Konventikel, erst danach kannst du ihn sprechen. Du wirst es verstehen, Anna, wenn ich dich allein lasse. Meine Helferinnen werden dich hinaufführen.« Die Ärztin verschwand und Anna setzte sich auf einen der Stühle in dem geräumigen Vorraum.

Nun habe ich den Meister endlich gefunden und muss an sein Krankenbett treten.

»Schwindsucht«, flüsterte sie und ermahnte sich, dass der Tod der neue Beginn war, nicht das Ende.

Wie undurchsichtig Gottes Pläne sind. Mir, der einfachen Magd des Herrn, neues Leben zu verwehren und den Meister zu sich zu holen.

Weitere Menschen kamen in das Vorzimmer und warteten. Nach einer Stunde drängten sich wohl zwei Dutzend zusammen. Es glich einer katholischen Heiligenwallfahrt, kam es Anna in den Sinn.

»Anna Rehlinger«, hörte sie plötzlich ihren Namen. Eine der Schwestern winkte sie zu sich. »Ihr dürft auf Anordnung Agathas mit Caspar eine kurze Weile allein sprechen. Folgt mir!«

Sie gingen ein Stockwerk höher und Anna spürte ihren Puls so stark am Hals, dass sie glaubte, die Adern müssten platzen. Die Schwester legte ihr Ohr an die Tür und öffnete sie. »Wir haben heute Besuch aus Leeder, Caspar.«

Anna trat über die Schwelle und fiel vor dem Bett auf die Knie.

»Ich bin Anna Rehlinger.« Als sie den Kopf hob, erschrak sie zutiefst. Ein Greis lag vor ihr: eingefallen, blass und abgemagert. Nur seine Augen ließen etwas von seiner Güte erahnen. Den würdevollen und stattlichen Mann, den sie in ihrer Vorstellung hatte, gab es nicht oder es war nicht viel von ihm übrig geblieben. Die Krankheit hatte ihn schwer gezeichnet. Dennoch gingen eine Kraft und Ausstrahlung von ihm aus, die Anna in Demut versinken ließen.

»Anna, welche Freude! Der Herr sei mit dir! Du kannst dich glücklich schätzen, im Haus von Jacobus, einem meiner vortrefflichsten Mitstreiter, zu leben. Erzähl mir, wie es euch dort oben in den Wäldern geht!« Caspar atmete schwer und musste jeden Satz mehrmals unterbrechen.

Anna zögerte, sie spürte, dass dieser Mann näher an Gott war als alle Menschen, die ihr bisher begegnet waren.

»Ich bin mit Emanuel verheiratet. Er ist ein guter Mann und wäre bestimmt auch ein guter Vater. An unserem Hochzeitstag wollten wir nach Schäfmoos, um uns von Euch segnen zu lassen, aber widrige Umstände zwangen uns umzukehren. Ein altes Weib hat sich uns in den Weg gestellt. Ich befürchte, dass sie uns verflucht hat, denn unsere Ehe ist bisher kinderlos geblieben.« Anna atmete tief ein und senkte den Kopf.

Caspar strich über ihr Haar. Er setzte sich etwas auf. »Erinnere dich an das Evangelium, Anna, wo der Engel Gabriel Maria die frohe Botschaft ihrer anstehenden Geburt verkündete: *Und siehe, Elisabeth, deine Gefreunde, ist schwanger mit einem Sohn, in ihrem Alter, und geht im sechsten Monat, sie, von der man sagt, dass sie unfruchtbar sei, denn bei Gott ist kein Ding unmöglich.* Mache dich innerlich bereit, nimm den Geist Gottes in dich auf und vertraue auf die Vorsehung und die Gnade des Herrn.« Caspar hatte mehrmals unterbrechen müssen und hustete in sein Taschentuch.

Anna hob den Blick und nahm seine Hand. »Meister, darf ich Euch etwas fragen, was mich seit Jahren beschäftigt und mir keine Ruhe lässt?« Ihre Stimme fing an zu zittern. »Bestraft der Herr meine Sünde mit Georg Mayer, dem ich in der Nacht unserer gemeinsamen Flucht aus Kempten beigewohnt habe, indem er meine Ehe mit Emanuel kinderlos lässt?«

Caspar lächelte mild. »Georg, mein treuester Freund und Helfer. Hab keine Bedenken, Anna! Unser Gott ist ein verzeihender und freundlicher Gott. Er hat dich auf den Pfad der Wahrheit und des Verstehens geführt. Sein Wille ist unser Denken, sein Vorbild ist unser Leben; er gibt und nimmt nach seiner Zeit und nicht nach der unseren.«

Anna durchzog ein Gefühl der Geborgenheit und Wärme.

Caspar hustete mehrmals, bevor er weitersprechen konnte. »Wir Menschen versuchen, nach Geboten und Verboten zu leben, die vor Gott keinen Bestand haben. Das Höchste vor Gott ist die Liebe; du hast einen Menschen geliebt, warum sollte er dich dafür bestrafen. Löse dich von dem Gefühl der Schuld, die durch eine Beichte getilgt werden kann. Jesus hat niemals davon gesprochen, einen Sünder zu bestrafen, sondern er hat allen vergeben. Frage dein Herz nach dem rechten Weg und nimm Gott in dich auf, damit erwirbst du dir das ewige Leben. Mein irdischer Pfad geht bald zu Ende.« Abermals wurde er von einem heftigen Hustenanfall geschüttelt. »Ich bete zu Gott, dass er mich in seine himmlische Wohnung aufnimmt. Sei ohne Sorge, Rehlingerin. Lebe mit deinem Mann das Wort Gottes und vertraue auf den Herrn.«

Anna drückte dankbar seine Hand an ihre Wange und begegnete seinem gütigen Blick. Sie spürte, dass dies ihre erste und gleichzeitig letzte Begegnung mit ihm sein würde. Die Schwester klopfte an die Tür, Anna stand auf und ging ein Stück beiseite.

Nach und nach kamen die Besucher herein und drängten sich um das Bett des Meisters. Sie begrüßten ihn und drückten ihm die Hände.

»Liebe Brüder und Schwestern in Christo«, begann er schließlich zu sprechen, »meine Kraft hat nachgelassen, meine Hände sind schwach und mein Geist ist müde. Herr, ich lobe und ehre dich, dass du mich so lange Zeit zu deinem Werkzeug gemacht hast. Nun weiß ich, dass alles, was ich gelehrt habe, das Deinige ist, und nichts davon widerrufen wird. Ihr werdet es in meinen Büchern finden. Meine Seele ruhe in Gott, dem Herrn. Ich empfehle euch alle dem Willen Gottes. Herr Jesus, ich empfehle mich deiner Gnade und Barmherzigkeit, Amen. Ihr Freunde, singt mit mir das Lied …«

Ein Hustenanfall erschütterte seinen geschwächten Körper, jedes Wort fiel ihm sichtlich schwer.

Die Schwester bat die Besucher, den Raum zu verlassen. Anna drängte sich durch die Menschen hindurch, die sich alle von Caspar verabschieden wollten, und ging nach unten in den Empfangsraum, wo sie auf die Medizinerin traf.

»Caspar geht es wohl sehr schlecht?«, fragte Anna vorsichtig.

»Er wird diese Woche nicht überleben, so schwer und bitter es sein mag, dies zu sagen. Keine ärztliche Kunst vermag ihn zu retten.«

»Gibt es denn gar keine Hoffnung?«

»Krankheit und Tod sind meine täglichen Begleiter. Die Kunst, das Leben zu verlängern, stößt irgendwann an eine Grenze.«

Anna seufzte tief und Agatha nahm sie in den Arm.

»Sei jetzt stark, Schwester. Trage die Gedanken und die Botschaft dieses Mannes hinaus in die Welt und schätze dich glücklich, diesen wunderbaren Menschen gekannt zu haben. Behüte dich Gott der Allmächtige!«

Anna verließ das Haus der Streicherin und begab sich in den »Goldenen Hirschen«. *Löse dich vom Gefühl der Schuld,* ging ihr immer wieder durch den Kopf. Caspar hatte ihr die Last genommen, sie fühlte sich frei und unbeschwert. *Warum habe ich ihn nicht schon früher getroffen?* Sie warf sich auf das Bett und weinte hemmungslos.

17

Bologna, Dezember 1561

»Sie haben Rico erwischt, gestern, als er aus dem Castello kam!«, flüsterte Giacomo im Vorbeigehen.

Otto blieb stehen und packte seinen Freund am Ärmel. »Wie konnte das passieren?« Er dachte sofort an Giovanna.

»Ich kann dir im Moment nicht mehr sagen. Lass uns erst einmal die Verabschiedung hinter uns bringen, dann sind wir unter uns.«

Ich muss so schnell wie möglich ins Castello, dachte Otto. Er befürchtete das Schlimmste. Im Studierzimmer setzte er sich niedergeschlagen an seinen Platz.

Warum musste sich Rico an einem normalen Tag dort blicken lassen? Und wer holt uns nun das Kennwort? Ich muss es haben und Giovanna sehen, sonst gehe ich zugrunde. Otto schwirrten die Gedanken nur so durch den Kopf. Er biss sich auf die Lippen und versuchte, seine Unruhe zu unterdrücken. Inzwischen hatten sich alle Kommilitonen versammelt.

»Im Verständnis der christlichen Lehre ist es verdienstvoll, sich dem allmächtigen Gott mit Leib und Seele in einer Weise vollständig zu widmen, sodass kein Raum für Hingabe an niedere Bedürfnisse bleibt«, begann der Regens seine Rede. »Wie wir alle wissen, gehören die Gebote der Abstinenz von Wollust und Triebhaftigkeit sowie die Ehelosigkeit zu den grundlegenden Regeln des Ordensrechts. Um dem Ideal der geschlechtlichen Enthaltsamkeit genügen zu können, begegnet den körperlichen Begierden mit

Versenkung in Gebet, Askese und Selbstzüchtigung! *Porneia* schadet nicht nur eurer Entwicklung, sondern ist verantwortlich für geistigen Stillstand, gesellschaftlichen Verfall und sittliche Verderbtheit. Bündelt eure ganzen Kräfte für die Vereinigung mit dem Heiligen Geist und der Mutter Kirche, werdet zu Instrumenten des Glaubens und überlasst die niederen Triebe den Primitiven, die – arm im Geiste – derer dringender bedürfen.«

Otto kannte die Tradition von Padre Ferrara, jedes Jahr am Tag der heiligen Luzia, dem letzten Tag vor den Weihnachtsferien, eine salbungsvolle Abschiedsrede zu halten.

Im Hintergrund rülpste jemand halblaut in die andächtige Stille, der Regens ließ sich nichts anmerken.

»Jeder, der im Collegio die Möglichkeit erhält, an einer der besten Universitäten des Kirchenstaats zu studieren, sollte sich dieses Privilegs bewusst sein, sein Benehmen danach richten und wissen, dass einzig und allein die Wahl einer geistlichen Laufbahn, aus Dankbarkeit unserem Heiligen Vater gegenüber, der unseren Orden so großzügig unterstützt, für die in diesem Hause erhaltenen Güter infrage kommt.«

»Ein Hoch auf das Castello«, murmelte Longus zynisch vor sich hin und Otto lief puterrot an. Giacomo warf Longus einen bösen Blick zu.

»Unzucht und körperliche Ausschweifungen von Scholaren, wie sie uns kürzlich berichtet wurden, werden wir nicht dulden. Wer künftig die nächtliche Ausgangssperre missachtet, muss mit körperlicher Züchtigung, bei wiederholtem Vergehen mit der Ausweisung aus dem Collegio rechnen. Wir wünschen euch allen ein gesegnetes, frohes Fest bei euren Anverwandten. Möge die Gnade der Geburt Jesu Christi auf euch und eure Familien kommen. Amen.«

Otto hatte sehr wohl verstanden, dass diese Rede auf ihn und die *Natio* zugeschnitten war. Ein kurzer Blickkontakt ließ ihn befürchten, dass der Regens mehr wusste, als ihm lieb sein konnte.

Der Padre schien zufrieden und verabschiedete sich von den *Citras*. Otto reihte sich nicht in die Schlange der Studenten ein, die über die Festtage das Collegio verlassen würden. Seine Gedanken waren bereits in der Via Senzanome, wenn auch ohne das altvertraute schlechte Gewissen. Otto hatte seine Besuche dort schon lange nicht mehr gebeichtet. Wenn es etwas zu beichten gäbe, dann, was dort mit den Mädchen passiert.

Am Abend saßen die Freunde in einer der zahlreichen Trinkstuben der Stadt, die nicht nur von Studenten, sondern ebenso von Professoren und anderem universitärem Personal besucht wurden.

Giacomo war seit dem Sommer Sprecher des Collegios. Wegen der Angelegenheiten nach dem Tod seines Vaters hatte er zu viel Zeit verloren und musste noch ein weiteres Jahr studieren.

»Nach der Ansprache von Ferrara müssen wir vorsichtiger sein. Und vor allem gilt es, absolutes Stillschweigen zu bewahren, verstanden!«

Otto nickte ungeduldig. »Jetzt erzähl endlich, was sich mit Rico zugetragen hat.«

»Die feigen Hunde haben ihm aufgelauert und ihn im Kloster unter dem Vorsitz von Erminio die ganze Nacht verhört und übel verprügelt, weil sie unbedingt den Geheimwortgeber herausbringen wollten. Aber Rico hat niemanden verraten. Er musste sofort seine Sachen packen; Oktavian hat ihn heute Morgen beim Verlassen des Collegios getroffen, aber wenig mit ihm sprechen können. Nur, dass wir uns vor Erminio in Acht nehmen müssen. Ich glaube, dass die ganze Geschichte um die Castello-Besuche für ihn ein gefundenes Fressen ist. Es ist zu befürchten, dass dieser Vorfall seinen Hass gegen die Mädchen zusätzlich steigern wird. Einer der Besucher des Castello hat Rico wohl verpfiffen. Auf einem Zettel, den er Oktavian in die Hand gedrückt hat, stand der Name Monsignore Mangiacapra. Vermutlich war er der Verräter. Rico ist wohl auf dem Weg nach Ravenna, wo seine Familie Bekannte hat; dort will er über die ganze Sache Gras wachsen lassen.«

»Und was sollen wir machen, wenn wir keine Losung mehr bekommen?«

Giacomo ging nicht auf Ottos Sorge ein.

»Kannst du dich an diesen fetten, sabbernden Kirchenmann in Violett erinnern, der unten an der Tür stand und mit dem Kastraten getuschelt hat, als wir wieder gehen wollten? Die beiden verstummten sofort, als sie uns bemerkt hatten. Der Geistliche hat uns mit dem Arsch nicht angesehen. Ich glaube nicht, dass er aus einem Kloster stammt, denn seine Kleidung war eindeutig die eines Prälaten.«

Otto rief sich das Bild in Erinnerung. Sein Freund hatte recht.

»Wir müssen herausbekommen, wer dieser Monsignore ist, wenn es denn einer sein sollte, und was er mit Rico zu tun hat. Ich werde Longus fragen, ob ihm der Name Mangiacapra etwas sagt. Er muss dahinterstecken, warum sollte Rico sonst diesen Namen aufschreiben? Vielleicht versuchen sie ja, uns ebenfalls aufzulauern. Wir werden uns wohl was Neues einfallen lassen müssen, wenn wir weiter ins Castello wollen.«

Otto atmete tief ein.

»Jetzt reiß dich zusammen, Otto, es gibt für jedes Problem eine Lösung, Verzweiflung hilft nicht weiter.«

Otto fühlte sich elend bei diesem Gedanken. Zu sehr hatte er sich an die Besuche bei Giovanna und an ihre wohltuende körperliche Nähe gewöhnt; daran änderte auch der Wein nichts, den er sich in seiner bisher unbekannten Gefühlslage als hilflosen Versuch der Ablenkung einverleibt hatte.

Giacomo packte ihn an den Schultern und schüttelte ihn. »Lass erst einmal die ganzen *Citras* in die Ferien verschwinden, dann sehen wir weiter.«

Otto reagierte nicht, sondern saß mit versteinerter Miene hinter seinem Becher, dachte unablässig an Giovanna und hoffte, dass dieser Zwischenfall mit Rico für sie keine Konsequenzen haben würde, dann konnte er nicht länger an sich halten: »Ich kann mir das Leben ohne Giovanna nicht mehr vorstellen! Sie ist ein Opfer meiner eigenen Kirche und ich muss ihr helfen. Sie darf nicht länger in diesem Badehaus ausgenutzt werden. Aber es ist nicht nur Mitleid mit diesem Mädchen, es ist mehr. Verstehst du das, Giacomo?« Otto sah seinem Freund eindringlich und flehend in die Augen.

»Du bist doch wohl nicht in diese Rothaarige verliebt?«, fragte ihn Giacomo. Er beugte sich nah an Ottos Ohr.

»*Quos umeros, quales vidi tetigique lacertos!*
forma papillarum quam fuit apta premi!
Quam castigato planus sub pectore venter![*], wie der alte Ovid in seinen *amores* treffend beschrieb.«

Otto wandte sich von ihm ab. »Ich habe verstanden, Giacomo. Ich bescheide mich gerne mit kleinen Dingen. Anstatt dumme Witze zu reißen, überleg dir lieber, wie es ohne Rico weitergehen soll.«

»Rico ist einer üblen Intrige aufgesessen. Wir sollten ihm keinen Vorwurf machen. Wenn es so weitergeht, steht das

---

* Welche Schultern, welche Arme sah und berührte ich!
die Form der Brüste, wie war sie den Händen angepasst!
Welch flacher Bauch unter der straffen Brust!

Weihnachtsfest dieses Jahr unter keinem guten Stern. Ferrara ist ständig präsent und kontrolliert die verhängte Ausgangssperre.« Giacomo nippte an seinem Glas und drückte die Lippen aufeinander. »Ich weiß, dass er nachts durch das Dormitorium schleicht, um uns durch seine ständige Anwesenheit von krummen Gedanken abzuhalten«, fügte er nach einer Weile an.

Otto hörte teilnahmslos zu. Er hatte es sich so schön vorgestellt: Weihnachten im Castello mit Giovanna. Aber es würde keinen Besuch im Badehaus, kein warmes Sitzbad mit Massage und keine Zärtlichkeiten geben. Das war bitter.

Während der Feiertage kniete Otto stundenlang in der kalten Klosterkirche, um sich von Gott eine Antwort zu erbeten.

Willst du, dass ich dieses Mädchen befreie? Hast du mich dort hingeführt, um mich zu prüfen? Ist die Liebe, die zwischen uns entbrannt ist, das Zeichen für mich, den Rock auszuziehen? Sprich zu mir, mein Gott!

Er ließ kaum eines der Stundengebete aus. Bibbernd glitt ihm der Rosenkranz durch die klammen Finger. Er hatte einen Beobachter. Wann immer sein Blick über das Chorgestühl schweifte, über Dutzende von Mönchsgesichtern, alle vertieft in ihre Gesänge, gab es einen, der ihm zulächelte. Es war Erminio, der seinen Blick suchte. Das machte ihn noch unsicherer.

Sprichst du zu mir aus diesem Menschen, mein Gott?, fragte er sich. *Ist sein Lächeln eine Aufforderung oder eine Warnung? Ich verstehe es nicht.*

Zwei Tage vor dem Jahreswechsel geschah ein kleines Wunder.

»Stellt euch vor, der Regens ist außer Gefecht!«, schrie Oktavian freudig durch das Studierzimmer.

»Was ist passiert?«, fragten Otto und Giacomo gleichzeitig.

»Ihr werdet es nicht glauben! Er ist auf dem schneenassen Pflaster vor der Kirche heute Morgen anscheinend so unglücklich ausgerutscht, dass er sich das Bein gebrochen hat und für mehrere Wochen in der Krankenstation im Kloster das Bett hüten muss.«

»Halleluja!«, schrie Otto und fiel Giacomo in die Arme. Seine Gebete waren erhört worden.

Es war der letzte Tag des Jahres 1561. Otto, Giacomo und Oktavian saßen bei der kleinen Silvesterfeier im Refektorium, in dem lediglich zwei Tische belegt waren, und grübelten über das Prozedere nach, wie sie an das seit einigen Tagen gültige Kennwort kommen konnten. Es fiel ihnen schwer nachzudenken, denn die Küche hatte ungewöhnlicherweise ein Festmahl vorbereitet.

»Ich präsentiere euch heute zum ersten Mal *strangolapreti*, was mit ›Priesterwürger‹ übersetzt werden könnte«, verkündete Longus feierlich und schöpfte das neuartige Gericht in die Teller. Er hatte sich freiwillig zum Servierdienst eintragen lassen. »Knödel, die aus Weißbrot, Spinat, Grana Padano, Olivenöl, Butter, Eiern und Zwiebeln gemischt sind. Nach Auskunft der Köchin wurden sie beim Konzil in Trient erfunden, um unter der versammelten Geistlichkeit, die nichts zustande gebracht hatte, die Stimmung zu heben.«

»Die schmecken ja köstlich!«, entfuhr es Otto mit vollem Mund.

»Il Signore capirà*«, sagte Oktavian im Brustton der Überzeugung und griff schon zum dritten Mal zu. Die *Ultras* konnten ihr Glück gar nicht fassen und schlangen die Knödel freudig hinunter.

---

* Der Herr wird es verstehen.

»Wenn ihr mir was übrig lasst, verrate ich euch etwas.« Longus hatte sich zu Otto und Giacomo über den Tisch gebeugt.

»Ich wickle dir ein paar Knödel in ein Taschentuch«, schlug Otto vor.

»Jetzt red endlich!«, drängte Oktavian. »Und noch was: Können wir uns darauf verlassen, dass du uns das Fenster aufmachen wirst?«

»Ja, natürlich, keine Sorge! Also, dieser Monsignore Mangiacapra stammt aus der Pfarrei San Pedronio«, flüsterte Longus.

»Aha, kein Mönch«, stellte Otto fest und mampfte an einem halben Knödel.

»Man erzählt sich böse Witze über ihn. Er ist anscheinend nicht sehr beliebt«, ergänzte Longus.

»Ich bin der festen Überzeugung, dass es um pure Eifersucht ging, der alte Herr die kleine Hure für sich behalten wollte und deshalb Rico aus dem Weg räumen ließ«, versuchte Giacomo spitzfindig, den Hergang zu erklären.

»Hör auf, so von Mona zu sprechen! Das hat sie nicht verdient! Ich glaube eher, dass Erminio hinter der Geschichte steckt, dem aus bekanntem Grund das Badehaus ein Dorn im Auge ist«, bemerkte Oktavian etwas spöttisch.

»Ich muss heute ins Castello, ich halte es nicht mehr aus! Giovanna wartet auf mich, und wenn sie mich erwischen, dann ist es mir auch egal.« Otto warf seine Serviette auf den Tisch.

»Otto, so kenne ich dich überhaupt nicht. Du hast kein Kennwort«, entgegnete ihm Oktavian.

»Francesco ist empfänglich für kleine Geschenke. Ich werde ihn bestechen oder ich klettere hinten an der Mauer hoch in den ersten Stock, irgendetwas wird mir einfallen. Vielleicht geht es ja mit dem alten Kennwort *panta rhei.**« Otto fühlte sich hundeelend und hoffte, dass man es ihm nicht ansah.

»Otto im Liebeswahn«, zog Oktavian ihn auf.

»Komm herunter von deiner Wolke, Otto! Das Mädchen mag gut für deinen Körper sein. Ja, sie ist ein armes Geschöpf, aber Mitleid hin oder her, wenn du den Rock schon an den Nagel hängst, wirst du doch standesgemäß heiraten. Das erwartet dein Vater.« Giacomo ergänzte mit spöttischem Grinsen: »*Omnis amans amens!* **« Ernst fuhr er fort: »Beruhig dich, Otto. Du wirst auf keinen Fall alleine gehen und den Fehler begehen, den Rico gemacht hat. Wäre er nicht auf eigene Faust unterwegs gewesen, hätten sie ihn nicht so einfach überrumpeln können. Entweder wir gehen zu dritt oder es geht keiner. Alles andere wäre zu gefährlich. Ich weiß, wie ich den Kastraten dazu bringe, die Tür zu öffnen. Wir nehmen am besten unsere Waffen mit, wenn wir schon als Studenten das Recht dazu haben, welche zu tragen. Der Regens liegt auf der Krankenstation, von daher müssen wir nichts befürchten. Um Mitternacht treffen wir uns unten in der Küche. Longus hat seine Knödel ja bekommen.« Giacomo zwinkerte Otto zu.

Oktavian schien ebenfalls überzeugt.

Sie verließen den Speisesaal, während Otto die Worte der Freunde überdachte. Für ihn war es keine Schwärmerei, er folgte seinem Inneren, und das war voller Vorfreude. *Endlich werde ich dich wiedersehen, meine Liebste.* Wie lange hatte er auf diesen Tag gewartet. Es kam ihm wie eine Ewigkeit vor.

Sie hatten sich zum vereinbarten Zeitpunkt getroffen und traten aus der Klosterpforte. Diese Silvesternacht war dunkel und kalt, der abnehmende Mond zeigte sich nur als dünne

* Griechisch: Alles fließt.
** Jeder Liebende ist verrückt.

Sichel, was Oktavian bereits vor Tagen vorausgesagt hatte. Otto war es egal. Das spärliche Licht einiger Öllampen an den größeren Straßen und Kreuzungen half ihnen leidlich, sich zu orientieren. Er wunderte sich zwar, dass sie nicht den direkten Weg in die Via Senzanome nahmen. Aber er wusste, dass er sich auf Giacomo verlassen konnte, und es störte ihn nicht, dass gelegentlich betrunkene Tavernenbesucher grölend ihren Weg querten.

Endlich standen sie vor dem Tor. Otto schaute sich vorsichtig nach allen Seiten um, bevor Giacomo an der Glockenschnur zog.

Nach einer Weile ging das kleine Fensterchen auf.

»Aiuto, aiuto! Bitte, meine Herren, helft mir – der Monsignore, wie schrecklich, schnell, kommt!«, ratterte der Alte los, bevor einer von ihnen etwas sagen konnte, und öffnete das Tor.

Sie stürmten die Treppe hinauf in den ersten Stock. Otto schoss durch den Kopf, dass vielleicht mit Giovanna etwas passiert sein könnte. So aufgelöst hatte er Francesco nie gesehen. Oben angekommen war Otto erleichtert, als er Giovanna sah, obwohl irgendetwas nicht stimmte. Die Mädchen saßen um Mona herum, die nur mit einem Tuch um die Schultern und angewinkelten Beinen zitternd dasaß und von den anderen getröstet wurde. Die flüchtige Begrüßung Giovannas beunruhigte Otto zwar, aber er folgte den anderen, die der Alte in ein Zimmer im hinteren Bereich dirigierte. Francesco selbst blieb im Türrahmen stehen und deutete mit angstverzerrtem Gesicht, die Augen angewidert abgewandt, in das Zimmer hinein.

Otto entglitt ein entsetztes »Oh, mein Gott!«.

Der dicke Monsignore lag mit weit aufgerissenen Augen und offenem, verkrampftem Mund auf dem Bett. Er trug nur noch ein Hemd.

»Plötzlicher Herzstillstand«, stellte Oktavian nüchtern fest, »nach körperlicher Überanstrengung, ein klarer Fall. Was sollen wir denn mit dem Kerl anfangen?«

»Diese Schmach, wir würden zum Stadtgespräch. Niemand darf erfahren, dass er in diesem Hause gestorben ist. Helft mir, ihn vor die Mauer zu schaffen«, haspelte Francesco aufgeregt, wobei sich seine hohe Stimme mehrmals überschlug. Giacomo blickte in die Runde.

»Wer hat schon gern eine Leiche im Haus? Beruhig dich, Francesco! Wir werden dir helfen und erledigen das für dich. Habt ihr einen Wagen?«

»Ja. Ich bereite einen Karren vor, tragt ihr ihn hinunter an die Pforte. Ich warte dort auf euch.«

»Wie heißt der Kerl?«, fragte Giacomo.

»Mangiacapra«, zirpte Francesco und lief kurzatmig, aber fast vergnügt tänzelnd die Treppen hinunter.

»Das geschieht ihm recht!«, entfuhr es Giacomo.

Otto überlegte kurz, ob er nicht Mitleid haben sollte. »Der jähe Tod. Ganz schön übel für den Kastraten. Es ist das Beste für ihn und das Badehaus, wenn die Leiche so schnell wie möglich verschwindet.«

»Katholische Heilslehre war ja seit jeher deine Stärke, Otto«, bemerkte Oktavian spöttisch und klopfte ihm auf die Schulter.

»Mangiacapra … Dann hatte Longus mit seiner Vermutung also recht. Das ist für uns die Gelegenheit, in Zukunft ohne das Zugangswort hier ein und aus zu gehen.« Giacomo, geschäftstüchtig wie immer, hatte einen Plan. Otto und Oktavian blieb nichts anderes übrig, als zuzustimmen.

Giovanna kam ins Zimmer und fiel Otto um den Hals.

»Mein Liebster, endlich bist du gekommen! Ich habe so lang auf dich gewartet«, flüsterte sie ihm ins Ohr.

»Wie ist das passiert?«, fragte Otto und nahm ihre zitternden Hände.

»Dieser *ciccione** war mit Mona auf ihrem Zimmer«, begann sie schluchzend, »als wir von ihm einen lauten Schrei hörten, nicht wollüstig, wie wir es kennen, sondern voller Angst. Von Mona vernahmen wir nur ein Wimmern, also stürmten wir in den Raum. Er lag auf ihr und sie drohte zu ersticken. Gemeinsam haben wir ihn dann umgedreht und Mona befreit. Er hatte keinen Puls.« Sie klammerte sich Hilfe suchend an Otto.

»Wir müssen zuerst diese Geschichte erledigen, später können wir über alles andere sprechen«, erklärte er ihr und streichelte sie beruhigend.

»Habt ihr eine Decke?«, wurden die beiden von Oktavian unterbrochen. »Wir legen ihn drauf und ziehen ihn hinunter. Der wiegt gute 300 Pfund«, schätzte er mit Kennerblick. Oktavians ungewohnt professioneller Umgang mit der Leiche löste bei Otto erstaunte Bewunderung aus.

Eines der Mädchen brachte eine Decke und sie rollten den Toten darauf.

»Na, dann packt an!« Oktavian nahm die beiden unteren Enden der Decke, Giacomo und Otto ergriffen jeweils eine Ecke am Kopfende. So schleiften sie den Toten aus dem Zimmer, die steinerne Treppe hinunter. Die Mädchen steckten verängstigt ihre Köpfe zusammen. Der Kastrat wartete unten bereits schwitzend und schwer atmend mit einer Laterne in der Hand an der Tür. Er hatte eine einachsige Karre organisiert, deren Ladefläche hinten bis auf den Boden reichte.

»Wenn wir das für dich tun, mein Guter, wirst du uns in Zukunft ohne Kennwort einlassen«, verlangte Giacomo und fixierte ihn mit einem strengen Blick.

---

* Fettsack

»Ja, ja, ihr seid jederzeit willkommen«, fiepte Francesco und wischte sich den Schweiß von der Stirn. Er wirkte zufrieden ob der für ihn so unerwartet schnellen und sauberen Lösung des Problems.

»Und du wirst uns niemals verraten. Schwöre es bei allen Heiligen!«, fügte Giacomo hinzu.

»Ich schwöre es vor der Mutter und allen Heiligen«, beteuerte der Kastrat, sich mehrmals bekreuzigend und die kurzen Arme zum Himmel streckend.

Der Monsignore lag vor der Karre. Für Otto war der Anblick des Toten zu viel. Unvermittelt drehte er sich um und stemmte sich mit beiden Armen gegen die Hauswand, um die heute Abend mit so viel Genuss verzehrten *strangolapreti* auf die Straße zu würgen, wo sie auf dem kalten Pflaster augenblicklich zu dampfen anfingen. Es war nicht das erste Mal, dass er nach dem Essen am Collegio erbrechen musste, heute tat es ihm richtig leid.

»Schade um die schönen Knödel. Ich hoffe nur, dass diese Köstlichkeiten die Geistlichkeit in Trient auf dem üblichen Weg verlassen durften«, scherzte Giacomo und klopfte Otto mit der flachen Hand auf den Rücken. Dann wandte er sich dem Kastraten zu. »Francesco, halte so lange die Deichsel nach oben, bis wir ihn auf halbe Höhe gezogen haben. Fasst schon mit an!«

Aus dem oberen Stockwerk flog die schwarze Soutane des Monsignore mit den violetten Knöpfen, dazu das schwarze Birett mit Quaste; es wäre fast in den Knödelresten gelandet, wenn Otto nicht beherzt danach gegriffen hätte. Die drei zerrten den Leichnam auf den Karren, legten die Kleidungsstücke darüber, hoben gemeinsam die Deichsel an und zogen das Gefährt die Straße hinunter. Nur von einer spärlichen Ölfunzel beleuchtet, ratterte die gespenstische

Fracht über das Kopfsteinpflaster auf die Piazza Maggiore. Für die einzelnen Gestalten, die auf den Straßen heimwärts zogen, sah es wohl nach einem Betrunkenentransport aus, sodass sich niemand weiter darum kümmerte.

»Die Tore sind geschlossen. Wir können ihn nicht einfach vor die Stadt bringen und dort liegen lassen«, sprach Oktavian als Erster im Flüsterton und hielt das Gefährt an.

»Schmeißen wir ihn in die Aposa. In der Nähe der Porta Castiglione gibt es am Fluss eine gute Stelle, um ihn unbemerkt loszuwerden, dann sieht es so aus, als wenn er ersoffen wäre«, schlug Giacomo vor und Otto nickte teilnahmslos. Ihm war speiübel und eigentlich egal, was mit dem Monsignore passieren würde.

»Rico war für uns da, wenn wir ihn gebraucht haben, nicht nur, um das vermaledeite Kennwort zu besorgen; er hat für uns Prügel bezogen und uns nicht verraten. Vergesst das nicht! Wir sind es ihm schuldig, dass dieser alte Sack wenigstens als Toter zum Gespött der Stadt wird«, sagte Oktavian.

»Rico wollte uns vor dem Kerl warnen. Darum hat er dir den Zettel mit dessen Namen zugesteckt. Ich finde es in Ricos Sinne angemessen, dass wir den Fettsack vor seiner eigenen Kirche den Gemeindemitgliedern zur Schau stellen, als Sünder, halb nackt, so wie wir ihn gefunden haben«, ergriff Giacomo das Wort.

»Du hast recht. Auf zu San Pedronio.«

»Soll mir recht sein«, brachte Otto heraus und trottete neben dem Karren her.

Sie ruckelten weiter zu San Pedronio, direkt auf der anderen Seite der Piazza Maggiore. Auf dem Platz vor der Kirche warteten sie unter einer der Arkaden, bis der Nachtwächter, der die letzten Lichter an den Wänden der Häuser löschte, seinen Rundgang beendet hatte und ihnen nicht mehr in die Quere kommen konnte. In völliger Dunkelheit zogen sie den Karren vor das Kirchenportal, breiteten auf der großen Treppe die Soutane des Monsignore aus und legten die Leiche rücklings und mit weit ausgebreiteten Armen auf die Treppe.

»Da werden die Besucher der Frühmesse ordentlich Gesprächsstoff haben, *cazzo*!*«, witzelte Oktavian und schrieb mit ein wenig Ruß, den er von der Lampe abgekratzt hatte, ein großes C auf das weiße Leinenhemd des Toten.

Als Otto den Eingang zur Kirche näher betrachtete, schoss es ihm wie ein Blitz in die Sinne und die Übelkeit war weggeblasen.

»Das ist die Kirche, in der Rico regelmäßig zur Beichte ging, nachdem wir im Castello waren.«

»Dann ist klar, dass der alte Sack das Beichtgeheimnis missbraucht hat.« Oktavian sprach das aus, was Otto dachte.

»Und deshalb hat er nichts anderes verdient!«, ergänzte Giacomo.

»Ich bringe die Karre zurück«, bot Otto den beiden anderen an.

»Ehrlich gesagt, ist mir die Lust für heute vergangen«, bekannte Giacomo freimütig und Oktavian schloss sich seiner Meinung an.

»Wir gehen zurück ins Collegio und einer von uns wartet oben im Studierzimmer auf dich, falls Longus sich hinlegen möchte.«

»Verschwindet und vergesst mich nicht!« Otto sah die beiden auf die Piazza einbiegen und zog die ratternde Karre zurück zum Castello. Er fragte sich, ob sie sich nicht irgendeiner Straftat schuldig gemacht hatten, verdrängte den

* Schwanz.

Gedanken aber, indem er an Giovanna dachte. Er gab sich keine Mühe, den Kastraten anzulügen, als er ihm von der erfolgreichen Aktion berichtete.

»Wir konnten ihn nicht vor die Stadtmauer bringen, da alle Tore bereits verschlossen waren, da haben wir ihn vor einer Kirche abgelegt.«

»Der Himmel sei mir gnädig.« Der Alte bekreuzigte sich mehrmals hektisch. Er verdrehte seine Knopfaugen zum Himmel und flüsterte dazu Unverständliches, ohne Zögern stürmte Otto ins obere Stockwerk.

Giovanna nahm Otto überschwänglich in den Arm und täuschte damit etwas über die allgemeine Stimmung hinweg, die ziemlich gedrückt war.

»Ist sonst noch jemand da?«, fragte Otto in die Runde.

»Du bist der einzige Mann im Haus«, antwortete Giovanna und zog ihn neben sich auf ein Fellkissen.

»Wie geht es Mona?«, fragte Otto.

»Sie starrt wie benommen vor sich hin. Wir haben sie in eines der Zimmer gelegt und Lea kümmert sich um sie.«

»Gab es irgendein Zusammentreffen zwischen dem Monsignore und … äh … Du kennst sicher seinen Namen«, fragte Otto.

»Du meinst Rico. Ich weiß nur, dass sich Mona vor diesem Monsignore geekelt hat. Er hatte fast keine Zähne und stank zudem erbärmlich nach Schweiß, auch wenn er sich vorher im Zuber hat reinigen lassen. Nach jedem Badebesuch musste sie ihm zur Verfügung stehen. Das ging so weit, dass Mona Rico gebeten hat, stets zu ihr zu kommen, wenn der Monsignore erwartet wurde, der seine festen Zeiten hatte. Zweimal ging das gut, beim dritten Mal bekam der Monsignore einen Wutanfall und zerrte Rico aus Monas Zimmer. Vermutlich hat er anschließend Rico nachspionieren lassen, denn als dieser ein paar Tage später allein ins Bad wollte, haben sie ihm aufgelauert und ihn mitgenommen.«

»Das ist eine ganz üble Geschichte.« Otto wollte Giovanna nicht beunruhigen und behielt seine Befürchtung für sich. Es war ihm klar, dass er und seine Freunde früher oder später selbst damit rechnen mussten, aufzufliegen.

»Lass uns an etwas Erfreulicheres denken! Ich habe mich so nach einem Wiedersehen mit dir gesehnt und möchte dir etwas Wichtiges sagen.« Er zog seinen Beutel mit den Äpfeln heraus und schenkte sie ihr.

»Wo hast du die denn her?« Giovanna biss herzhaft in eine der Früchte.

Otto wusste nicht, wie er einen Bogen schlagen sollte zu seinem eigentlichen Anliegen, das ihm seit seinem letzten Besuch schlaflose Nächte bereitet hatte. »Ich kenne eine Marktfrau. Sie schenkt mir hie und da etwas, weil sie glaubt, dass ich bei den Mönchen hungern muss. Sie hat ihren Stand an der Ostseite unter den Arkaden.«

»Komm, wir gehen in meine Kammer«, schlug Giovanna vor.

Sie nahm ihn bei der Hand und ging mit ihm in das Zimmer *Debita nostra dimitte nobis*. Otto kannte den Raum. Giovanna hatte ihm dort das erste Mal unvergessliche Stunden bereitet.

»Sag mir endlich deinen richtigen Namen, es gibt doch keine Geheimnisse zwischen uns«, flüsterte Giovanna.

»Ich heiße Otto von Gemmingen, bin am Collegio der Dominikaner und … Und ich liebe dich!«, platzte es aus ihm heraus.

Giovanna streichelte ihm zärtlich über die Wange.

»Ach, Otto! Was willst du denn von mir, ich bin eine Bademagd und Hure. Diesem Schicksal werde ich nicht entgehen können. Das heißt, wenn ich Glück habe, bleibe ich noch ein, zwei Jahre gesund, verbringe dann zur Buße mein restliches Leben in einem Magdalenenhaus und pflege Alte und Kranke, bis mich der Allmächtige in gnädiger Weise von diesem elenden Dasein erlöst.«

»Giovanna, ich meine es ernst. Ich möchte, dass du mit mir kommst. Ich kann ohne dich nicht leben.« Otto umarmte sie heftig und vergrub sein Gesicht an ihrem Hals.

Giovanna lachte leise. »Ich bin eine Waise, in einem katholischen Heim aufgewachsen, ehrlos, rechtlos, und gehöre der katholischen Kirche, die von mir erwartet, dass ich ihr all das, was sie für mich in meiner Kindheit und Jugend Gutes getan hat, in welcher Form auch immer zurückerstatte. Ich glaube, du musst auf andere Gedanken kommen, Otto.« Giovanna nestelte an ihren Kleidern und zog sich langsam aus. »Was würde denn deine Familie dazu sagen, wenn du mich mitbringst? Sicherlich wären sie nicht damit einverstanden, wenn du dich – noch dazu wegen einer Hure – von einer geistlichen Laufbahn abwenden würdest.«

Behutsam öffnete sie ihm das Wams und die Hosen, zog ihn zu sich auf das Bett. Otto streifte die restlichen Kleider ab und legte sich zu ihr.

»Das darfst du nicht sagen, Giovanna. Die Kirche verzeiht alle Sünden und unsere Liebe wird dir einen neuen Weg weisen. Ich nehme dich mit nach Augsburg; als Schulmeister kann ich gut eine Familie ernähren.«

Er küsste sie leidenschaftlich und kurze Zeit später liebte er Giovanna so ungestüm, als wenn er dadurch die Vorkommnisse der letzten Stunden vergessen machen könnte.

18

Leeder, Petri Stuhlfeier* 1562

»Dean Schwenckfeldar hand se endlich umbrocht und d'Rehlingerin isch in andere Umständ!« Der Hufschmied Vitus Linder platzte aufgeregt in die warme Gunkelstube des alten Keggelbauern, in der sich bereits ein Dutzend Leederer um den Kachelofen und den großen Tisch versammelt hatten. Seine schweren Stiefel hatte er im Hausgang ausgezogen, den schneefeuchten Mantel hängte er zu den anderen nassen Kleidungsstücken auf die Kaminstangen zum Trocknen. Die Marianischen trafen sich seit nunmehr fast zwei Generationen jeden ersten Samstagabend im Monat, um im Geheimen gemeinsam den Rosenkranz zu beten. Sie hassten den Gutsbesitzer Rehlinger und seine Sippe, in dessen Leibeigenschaft sie gefangen waren. Er hatte ihnen die Sakramente und ihre Heiligen genommen; und was am schlimmsten war: die Verehrung ihrer Jungfrau Maria. Und sie hassten seinen lutherischen Prediger. Vor allem aber den Ketzer, den er hin und wieder im Schloss und auf den Höfen versteckte. Der Kampf um ihren katholischen Glauben hielt sie zusammen und die Hoffnung auf das Ende der Rehlinger-Herrschaft.

»Ja, was d'it seesch? Dann wead bald a Ruah sei mit der Ketzerei im Schäfmoos und in dr Weldar Miehle«, fand Magnus Huetter, der Moosmüller, als Erster Worte.

»Dafir pflanzt si jetzad dia Bruat doba im Schloss au no fort«, bemerkte die Hefflerin. Sie pfiff bei jedem Atemzug,

---

* 22. Februar

weil der riesige Kropf am Hals auf die Luftröhre drückte und ihr das Sprechen mühsam machte.

»Dea Drohbrief, dean mir domols der alte Schnetterbäs als Warnung mitgea hand, um ean an ihrer Hochzeit z'übergea, hot anscheinend doch nix g'fruchted«, warf der alte Keggelbauer ein.

»Deam hammer sei Hochzeit ganz schea versalza«, sagte die Mesnerin und schlug lachend mit der Hand auf die Tischplatte.

»Aber jetzt hot der Fluach anscheinend sei Kraft verloara, sonscht wär se doch idda schwanger, oder?«, fragte der Huetter besorgt.

»Jeder hot denkt, dass dia lauter isch, nochdeam seit fascht vier Johr koi Nachwuchs komma isch«, kam es von Vitus Linder.

»Des got it mit rechta Dinga zua, do doba«, mischte sich die Schmelzerin ein.

Als alle andächtig um den Tisch versammelt waren, drehte die Keggelbäuerin ein Holzbrett aus der Wand und entnahm feierlich eine geschnitzte Marienstatue, die, sorgfältig in ein Tuch gewickelt, hinter dem Verschlag wie in einem Tabernakel versteckt war. Mit zwei brennenden Kerzen stellte sie die Madonna auf den Tisch. »I däd mi idda wundra, wenn do der Leibhaftige im Spiel isch.« Bei ihren Worten ging ein Raunen durch die Stube, alle bekreuzigten sich und beteten den Rosenkranz.

»Gegrüßet seist du Maria, voll der Gnade, der Herr ist mit dir, du bist gebenedeit unter den Weibern und gebenedeit ist die Frucht deines Leibes Jesus, der für uns Blut geschwitzt hat.«

Der alte Keggelbauer beendete nach dem letzten ›G'setzla‹ den offiziellen Teil der Versammlung, indem er traditionell die erste Fürbitte aussprach; während die Keggelbäuerin dampfend heißen Obstsaft aus der Küche servierte, bemühten sich die Mutigeren, ihre Fürbitten in Worte zu fassen:

»Bewahre uns vor Krankheit und Krieg.«

»Heilige Jungfrau, wir bitten dich, erhöre uns.«

»Beschütze Haus und Hof.«

»Wir bitten dich, erhöre uns.«

»Vor Tod und Teufel bewahre uns.«

»Wir bitten dich, erhöre uns.«

»Vertreibe die Rehlinger mitsamt ihrer Ketzerei.«

»Wir bitten dich, erhöre uns.«

»Bringe reiche Frucht unseren Feldern.«

»Wir bitten dich, erhöre uns.«

»Und verdirb die Frucht der Ketzerin.«

»Wir bitten dich, erhöre uns.«

»Dass die Rehlinger da Deifl hol.«

»Wir bitten dich, erhöre uns.«

»Dein Reich komme zurück auf unser Dorf und seine Bewohner, Amen.«

Der Keggelbauer stand auf und legte seine Hände an den Ofen.

»Am oifachschte wär's, wenn a katholischer Fürscht oder a Graf dean ganze Ort von den Rehlingern abkaufa dät. Dann wäred mir von selber mea katholisch.«

»Fiar dia do doba sind mir doch all Pfripflar*«, meldete sich Vitus Linder zu Wort.

»Und wenn mir no amol an Brief an de Bischof schreibed?«, schlug die Hefflerin vor.

»Was kannsch denn vo Augschburg erwarta; die sind doch jetzad all luthrisch und dr Bischof hand se do scho

* Allgäuerisch: Leute, die nichts zustande bringen.

lang nimma g'seacha; dea macht sich in Rom wichtig und kümmred si an Dreck um eis«, wandte Magnus Huetter ein.

»Wenn der Bischof scho Truchsess hoaßt«, stimmte die Keggelbäuerin dem Moosmüller zu, während sie heißen Saft nachschenkte.

»Dr Fugger sollt eis koofe, wia er's scho mit andere Dörfer g'macht hot.« Die Halblützerin wollte nicht die Einzige sein, die nichts zu sagen hatte, und ihre schwachsinnige Tochter Lina, die bis dahin nur stumm an die Decke gestarrt hatte, fing aus heiterem Himmel heraus an zu schreien und wild um sich zu schlagen.

»Fuuuuug, Fuuuuug, Fuuuuug, Galla, Galla, Galla, Galla!«, bellte sie und die Augen traten ihr aus den Höhlen.

»Halt's Maul, Lina«, zischte die Halblützerin und schlug ihr mit der flachen Hand auf den Mund. Lina verstummte augenblicklich und zog eine Schnute. Niemanden schien die Auseinandersetzung zu stören.

»Du glaubsch doch it, dass dr Rehlinger freiwillig Leeder mea heagibt! Do weat no viel Wasser de Lech naloffa«, entgegnete die Schmelzerin und erntete gemurmelte Zustimmung.

Noch lange Zeit saßen die Marianischen in der Stube zusammen, tauschten Neuigkeiten aus, bemitleideten sich gegenseitig und haderten mit ihrem Schicksal. Man war sich einig, dass nur Gebete und die Anrufung Mariens einen Wandel bringen konnten, wobei es einen unter ihnen gab, dem Gebete und Fürbitten nicht ausreichend waren. Aber noch war seine Zeit nicht reif. Noch schwieg er.

19

Venedig, fünf Tage vor San Giovanni* 1562

Hieronymus Rehlinger machte zufrieden seinen täglichen Rundgang durch das Lagerhaus. Er freute sich, all seine Schätze zu begutachten: Säcke voller Baumwolle, Ballen mit Seidenstoffen, Tücher aus Damast, Samt, Brokat, Kamelott und Boccasin. Hinzu kamen weitere wertvolle Produkte wie Perlen, Edelsteine und Erzeugnisse der Glasfabrikation in Murano. Er besaß zwei Räume im *Fondaco dei Tedeschi*, der Niederlassung deutscher Händler in Venedig. Hieronymus liebte die Stadt. Seit einer Woche hielt er sich bereits in der Serenissima auf und wartete auf sein Schiff, dessen Ladung er nach Augsburg bringen wollte.

In sein Kontor zurückgekehrt, blickte er durch das geöffnete Fenster auf den Canale Grande. Dem bunten Treiben auf der Rialtobrücke konnte er stundenlang zusehen. Diese ungewöhnliche Stimmung, Menschen aus aller Herren Länder, die Düfte und das Licht faszinierten ihn. Er ließ sich von dem Wellenspiel, das die Sonne an die Decke warf, in einen zufriedenen Dämmerzustand versetzen, als plötzlich mit einem Ruck die Tür aufging und Matteo, das Faktotum des *Fondaco*, in das Kontor stürmte.

»Signore, Euer Schiff aus Izmir liegt vor dem Zollturm auf Reede; sie lassen es nicht in die Stadt, die gelbe Flagge ist aufgezogen«, rief er wild gestikulierend und schnappte nach Luft.

---

* 24. Juni

»Mach mir eine Gondel fertig, ich fahre hinaus und kümmere mich darum.« Hieronymus zwang sich zur Gelassenheit und folgte Matteo zum Anleger hinunter. Das Schiff aus Izmir, auf das er seit Tagen gewartet hatte, konnte er unmöglich der Hysterie der venezianischen Zollbehörden überlassen. Während Matteo ihn hinaus in die Lagune ruderte, spielte Hieronymus in Gedanken die verschiedenen Szenarien durch. Eine Krankheit an Bord also, das wäre nicht das Schlimmste. Vielleicht bestand die Möglichkeit, die Ladung auszulösen – es waren immerhin wertvolle Seiden- und Baumwollstoffe aus dem Orient. Es könnte ihm auch widerfahren, dass die ganze Fracht verbrannt werden musste. Daran wollte er nicht denken, denn in Augsburg warteten seine Kunden bereits sehnsüchtig auf die Lieferung und er wollte Anna, der Frau seines Lieblingsneffen in Leeder, auf der Rückreise ein Geschenk machen.

Schließlich, nach knapp einer Stunde, legte Matteo am Zollturm an. Der Dreimaster lag etwa fünfhundert Schuh entfernt vor Anker. Die gelbe Flagge, die in jedem Hafen Angst und Schrecken verbreitete, war nicht zu übersehen. Der venezianische Zollbeamte in seiner bunten Uniform empfing Hieronymus und seinen Begleiter an der Kaimauer. Der Mann redete nicht nur ununterbrochen, sondern fuchtelte dazu ständig mit beiden Armen, sodass selbst Matteo fragend den Kopf schüttelte.

»Hieronymus Rehlinger«, stellte er sich vor, »ich habe zwar so gut wie nichts verstanden, aber die Ladung des Schiffes ist für mich bestimmt.« Er übergab dem Zollbeamten die entsprechenden Papiere.

Matteo zeigte aufgeregt auf das Schiff.

»Signore, sie kommen zurück.«

Zwei dunkel gekleidete Gestalten kletterten hintereinander über eine Strickleiter in ein kleines Ruderboot, das seitwärts an der Bordwand festgemacht war.

Hieronymus erkannte sofort den Medicus, der mit schwarzem Umhang und einer weißen Hakenmaske ausgestattet war. Der Totengräber, *pizzicamorti* genannt, der ihn stets begleitete, trug schwarze Handschuhe, um nicht mit den Toten in Berührung zu kommen. Hieronymus fand ihre Verkleidung übertrieben und schrieb sie dem venezianischen Hang zur Theatralik zu. Dennoch wusste er sehr wohl, dass mit den beiden nicht zu spaßen war. Der Doge hatte dem Amt des Medicus und des Totengräbers nach der letzten großen Pestepidemie im letzten Jahrhundert außergewöhnliche Befugnisse zugesprochen, um die Pest von der Stadt fernzuhalten. Der *pizzicamorti* ruderte den Kahn mit kräftigen Schlägen an die Kaimauer. Ohne aus dem Boot zu steigen, reichte der Medicus dem Zöllner ein Blatt, auf dem das Siegel des venezianischen Rates prangte.

»Gemäß den Eintragungen im Logbuch muss ich Euch mitteilen, dass von den ursprünglichen siebzehn Mann Besatzung nur zwölf am Leben sind. Vier davon sind erkrankt und liegen, von der Mannschaft getrennt, im mittleren Lagerraum bei den Stoffballen und Baumwollsäcken.«

In Hieronymus ratterten die Gedanken. »Dann ist die Fracht verloren!« Er biss sich auf die Unterlippe.

»Das Schiff mit der gesamten Ladung ist beschlagnahmt, die Besatzung ist ins *Lazaretto nuovo* zu überführen und unter Beobachtung zu stellen«, verkündete der Zöllner mit großer Geste seinen Beschluss. »Die Kosten teilen sich der Eigner des Schiffes und der Rat von Venedig.«

»Ist es wirklich die Pest?«, wandte sich Hieronymus mit besorgter Miene an den Medicus.

»Ich kann nicht sagen, woran die Leute gestorben sind«, erwiderte dieser knapp und gab ein Zeichen an den *pizzicamorti*, der augenblicklich in die Ruder griff und das Boot Richtung Venedig steuerte. Hieronymus schauderte es, wenn er an die toten Seeleute dachte. Die Verzögerung, die ihm dieser Zwischenfall bringen würde, geriet zur Nebensache.

»Heute kann ich nichts für Euch tun, Rehlinger«, erklärte der Zöllner und hielt ihm das Papier des Medicus unter die Nase. »Sobald wir Näheres wissen, werden wir Euch unterrichten. Die Republik Venedig hat eine kleine Insel in der Lagune mit der Kirche San Bartolomeo erworben, um Personen und Waren aufzunehmen, bei denen der Verdacht auf Krankheiten besteht. Das Schiff wird mitsamt der Mannschaft und der Ladung durch den Rauch gezogen, danach werde ich es zur Insel schleppen lassen. Nach vierzig Tagen könnt Ihr die Ladung löschen.«

»Vierzig Tage? Die armen Matrosen! Kein Schiff, keine Arbeit, kein Sold!« Als er auf das Schiff blickte, versuchte eine Ratte vergeblich, über die dicke Ankerleine an Land zu kommen. Sie war gefangen.

Ratten auf dem Schiff! Das hat niemals etwas Gutes bedeutet! Niedergeschlagen ließ sich Hieronymus von Matteo zurück zum *Fondaco* rudern.

20

Bologna, San Giovanni[*] 1562

Ein strahlender Morgen empfing Otto, als er mit seinen Mitstudenten nach der gemeinsamen Laudes gut gelaunt das Collegio verließ. Er zehrte noch von seinem gestrigen Besuch im Castello. Er war regelmäßig bei Giovanna, in den letzten Wochen auch alleine. Da er seine Besuche inzwischen ausschließlich tagsüber tätigte, kam er nicht in Konflikt mit Padre Ferrara, der nachts Wachen aufstellen ließ, um sicherzugehen, dass keiner seiner Scholaren in der Stadt sein Unwesen trieb.

Otto war sich jetzt sicher, dass er Giovanna am Ende seiner Studienzeit mit nach Hause nehmen und heiraten würde. In den kommenden Ferien wollte er seine Familie schonend auf dieses Ereignis vorbereiten. Es würde sicher eine große Enttäuschung für seinen Vater werden, der ihm das Kanonikat finanziert hatte, was nicht einfach gewesen war. Er ließ ihn eigentlich nur studieren, um ihm eine geistliche Karriere zu ermöglichen. Otto wollte gar nicht daran denken.

Giovanna hatte Otto berichtet, dass Mona nur wenige Tage nach den Ereignissen in der Silvesternacht einen *ritiro* bekommen habe, was bedeuten konnte, dass sie als Hure ausgedient hatte und fortan in einem Magdalenenhaus Buße tun musste. Da dies aber bei einer nicht einmal Zwanzigjährigen eher unwahrscheinlich war, bestand die Hoffnung,

---

* 24. Juni

dass einer der geistlichen Herren ihr die Gnade erwiesen hatte, sie als Brotdirne und Gespielin bei sich aufzunehmen. Sie sei in einem geschlossenen Wagen abgeholt worden und seitdem gebe es kein Lebenszeichen von ihr.

»Kommt dir auch dieser Monsignore Mangiacapra in den Sinn, wenn du über diesen Platz läufst?«, fragte Otto Oktavian an diesem Junimorgen, als sie gemeinsam in die Universität gingen.

»Der war ja noch lange Zeit in aller Munde. Wusstest du eigentlich, dass dieses C, das ich damals dem Monsignore auf die Brust gemalt habe, für eine Abkürzung von Christus gehalten wurde und deshalb die Juden unter Verdacht geraten sind, ihn gemeuchelt zu haben?«

»Was du nicht sagst! Das wundert mich nicht, in dieser Stadt ist man schnell bei der Sache, wenn es gilt, den Juden etwas in die Schuhe zu schieben.«

»Es gab ebenfalls ein Gerücht, Mangiacapra sei mondsüchtig gewesen und bei einem seiner nächtlichen Ausflüge zu Tode gekommen, worauf ihn irgendwelche Silvester-Trunkenbolde vor seiner Kirche ausgestellt hätten.« Oktavian sah Otto forschend von der Seite an. »Du wirkst besorgt. Was ist los?«

»Ich weiß es nicht, irgendetwas beunruhigt mich, vielleicht hat es mit Giovanna zu tun und meinem Vorhaben, sie nächstes Jahr mit nach Augsburg zu nehmen. Ich werde den Gedanken nicht los, dass sie im Sommer, während wir in den Ferien sind, das Castello schließen könnten und die Mädchen in irgendwelchen Büßerhäusern landen, wo wir sie nie mehr finden. Findest du es nicht eigenartig, dass Erminio offiziell Vorsitzender der Heiligen Inquisition geworden ist und kurz darauf Mona verschwindet? Vielleicht treibt mich nur die Angst um, dass diese Geschichte noch nicht zu Ende ist.«

Auf der Piazza Maggiore kamen sie wie jeden Mittwoch an den Stand von Moglie und hielten kurz inne.

»Sag Ambrogio schöne Grüße von mir. Ich werde in den nächsten Tagen zurück in meine Heimat gehen«, sagte Otto. Er erkundigte sich regelmäßig nach Ambrogios Befinden. Moglie schenkte ihm jedes Mal eine Kleinigkeit.

»Du hast wieder abgenommen, Otto! Nimm und iss!« Moglie gab ihm ein Bündel Karotten, Otto verabschiedete sich und ging mit seinem Freund weiter.

»Du machst doch absichtlich einen kleinen Umweg über die Piazza, nur um bei deiner Moglie ein paar Früchte zu bekommen«, kommentierte Oktavian grinsend den kurzen Halt.

»Die gute Moglie, sie meint, dass wir im Collegio hungern müssen.« Otto seufzte vernehmlich. »Ich habe heute eine schriftliche Prüfung, da kannst du mir die Daumen drücken. Ihr habt ja heut auch einen schweren Tag mit der Leichenöffnung, na dann greif zu!« Otto gab seinem Freund zwei Karotten und biss selbst herzhaft in eine hinein.

»Danke, mein Lieber. Nimm die Sache mit Mona nicht allzu wichtig, vielleicht ist sie mit Rico längst über alle Berge. Wer weiß? Ich will heute rechtzeitig da sein und mir weiter oben einen guten Platz sichern.«

Otto bewunderte Oktavian. Ihm wurde bereits bei dem Gedanken schlecht, stundenlang blutige Leichname anschauen zu müssen.

Nach einer Weile trennten sich ihre Wege und sie klopften sich gegenseitig aufmunternd auf die Schulter.

Den Studenten im Kirchenstaat war durch einen Erlass von Papst Sixtus IV. bereits vor achtzig Jahren das Studium des menschlichen Körpers gestattet worden, anders als in Padua, wo immer noch Schweine zu medizinischen Zwecken aufgeschnitten wurden. Allerdings wurde zur Bedingung gestellt, dass es sich bei den zu untersuchenden Leichen nur um gerichtete Verbrecher handeln durfte, deren Hinrichtung mindestens vier Wegstunden von der Stadt entfernt stattgefunden haben musste. Es wurde Studenten aller Konfessionen, die es sich leisten konnten, der Zutritt zu den Sektionen gewährt, selbst Klosterschwestern befanden sich unter den Zuschauern. Unten in der ersten Reihe saß stets ein Dominikanermönch, der als Aufsichtsperson des Kirchenstaates das Prozedere mitverfolgte.

Als Oktavian den großen Saal des Palazzo betrat, waren die oberen Ränge bereits besetzt und es blieb ihm nur ein Platz in der unteren Reihe. Das zu öffnende Objekt lag bereits auf der marmornen Tafel, mit einem weißen Tuch abgedeckt. Unter dem Tisch befand sich ein direkter Abwurf in den Keller, wo die Überreste in einer Karre gesammelt wurden, um als undefinierbarer, blutiger Brei vom Abdecker abgeholt zu werden.

Professore Fioravanti erschien kurz darauf unter dem Applaus der Studentenschaft und erklärte, dass es heute bei der Öffnung einer jungen weiblichen Leiche um die Freilegung und Untersuchung der inneren Organe gehe, im zweiten Teil um den Knochenbau, zuletzt um festgestellte Anomalien. Er zog schwungvoll das Tuch von der Leiche.

Es war der Leib einer jungen, schlanken Frau von vielleicht zwanzig Jahren, die geköpft worden war, wobei traditionell der Kopf nicht mitgeliefert wurde. Sie hatte einen makellosen, wohlproportionierten Körper, sodass ein leises Raunen im Saal zu vernehmen war. Der Professore stellte anhand der zarten Hände und Füße fest, dass dieses

Wesen keine Feldarbeit oder sonstige handwerkliche Tätigkeit geleistet haben konnte.

»Wenn wir einen Leichnam öffnen, selbst wenn es der einer Verbrecherin ist, sollten wir uns stets bewusst sein, dass es Gottes Geschöpf ist, dessen Seele den Körper zwar verlassen hat, dessen sterblicher Überrest jedoch als zu ergründendes Wunderwerk der göttlichen Schöpfung der Wissenschaft zur Verfügung steht und unseren höchsten Respekt verdient.« Oktavian kannte bereits die Eröffnungsformel, mit der der Professore jede Leichenschau begann. Seine beiden Scherer, die die Leiche anatomierten, stellten sich unterdessen an das Tischchen mit den Instrumenten und warteten auf Fioravantis Anweisungen, die er aus erhobener Position mit einem langen Stab erteilte. Oktavian legte sich Blätter und seine Feder zurecht, während der Professor mit seiner Feststellung, dass über die Todesursache hier nicht zu rätseln sei, Erheiterung im Saal auslöste.

»Nach Beendigung der Untersuchung sollten wir vieles über diesen Menschen erfahren haben, beispielsweise seine Lebensumstände, seine Ernährung, seine möglichen Gebrechen und vieles andere, was aus den Organen ersichtlich ist. Zuerst sehen wir uns jedoch den Körper von außen an. Was fällt Euch auf, meine Herren?«

»Die schönste Leiche, die jemals auf dem Tisch lag«, meldete sich eine Stimme von oben.

Im Saal brach allgemeines Gelächter aus.

»Ich bitte Euch, meine Herren, in der medizinischen Fakultät Ernsthaftigkeit zu bewahren!« Augenblicklich kehrte im Saal wieder aufmerksame und gespannte Stille ein.

»Umdrehen!«, befahl der Professore den beiden Gehilfen, die den Leichnam behutsam auf den Bauch drehten. »Peitschenspuren und Narben auf dem Rücken deuten auf

Misshandlungen hin. Das soll uns nicht weiter kümmern«, bemerkte der Professore, und Oktavian, der in der ersten Reihe stand und sich an das Geländer gelehnt hatte, fiel mit lautem Knall das Schreibbrett aus der Hand. Er spürte, wie ihm alle Farbe aus dem Gesicht wich. Ihm wurde übel, er presste die Hände vor den Mund, stürzte auf den Gang hinaus, öffnete ein Fenster und erbrach sich.

Ein Kommilitone aus der *Natio*, der ihm wohl gefolgt war, legte einen Arm um seine Schulter.

»Was ist passiert? Ich kann mich nicht erinnern, dass du jemals Probleme bei einer Leichenöffnung hattest.«

»Die Tätowierung auf der Schulter, … sie … sie … sie … war es, sie muss es gewesen sein! Sie haben sie umgebracht, diese gottverdammten Schweine haben sie umgebracht! Sie hat sich jahrelang von ihnen besteigen lassen müssen und jetzt haben sie ihr dafür den Kopf abgeschlagen!« Oktavian schrie seine Verzweiflung aus sich heraus, dass die Wände im Innenhof des riesigen Gebäudes mehrfach das Echo zurückwarfen.

»Kanntest du dieses Mädchen etwa?«, fragte der Kommilitone verwirrt.

»Lass mich in Ruhe!«, brüllte Oktavian und stürmte die breite Treppe hinunter aus dem Gebäude.

21

Venedig, vier Tage nach San Giacomo* 1562

NACH EXAKT VIERZIG Tagen ließ sich Hieronymus von Matteo zum *Lazaretto nuovo* bringen, um endlich die Ladung zu übernehmen.

»Ich muss Euch die traurige Mitteilung machen, dass von Eurer Besatzung nur vier Mann überlebt haben, Rehlinger, darunter auch der Kapitän. Ihr solltet die Leute möglichst bald zusammen mit dem Schiff von der Insel schaffen«, belehrte ihn ein schlecht gelaunter Hafenmeister, dem die Aussätzigen und das Sterben auf der Insel sichtbar auf die Stimmung geschlagen waren.

»Das ist ein großes Unglück. Der Herr sei ihnen gnädig. Lasst mich zuerst mit dem Kapitän sprechen, ob er das Schiff nach Venedig bringen kann«, erwiderte Hieronymus. Der Hafenmeister trottete in das Gebäude, und nach einer Weile kamen vier Gestalten aus dem Haus auf ihn zu. Sie waren abgemagert und hatten lange Bärte.

»Wie seht Ihr denn aus?«, rief Hieronymus entsetzt.

»Was für eine dumme Frage, Rehlinger! Wir sind froh, dass wir das alles überlebt haben. Piraten, Türken und Freibeuter sind nichts gegen diese Venezianer mit ihrem Gesundheitswahn. Ich will so schnell wie möglich in See stechen, ich hasse diese Landratten!«, erwiderte der Kapitän, ein raubeiniger Geselle, der beim Verlassen des Gebäudes seine Mütze aufgesetzt hatte, um seine Autorität zu unterstreichen.

---

* 25. Juli

»Bringt Ihr mir das Schiff ans *Fondaco* oder muss ich die Ladung hier löschen lassen?«, fragte Hieronymus.

»Das Schiff ist in der Lagune so gut wie manövrierunfähig. Am besten schafft Ihr die Ware mit einem Lastkahn in die Stadt. Wir laden in Murano Glas und suchen dann das Weite.«

»Mir soll es recht sein«, entgegnete Hieronymus und gab Matteo das Zeichen zur Rückkehr.

Er entschloss sich, vieles aus der Schiffsladung bereits im *Fondaco* weiterzuverkaufen, was einige Zeit in Anspruch nehmen würde.

Schließlich war auch das geschafft, und Hieronymus Rehlinger legte mit einem Schleppkahn, beladen mit den edelsten Stoffen, endlich in Mestre an, wo sein treuer Pferdeknecht fast zwei Monate auf ihn gewartet hatte. Mit den besten Stücken im Wagen nahmen sie die beschwerliche Reise über die Alpen nach Augsburg in Angriff.

22

Alpenüberquerung, Ende Juli 1562

Otto und Oktavian waren seit sechzehn Tagen unterwegs. Viel hatten sie nicht miteinander gesprochen, ab und zu über das Wetter. Der Sommer in Norditalien war bisher kühl und regnerisch gewesen. Fuhrleute hatten sie vor der Reise durch das Eisacktal gewarnt. Eine ungewöhnlich lang andauernde Regenperiode hatte in den Alpen viele Straßen unpassierbar gemacht, so auch die von den meisten Pilgern und Händlern genutzte Strecke über den Brenner. In Bozen waren die beiden Studenten vor die Wahl gestellt, entweder auf die Wiedereröffnung zu warten oder den Weg über Meran zu nehmen. Nach zwei Tagen im Bozner Dominikanerkloster hatten sie sich zum Umweg über den Reschenpass entschlossen. Erschöpft lagen sie im riesigen Dormitorium des Sankt-Valentin-Hospizes in Graun auf durchgelegenen Strohsäcken und fanden nicht in den Schlaf.

»Ich wünschte, ich hätte den Baccalaureus bereits in der Tasche«, sagte Otto und seufzte. »Giacomo ist wieder einmal gemütlich mit einem Fuggertross über die Berge.« Seine Stimmung war an einem Tiefpunkt, Giovanna und das Castello gingen ihm nicht aus dem Kopf und nachts war es besonders schlimm. Am liebsten hätte er sie schon diesen Sommer mitgenommen, aber er wollte zuerst mit seinem Vater darüber sprechen.

»Warum musste Mona sterben?« Oktavian schnitt das

Thema an, das tagelang zwischen ihnen in der Luft gehangen hatte.

»Erminio! Ich glaube, dass es seine persönliche Rache war, nicht nur an Mona, sondern auch an Rico, weil sie aus ihm nichts herausbekommen haben«, sagte Otto.

»Wir müssen Rico erzählen, was sich im *teatro anatomico* abgespielt hat. Ich habe zwar vorzeitig den Abgang gemacht, doch es gab Leute, die gesehen haben, wie Erminio sich geifernd die Sektion des armen Mädchens angesehen hat. Es kann nur so sein, dass er für Monas Deportation aus dem Castello verantwortlich war. Er ist bestrebt, die in ihn gesetzten Hoffnungen als Inquisitor mit allen Mitteln zu erfüllen. Wenn du mich fragst, war Monas Verschwinden Erminios Vergeltung für den vermeintlich getöteten Monsignore.«

»Der alte Sack Mangiacapra war zu Lebzeiten sicher einflussreich genug, dass seine Freunde sich auch nach seinem Tod die Hände für ihn schmutzig machen. Und womit hätte man Rico mehr treffen können, als seiner Geliebten den Kopf abzuschlagen«, brachte Otto seine Gedanken auf den Punkt und richtete sich auf. »Es fehlt uns der entscheidende Beweis. Wir müssten irgendwie den Weg von Monas Leiche zurückverfolgen.«

»Und wenn wir Erminio eine Falle stellen? Für gewisse Dinge ist auch er empfänglich«, schlug Oktavian vor.

»Ich weiß nicht. Wie wär's, wenn wir uns mit Rico treffen und einen Plan aushecken?«

Oktavian raufte sich die Haare. »Niemand weiß, wohin es ihn verschlagen hat.«

»Ich werde seiner Familie schreiben. Vielleicht wissen die, wo er sich befindet.«

»Du machst es dir einfach, Otto! Ich muss mit dem

Anblick der kopflosen Mona zurechtkommen, der mich wohl mein Leben lang begleiten wird.« Oktavian starrte an die Decke.

»Ich verstehe dich gut, aber du kennst Rico. Wenn er das erfährt, wird ihn nichts aufhalten. Ansonsten bleibt uns nur das Gebet, Oktavian!« Otto drehte sich zur Seite. »Gute Nacht!«

Am nächsten Tag brachen sie in aller Frühe auf. Vor ihnen zockelte ein schwerer Planwagen, der von zwei alten Kaltblütern gezogen wurde. Daneben lief eine Schar von Kindern in allen Größen her.

»Hast du das gesehen?«, fragte Otto Oktavian, als sie den Wagen überholt hatten.

»Was meinst du?«

»Das Flugblatt mit dem Wappen der Inquisition hinten am Wagen«, erklärte Otto flüsternd.

»Lass uns mit den Leuten ins Gespräch kommen und schauen, was es damit auf sich hat.«

»Gott zum Gruß, seid ihr ebenfalls auf dem Weg nach Norden?«, begann Oktavian die Unterhaltung, als der Wagen sie eingeholt hatte.

»Grüßt ihn auch von mir, wenn ihr ihn trefft! Arme Studenten, von euch ist, beim Hades, nichts zu holen. Macht, dass ihr weiterkommt, ihr Klugscheißer!«, erwiderte ein braungebrannter Mann von höchstens dreißig Jahren lachend vom Kutschbock herunter. Er trug einen breiten Strohhut, ein grünes Wams und war vermutlich das Oberhaupt der Familie. Seine buschigen Augenbrauen wucherten über seiner Nase zusammen und sein Kinnbart schien selten gestutzt zu werden. Er trug als Einziger Schuhe. Die Mutter war mit dem kleinsten Kind im Wagen beschäftigt, während die anderen Bälger bei diesem langsamen Reisetempo herumtollten, auf ihren Weidenpfeifen bliesen und alle möglichen Fangspiele veranstalteten. Die Kinder sahen glücklich aus, wenn sie auch verdreckt und verwahrlost wirkten. Die spärliche Kleidung war verschlissen. Otto verspürte Mitleid.

»Das ist nicht sehr freundlich, mein Herr! Wer weiß, ob wir nicht ins Geschäft kommen«, sagte Oktavian.

»Geschäft mit euch, dass ich nicht lache! Wenn du dich mit Wundheilung auskennen würdest, Studiosus, könnte ich dir vielleicht einen Handel anbieten.«

»Da hast du Glück, dass du einen zukünftigen Medicus vor dir siehst«, ergriff Otto das Wort.

»Ein Glückstag vom Feinsten, ich bin an deiner Seite!« Der Mann hielt das Gefährt an, stieg vom Bock und verneigte sich ehrfürchtig vor Oktavian.

»Ich bin Don Alfonso. Mein Jüngstes wurde vor zwei Tagen von einer Ratte gebissen, als wir an einer Zollstation neben einem Stoffhändler warten mussten. Vermutlich hatte sich das Tier in seinen Rupfen eingenistet. Die Wunde hat sich entzündet, kein schöner Anblick, beim Hades. Muss wohl ausgebrannt werden.«

»Das ist etwas für dich!«, flüsterte Otto seinem Freund zu.

»Die Kinder haben alle irgendeine Behinderung, ist wohl Inzucht«, sagte Oktavian leise. Dabei warf er Otto einen Blick zu, als wenn er für seine Theorie gelobt werden wolle. Im nächsten Augenblick wandte er sich an Don Alfonso. »Ausbrennen ist sehr schmerzhaft für das Kind. Ich habe *Kuhul** dabei und kümmere mich um die Wunde«, erklärte er dem Mann und Otto raunte er zu: »Mach du das mit den Zeitungen!« Dann stieg er in den Planwagen.

---

* Arabisch: Alkohol.

»Wir interessieren uns für deine Flugblätter«, erklärte Otto dem Padrone und dieser geriet in fast ekstatische Begeisterung.

»Wir sind von der Sommerbühne, meine Freunde. Bei uns bekommt ihr die Sensation, das Wissen und das Gerücht, alles vom Feinsten. Ich versorge die gierige Menschheit mit dem, was sie braucht, beim Hades. Mit welchen Neuigkeiten kann ich dienen?«, rief Don Alfonso und wirbelte seine Arme wie ein Jongleur durch die Luft. »Ich habe jedwede möglichen Flugblätter, alles, was die Leute interessiert: Berichte von Ausbrüchen der Pestilenz und die dazu passenden Gebete zum heiligen Rochus, drohende Kometen, Missgeburten, Anklagen wegen Hexerei, Teufelsaustreibungen, Ketzerverbrennungen und Ähnliches, alles vom Feinsten.«

»Und du liest sie dann vor?«, fragte Otto wenig beeindruckt. Aus dem Wagen hörte er das wimmernde Kind.

»Die Flugblätter sind das eine, aber wichtig ist der Vortrag, denn fast niemand vom gemeinen Volk kann lesen. Sobald etwas geschrieben steht, ist es kein Geheimnis mehr. Warum glaubst du, dass die Pfaffen im Buchdruck ihren größten Feind sehen? Na, Studiosus?« Don Alfonso erhob mit großer Geste seine Hände in Predigermanier und fing an, singend zu deklamieren: »Geheimnis des Glaubens! Jeder könnte nachlesen, ob alles seine Richtigkeit hat, was sie von der Kanzel verkünden. Überzeugend sein und fesseln, der Inhalt ist Nebensache, wie schon die alten Römer sagten: *mondosuldepreci.*« Er hob belehrend den Zeigefinger.

»Du meinst *mundus vult decipi**«, korrigierte ihn Otto amüsiert lächelnd.

* Die Welt will betrogen werden.

»Ja, dann eben so, wenn du meinst«, grummelte Don Alfonso. »Jedenfalls will die Welt betrogen werden und wir helfen gerne dabei.«

»Hinten hängt ein Blatt der Inquisition. Hast du noch mehr davon?«, fragte Otto.

Oktavian kam mit einem zufrieden aussehenden Gesicht zurück. »Ein Biss ins Bein, die Wunde ist gereinigt und verbunden.«

»Ich danke dir, und verzeih mir meine rüde Umgangsart! Ich bin halt nur ein einfacher Gaukler und auf der Straße zu Hause. Ach ja, die Blätter! Im Wagen liegt ein ganzer Stapel davon. Sucht euch aus, was ihr braucht! Ich stehe in deiner Schuld, Herr Medicus! Ich mache euch einen guten Preis, aber ich muss euch sagen, dass sich manche Neuigkeit lange erledigt hat und manche seit zwei Jahren herumliegen, beim Hades. Die Leute sind gierig auf allerlei Sensationen und lüstern auf alles, was ihrem schnöden Alltag Abwechslung verschafft«, erklärte Don Alfonso fast entschuldigend, »daher wird so manche Himmelserscheinung, Missgeburt oder Hinrichtung den Bedürfnissen angepasst. Wenn die Leute Neuigkeiten haben wollen, bekommen sie sie von mir. Die Geschichte vom Kometen erzähle ich den Leuten jedes Jahr, da kann man immer noch sagen, dass der Komet einen Umweg genommen oder sich aufgelöst hat, falls sich jemand daran erinnern sollte oder nachgefragt wird.« Don Alfonso kam mit geheimnisvoller Miene näher. »Psst, Studiosus, streng geheim«, flüsterte er, »das Wichtigste ist ja nicht die Geschichte, sondern dass die Leute abgelenkt werden und fasziniert meinem Vortrag zuhören, damit meine Kinder ihnen unbemerkt in die Taschen greifen können. Aber behaltet das für euch! Jeder muss schauen, wie er seine Bälger über den Winter bringt, beim Hades, und der Sommer ist kurz.« Er lachte schallend und rückte seinen Strohhut zurecht, der ihm dabei fast vom Kopf gefallen wäre.

Otto, der nicht wusste, ob er wegen der Ehrlichkeit oder der Frechheit des Gauklers mehr erstaunt sein sollte, versprach ihm, dass sie ihn nicht verraten würden.

»Geh nach hinten und schau dir die Papiere an!«, sagte er zu Oktavian, der seiner Aufforderung nachkam.

Otto wandte sich in der Zwischenzeit den Kindern zu, die ihm bereitwillig einige Zaubertricks und Kunststücke zeigten.

»Wir sind zwar rechtlos und ohne festen Wohnsitz, aber wir Gängler halten zusammen wie Pech und Schwefel. Meine Frau Marfisa stammt ebenfalls aus einer Landfahrerfamilie, alles vom Feinsten. Wir gelten als Gesindel, mit dem niemand etwas zu tun haben will, und so bleiben wir halt unter uns.«

Otto hörte ihm interessiert zu.

»Hinkebein zum Beispiel, ist ein eher stiller Zeitgenosse, spricht kaum ein Wort, aber schau, was er mit seinen Händen macht! Vom Feinsten!«

Otto ging zu dem Jungen und beobachtete, wie dieser im Schneidersitz an ein Rad gelehnt saß und auf einem Brett, das vor ihm auf den Knien lag, drei Becher herumwirbelte; er beherrschte das Spiel mit einer atemberaubenden Schnelligkeit. Otto sah ihm staunend zu und tippte mehrmals auf den falschen Becher, unter dem er die Kugel vermutete.

»Ich kann den flinken Fingern nicht folgen«, gab er beeindruckt zu.

»Ich rate dir, mit Hinkebein nicht um Geld zu spielen, Herr Studiosus; was der Herrgott ihm an den Beinen genommen hat, hat er ihm an Schnelligkeit der Finger draufgegeben, dass einem nur beim Zuschauen schwindelig wird, beim

Hades. Wenn er verliert, dann absichtlich, damit die Leute hohe Einsätze wagen. Das entscheidende Spiel gewinnt er so sicher wie das Amen in der Kirche«, feixte Don Alfonso, und Hinkebein lud Otto zu einem echten Spiel ein, was er jedoch dankend ablehnte.

»Sind Glücksspiele in der Öffentlichkeit nicht verboten?«, wollte Otto wissen.

»Oh je! Hör mir auf, beim Hades! Jede Stadt hat ihre eigenen Gesetze. Im Kirchenstaat darf man sich damit nicht erwischen lassen, aber wenn wir bei einem Fürsten oder Grafen zu Spiel, Gesang und Tanz eingeladen sind, klimpert mancher Gulden der gnädigen Herrschaften in unserem Säckel. Die letzten Tage waren wir beim Grafen Trapp in der Churburg. Der hat sich nicht lumpen lassen. Wenn wir nicht an einem Hof Quartier bekommen, halten wir uns überall nur ein oder zwei Tage auf, dann sind wir in der nächsten Stadt und damit schneller als jedes Gerücht, beim Hades.«

Don Alfonso klopfte seinem Sohn stolz auf die Schultern.

»Ich habe einige Blätter gefunden, die uns weiterbringen könnten«, rief Oktavian, eilte auf Otto zu und reichte sie ihm.

»Auf den ersten Blick alles Ankündigungen von Exekutionen im Auftrag der Inquisition«, stellte Otto fest und bemerkte, wie Don Alfonso geschäftstüchtig die Augenbrauen hochzog.

»Die mit dem Wappen der Inquisition sind meine schönsten Blätter, alles vom Feinsten«, pries der Patron seine Schriften an und zählte blitzschnell die Blätter durch.

»Pah, vom Feinsten! Dass ich nicht lache, alles alte Geschichten, billiges Papier und völlig wertlos. Wenn ich meine Behandlung abziehe, gebe ich dir höchstens einen Batzen dafür.«

Don Alfonso zog die Mundwinkel nach unten, konnte aber nichts dagegen einwenden. Schließlich legte Oktavian ihm die Münze in die Hand. Otto hatte den Eindruck, dass Don Alfonso dennoch recht zufrieden war. Als er sich mit Handschlag von den beiden verabschiedete, fielen Otto Don Alfonsos geschmeidig weiche Hände auf. *Der hat nie auf Äckern und Feldern gearbeitet,* dachte er sich.

»Vin aici repede, copil!*«, schrie der Don seine Familie zusammen, setzte sich auf den Kutschbock und langsam ruckelte das Gefährt weiter.

»In Pfunds gibt es ein Pilgerhospiz, das durchreisenden Studenten Obdach mit einer warmen Mahlzeit gewährt. So weit sollten wir heute mindestens kommen«, schlug Otto vor.

»In Pfunds, uiuiui, da mögen sie uns gar nicht.« Don Alfonso kratzte sich hinter dem Ohr. »Wir Landfahrer müssen vor den Mauern unser Lager aufschlagen, hochnäsige Habsburger halt, beim Hades. Lauft ihr schon einmal voraus.«

Otto und Oktavian winkten noch, bis sie den Wagen an der nächsten Biegung aus den Augen verloren hatten.

Während sie am Abend im Hospiz ihre Brotsuppe schlürften, schauten sie sich die Blätter des Gauklers an.

»Was für ein Leben! Bei Wind und Wetter durch die Lande zu reisen, immer den Kopf halb in der Schlinge«, sinnierte Oktavian.

»Irgendwie nötigt mir Don Alfonso Respekt ab«, antwortete Otto und blätterte in den Schriften.

---

* Jenisch: Kommt schnell, es geht weiter!

»Die Zettel sind ja kaum lesbar, voller Dreck, und von der Sonne ausgebleicht. Außerdem liegen die Hinrichtungen Jahre zurück«, stellte Otto enttäuscht fest.

»Ich habe alle mitgenommen, auf denen das Wappen der Inquisition abgedruckt war«, sagte Oktavian und zeigte auf einen Namen ganz unten auf dem letzten Blatt.

»Kennst du den?«

»Und ob! Die Spur unseres alten Bekannten Erminio.« Otto nahm das Papier und las:

AVVISO
Im Namen der Heiligen Inquisition und des Rates der Stadt Modena wird verkündet, dass am Tag der heiligen Lucrezia, am 10. Juni, zur fünften Stunde, auf der Piazza del Duomo zu Modena die Seele der Rosa Cressini, von der der Teufel Besitz ergriffen hat, von ihrem Körper befreit und das Weib durch das Schwert vom Leben zum Tod gerichtet werden soll.
S. E. Erminio del Monte Inquisitor Ecclesiae Sancitissimae Romanae

»Was hältst du davon?« Otto schob das Blatt über den Tisch.

»Zeitlich würde das passen«, konstatierte Oktavian, »zudem ist Modena außerhalb der geforderten vier Wegstunden.«

»Hieß Mona mit ihrem richtigen Namen Rosa?«, gab Otto zu bedenken.

»Aber natürlich, Rosa, darum die Tätowierung der Rose auf der Schulter! Sie muss es gewesen sein«, rief Oktavian. »So viele Hinrichtungen wird es ja wohl in der Zeit nicht gegeben haben. Ich schlage vor, dass wir eine Nacht darüber schlafen und dann überlegen, wie wir weiter vorgehen sollen.«

Otto stimmte ihm zu. Müde und nachdenklich legten sie sich in ihre Betten.

»Mein Beutel ist weg!«, schimpfte Otto am nächsten Morgen lauthals. »Das kann nur einer von Don Alfonsos Bälgern gewesen sein.«

»Alles vom Feinsten, beim Hades!«, scherzte Oktavian und lachte.

Otto warf ihm einen ärgerlichen Blick zu.

»Du bist vielleicht gutgläubig. Er hat dir selbst erzählt, wie er die Leute ablenkt, damit seine Kinder ihnen heimlich die Barschaft aus den Taschen ziehen können.«

Oktavians Worte trösteten ihn nicht gerade. »Wenn wir uns beeilen, erwischen wir das Pack noch«, drängte er zum Aufbruch.

Als sie kurz darauf vor die Stadtmauer kamen, war die Gauklerfamilie wie vom Erdboden verschluckt, und auch während der restlichen Tagesmärsche nach Augsburg war von ihnen nichts mehr zu sehen.

23

Leeder, 15. August 1562

Anna hörte vom Dorf herauf die voller Übermut singenden und plärrenden Kinder, die schon von Weitem Hieronymus' Wagen ankündigten. Es hatte sich unter den Dorfkindern herumgesprochen, dass der Rehlinger, immer wenn er aus Venedig kam, bunte Murmeln mitbrachte, die er großzügig unter die lärmende Meute warf.

»Endlich kommt er«, verkündete sie freudig ihrem Mann und gemeinsam gingen sie hinunter auf den Hof. Bis ans Schloss liefen die Bauernkinder dem Wagen mit dem bunten Rehlinger-Wappen hinterher.

Anna freute sich, wenn Gäste kamen, aber Hieronymus liebte sie ganz besonders; er war tief beseelt vom Glauben an die Lehre Caspars und konnte so wundervoll von seinen Reisen erzählen.

»Herzlich willkommen, Onkel, wach auf, mein Seel! Du kommst spät, wir hatten dich bereits vor Wochen erwartet«, begrüßte sie ihn mit Emanuel am Hoftor.

»Lobsinge seinen Namen! Eine lange Geschichte. Wir wurden mehrmals aufgehalten, aber sprecht, wie geht es euch allen?«

»Die schönste Nachricht ist, dass Anna ein Kind erwartet.« Emanuel drückte stolz Annas Hand.

»Deinem Bruder geht es bis auf seine nachlassende Sehkraft sehr gut, was auch darauf zurückzuführen ist, dass er seit Caspars Tod bis tief in die Nacht hinein förmlich alle seine Schriften verschlingt. Wir haben ihm Konvexlinsen besorgt, von denen er sich überhaupt nicht mehr trennen mag.« Anna schenkte ihrem Mann ein warmes Lächeln.

»Anna, was für eine schöne Mutter du sein wirst! Wann ist es denn so weit?«, fragte Hieronymus, der inzwischen vom Wagen gestiegen war und sie herzlich umarmte.

»Ich kann es kaum erwarten, aber ich denke, dass es noch sechs Wochen dauern wird. Du kannst dir gar nicht vorstellen, Onkel, wie sehr wir uns darüber freuen, dass unser lang gehegter Wunsch endlich erfüllt wird.«

»Ich habe dir etwas ganz Besonderes aus Venedig mitgebracht.« Auf sein Zeichen öffnete der Pferdeknecht die hintere Tür des Wagens und Hieronymus entnahm einen Ballen taubenblauen Stoffs.

»Auf den persischen Hochebenen lebt eine Ziegenart, die eine ganz besondere Wolle produziert. Davon lässt du dir ein schönes neues Kleid machen.« Er rollte den Ballen auf mehrere Ellen aus, schnitt den edlen Stoff gekonnt mit seinem Messer ein und riss ihn der Länge nach durch.

»Es wird sehr gut zu deinen Haaren passen, Anna, und ist doch protestantisch schlicht.« Hieronymus zwinkerte ihr zu und Anna ließ den Stoff erfreut durch die Finger gleiten.

»Das wird ein prächtiges Sonntagsgewand! Eine wunderbare Wolle, so leicht und weich. Ich hoffe, dass ich dir das fertige Kleid bei deinem nächsten Besuch präsentieren kann.« Sie wies eine der Mägde an, auf dem Tisch aufzudecken, der im Hofgarten vor dem Schloss stand.

Als sie wenig später an der festlich gedeckten Tafel saßen, lauschte Anna gebannt der Geschichte von dem Schiff und der Krankheit, der Quarantäne und der verspäteten Abreise aus Venedig. Inzwischen hatte sich auch Jacobus dazugesellt.

»Es freut mich, dich bei so guter Gesundheit zu sehen, mein lieber Jacobus.« Hieronymus legte liebevoll seinen Arm um die Schultern seines Bruders.

»Caspar und seine Schriften halten mich bei Laune und am Leben. Das heilige Offizium hat in seinem neuesten Bericht alle Schriften Caspars auf den Index gesetzt. Gerade deshalb macht es mir eine diebische Freude, so viel wie möglich davon zu lesen. Ich bin, je älter ich werde, umso mehr davon überzeugt, dass nur die Heilige Schrift die Lösung der Konfessionsprobleme bringen kann. Jeder Rückzug auf alte Territorien schadet sowohl der katholischen als auch der protestantischen Seite. Religion darf niemals Selbstzweck werden, sondern muss in allen Lebenssituationen für die Gläubigen da sein. Jesus hat uns ein strahlendes Beispiel davon gegeben. Die Kirche hat ihn dazu benutzt, eine riesige Organisation zu errichten, was niemals in seiner Absicht lag, im Gegenteil, er war selbst ein Wanderer und hat jeden Einzelnen seiner Jünger hinausgeschickt, um das Evangelium zu verkünden. Nicht einmal der heilige Petrus, der in Rom als Märtyrer gestorben ist, hatte die Absicht, die Strukturen einer Kirche zu errichten, sondern die Gläubigen haben sich, so wie wir es heute noch halten, im Verborgenen getroffen, um zu beten und das Evangelium zu hören. Damit befinden wir uns in der direkten Tradition des Urchristentums.«

»Jacobus ist nicht zu bremsen, wenn es um Caspar geht«, unterbrach Anna ihren Schwiegervater und sah mit Sorge hinauf zum Himmel. Inzwischen hatte sich eine dunkle Wolke von Welden her über den Ort geschoben, aus der bereits Donnergrollen zu hören war. »Ich glaube, wir sollten unser Gespräch nach drinnen verlegen, es scheint sich ein Unwetter zusammenzubrauen.« Sogleich wurde der Tisch wieder abgeräumt.

Im nächsten Moment kam ein starker Wind auf, der die hohen Bäume im Hofgarten beängstigend hin und her schwanken ließ. Alle starrten auf die bedrohlich nahe Wolkenwand am südwestlichen Himmel. Bleigrau und violett türmte sie sich auf. Erste Blitze zuckten.

»Die schweren Unwetter, die vom Bodensee her kommen, drehen oft über Schongau ins Bayerische ab«, erklärte Jacobus und versuchte, Anna zu beruhigen, die sich immer wieder über den Bauch strich.

»Aber wenn es uns treffen sollte, sei Gott uns gnädig!«

24

Augsburg, ein Tag vor Sankt Bartholomäus* 1562

Wie jeden Tag in seinen Ferien saß Otto an diesem Sonntag im Chorgestühl des Doms und versuchte, den Gedanken des Predigers zu folgen. Er fühlte sich schlecht und feige. Eine ganze Woche hatte er bei den Eltern am Boden-

* 24. August

see verbracht. Stundenlang hatte er seinem Vater von den Vorlesungen, den Professoren und dem Leben in Bologna erzählt. Er berichtete ihm von den Freunden und deren Familien, die neuen Einblicke in die Abgründe der Kirche hatte er für sich behalten. Sein Vater freute sich so sehr über das Gehörte und den Fleiß seines Sohnes, dass Otto nicht in der Lage gewesen war, ihm diese Euphorie zu nehmen. Obwohl er sich fest vorgenommen hatte, über Giovanna und eine gemeinsame Zukunft mit ihr zu sprechen, blieb es bei Anläufen, die er allesamt vorzeitig abgebrochen hatte. Schließlich hielt er es für die beste Idee, die Familie vor vollendete Tatsachen zu stellen und Giovanna im nächsten Jahr einfach mitzubringen.

Sein schlechtes Gewissen plagte ihn. Er war in Gedanken in Bologna und zählte die Tage bis zur Abreise; es würden gleichsam die letzten Tage am Dom sein. Seit Wochen war er nicht richtig bei der Sache, dachte immer wieder an Giovanna und starrte vor sich hin. Die Zeit wollte überhaupt nicht vergehen. Selbst der berühmte Prediger Canisius, der seit einigen Wochen den Leuten ins Gewissen redete, vermochte ihn nicht zu begeistern. Otto gähnte.

»Dazu braucht er alle Weisheit, Geschicklichkeit, List und die Weggefährten, die dafür notwendig sind, seien es nun Hexen, böse Zungen oder der blutrünstige Türke. Drückt er dem armen Christen Kreuz, Jammer, Sünd und Schuld auf, damit er ihn in seiner Verzweiflung in seine Gewalt reißen könne. So steht all unsre Hoffnung, Herz und Sinn zu dem lebendigen Gott gerichtet, der uns mit seinem eingeborenen Sohn beehrt hat, auf dass wir durch diesen Mittler Hilfe, Errettung, Vergebung der Sünden und das ewige Leben aus Gnaden erlangen möchten. Was tut ihr alle, während heute unser Herr, der allergnädigste Kaiser Maximilian, an der Spitze seines christlichen Heers mit Schwert, Spieß und Büchsen wider den blutrünstigen Türken in den Krieg zieht? Öffnet eure Beutel, wenn ihr gute Christen seid, und helft, den grausamen Türken, den Weggefährten des Teufels, zu besiegen!«

Als plötzlich ein Tumult entstand, schreckte Otto auf und bemerkte, dass hinten im Kirchenschiff eine Schar Landsknechte stand, denen bei den Worten des Predigers zugejubelt wurde. Canisius hatte seine Predigt beendet und stolzierte an Otto und den anderen Kanonikern vorbei. Wie sehr die Menschen beeindruckt waren, konnte man am Klappern der Münzen ablesen, die in den Klingelbeuteln der Messdiener landeten.

Die Macht der Worte beschäftigte Otto, die imstande war, das Volk zu beeinflussen.

Verängstigen, einschüchtern, klein machen und dann dafür noch bezahlen lassen, genauso machen sie es auch mit den Mädchen im Castello. Luther hatte nicht Unrecht, wenn er den Ablassverkauf anprangerte. Die Kirche muss sich ändern, aber ich bin machtlos und kann nichts dafür tun. Ich werde ihr den Rücken kehren und nicht mehr zurückkommen. Mit diesen Überlegungen trottete er hinüber ins Konvikt.

»He, Otto, hast du doch wieder die Kutte angezogen? Das glaub ich nicht, lass dich umarmen!«

Otto drehte sich um. »Rico! Wir haben dich überall gesucht. Wie geht es dir? Was ist mit dem Studium? Bist du jetzt bei den Landsknechten? Das bunte Gewand steht dir gut.« Otto drückte ihn herzlich an sich, bis Rico der große Hut nach hinten fiel.

»Wenn ich ehrlich bin, habe ich es darauf angelegt, dich zu treffen, Otto! Das Studium, zum Teufel damit, hab ich mir sonst wo hingesteckt. Ich bin als Söldner in die Dienste des bayerischen Herzogs* getreten, weil mich meine Familie nicht mehr unterstützt hat und ich auf dem Trockenen saß, nachdem mein Vater über Hintermänner von der Geschichte in Bologna Wind bekommen hatte. Was ist mit Mona passiert?«

Otto zuckte innerlich zusammen. »Ich, ich, ich … muss … Kannst du dich von der Truppe entfernen? Dann treffen wir uns morgen Abend nach der Komplet im ›Roten Ochsen‹ und ich werde dir alles erzählen.«

»Mein Obrist wird nichts dagegen haben«, erwiderte Rico, »denn unser Fähnlein begleitet einen hohen Beamten des Herzogs. Wir werden daher einige Tage in Augsburg bleiben. Geht es denn nicht früher bei dir?«

Otto wollte ihm die schrecklichen Ereignisse auf keinen Fall hier vor der Kirche erzählen. »Du kennst die Regeln des Kanonikats. Ich darf den Dom am Sonntag nicht verlassen; es ist schlimmer als bei den Benediktinern; ich muss alle Stundengebete mitmachen und die Anwesenheit wird streng kontrolliert.« Otto seufzte und blickte verschämt auf den Boden.

»Dann hör endlich auf mit dem falschen Spiel und schmeiß die Kutte in die Ecke! Ich erinnere mich lebhaft, mit wie viel Vergnügen du von den verbotenen Früchten genascht hast. Wenn du ehrlich bist, Otto, passt du mit deiner gesunden Einstellung nicht in diese verdorbene und kranke Kirche. Was euer Prediger heute an Lamento verbreitet hat, reicht mir für die nächsten Jahre.«

»Nicht so laut, Rico! Ja, es plagen mich seit Langem Zweifel und nächstes Jahr will ich mit Giovanna ein neues Leben beginnen. Ich kann auf die mir zustehenden Pfründe erst verzichten, wenn ich meinen Abschluss in der Tasche habe. Wie soll ich sonst eine Familie ernähren? Also bleibt mir

*Albrecht V.

nichts anderes übrig, als das Hin und Her noch ein Jahr zu ertragen.«

»Ich wundere mich, wie du das mit deinem Gewissen vereinbaren kannst, Otto, aber denk an Machiavelli: ›Eine Veränderung hält die Tür offen, damit auch die anderen Veränderungen eintreten können.‹«

»Wo hast du das denn her? Bist du unter die Philosophen gegangen, Rico? Zu deiner Beruhigung: Ja, ich werde etwas ändern und im nächsten Jahr meine Konsequenzen ziehen, das verspreche ich dir!«

»Nun, so sei's! Da bin ich ja gespannt. So einfach werden sie dich nicht gehen lassen, und dann deine Alten im Hintergrund! Ich gehe zurück zu meinem Fähnlein. Wir sehen uns morgen im ›Roten Ochsen‹. Mach's gut, Otto!«

Wenigstens hatte er Zeit gewonnen, um sich zu überlegen, wie er es Rico beibringen sollte.

Otto war mulmig zumute, als er seinem Freund am nächsten Abend in der Schenke gegenübersaß.

»Hast du nach deinem Weggang von Bologna von Mona was gehört?«, wollte er wissen.

»Sie haben mir in der Via Senzanome aufgelauert, mich in einen Keller verschleppt und verdroschen. Sie wollten wissen, wer aus dem Collegio noch im Castello verkehrt und woher ich das Zugangswort kenne. Der eifersüchtige Fettsack von San Pedronio hat mich verraten, da bin ich mir sicher. Sie haben nichts von mir erfahren. Einer der Schergen brachte mich ans Collegio zurück. Ferrara wusste bereits alles, meine Sachen waren schon zusammengepackt. Gnädigerweise hat er mir erlaubt, mich bis zum Morgengrauen im Gästezimmer aufzuhalten. Zufällig habe ich Oktavian getroffen, dem ich den Namen des Pfaffen auf einen Zettel gekritzelt habe. Dann bin ich noch einmal ins Castello zurück und habe dem alten Kastraten an der Tür eine Nachricht für Mona hinterlassen, eine Adresse in Ravenna bei einem Tuchmacher, bei dem sie mich hätte erreichen können. Dort kennt man mich, weil ich einmal für meinen Vater Stoffe abholen musste. Ich denke ununterbrochen an Mona, sie geht mir nicht aus dem Kopf. In Ravenna habe ich zwei Monate jeden Tag verzweifelt auf eine Nachricht von ihr gewartet. Aber ich habe nichts mehr gehört. Weißt du etwas? Vielleicht ist sie ja weggebracht worden?«

Otto ergriff Ricos Hand. »Ich wollte dir diese Nachricht ersparen, Rico! Doch die Wahrheit über Mona würde dich früher oder später einholen.«

Otto fing an zu erzählen, und während er versuchte, ihm schonend die Ereignisse im *teatro anatomico* beizubringen, musste er mit ansehen, wie seinem Freund, der immer ein furchtloser Draufgänger gewesen war, die zusammengepressten Lippen anfingen zu zittern. Bald liefen ihm Tränen über die Wangen und schließlich schlug er den Kopf manisch auf die Tischplatte. Zuletzt kramte Otto das Flugblatt aus seiner Tasche und schob es Rico über den Tisch zu.

»Es tut mir unendlich leid, Rico! Die Mädchen haben erzählt, dass Mona vermutlich in einem Kloster gefangen gehalten und misshandelt worden ist. Dieses Flugblatt, das wir einem fahrenden Gaukler abgekauft haben, passt zu der Annahme.«

Rico las das Blatt, lief rot an und sein Atem wurde schneller.

»Erminio«, presste er schließlich hervor und in seiner Stimme lagen Zorn und Abscheu. »Ich werde dieses Scheusal umbringen, das schwöre ich dir!« Rico sprang auf.

»Ich hasse dieses scheinheilige, heuchlerische Pfaffenpack mit seinem aufgeblähten, falschen und verlogenen Hokuspokus!«, schrie er in die Wirtsstube. »Diese verdammten Henker, die sich als Mönche und Priester verkleiden und mit ihren blutigen Händen das Evangelium verkünden. Pfui Teufel, es ekelt mich an!«

In der Schenke herrschte nach Ricos Ausbruch betroffenes Schweigen. Die Leute rückten sichtlich betreten zur Seite ob der lästerlichen Worte gegen die Kirche, die selbst im inzwischen mehrheitlich protestantischen Augsburg unerhört waren. Doch Ricos Größe und sein beeindruckendes Äußeres sorgten dafür, dass ihm niemand widersprach. Otto legte seinem Freund, der sich wieder auf seinen Stuhl hatte fallen lassen, eine Hand auf den Arm.

»Du weißt, dass wir zusammenstehen! Wenn du uns brauchst, für was auch immer, kannst du mit uns rechnen. Das soll ich dir auch von Giacomo ausrichten!« Seine fast flehenden Worte schienen ungehört an Rico abzuprallen.

Rico wischte sich mit seinem Ärmel die Nase, legte eine Münze auf den Tisch und presste Otto abwesend seine rechte Hand auf die Schulter. Dann nahm er seine Hellebarde und verschwand in die dunkle Nacht hinaus. In der Schenke setzte ein aufgeregtes Gemurmel ein.

Otto hatte das Gefühl, heute einen seiner besten Freunde verloren zu haben.

25

In den Wäldern bei Modena, San Bartolomeo 1562

ZUFRIEDEN STIEG ER aus dem schwarzen Wagen und sog die feuchte Waldluft ein. Die Glocke läutete bei seiner Ankunft. Man empfing ihn wie einen Fürsten. Hier schätzte man ihn, hier fühlte er sich zu Hause.

Alles lief nach seinen Wünschen. In dem ehemaligen Zisterzienserkloster, weitab von der Stadt, konnte er ungestört die Männer ausbilden, die für die wichtige Aufgabe notwendig waren. Blinder Gehorsam, Unerschrockenheit und fester Glaube an die Kirche, nach diesen Kriterien hatte er aus allen dominikanischen Klöstern seine Leute berufen. Dem Teufel furchtlos begegnen und mitleidlos zu ertragen, dass die Körper der Besessenen vor Schmerzen schrien und tobten, das verlangte er von seinen Männern. Schließlich konnten nur so die Seelen dieser armen Kreaturen vor dem ewigen Verderben gerettet werden. Es würde nicht mehr lange dauern und der Kampf gegen Satan sollte gewonnen sein. Noch gab es viel zu tun. Die Schergen waren täglich mit dem Schandwagen unterwegs.

Man reichte ihm ein Glas frisches Wasser. Das Tuch, mit dem er sich das verschwitzte Gesicht abwischen konnte, lehnte er dankend ab. Er griff nach seinem eigenen und lächelte. Er wusste nicht, warum, aber das rote Stück Stoff hatte ihn immer begleitet.

26

Leeder, vier Tage nach Sankt Bartholomäus*, 1562

»FRIANER ISCH MA am Bartheltag durs Dorf zoga, hot g'sunga und beated, d' Monschtranz voraus«, schwelgte die Keggelbäuerin in Erinnerungen.

»Was dr Mayer jede Sonntig fir an Schmarre daherredt, des got of koi Kuahaut!«, ergänzte die Mesnerin.

»Dann gang halt num uf Asch, do nemmats dir de Boddar** idda aus der Hand«, antwortete ihr die Keggelbäuerin.

»Wenn mir no lang gnua boared, do wead si scho ebbas dua in Augschburg dunda«, warf die Halblützerin ein.

»Vergiss de Bischof! Letscht Wocha war oiner vom Herzog in dr Kiacha und hot si allerhand aufg'schrieba. Do duat si anscheinend ebbas!«, fügte Vitus Linder hinzu.

Unterdessen war Lina aufgestanden und tanzte wie wild durch die Gunkelstube, sodass ihre langen Zöpfe hin und her schleuderten.

»Lina, dumms Luader, schau dass d' nahocksch! Muascht d' Leit it allat so verschrecka!«, schimpfte die Halblützerin und zog ihre Tochter unsanft zurück auf die Bank.

»Mir sollted an Briaf schreibe an de Herzog, vielleicht wär des jetzad a rechter Zeitpunkt?«

»Dr Pfarrar Engelschalk isch doch dr Oinzig, dea wo richtig schreiba ka, dean wear mer froga miassa.« Mit Fürbitten und dem Schmerzhaften Rosenkranz beendeten die Marianischen den Abend.

---

* 24. August
** Rosenkranz

27

Bologna, Herbst 1562

Ende September kam Otto zurück ans Collegio, diesmal war er mit einem Fuggertross unterwegs gewesen. Giacomo hatte das für ihn eingefädelt, bevor er sich nach Lissabon verabschiedete.

Otto konnte Ricos Schmerz und den Hass auf die verlogene Kirche und ihren Vollstrecker Erminio nur zu gut verstehen. Doch selbst wenn er den Dienst in der Kirche aufgeben wollte, gab es für ihn keinen Grund, an der Rechtmäßigkeit und dem Anspruch auf Einzigartigkeit der katholischen Kirche irgendeinen Zweifel zu hegen. Die Verfehlungen einzelner Mitglieder, und betrafen sie selbst den Heiligen Vater, beschäftigten ihn, waren jedoch nicht dazu imstande, sein Glaubensgebäude zu erschüttern. Zu sehr fühlte er sich in diesem Haus geborgen, hier fand er Trost im Gebet und die Nähe Gottes, die ihn beschützte.

Oktavian hatte ihm geschrieben, dass sein älterer Bruder Hans im Sommer unerwartet verstorben sei, sodass die Familie beschlossen habe, dass er das Studium abbrechen und den Besitz in Venedig verwalten müsse. Von Longus war schon vor den Ferien bekannt gewesen, dass er ins Noviziat der Dominikaner eintreten würde. Otto hatte ihm versprochen, brieflichen Kontakt zu ihm in Rom zu halten. Er war von all seinen guten Freunden verlassen. Sein einziger Gedanke seit Wochen war, so schnell wie möglich ins Castello zu kommen.

Mit klopfendem Herzen lief er bereits am zweiten Tag in die Via Senzanome. Er hatte ein Geschenk für Giovanna dabei – eine silberne Kette mit einem in Silber gefassten roten Edelstein, der zu ihrem Haar passen würde. Er sah schon von Weitem, dass an der Tür eine hölzerne Tafel hing.

Auf Beschluss der Heiligen Inquisition bleibt dieses Haus geschlossen.

Giovanna, um Himmels willen! Sie werden dich doch nicht auch verschleppt haben? Otto trommelte mit beiden Fäusten an die Tür.

Warum habe ich sie nicht im Sommer mitgenommen? Was bin ich für ein Feigling! »Francesco, bitte mach auf, wenn du mich hörst!«, schrie er verzweifelt. Es regte sich nichts. Ein ums andere Mal rief Otto nach oben.

Endlich, nach bangen Minuten, öffnete sich das Fensterchen, und der alte Kastrat streckte seinen Kopf heraus.

»Wo ist Giovanna?«, fragte Otto ohne Umschweife.

»Hier ist niemand, es tut mir leid, sind alle weggegangen.«

»Was heißt weggegangen? Wer hat sie mitgenommen? Du musst doch wissen, wem du die Mädchen anvertraut hast!«

Francesco schüttelte den Kopf und schloss das Fenster. Otto spürte körperlichen Schmerz bei dem Gedanken, Giovanna nicht mehr wiederzusehen. Wie hatte er nur so naiv sein können, sie über den Sommer allein zu lassen. Das Schlimmste war, dass er seine Enttäuschung und seine Niedergeschlagenheit mit niemandem teilen konnte. Wie betäubt fragte er in den Nachbarhäusern des Castello, ob nicht jemand wisse, wohin die Mädchen gebracht worden waren. Niemand konnte oder wollte ihm Auskunft geben.

Otto betete in der Kirche bis in den frühen Morgen.

Warum hast du sie mir weggenommen? Ist es, weil dir mein Entschluss missfällt oder wegen dieses sündigen Monsignore? Aber du selbst warst es, der ihn abberufen hat. Und was ist mit mir? Wenn du einen Plan mit mir hast, so zeig ihn mir! Allein, ich bitte dich inständig darum, verschone Giovanna! Barmherziger, gütiger Gott!

Nach ein paar Tagen konnte er sich kaum auf den Beinen halten.

»Aufwachen, von Gemmingen!«, blaffte ihn Professor Boncompagni an diesem Mittwochmorgen während einer Vorlesung an und rüttelte unsanft an seiner Schulter. »Wenn du krank bist, lass dir vom Kräuterbruder etwas geben! Wenn du die Nachtruhe, aus welchen Gründen auch immer, nicht einhältst, geh zurück ans Collegio und komme zurück, wenn du ausgeschlafen bist!«

Die Zurechtweisung war ihm sehr unangenehm, denn er wusste, dass der Professor sehr viel von ihm hielt.

Wenig später trottete Otto wie gerädert durch die Straßen.

»Otto, hast du mich denn vergessen? Komm schnell her!«, schallte es über den Platz. Otto war plötzlich hellwach.

Moglie! Er hatte in seinem Kummer überhaupt nicht mehr an sie gedacht. Er eilte zu ihrem Stand.

»Warum hast du mir nichts von deiner Geliebten erzählt?« Sie fuhr ihm durch die Locken, tat so, als sei sie ihm böse und reichte ihm einen Umschlag.

»Es … Es tut mir leid, wirklich …«, stotterte Otto seine Entschuldigung und konnte sich keinen rechten Reim auf all das machen. Dann erinnerte er sich, dass er Giovanna einmal Äpfel mitgebracht und ihr von Moglie erzählt hatte.

»Sie hat dir geschrieben, Otto!«

Er riss den Brief auf und setzte sich auf eine leere Kiste neben Moglies Stand.

Liebster, bereits wenige Tage, nachdem wir uns zuletzt gesehen haben, wurde das Haus durch den neuen Inquisitor geschlossen und die Mädchen in alle Himmelsrichtungen verteilt. P. und ich arbeiten seitdem im Katholischen Siechhaus der Barmherzigen Schwestern, das sich außerhalb der Stadt befindet. Wir werden wie Gefangene behandelt und arbeiten von morgens bis abends; wenn wir einen Fehler machen, werden wir geschlagen und bekommen zwei Tage nichts zu essen. Ich bitte Dich inständig und von ganzem Herzen, mich von hier wegzubringen. Ich habe niemanden mehr auf der Welt, dem ich mich anvertrauen kann, Du bist meine einzige Hoffnung. In Liebe, G.

Otto atmete tief durch.

Meine geliebte Giovanna ist am Leben, dem Himmel sei Dank! Ich werde dich da herausholen, koste es, was es wolle.

»Sie ist ein Engel und muss jetzt im Siechhaus für die Kirche Todkranke pflegen. Ich will mit ihr nächstes Jahr in meine Heimat und sie heiraten«, wandte er sich an Moglie.

»So verliebt, Otto!« Moglie lächelte gerührt.

Er umarmte sie herzlich, küsste den Brief und steckte ihn ein. Seine Müdigkeit war wie weggeblasen.

Wenn sie einmal das Siechhaus verlassen konnte, dann wird sie es wieder tun. Ich muss mich nur auf die Lauer legen. Aber vielleicht hat sie einen Aufpasser dabei? Während er zurück ins Collegio lief, überlegte er hin und her, wie er es anstellen könnte, sie aus diesem Schindhaus zu befreien.

Im Collegio warf er sich auf sein Bett und wachte erst wieder auf, als es zum Abendessen läutete.

Ferrara ist mit den Neuen beschäftigt, es wird überhaupt nicht auffallen, wenn ich das Haus nach dem Abendessen verlasse und zur Komplet wieder zurück bin. Ich muss mir dieses Siechhaus ansehen, länger als eine Stunde wird es nicht dauern.

Otto ging nach dem Abendessen mit den anderen, die sich in die Tavernen begaben, hinaus und schlug den Weg in Richtung Porta Romana ein. Das Siechhaus lag außerhalb der Stadtmauer, nur ein kurzes Stück vom Schindanger entfernt. Wer vom Süden her in die Stadt wollte, musste unweigerlich daran vorbei.

Otto schauderte es, die Reste der Erhängten und Geräderten zu sehen, die man dort wochenlang als warnende Abschreckung zur Schau stellte und verwesen ließ. Zudem lagen überall tote Tiere herum. Ratten und Schwärme von Raubvögeln ließen sich auf den verpesteten Kühen, den erschlagenen Hunden oder verendeten Katzen nieder und stritten sich um die besten Stücke. Ein bestialischer Gestank nach Verwesung, Blut und Urin stieg Otto in die Nase, Schwärme von Mücken und Schmeißfliegen surrten durch die Luft. Otto schlug wild um sich, um die lästige Brut loszuwerden, lief immer schneller und erreichte schließlich das Siechhaus.

»Was für ein grässlicher Ort«, flüsterte er und beobachtete den Eingang aus der Entfernung eines Steinwurfs. Nur wenige Menschen zogen an der Glocke und warteten, bis sich das Tor öffnete. Der Nordwind blies ihm den Verwesungsgeruch vom Schindanger in die Nase.

»Großer Gott, womit hat sie das verdient? Die arme Giovanna! Wie soll man es hier nur aushalten?«, murmelte er vor sich hin. Er hustete und hielt sich ein Taschentuch vor den Mund. Als er schließlich zurück in die Stadt flüchtete, kamen ihm dunkle Gestalten, Gaukler und Bettler entgegen.

Die müssen anscheinend alle die Nacht vor der Stadtmauer verbringen. Er versuchte, so gut es ging, ihnen auszuweichen. Als Otto die Porta Romana passiert hatte, überkam ihn ein erlösendes Gefühl. Er erreichte rechtzeitig zur Komplet die Klosterkirche.

Die Mönche sangen voller Inbrunst und Ottos Gedanken überschlugen sich: *Psalm einundneunzig. Wer sitzt unterm Schutz des Höchsten. Ich brauche den Schrecken der Nacht nicht fürchten? Nicht die Pest und die Seuche, die bei der Nacht daherschleicht. Du bist meine Zuflucht. Dort vor dem Haus warten? Bei dem Gestank und den zwielichtigen Gestalten? Ob tausend fallen zu deiner Rechten, so wird es doch dich nicht treffen. Sollte ich mich krank stellen, um Einlass zu bekommen? Denn er hat seinen Engeln befohlen über dir, dass sie dich behüten auf allen deinen Wegen. Rico, ja, der wüsste bestimmt, was zu tun wäre, um Giovanna dort herauszuholen.*

28

Modena, zur selben Zeit

Mit Ottos Papier in der Tasche war Rico in den Dörfern der Umgebung von Modena unterwegs gewesen. Grenzenloser Hass auf Erminio, den er allein für Monas Tod verantwortlich machte, hatte ihn in eine Art Wahnzustand versetzt. Er dachte nur noch an Rache und erst Erminios Tod würde ihn wieder ruhig schlafen lassen. Durch die vorzügliche Bezahlung von monatlich vier rheinischen Goldgulden im Heer Herzog Albrechts von Bayern hatte er sich eine schöne Summe zusammengespart. Geld versetzte ihn in die Lage, so manche Zunge zu lösen.

»Wenn ihr nicht brav seid, schick ich euch nach San Ignazio.« Dieser Spruch, den eine Mutter ihren Kindern zugerufen hatte, die vor dem Haus tobten, hatte Rico auf die richtige Spur gebracht. Daraufhin hatte er sich in einer Taverne eingemietet, wo er tagtäglich mit Bauern und Fuhrleuten zusammensaß. Je mehr Wein durch die Kehlen floss, desto freimütiger und ungenierter redeten die Einheimischen über die Dinge, die ihn so sehr interessierten, sodass er nun, nach wochenlangen Nachforschungen, fast sein Ziel vor Augen hatte.

Schließlich erfuhr er, was sich in San Ignazio della Valle, einem abgelegenen Kloster, nur eine Wegstunde entfernt, tagtäglich abspielte. Ein Schmied hatte ihm berichtet, dass er für das Kloster allerlei Instrumente hatte herstellen müssen, die anscheinend zur Folter verwendet wurden. Er selbst durfte die Ware nicht anliefern, sie wurde stets von Dominikanermönchen abgeholt. Immer wieder fänden auf dem Marktplatz von Modena Hinrichtungen statt, die zwar von der weltlichen Obrigkeit ausgeführt wurden, die Todesurteile wurden jedoch allesamt von der katholischen Inquisition gefällt. Die Delinquenten kämen durchweg aus dem klostereigenen Gefängnis und zeigten Spuren schwerer Folterungen, nicht wenige schienen erleichtert, durch den Henker von ihren Qualen endlich erlöst zu werden.

Rico saß vor seinem Becher Wein und grübelte. Dahin hatten sie Mona also gebracht, in ein geheimes Foltergefängnis. Und Sterminio war der Leiter dieser Einrichtung, dieses Schwein. Nicht mehr lange. Das war er ihr schuldig. Er nahm einen kräftigen Schluck und wischte sich mit seinem Ärmel den Mund ab. Die Zeit war nicht wichtig für ihn, er hatte gelernt, geduldig zu sein.

Ein zerlumpter Bauernjunge stieß die Tür auf. »Lanzichenecco, la carrozza, la carroza, la carroza!«, schrie er aus Leibeskräften.

Rico rief den Wirt zu sich, bezahlte die Zeche, stand auf und drückte dem aufgeregten Burschen eine Münze in die Hand. Er strich ihm über den Kopf. »Hast du gut gemacht, mein Kleiner«, flüsterte er und verließ wortlos die Taverne.

29

Bologna, zur selben Zeit

»NOCTEM QUIETAM ET finem perfectum, concedat nobis Dominus omnipotens.*« Erneut sangen die Mönche in der Komplet um eine ruhige Nacht und ein gutes Ende. Es fiel ihm schwer, mit einzustimmen. Seit einer Woche war Otto mehrmals am Tag auf der Suche nach Giovanna vergeblich über die Piazza geirrt, von einem Ende zum anderen, mit den Augen unablässig die Menschen musternd. Giovannas Brief hatte er so oft gelesen, dass er ihn inzwischen auswendig konnte. Der Schmerz über die Trennung und Unsicherheit raubten ihm den Verstand. Das Echo des Gesangs, das von den Wänden zurückgeworfen wurde, hörte sich an wie eine Antwort aus dem Jenseits. Kalt und erbarmungslos. »Ein gutes Ende«, flüsterte er, »das Leben hat doch gerade erst begonnen, ich will leben, mit dir zusammen.«

Er hielt inne.

Der Tod! Er wird mir helfen. Er geht dort ein und aus! Das könnte mein Schlüssel sein in dieses verdammte Leprosenhaus. Es hilft alles nichts. Ich muss sie herausholen, dieses ewige Warten macht mich wahnsinnig. Heute Abend oder nie! Sie werden das Collegio absperren und mein Bett wird unbenutzt bleiben. Wenn Ferrara es bemerkt, wird er mir einen Verweis erteilen, aber es ist mir egal.

Otto stimmte in das »*nunc dimittis servum tuum Domine, secundum verbum tuum in pace***« ein und flüchtete kurz

* Eine ruhige Nacht und ein gutes Ende gewähre uns der Allmächtige.
** Nun entlasse deinen Diener, Herr, in Frieden, gemäß deinem Wort.

darauf wild entschlossen aus der Kirche in Richtung Siechhaus. Beim Verlassen der Stadt sprach er einige nichtssagende Worte mit dem Torhüter, damit dieser sich bei seiner Rückkehr an ihn erinnerte. Schnellen Schrittes und mit zugehaltener Nase lief er am Schindanger vorbei. Die Dämmerung hatte sich bereits über die Stadt gesenkt, als Otto vor dem riesigen Gebäude ankam. Es wirkte noch bedrohlicher als bei seinem ersten Besuch. Sein Herz klopfte wild.

An diesem Ort endet also das Leben der Ärmsten der Stadt, das Leben von Menschen, die keine Familie haben, das Leben der Ausgestoßenen, der Aussätzigen und allen anderen, die es sich nicht leisten können, in einem der Spitäler die Hilfe eines Arztes zu erkaufen; Krüppel und Geisteskranke, die hier nur noch auf ein gnädiges Ende ihres Leidens warten. Hier hat die katholische Kirche zwar den biblischen Auftrag, »bittet und ihr werdet empfangen, klopfet an, und es wird euch aufgetan«, in barmherziger Weise erfüllt. Aber was war es für eine perfide Art und Weise, junge Mädchen, von katholischen Würdenträgern gezeugt und von deren nächster Generation als Hübschlerinnen missbraucht, an diesem Ort der Krankheit und des Todes zu entsorgen!

Otto zog beherzt an der Glocke. In dem großen Tor, das bequem einen Pferdewagen aufnehmen konnte, befand sich eine kleinere Tür, die kurz darauf von einer Nonne im Habit geöffnet wurde.

»Ich bringe eine persönliche Botschaft für Giovanna. Es geht um ihren Vater, er liegt im Sterben«, log Otto der Schwester aufgeregt ins Gesicht.

»Der Herr sei ihm gnädig! Gevatter Tod ist unser täglicher Begleiter, aber ich wusste nicht, dass Giovannas Vater noch lebt«, entgegnete die Nonne erstaunt.

»Sie weiß es selber nicht. Ihr Vater ist ein hoher geistlicher Würdenträger, der den letzten Wunsch geäußert hat, am Ende seines Lebens seine Tochter, die er bisher nie gesehen hat, um Vergebung zu bitten für all den Schmerz und die Not, die er ihr bereitet habe«, redete sich Otto tiefer in die Lüge. »Ich soll Giovanna abholen und sie noch heute dem Todgeweihten an die Bahre bringen.«

Die Schwester schien ziemlich beeindruckt und zog sich wortlos zurück.

Otto trat einige Schritte aus dem Lichtkegel der Lampe, damit Giovanna ihn nicht gleich erkannte. Nach einigen Minuten öffnete sich erneut die Tür und zwei Gestalten kamen hervor, beide mit Kapuzen über den Köpfen. Ein Männchen mit einem bärtigen, kauzigen Gesicht und, dem Himmel sei Dank, Giovanna.

»Ich werde Giovanna begleiten und sie heute Abend wieder ins Siechhaus zurückbringen«, flüsterte der Bärtige mit kaum verständlicher Stimme. Seine Mimik war bedrohlich und seine Augen rollten. Otto geriet ins Schwitzen, so hatte er sich die Flucht nicht vorgestellt; aber er war beruhigt, als er sah, dass Giovanna anscheinend blitzartig die Situation erkannt hatte und sich still und teilnahmslos verhielt.

Otto überlegte fieberhaft, wie er den Alten loswerden konnte. Kurz vor dem Tor in die Stadt kam ihm der rettende Einfall. Kaum hatten sie es erreicht, zog er Giovanna zu sich und sah den Torwächter beschwörend an.

»Der stinkende Bettler verfolgt uns, schaff ihn uns vom Leib, es soll dein Schaden nicht sein«, raunte er ihm zu und drückte ihm unauffällig eine Münze in die Hand. Es zahlte sich aus, dass er den Torwächter beim Hinausgehen besonders freundlich gegrüßt hatte.

Der Wächter packte den kleinen Bärtigen am Kragen.

»Bettlergesindel gewähren wir keinen Zugang.« Damit schubste er ihn zurück auf die Zugbrücke. Otto und Giovanna flüchteten durch das Tor in die Stadt. Als ihr beim Laufen die Kapuze vom Kopf glitt, gewahrte Otto mit Entsetzen, dass man ihr die wunderschönen roten Haare bis auf einen kümmerlichen Stoppelrest abgeschnitten hatte. Sie liefen, was die Beine hergaben, änderten immer wieder die Richtung und sanken schließlich außer Atem in ein Wiesenstück am Ufer der Aposa. Dort fielen sie sich erleichtert in die Arme.

»Jetzt bist du meine Braut«, flüsterte Otto ihr ins Ohr.

»Ich liebe dich«, erwiderte Giovanna und ließ ihren Freudentränen freien Lauf.

Die silberne Kette mit dem roten Stein hatte Otto in der Aufregung im Collegio vergessen. Giovanna und er lagen die ganze Nacht eng aneinandergeschmiegt im Schutz einer Hecke und wurden erst am Morgen durch das Pferdegetrampel der in die Stadt einfahrenden Fuhrwerke aus dem Schlaf gerissen.

30

San Ignazio, in derselben Nacht

Es war eine finstere Neumondnacht. Rico kannte die Geräusche und die Düfte des Waldes und wusste sie zu deuten. Er hatte sich allmählich mit der Umgebung vertraut gemacht und an einen Baum gelehnt auf die Morgendämmerung gewartet, ohne eine Sekunde zu schlafen. In diesem Wald gab es keinen nächtlichen Frieden. Der Wald war in Trauer mitsamt seinen Bewohnern und schwieg aus Respekt vor den Opfern, deren Schreie durch die Nacht gellten. Rico kannte die Schmerzensschreie von sterbenden Soldaten, unzählige Male hatte er sie auf den Schlachtfeldern ertragen. Aber die Schmerzenslaute und das Wimmern von gefolterten Frauen erschütterten ihn in seinem Innersten und hallten ihm in den Ohren. Als es langsam heller wurde, schlich er sich vorsichtig an das nächstgelegene Gebäude und spähte in den großen Klostergarten, in den ein gepflasterter Weg führte. An dessen Ende stand der offene Wagen: Erminios Wagen. Endlich würde sein Warten belohnt werden! Die Kirche war eher eine Kapelle und befand sich etwas abseits der anderen Gebäude. Rico erinnerte sich daran, wann im Kloster die Stundengebete abgehalten wurden. Alle Mönche hatten sich dazu in der Kirche einzufinden. Er wusste, was zu tun war.

31

Bologna, am Morgen danach

»SIE WERDEN MICH überall suchen und wieder ins Siechhaus zurückbringen wollen. Ich gehöre doch der Kirche.« Giovanna flüsterte, während sie sich anzog. Otto stellte sich schlafend. Giovanna beugte sich zu ihm herab. Otto nahm ihre rechte Hand und drückte sie zärtlich an seine Wange.

»Heute ist Mittwoch. Ich habe eine Idee, wohin ich dich bringen könnte, wo du vor Verfolgung sicher bist, mein Engel.«

»Ich möchte nie wieder in dieses Elend zurück. Können wir nicht gleich, noch vor dem Winter, in deine Heimat aufbrechen und dort ein neues Leben beginnen, Otto? Ein kleines Häuschen in einem Garten mit duftenden Rosen, das wäre mein Traum. Ein friedliches Leben zusammen mit dir.« Wie sollte er diesem Blick widerstehen können? Aber er war gezwungen, ihr dieses Begehren abzuschlagen.

»Ich wollte, ich könnte dir deinen Wunsch sofort erfüllen, Giovanna, bitte versteh, dass ich das Studium abschließen muss, um in meiner Heimat weiterstudieren zu können. Ich kann von Glück sprechen, wenn sie im Collegio meine nächtliche Abwesenheit nicht bemerkt haben.« Er spürte ihre Enttäuschung.

Giovanna atmete tief aus. »Dann werde ich mich wohl fügen müssen.«

Er nahm sie in den Arm und drückte sie fest an sich. »Es dauert noch bis zum nächsten Sommer. Bis dahin habe ich ein gutes Versteck für dich, wo du sicher bist vor der katholischen Kirche.«

Giovanna schlug die Augen nieder und Otto spürte, wie sehr er diese Frau liebte.

Die Stadt erwachte allmählich und die Straßen füllten sich mit Handwerkern, Händlern, Geistlichen und Studenten, die ihren morgendlichen Beschäftigungen nachgingen, sodass es nicht auffiel, dass Otto mit Giovanna an der Hand in all dem geschäftigen Treiben zur Piazza Maggiore lief. Schon von Weitem sah er Moglie, die gerade dabei war, den Stand mit Früchten, Gemüse und Weidenkörben aufzubauen.

»Was für eine Überraschung, dich so bald wiederzusehen, deine Braut habe ich ja bereits kennengelernt«, sagte sie, als sie vor ihr standen.

Otto berichtete ihr in wenigen Worten, welches Schicksal Giovanna bisher erlitten hatte.

Moglie tätschelte sie herzlich und gratulierte Otto zu seiner Wahl. Sie hatte wohl verstanden, worum es Otto ging, und versprach ihm, ihren Mann dazu zu überreden, Giovanna als Magd in Persiceto aufzunehmen.

Otto sah mit Freude, wie Giovanna sich sogleich nützlich machte, indem sie die welken Blätter von den Kohlköpfen zupfte.

Sie hielt kurz inne und sah ihm in die Augen.

»Ich werde auf dich warten, mein Liebster, und ich bin dir unendlich dankbar, dass du mich aus dieser Hölle befreit hast. Jede andere Tätigkeit ist mir lieber, als in diesem elenden Siechhaus Krankheit, Tod und Züchtigung ausgesetzt zu sein«, sagte sie leise.

Otto verabschiedete sich von den beiden und versprach, sie möglichst bald auf dem Bauernhof zu besuchen.

Als wenn nichts gewesen wäre, kehrte er kurz darauf ins Collegio zurück. Sein erster Weg führte ihn in die Klosterkirche, wo sich die Mönche zur morgendlichen Laudes versammelt hatten. Obwohl er mehrmals gelogen hatte, spürte er kein Schuldbewusstsein. Ja, er hatte Giovanna der Kirche entrissen, aber das durfte er gar nicht beichten, vielmehr dankte er Gott kniend für seine Hilfe und empfahl Giovannas weiteres Leben der göttlichen Obhut.

Von jedem Weißrock, dem er begegnete, erwartete er, dass er zur Rede gestellt würde, aber als selbst Ferrara nur flüchtig seinen Gruß erwiderte, war er sicher, dass seine Abwesenheit niemandem aufgefallen war. »Deo gratias«, flüsterte er.

32

Venedig, San Luca* 1562

Oktavian Honold war lange Zeit hin- und hergerissen gewesen zwischen dem Wunsch seiner katholischen Mut-

* 18. Oktober

ter, die wollte, dass er sein Medizinstudium weiterführte, und dem Willen seines Vaters, die verwaiste Geschäftsleitung der venezianischen Faktorei zu übernehmen. Nach dem plötzlichen Tod seines Bruders war ihm nichts anderes übrig geblieben und er hatte sich seinem alten Herrn beugen müssen.

Wenn ich gewusst hätte, was da alles auf mich zukommt, hätte ich mich nicht darauf eingelassen, stellte er ernüchtert fest. Früher oder später wollte er sein Medizinstudium zu Ende bringen. Er wollte den Menschen helfen, Krankheiten heilen und forschen; stattdessen musste er nun Preise verhandeln, Entscheidungen über Ankäufe treffen und sich mit skrupellosen Händlern herumschlagen. Die Verantwortung, die auf ihm mit seinen neunzehn Jahren lastete, erdrückte ihn schier. Er war auf dem Weg zurück vom *Fondaco* in seinen Palazzo. Ein Problem jagte das andere: In der Niederlassung der deutschen Händler waren besorgniserregende Meldungen eingegangen. Die Türken drangen offenbar immer weiter nach Westen vor und standen angeblich bereits vor Gran. Auch die Familien Welser-Honold waren an den Neusohler Kupferminen beteiligt, die auf ungarischem Territorium lagen und jetzt massiv von den osmanischen Invasoren bedroht wurden. Die Gesellschafter hatten beschlossen, die äußerst lukrativen Kupferminen mit allen Mitteln zu verteidigen. Dabei konnte Oktavian nicht einmal verhehlen, dass die Firma einen beträchtlichen Anteil des Umsatzes aus den Handelsbeziehungen mit den Türken machte. Die Expansionspolitik des Sultans führte zu der widersinnigen Situation, dass sich marodierende Horden türkischer Krieger in Ungarn blutige Gemetzel mit dem habsburgischen Österreich lieferten, während in Konstantinopel der Warenaustausch und die Geschäfte mit den türkischen Händlern florierten. So kam es in der Lagunenstadt häufig zu eigenartigen Begegnungen von Schiffsbesatzungen, deren Schiffe voll beladen waren mit Waren aus dem Orient, und Söldnertruppen, die von wilden Schlachten und Kämpfen auf dem Festland erzählten, und keiner dem anderen ob der geschilderten Erlebnisse glauben mochte. Zudem wurden wiederholt pestverseuchte Schiffe registriert, und die zuständigen Behörden hatten alle Hände voll zu tun, wenigstens die Hauptinsel von der Pest frei zu halten. Bereits Infizierte wurden auf eine Insel in der Lagune transportiert und dort isoliert. Der spätsommerlich warme Tag wollte gar nicht zu der angespannten und gedrückten Stimmung passen, die in der Serenissima herrschte. In Gedanken versunken drängte sich Oktavian durch das Gewirr von Menschen auf dem Markusplatz, als ihn unvermittelt ein riesiger Kerl mit blauen Augen anstarrte.

»Rico?«, fragte er verwundert. »Rico, bist du's wirklich? Wo kommst du denn her?« Freudig umarmte er seinen Freund.

»Oktavian, endlich find ich dich!« Rico löste sich aus seiner Umarmung und blickte verstohlen umher.

»Ist alles in Ordnung?«

»Ich bin auf der Flucht. Wenn sie mich finden sollten …« Er zog seine Hand am Hals entlang. »Ich brauche dringend deine Hilfe.«

»Um Gottes willen! Komm schnell mit nach Hause, wo wir ungestört sind. Venedig ist eine Stadt mit Tausenden von sensationslüsternen Augen und wissbegierigen Ohren. Ein Gerücht ist hier schneller als der Wind.«

Rico legte Don Alfonsos Flugblatt vor Oktavian auf die Schreibtischplatte. Oktavian kannte es auswendig und wusste sofort, was passiert war.

»Hast du ihn ermordet? Suchen sie dich?«

Rico nickte stumm.

Oktavian führte ihn auf die Veranda des Palazzos.

»Otto hat mir in Augsburg erzählt, was sie mit Mona angestellt haben. Ich konnte an nichts anderes mehr denken, habe sofort den Dienst im Söldnerheer von Herzog Albrecht quittiert und bin zurück nach Italien.«

»Du wusstest, wo du ihn finden konntest?«

»Ich habe nicht lange gesucht. In Modena habe ich erfahren, wo sich die Inquisition eingenistet hat. Es ist das Kloster San Ignazio della Valle, eine abgelegene, ehemalige Abtei, in der unvorstellbare Dinge passieren. Bauern aus der Gegend haben mir berichtet, dass der Inquisitor alle paar Wochen dem Konvent seine Aufwartung macht.«

»Hast du dich irgendjemandem anvertraut?«

»Nein! In der Nacht, die ich vor dem Kloster verbracht hatte, habe ich mit anhören müssen, wie dort gefoltert wird. Die entsetzlichen Schreie dieser Frauen werde ich mein Leben lang nicht vergessen. Ich habe gewartet, bis sich die Mönche zur Matutin in der Kirche versammelt hatten. Dann habe ich die beiden Eingänge der Kirche von außen versperrt, vor den Toren trockenes Holz aufgeschichtet, das die Mönche hinter der Kirche gestapelt hatten, und die beiden Haufen angezündet. Ein Schwarzpulvergemisch hat den Brand in Sekundenschnelle angefacht. Bis die Mönche im Inneren das Feuer bemerkt hatten, war eine Flucht nicht mehr möglich.«

»Du hast die ganze Kirche abgefackelt?«

»Nach dem Viertel einer Stunde war kein Laut mehr aus dem Flammenmeer zu hören.«

»Und die Gefangenen?«

»Das Gebäude mit dem Folterkeller war ein einziges

Gefängnis. Ich habe die armen Kreaturen befreit, die dort eingesperrt waren, Frauen jeden Alters. Vielen waren die Knochen gebrochen, einigen die Zunge abgeschnitten worden. Die meisten waren grässlich entstellt. Eine junge Nonne, der sie die Finger zerquetscht hatten, hat mir erzählt, dass auch Mona dort war. Irgendwann wurde sie weggebracht, ihr weiteres Schicksal kennst du.«

Oktavian schwankte zwischen Entsetzen und Bewunderung. »Es hat dich also niemand beobachtet?«

»Die Nacht war stockdunkel. Nachdem das Dach der Kirche eingefallen war, bin ich zurück nach Modena. Schon nach kurzer Zeit hatte der dichte Wald das Feuer verborgen.«

»Bist du zu Fuß nach Venedig?«

»Ich konnte die Grenze des Kirchenstaats an den Kontrollen vorbei überqueren. Sie werden sehr bald eine Verbindung zwischen Mona und mir herstellen. Die Spur führt vom Castello direkt zu mir. Sie werden alles daransetzen, mich zu fassen. Wenn sie mich erwischen sollten, wartet der grausamste Tod auf mich, den man sich vorstellen kann. Ich will mich nicht unter dem Gejohle eines sensationslüsternen Mobs von vier Pferden in Stücke reißen lassen. Ich bitte dich, Oktavian, bei allem, was uns heilig ist, rette mein Leben und gewähre mir für einige Zeit Unterschlupf in Venedig.« Rico setzte sich und sah Oktavian direkt in die Augen.

Oktavian war sprachlos. Diese Geschichte klang so unglaublich, dass es ihm schwerfiel, darauf zu antworten. Rico war sein Freund und er war in Lebensgefahr. Wie benommen starrte er über das flirrende Wasser hinüber nach San Giorgio, schließlich seufzte er.

»Ich war bei Monas Obduktion im *teatro anatomico*. Als ich sie an ihrer Tätowierung erkannte, musste ich mich übergeben. Ich verstehe deinen Hass auf Sterminio und die ganze

Bande von Heuchlern, Perversen und Misogynisten* in der katholischen Kirche. Aber warum musstest du dich zum Mörder einer ganzen Klosterbruderschaft machen? Hätte es nicht genügt, den Inquisitor zu töten?«

»Ich wollte ihn im Wald abpassen und ihm den Kopf abschlagen. Doch das, was ich in der Nacht mit anhören musste …« Er stockte. »Sie alle haben sich an unschuldigen Menschen vergangen, haben gefoltert, vergewaltigt und gemordet. Ich habe sie nur daran gehindert, weitere Verbrechen zu begehen. Ich bereue nichts von dem, was ich getan habe, und werde es ihnen so schwer wie möglich machen, mich in die Hände zu bekommen.«

Oktavian, der des Öfteren nachts aufwachte, weil er den kopflosen Körper Monas im Traum wie eine Anklage vor sich liegen sah, war zwiegespalten. Es fiel ihm schwer, Rico zu verurteilen, auf den man sich stets verlassen konnte.

»Hat man Anklage gegen dich erhoben?«

»Du bist der Erste, dem ich davon erzähle, aber du kennst die Kirche. Sie ist wie ein Krake, der seine Fangarme in alle Richtungen ausstrecken kann. Sie werden mich bald im ganzen Kirchenstaat suchen, die Gefangenen, die sie wieder aufspüren und ausquetschen, haben mich alle gesehen. Dann sind da noch die Bauern, die mich kennen. Denen werden sie alles Mögliche versprechen, um zu erfahren, wer hinter der Sache steckt.«

Oktavian überlegte kurz:

»Du warst doch im Söldnerheer des bayerischen Herzogs, weißt mit Waffen umzugehen und eine Einheit zu führen, oder?«

Rico nickte. »Sag mir, was ich tun soll, und ich werde dich nicht enttäuschen.«

---

* Frauenhasser

»Du musst so schnell als möglich aus dem Einflussbereich der Kirche verschwinden. Die nächsten Tage kannst du dich hier verstecken. Ich habe eine Idee, wie ich dich aus der Schusslinie bringen kann. Dafür wirst du mir einen Gefallen tun.«

»Alles, was du willst.« Rico umarmte ihn.

»Ich mache es auch für Mona.«

33

Bologna, Sant'Andrea* 1562

Otto war mit allen Studenten angehalten worden, der Exekution des Brandstifters von San Ignazio beizuwohnen. Es fiel ihm schwer, seine Unruhe vor den anderen zu verbergen. Vor einigen Tagen hatte er einen Brief von Oktavian erhalten, in dem dieser ihm kurz mitgeteilt hatte, dass Mona gerächt sei.

Dass der blinde Hass Rico zum Äußersten treiben würde, hatte er sich schon in Augsburg gedacht, als er ihm den Zet-

* 30. November

tel über den Tisch geschoben hatte. *Aber es kann nicht sein, dass sie ihn erwischt haben, nein, nein, nein!,* versuchte er sich immer wieder einzureden. Doch es gelang ihm nicht. Unabhängig davon, wer hingerichtet werden sollte, verabscheute er diese Veranstaltungen zutiefst und brachte wenig Verständnis auf für etliche seiner Kommilitonen, die auf ihn den Eindruck machten, als würden sie ein Volksfest besuchen. Trotz des nasskalten Wetters war der Marktplatz voller Menschen. Sie kamen nicht nur aus der Stadt, sondern auch zu Hunderten aus den Dörfern in der Umgebung.

Warum begeisterten sich Menschen an öffentlichen Hinrichtungen? Was ließ sie in Scharen in die Stadt kommen? Die Lust auf Sensation, Blut und Schauder? Oder war es die verdrängte Furcht vor dem eigenen Ende? Otto wusste es nicht.

»Lasst uns irgendwo unter den Kolonnaden stehen«, schlug er einigen Mitstudenten vor, die wie er wenig erpicht auf das Schauspiel waren, »dann sind wir weit genug weg.« So drängten sie sich durch die Menge von Schaulustigen und Neugierigen hindurch auf die andere Seite des Markts, vorbei an Händlern mit Bauchläden, Musikanten und Gauklern.

Otto ekelte sich vor dem Gesindel der Huren, Bettler, Beutelschneider und Diebe, die die Ablenkung des Publikums für ihre Zwecke nutzen wollten und drängelnd ihre Körper an ihm rieben. Auf der Mitte des Platzes war ein riesiger Scheiterhaufen aufgebaut, aus dem ein einzelner Pflock ragte; seitlich war eine Leiter angelehnt, darum herum standen Wachen, die die Menschenmassen auf Abstand hielten. Vor dem *Palazzo Comunale* stand eine Tribüne, die den Stadtvätern und geistlichen Würdenträgern unversperrte Sicht gewährte. Überall aus den Fenstern der umliegenden

Häuser lugten neugierige Bewohner und betrachteten das bunte Treiben auf der Piazza. Otto lehnte sich an eine Säule, hinter der er sich jederzeit verstecken konnte.

Inzwischen füllte sich das Podest vor dem *Palazzo Comunale* mit zahlreichen weltlichen und geistlichen Honoratioren. Als der Erzbischof Campeggi mit seinem Gefolge auf der Tribüne Platz nahm, jubelte ihm die Menge zu. Otto konnte den Mann nicht leiden, weil ihm jedes noch so verdorbene Mittel recht war, den Kardinalshut zu erwerben, um sich als *papabile* zu positionieren. Sichtlich zufrieden nahm der Kirchenfürst die Huldigungen entgegen und winkte gnädig. Die Menge veranstaltete einen ohrenbetäubenden Lärm, der sich steigerte, als der Wagen mit dem Delinquenten von der *Via Aemilia* auf die Piazza einbog. Nur langsam quälte er sich durch die Menschenmassen. Otto versuchte, an den hin und her wankenden Köpfen vorbei zu erkennen, wer der angebliche Mörder von San Ignazio war. Der nur mit einem einfachen Rupfensack bekleidete Mann war mit den Händen an eine der oberen Stangen des Gitterwagens gefesselt, sodass er aufrecht stehen musste und vom ganzen Volk auf dem Platz gesehen werden konnte. Die aufgehetzte Menge drängte nahe an den Karren, um den vor Todesangst schlotternden Gefangenen zu bespucken und mit Spott und Hohn zu überschütten. Dann drehte der Wagen ein und Otto sah den zum Tode Verurteilten.

»Der Mann ist unschuldig«, schrie er aus Leibeskräften. Innerlich fiel ihm ein Stein vom Herzen.

»Sei vorsichtig, Otto, immerhin hat er ein Geständnis abgelegt«, warnte ein Mitstudent.

»Ja, du würdest auch alles zugeben, wenn sie dich foltern. Irgendwann willst du nur noch, dass die Qual ein Ende hat.

Du warst doch dabei, als sie uns damals gezwungen haben zuzuschauen, wie die arme Hebamme am Streckgalgen aufgezogen wurde«, antwortete Otto aufgebracht.

»Folter dient zur Wahrheitsfindung. Der Mörder hat alles zugegeben.«

»Glaubst du das ernsthaft? Bei so einem Verhör erfährst du nicht die Wahrheit, sondern alles, was du für das Urteil benötigst.« Otto wusste, dass er bei seinen Mitstudenten mit dieser Meinung auf wenig Gegenliebe stieß. »Der arme Kerl, den sie heute verbrennen, hat nichts mit dem Brand in San Ignazio zu tun, das ist doch allen klar.«

»Woher willst du das wissen, Otto?«

»Sie haben irgendeinen Straßenräuber gefangen. Es geht der Inquisition bei einem so schwerwiegenden Verbrechen nur darum, so schnell wie möglich einen Schuldigen zu finden, um das Volk zu beruhigen und ihm das harte und konsequente Vorgehen gegen Mörder drastisch vor Augen zu führen.«

Er erntete nur spöttische Blicke der Umstehenden.

»Ach, lasst mich in Ruhe mit euren vorgefertigten Meinungen«, schrie er in die Runde und machte eine abfällige Handbewegung. »Was für ein widerwärtiges Schauspiel.« Otto wandte sich ab und stellte sich mit dem Rücken an eine Säule.

Jemand zog Otto am Ärmel. »Dein Straßenräuber scheint sich seinem Schicksal nicht fügen zu wollen! Er schreit die Leute an und spuckt zurück, schau dir das an, Otto.«

Nur widerwillig beobachtete Otto, wie der Henker am Scheiterhaufen die Fuhre in Empfang nahm und den Bütteln befahl, die Menge weiter zurückzudrängen. Der Henker sprang behände auf den Karren, band den Verurteilten los, der sich heftig wehrte, und schleppte ihn an die Leiter, die auf den Scheiterhaufen führte. Mithilfe eines Büttels zog er ihn hinauf und legte ihm eiserne Schellen um Hals und Beine, die mit Ketten am Pfahl befestigt waren. Die Hände wurden auf den Rücken gefesselt. Anschließend gab der Henker durch das demonstrative Verschränken der Arme das Zeichen an die Tribüne, dass die Hinrichtung beginnen könne.

Otto hatte genug gesehen.

Die Turmuhr des Doms schlug zur fünften Stunde und die Trommler spielten auf. Langsam flaute der Lärm ab. Der Gerichtsschreiber las das Urteil vor, vermeldete die Ablehnungen der Gnadengesuche und erteilte daraufhin mit einem kurzen »Forza boia!*« dem Henker die Erlaubnis zur Exekution.

Otto betete stumm, dann geschah etwas Ungewöhnliches. Der zum Tode Verurteilte nutzte die aufmerksame Stille auf dem Platz und schrie: »Glaubt ihm nicht, denn ich bin unschuldig, ich bin kein Mörder, Gott und alle Heiligen sind meine Zeugen; die Beamten des Heiligen Offiziums sind Banditen und sein Oberhaupt, der Sohn einer Hure, sei verflucht! Geh weg von mir, Verfluchter, in das ewige Feuer, das auf dich und die Dämonen vorbereitet ist. Du wirst zur ewigen Strafe verurteilt werden und ich, mit allen Unschuldigen, werde zum ewigen Leben gehen.«

Der Fluch des armen Mannes dröhnte über den Platz.

Was weiß er über die Brandnacht?, dachte sich Otto und schaute zum Richtplatz.

Der Arme wurde mit höhnischem Gelächter der Zuschauer bedacht. Rasch gab der Gerichtsschreiber ein Zeichen und ein erneuter Trommelwirbel sorgte dafür, dass die Leute Ruhe gaben.

---

* Vorwärts, Henker!

Indessen war der Henker vom Scheiterhaufen gestiegen, hatte die Leiter abgenommen und entzündete den Holzstoß mit einer Fackel. Otto sah, dass dem Erzbischof die Zornesröte im Gesicht stand. Der Mann Gottes war aufgestanden und hob drohend die Faust.

»Gotteslästerung ist eine Todsünde!«, schrie er für alle hörbar.

»Gotteslästerung ist etwas anderes, ihr bringt einen Unschuldigen um!«, rief Otto in Richtung des Erzbischofs, aber seine Worte gingen im Geschrei der Menge unter. Er wäre am liebsten auf und davon, doch er konnte den Platz nicht verlassen. Man hätte es ihm als Schwäche ausgelegt. Nach außen hin wollte er sich vor den Mitstudenten keine Blöße geben. Innerlich litt er mit dem Opfer. Er schaute nicht hin, hörte das brennende Holz knistern und betete.

Die Schmerzensschreie des Mannes gellten immer lauter in Ottos Ohren, bis die Glocken des Doms den grausamen Todeskampf mit ihrem großen Geläut gnädig überdeckten. Ein von den Bergen herkommender Windstoß fuhr mit einem Mal in die nach oben strebende Rauchsäule und drückte sie auf den Platz.

Der Geruch nach verbranntem Fleisch zog Otto in die Nase. Er hustete, hielt sich den Ärmel vors Gesicht und blickte in den Himmel, in den der Rauch groteske Muster zeichnete.

Du erlaubst, dass unschuldiges Blut vergossen wird. Wenn es dir nicht gefallen hat, was in deinem Namen hier geschehen ist, warum siehst du diesem Treiben tatenlos zu? Die Massen stieben auseinander, manch einer glaubte wohl an ein göttliches Zeichen und bekreuzigte sich mit verschämt eingezogenem Kopf.

»Habt ihr bekommen, was ihr wolltet? Ist euer Durst nach Blut und Grausamkeit gestillt worden?«, fragte Otto seine Mitstudenten, als sie mit dem Strom der Leute die Piazza verließen.

»Mörder und Ketzer gehören verbrannt, Otto, spar dir deinen Sarkasmus. Sei froh, dass nicht die Kirche die Leute umbringt, sondern die weltliche Macht«, entgegnete ihm einer der Neulinge frech.

»Das hilft dem Unschuldigen nicht mehr«, erwiderte Otto verbittert.

Ein Dominikanermönch, der die Auseinandersetzung mitgehört hatte, trat Otto entgegen. Er hielt sich die weiße Cappa schützend vor dem beißenden Rauch an den Mund.

»Die Kirche dürstet nicht nach Blut! Wie ihr wisst, ist es Geistlichen nicht gestattet, an Maßnahmen der weltlichen Strafgerichtsbarkeit teilzunehmen.«

»Ihr wollt wohl die Hinrichtung als einen Akt der Weltlichkeit auslegen«, sagte Otto mit scharfem Ton.

»Du sollst nicht töten, die Kirche lehnt die Todesstrafe entschieden ab«, fuhr der Mönch fort und seine Stimme klang überheblich und ohne jegliches Schuldbewusstsein.

»Dieser Grundsatz wird umgangen, indem man Personen, die von kirchlichen Gerichten für welche Taten auch immer für schuldig befunden werden, der weltlichen Gerichtsbarkeit übergibt, damit ihr euch die Hände in Unschuld waschen könnt«, blaffte Otto den Mönch an. »Das Hinrichten und Abschlachten von Menschen, deren Geständnisse unter Folter erzwungen wurden und deren Schuld damit als zweifelhaft gelten kann, muss endlich aufhören. Dieser Kerl hat nichts mit der Brandstiftung zu tun. Er weiß wahrscheinlich nicht einmal, wo San Ignazio liegt.«

»Komm, Otto, lass es!« Ein Mitstudent packte ihn am Arm und versuchte, ihn zu beruhigen, doch Otto riss sich los und stellte sich dicht vor den Mönch.

Dieser baute sich bedrohlich auf.

»Ihr zweifelt ernsthaft an den Urteilen der Heiligen Inquisition? Seid vorsichtig, Herr Studiosus, damit macht Ihr Euch ebenfalls verdächtig. Wir handeln im Namen der Mutter Kirche und damit im Namen Gottes.« Der Mönch ergriff das Holzkreuz, das ihm um den Hals hing, und richtete es mit den Worten »spiriti maligni damnati interdicti*« bedrohlich gegen Otto, der keinen Deut zurückwich. Der Mönch kehrte ihm den Rücken zu und verließ keuchend den Platz. Otto blieb allein zurück. »Die Mutter Kirche handelt schon lange nicht mehr in Gottes Namen, lass dir das gesagt sein, und auch mit der Formel des Exorzisten lasse ich mich von euch nicht einschüchtern. Blut klebt an euren Händen. Der arme Kerl ist unschuldig gestorben«, murmelte er. *Ich hoffe, dass wenigstens Rico in Sicherheit ist. Aber wird sich die Inquisition damit zufriedengeben? Auch wenn ihnen einer der wichtigsten Köpfe abgeschlagen wurde, die Hydra lässt immer zwei nachwachsen. Ich werde gegen diesen Wahnsinn kämpfen, solange ich atme. So etwas will ich nie wieder sehen.*

* Exorzismusformel

34

Bologna, Weihnachten 1562

Wenn Mona gerächt war, konnte nur Rico dafür gesorgt haben, dass Erminio keinen Schaden mehr anrichtete. Der bedauernswerte Mensch in Bologna hatte unschuldig einen grausamen Tod erleiden müssen. Die *Piazza Maggiore* war für Otto auf immer mit dem Blut des Mannes besudelt. Jedes Mal, wenn er den Platz überquerte, musste er an die grausame Hinrichtung denken, und er betete um Vergebung für alle, die aus Unwissenheit am Tod so vieler Unschuldiger beteiligt waren. Das Collegio war für ihn ein Gefängnis geworden und Dominikaner, die dem Henker zuarbeiteten, verachtete er. Seit Wochen hatte Otto dem Tag entgegengefiebert, an dem Padre Ferrara die Scholaren in die Weihnachtsferien entlassen würde. Heute war es so weit: Wie gewohnt würde der Regens die Studenten am Tag der heiligen Luzia in einem Gottesdienst verabschieden. Gottesfurcht, Mäßigung, Buße, Moral hatte er gepredigt und an die sittliche Enthaltsamkeit seiner Schützlinge appelliert, bevor er ihnen die Empfehlung des täglichen Gebetes mit auf den Weg gab. Otto hatte sich über die Feiertage abgemeldet und angegeben, er wolle seinen Freund Oktavian in Venedig besuchen. In Wahrheit wollte er zu Giovanna nach Persiceto und mit ihr das Weihnachtsfest verbringen.

Nur mit einigen Büchern, auf die er wegen der anstehenden Prüfungen nicht verzichten wollte und die er mit einer Schnur zusammengebunden hatte, machte sich Otto an diesem kalten Dezembertag auf den Weg nach Norden. Erneut führte sein Weg über den Platz. Die unbändige Vorfreude auf Giovanna verdrängte seine düsteren Erinnerungen etwas.

Der ansehnliche Bauernhof lag, wie Moglie es ihm beschrieben hatte, nur wenige Gehminuten von der alten *Via Aemilia* entfernt, die als die wichtigste Nord-Süd-Verbindung viel benutzt wurde. Er bestand aus einem Wohnhaus mit angrenzendem Stall und zwei Lagergebäuden sowie einem Gesindehaus, in dem die Mägde und Knechte untergebracht waren. Kaum war er in den Hof eingebogen, stürmte Giovanna ihm mit weit ausgestreckten Armen entgegen, als wenn sie nichts anderes getan hätte, als auf ihn zu warten.

»Endlich, Liebste!«, war das Einzige, was Otto herausbrachte, bevor er Giovanna in eine lange Umarmung drückte.

»Sei herzlich willkommen, Otto.« Mit diesen Worten empfing Ambrogio ihn unter der Tür. Die Freude über das Wiedersehen war allenthalben groß und Giovanna zog ihren Geliebten hinein in die gute Stube.

»Stoß dir nicht den Kopf an«, rief Moglie, aber Otto hielt sich bereits die Stirn, was Giovanna die willkommene Gelegenheit bot, ihm zärtlich tröstend durch seine Locken zu streichen.

»Du Armer bist zu groß für dieses Haus«, bemerkte Ambrogio mitleidig. Die Decke der Stube war so niedrig, dass Otto nicht aufrecht stehen konnte. Das Haus war aus Steinen errichtet und hatte einen mit Stroh gedeckten, hölzernen Dachstuhl. Es gab nur einen einzigen großen Raum, der durch ein Gatter vom angrenzenden Stall getrennt war. Der Boden bestand aus gestampftem Lehm. Ein Tisch und vier Hocker waren die einzigen Möbelstücke neben der Feuerstelle, die mit einem gemauerten Kamin den Raum beherrschte. In der Ecke führte eine Leiter in den Dachspitz, der mit Heu gefüllt war. Auf dem Boden lagen mehrere Strohsäcke für die Nacht. Der beißende Geruch von Ziegen- und Kuhmist stieg Otto unangenehm in die Nase.

»Man gewöhnt sich sehr schnell daran«, flüsterte Giovanna ihm ins Ohr, als sie bemerkte, wie Otto das Gesicht verzog. »Und glaub mir, es riecht tausendmal besser als im Siechhaus.«

Zwei neugierige Ziegen hatten ihre Köpfe durch die Holzstäbe gesteckt und beobachteten den Neuankömmling.

Otto war gleichzeitig fasziniert und angewidert. Er hatte nie so eine ärmliche Behausung gesehen; selbst die Pilgerherbergen und Hospize, in denen er bei seinen Reisen über die Alpen übernachten musste, waren dagegen aufwendig ausgestattet.

»Du kannst deinen Strohsack neben den meinen legen. Ambrogio hat nichts dagegen. Sie sind so gut zu mir, sie haben keine Kinder und behandeln mich wie die eigene Tochter. Ich habe mich noch nie in meinem Leben so geborgen gefühlt. Mit dir im Haus ist mein Glück vollkommen.«

Sie schauten sich lange in die Augen.

»Es ist schön, dich so glücklich zu sehen, Giovanna.«

Giovanna und Otto verlebten eine zwanglose Zeit auf dem Hof, machten sich nützlich, wo es irgendwie ging. Sie verbrachten den ganzen Tag zusammen und lagen nachts keusch nebeneinander.

Jeden Morgen trieben sie die sieben Schweine Ambrogios hinaus in die nahe gelegenen Eichenwälder, wo die Tiere sich mehrere Stunden lang an den Eicheln und Bucheckern satt fressen konnten. Das war für Otto die einzige Möglichkeit, mit Giovanna allein zu sein. Während die Schweine genussvoll den weichen Waldboden umwühlten, liebten die beiden sich im weichen Moos und ihr hemmungsloses, lustvolles Stöhnen und Keuchen vermischte sich mit dem Grunzen der Schweine zu einer Klangwolke des Glücks und der Zufriedenheit.

Weihnachten war für die Bauern das schönste Fest des Jahres. An diesem Tag durfte das Gesinde mit den Bauersleuten an einem Tisch sitzen. Die Vorbereitungen dafür dauerten fast eine Woche. Am Weihnachtstag begannen die Feierlichkeiten mit einem Besuch des Gottesdienstes in Persiceto, anschließend tischte Moglie das Festtagsessen auf, das sie zusammen mit Giovanna vorbereitet hatte. Es gab das Beste, was Felder und Stall zu bieten hatten, und Otto war glücklich, in diesem Jahr das Fest nicht im Collegio verbringen zu müssen. Nach dem opulenten Mahl überreichte Otto Giovanna die silberne Kette, die er ihr eigentlich vor Wochen bei der Flucht aus dem Siechhaus hatte schenken wollen. Er war selig.

35

Leeder, 25. Dezember 1562

Anna hielt ihr Kind im Arm und war glücklich. Sie war nicht nur die Herrin des Hauses, sondern endlich Mutter. Im September hatte sie Felizitas zur Welt gebracht. Nach allem waren sie eine richtige Familie, wie sie es sich so lange gewünscht hatte. Es war ihre Idee, zum Weihnachtsfest ins Schloss einzuladen. Für viele Bekannte und Freunde war es die erste Gelegenheit, das Kind zu sehen. Die Leederer Schwenckfelder, allen voran Georg, Thomas Moretzgi aus Memmingen und sogar Onkel Hieronymus aus Augsburg, sie alle waren gekommen. Anna stand gerne im Mittelpunkt und genoss es, all die schönen Komplimente zu erhalten. Sie selbst hatte das Kaminzimmer geschmückt, frisches Tannengrün auf die Fenstersimse gelegt und überall duftende Honigkerzen aufgestellt.

»Das Schloss atmet das Glück seiner Herrin«, eröffnete Emanuel seine Rede zu den Gästen und lächelte ihr zu, »darum lasst uns für einige Stunden die Sorgen um unsere Gemeinschaft vergessen und die Geburt des Herrn in Gebeten und Liedern feiern.« Als er Jacobus das Wort erteilte, und dieser das Konventikel eröffnete, war Felizitas auf ihrem Arm eingeschlafen. Anna streichelte ihre Bäckchen, wiegte sie sanft, und während um sie herum gesungen und gebetet wurde, fiel sie in ihre eigene Gedankenwelt.

Du bist es nicht, meine Kleine, das weiß ich mit Sicherheit. Und sollte das Ausbleiben meiner letzten Blutung bedeuten, dass ich wieder schwanger sein sollte, wird auch dein Geschwisterchen keines werden. Was die Els nur damit gemeint hat? Eines davon wird ein Pfaffenkind sein. Wer käme denn infrage? Emanuel wird doch nichts zustoßen! Ich würde ihn niemals betrügen, aber sollte er mich mit den Kindern alleinelassen? Daran darf ich nicht denken.

»Wir sollten zuversichtlich sein, denn einige Äußerungen des neu gekrönten Maximilian deuten an, dass er seine religiöse Sichtweise über den Konfessionen ansiedelt. ›Nicht päpstlich, nicht evangelisch, ein Christ‹, soll er gesagt haben.«

Anna wurde durch einen Einwand von Onkel Hieronymus abrupt aus ihren Gedanken gerissen.

»Ich habe gehört, dass er sich nur dem Druck des Vaters gebeugt und deshalb erklärt hat, sein Leben lang katholisch zu bleiben«, erwiderte Georg.

»Solange Ferdinand am Leben ist, vielleicht, aber um die Gesundheit des Vaters soll es nicht zum Besten bestellt sein«, warf Thomas Moretzgi ein.

»Habsburger werden immer katholisch bleiben, lasst euch von einem dahingesagten Spruch nicht blenden«, antwortete Jacobus, und Anna, die jeglicher politischen Diskussion überdrüssig war, stand auf und wollte mit ihrem Kind zur Tür, als diese ruckartig geöffnet wurde und der Bader und Wundarzt schnaufend im Türrahmen stand.

»Gnädigste Herrschaften, ich muss Euch die traurige Mitteilung machen, dass Euer Schneider Hindelang …«, der Bader stockte.

»Um Himmels willen, was ist denn passiert?«, fragte Anna. Einige der Gäste waren aufgestanden und starrten den Neuankömmling fragend an.

»Er hat hohes Fieber, Schüttelfrost und riesige rote Knoten, die Symptome der Beulenpest. Ich glaube nicht, dass er die Nacht überleben wird. Der Schwarze Tod hat im Dorf Einzug gehalten.« Mit einem Mal war es totenstill geworden. Fassungslos stand Anna vor dem Bader. Mit einem Schrei des Entsetzens stürzte sie mit ihrem Kind aus dem Raum.

36

Bologna, Vortag der Apparizione* 1563

Ottos Leben hatte sich über das Weihnachtsfest verändert. Er wusste nun um seine Zukunft und seine Bestimmung. Giovanna war sein Engel und alles, worauf er sein Leben ausrichten würde.

Mit diesem Glücksgefühl war er ins Collegio zurückgekommen und schlenderte auf dem Weg zum Abendessen durch den langen gepflasterten Gang vor dem Refektorium.

* 6. Januar

»Von Geeeemmingen!« Er zuckte zusammen, als plötzlich sein Name ungewohnt wütend von den Wänden hallte.

Otto drehte sich um; es konnte nichts Gutes bedeuten, wenn ihn Padre Ferrara in so scharfer Manier von hinten anschrie.

»Du wirst noch heute zu einem Verhör geladen. Melde dich nach dem Abendbrot an der Klosterpforte und komm dann unverzüglich in mein Offizium. Hast du verstanden?«

Otto nickte erschrocken, brachte seine Bücher ins Studierzimmer und schlich mit schlechtem Gewissen ins Refektorium.

Hat mich jemand verraten, dass ich nicht in Venedig, sondern bei Giovanna in Persiceto gewesen bin? Was hatte das Kloster damit zu tun? Muss ich mich womöglich wegen Menschenraubs verantworten, weil Giovanna der heiligen Kirche gehört? Vielleicht sitze ich bald dem Bärtigen aus dem Siechhaus gegenüber, dessen Aussage nicht nur mein Studium schlagartig beenden, sondern mich auch ins Gefängnis bringen würde? Lieber Gott, ich bitte dich um Vergebung aller meiner Sünden, aber du warst es, der mir diese Frau geschickt hat. Giovanna braucht mich und sie ist dein Geschöpf. Wenn es eine Prüfung für mich war und du mich versuchen wolltest, dann ist es dir gelungen. Du hast dich in mir getäuscht. Ich werde mein Kanonikat zurückgeben und mit Giovanna eine Familie gründen. Ist es das, was du mit mir vorhast? Wolltest du nicht, dass ich Giovanna aus den Fängen der katholischen Kirche befreie? Ich bin es nicht wert, in deinen Tempel aufgenommen zu werden.

Otto brachte kaum einen Bissen hinunter und nach dem letzten »Deo gratias« ging er zur Klosterpforte. Es war stockdunkel.

»Wir haben dich bereits erwartet«, sprach der *Kustos* mit ernster Miene, »komm mit mir ins Parlatorium!«

Otto folgte ihm den kalten, breiten Gang entlang, der von spärlichen Öllämpchen beleuchtet war, bis am Ende die Aufschrift »clausura« über einer schweren Eichentür das Weitergehen untersagte. Daneben führte eine kleinere Tür in den Besucherraum des Konvents. Der *Kustos* sperrte die Tür mit einem seiner zahllosen Schlüssel auf. Otto spürte das Herz in seinem Hals schlagen.

»Tritt ein und warte hier«, verkündete der Bruder bedeutungsvoll und ließ ihn in dem düsteren Zimmer allein. Die Tür schloss er hinter sich ab. Der Raum war durch eine große, breite Tafel abgetrennt. Auf seiner Seite stand ein einzelner Betschemel. Auf der anderen Seite gab es drei Stühle.

Nach bangen Minuten öffnete sich hinter der Tafel eine zweite Tür, die er bisher nicht wahrgenommen hatte, und drei Dominikanermönche betraten den Raum. Sie hatten ihre schwarzen Kapuzen tief ins Gesicht gezogen. Von keinem der drei konnte er die Gesichtszüge erkennen, das flackernde, diffuse Licht der vier Kerzenleuchter auf dem Tisch erlaubte nur einen gelegentlichen Blick auf den Mund der Mönche.

Der Mittlere erhob seine Stimme: »Wir, das Sendegericht des Heiligen Stuhls im Auftrag Seiner Heiligkeit Papst Gregor IX. und seiner Bulle ›Ille humani generis‹, sind dazu ermächtigt, eine Untersuchung zu leiten, um den Schuldigen an einem abscheulichen Verbrechen, das gegen unseren Orden und unsere Mitbrüder verübt worden ist, zu fassen und seiner gerechten Strafe zuzuführen.« Der Mann schien den Vorsitz zu haben, er sprach mit großer Theatralik und war, seinen Worten und seinem Auftreten nach zu urteilen, ein erfahrener Inquisitor.

Otto fröstelte beim Klang der gefühlskalten Stimme dieses Mannes.

»Johann Otto von Gemmingen?«

»Das bin ich«, antwortete Otto und versuchte, seine Angst zu verbergen.

»Wir haben dich heute gerufen, um deine Mithilfe zu erbitten.«

Trotz seiner Furcht fiel ihm ein Stein vom Herzen, denn es hatte nichts mit Giovanna zu tun. *Gott, ich danke dir.*

»Schwöre bei Gott, der Heiligen Muttergottes und allen Heiligen, dass du die ganze Wahrheit sagen wirst und nichts als die Wahrheit«, ergriff der rechts sitzende Mönch das Wort, schob Otto die Bibel entgegen und bedeutete ihm, die linke Hand daraufzulegen.

»Ich schwöre«, sagte Otto mit bebender Stimme.

»Kennst du Heinricus Lauber Hildesheimensis, ein Mitstudent aus der *Natio Germanica*?«

Otto wurde klar, um was es ging. »Ich kenne ihn.«

»In welchem Verhältnis stehst du zu diesem Menschen?«, bohrte der Mönch nach.

Otto musste vorsichtig sein. *Verzeih mir, Rico, ich muss jetzt an mich denken.*

»Er stand mir nicht näher als die anderen Mitstudenten der *Natio*«, sagte Otto und schämte sich gleichzeitig dafür.

»Du leugnest demnach, sein Freund gewesen zu sein?«

Otto schluckte und beschränkte sich auf ein kurzes »Ja«.

»Demnach ist dir nicht bekannt, dass besagter Heinrich Lauber am 6. Oktober, dem Tag des heiligen Bruno von Köln, in unserem Kloster San Ignazio sechzehn Mönche auf grausame Weise umgebracht hat?«

»Ich ... ich ... weiß davon nichts«, haspelte Otto. »Seit Rico vor einem Jahr das Collegio verlassen musste, habe ich ihn nicht mehr gesehen und hatte auch keinen Kontakt zu ihm.« Otto zwang sich innerlich zur Ruhe. »Wurde nicht bereits vor mehreren Wochen der Schuldige dieses Verbrechens auf der Piazza hingerichtet?«, fragte er vorsichtig.

»Lauber wurde von Gefangenen, die er zuvor freigelassen hatte, eindeutig beschrieben«, fuhr der Mönch auf der rechten Seite dazwischen.

»Du hast keine Fragen zu stellen. Warum musste Lauber deiner Meinung nach das Collegio verlassen, von Gemmingen?«, insistierte der Vorsitzende mit kalter Stimme.

»Es hatte wohl mit seinem Lebenswandel zu tun, der nicht ganz den Regeln des Collegios entsprach«, versuchte sich Otto irgendwie herauszureden.

»War dir bekannt, wo Lauber sein Unwesen trieb und sich heimlich in lasterhafter Weise vergnügte?«, übernahm wieder der rechte Beisitzer das Wort.

Es geht also nicht nur um Rico, sondern um das Castello.

»Es war mir nicht bekannt, welche Kontakte Rico außerhalb des Collegios pflegte. Und wenn ich es gewusst hätte, hätte ich mich von diesem Verhalten distanziert! Ich bin Kanoniker am Dom zu Augsburg und werde nach meinen Studien in Bologna in meiner Heimat eine geistliche Laufbahn einschlagen. Ich lebe zölibatär und jedes körperliche Beiwohnen mit einem Weib widerstrebt meinen Sinnen, meinen moralischen Prinzipien und wäre meiner Laufbahn hinderlich«, log er und schob ein innerliches »Misericordia*« hinterher.

»Es ist den Scholaren strengstens untersagt, nach der Komplet das Haus zu verlassen; es wurden dringliche Warnungen ausgesprochen, die Regeln des Collegios einzuhalten. Lauber verkehrte in einem katholischen Badehaus, des-

* Hab Erbarmen.

sen Besuch zur körperlichen Reinigung und Entspannung ausschließlich Geistlichen vorbehalten ist.«

Otto musste sich sehr im Zaum halten und ob dieser schamlosen Unwahrheit innerlich lachen. Auch die Gegenseite verstand sich offenbar bestens aufs Lügen.

»Ist dir die Existenz dieses Badehauses bekannt, von Gemmingen? Wusstest du, wer dort ein und aus ging?«, fragte der mittlere Mönch.

Otto wurde mulmiger zumute. »Es wird viel erzählt, auch Geschichten über das Badehaus. Es hat mich nicht weiter gekümmert.«

»Warum hast du diese Schandtat deines Mitstudenten, die offensichtlich bekannt war, nicht bei deinem Vorgesetzten angezeigt, von Gemmingen?«, schaltete sich der rechte Beisitzer wieder ein. »Du hast dich dadurch mitschuldig gemacht am Verfall der Sitten bei einigen der Scholaren, indem du den liederlichen Lebenswandel des Heinrich Lauber geheim gehalten hast. Du hättest dafür sorgen müssen, dass frühzeitig dem üblen Treiben Einhalt geboten wird; schließlich ist Lauber für den Tod unschuldiger Menschen verantwortlich.«

Der Mönch scheint sehr gut über das Castello informiert zu sein. »Das Badehaus ist eine Einrichtung der Kirche für ihre Würdenträger, demnach wird es wohl wichtig und sinnvoll sein. Ich habe keine Ahnung davon und kann es daher auch nicht infrage stellen. Dass Rico dort war, mag eine Verfehlung sein, aber wie könnt Ihr, Hochwürden, dies als Verbrechen bezeichnen? Nulla poena sine lege.*« Otto hatte in der juristischen Fakultät sehr viel über Anklage und Verteidigung gelernt und hoffte, dass er mit seinem Zitat aus dem römischen Recht die Herren beeindrucken konnte. »Actori incumbat probatio**«, fügte er hinzu.

* Keine Strafe ohne Gesetz.
** Dem Kläger obliegt der Beweis.

Die Mönche steckten die Köpfe zusammen und tuschelten miteinander.

»Für seine angeblichen Verfehlungen wurde er meines Wissens im Collegio gezüchtigt und vor Abschluss seiner Studien aus der *Natio Germanica* ausgeschlossen. Was weiter mit ihm passiert ist, entzieht sich meiner Kenntnis.«

Der rechte Mönch pfiff zynisch durch die Zähne. »Dann werden wir nun den Wahrheitsgehalt deiner Aussagen einer kleinen Prüfung unterziehen.«

Das konnte nichts Gutes bedeuten. Otto spürte, wie ihm der Schweiß auf die Stirn trat.

»Wir haben Kenntnis, dass mehrere Mitglieder der *Natio Germanica* regelmäßig das Badehaus besucht haben, und werden dich jetzt einer Person gegenüberstellen, die dich erkennen sollte, falls du ebenfalls dort verkehrt hast.«

Er erhob sich und klingelte, gleich darauf öffnete sich hinter Otto die Tür und der *Kustos* stand mit einem Mann neben ihm, der völlig verängstigt schien und erbärmlich nach Pferdemist stank.

Der Hauptredner wies den *Kustos* an, seinen Begleiter ins Licht zu führen, um ihn genauer zu betrachten. »Komm herein und hab keine Angst.«

Erst jetzt erkannte Otto ihn. *Um Himmels willen! Francesco! Verrate mich nicht*!

Ottos Herz setzte einen Schlag aus. Der *Kustos* nahm einen der Kerzenleuchter und hielt ihn vor das Gesicht seines Begleiters. Otto versuchte, mit Francesco Blickkontakt aufzunehmen, indem er sich die Schwurfinger auf das Herz legte, erkannte aber sofort, dass dessen Blick ins Leere ging, und starrte gebannt auf seine Lippen.

»Ich kenne diese Person nicht, ich habe sie nie gesehen«, sagte Francesco mit seiner unnatürlich hohen Stimme.

»Geht zurück ans Collegio, die Untersuchung ist beendet«, befahl der Hauptredner nach kurzem Schweigen, das Otto wie eine Ewigkeit vorgekommen war. Die drei standen auf und verließen den Raum durch die Tür in ihrem Rücken.

37

Leeder, vier Tage nach Mariä Lichtmess* 1563

VITUS LINDER STÜRMTE in die Stube des Keggelbauern. »Jetzad got's dera Ketzerbruat an da Kraga!«

»Was redsch denn daher, Veit? Im Schloss doba hot's no neamad troffa und im Oberdorf fascht in jedem Haus«, ereiferte sich die Keggelbäuerin.

»Was kommt bloßig no alls über eis? Unwetter, Hunger und jetzad d'Pescht. Der Hindelang hot ständig für d'Herrschafta g'schneidered, des hot a jetz davo«, jammerte die Halblützerin und schlug die Hände über dem Kopf zusammen.

---

* 2. Februar

»Im ganze Dorf stinkts zum Gottserbarma, dia Bria loft durs ganze Dorf. Anscheinend got's im Oberdorf rum. Warum's aber de Kessel troffe hot, leichted mir it ein, des sind allat rechte Leit gwea«, ergänzte die Schmelzerin.

»Und trotzdeam isch d'Rehlingerin a zwoits Mol schwanger, wo sonscht überall d'Angscht vor em Sensema umgot.«

»Im Schloss, aber au in andere Heiser, wia beim Beck, beim Drear oder beim Bader leased se unguade Biachar, vielleicht hot deswega der Herrgott so an Zoara«, schaltete sich Theo ein, der Knecht des Hauserbauers.

»Bald gibt's koi Mehl meh. Alls isch so tuir woara, dass mir uns bloßig no s' Notwendigscht leischta kenned«, ereiferte sich der Keggelbauer.

»Im Kaltenthal deana isch ma scho ar Hex Herr woara, dia zuagea hot, dass se des ganze Land eing'wettred hot; vielleicht isch des dia Ursach vo eiserm Elend?«, zog die alte Mesnerin, die sich selten zu Wort meldete, alle Aufmerksamkeit auf sich.

Einige bekreuzigten sich hektisch, andere nickten zustimmend.

»Mir sollted all no öfters an Boddar in d' Hand nea und de Schmerzhafte beata.«

Die Hefflerin mit ihrem Kropf saß am Tischende und pfiff ob der schlimmen Nachrichten beängstigend laut die Luft durch den immer enger werdenden Hals. Alle stimmten murmelnd und grummelnd in den Rosenkranz ein, nur Lina saß mit ihrer Strohpuppe in den Händen und summte mit kreisendem Oberkörper fröhlich vor sich hin.

»Ich empfehle euch allen, eure monatlichen Treffen so lange auszusetzen, bis die Seuche eingedämmt ist. Betet zu Gott, zur Heiligen Jungfrau und zu den sieben Nothelfern, dass die Pest eure Familien verschonen möge, und tut

Buße, wenn ihr gesündigt habt.« Vitus Linder las die Zeilen des Pfarrers aus Denklingen vor, die dieser dem Torhüter übergeben hatte.

»Heiliger Sebastian, bitt für uns! Heiliger Rochus, bitt für uns!«, warf die Mesnerin spontan ein, nachdem sie mit dem Rosenkranz fertig waren. Die Keggelbäuerin schenkte Apfelmost vom letzten Herbst aus und sie beschlossen, sich erst wieder nach Pfingsten zu treffen. So verließen die Marianischen in verwirrter, verängstigter und nachdenklicher Stimmung den Hof. Nur Lina tanzte ausgelassen mit ihrer Puppe um die traurige Gesellschaft herum, die Röcke in die Luft werfend, während sie in schneller Abfolge hohe Töne kreischte und undefinierbare, aus den Tiefen des Körpers kommende Gurgellaute von sich gab.

38

Bologna, zwei Tage vor San Giorgio* 1563

Otto war sich bewusst, dass die Einhaltung der Ausgangszeiten nach der Vernehmung durch die Mönche noch schärfer überprüft wurde. Neuerdings durfte sogar zwischen Abendessen und Komplet das Collegio nicht mehr verlassen werden, was den beliebten abendlichen Besuchen in den Trinkstuben der Stadt den Garaus machte. Alle Mitglieder der *natio* waren von der Kommission befragt worden. Nach Oktavians und Giacomos Weggang gab es neben ihm jedoch niemanden, der um das Geheimnis des Castellos hätte wissen können.

Zur Sühne und Buße für seine Lügen hatte Otto sich ein strenges Fasten auferlegt, das er bis zur Karwoche durchgehalten hatte. Damit erleichterte er sein Gewissen und fühlte sich von einer großen Last befreit.

Endlich war Ostern vorbei und Moglie würde wieder auf der Piazza stehen, diesmal sicherlich mit Nachrichten von Giovanna. Am ersten Mittwochmorgen lief Otto nach der Laudes froh gelaunt über den Platz. Moglie winkte ihm schon von Weitem zu. Als er vor ihr stand, packte sie ihn an beiden Schultern und grinste über das ganze pausbackige Gesicht.

»Otto, welche Freude!«, jubelte sie ihn an. Dann griff sie in seine Locken, zog seinen Kopf zu sich herunter und flüsterte ihm ins Ohr: »Glückwünsche an den Papa!«

---

* 23. April

Otto verschlug es die Sprache. *Giovanna ist schwanger?*

»Ein Zeichen des Himmels, glaub mir!« Sie schüttelte ihn und küsste ihn auf die Stirn.

»Ein Zeichen des Himmels? Ist es wirklich so, dass er mir damit meinen Weg zeigt? Wie geht es Giovanna?«

»Du kannst mir glauben, sie wird die schönste Mama auf der Welt sein!«

Seine anfängliche Besorgnis wich schnell einem Gefühl der Freude und des Überschwangs. Otto strahlte. Er kramte in seiner Tasche nach einem leeren Blatt Papier und schrieb hastig einige Zeilen an Giovanna.

Moglie übernahm gerne die Rolle der Botin und drückte Otto zum Abschied an sich. Es tat ihm weh, Moglie allein zurückkehren zu lassen, aber ein Besuch in Persiceto würde wohl in nächster Zeit nicht möglich sein.

39

Rom, Santa Sophia* 1563

PASCHALIS ZERRTE SICH die Kutte über den Kopf. Panisch schaute er zurück, ob ihn nicht ebensolche Kutten verfolgten. Aber es war kein Schwarzrock zu sehen. Erleichtert setzte er sich an den Rand eines Brunnens vor dem *Ospedale di Santo Spirito in Sassia.* Über die große Brücke und immer am Fluss entlang war er gelaufen, so schnell wie nie in seinem Leben. Er fühlte sich hier, in der Nähe des Vatikans, sicherer als in *San Paolo fuori le mura*, obwohl das Kloster sein Zuhause war und alles, was er im Leben hatte. Ihn, ein kleines Kind, das nicht schreien konnte, hatten die Mönche an einem Ostermorgen vor der Pforte gefunden, getauft und Paschalis genannt. Sie hatten ihn aufgezogen und gefördert. Ja, er musste dankbar sein, denn sie waren großzügig gewesen und hatten ihm alle Freiheiten gewährt. Da er nicht beten oder singen konnte, durfte er sich während der Stundengebete allein in der Bibliothek aufhalten. Er, der einfache Novize, durfte im Skriptorium arbeiten. Schreiben und malen, das war es, was ihn erfüllte. Gierig hatte er alles aufgesogen, was die Mönche ihn gelehrt hatten. Bald verstand er alle Sprachen, die im Kloster gesprochen wurden, und konnte sie auch schreiben. Ganz einfach war das gewesen, wie hätte ihm daraus Neid erwachsen können? Wie konnten Gott lobpreisende Mitbrüder ihn beneiden? Hatte er nicht selbst über Jahre hin gegen seine

---

* 15. Mai

eigene Missgunst angekämpft? Missgunst auf Menschen, die lachen oder wenigstens flüstern konnten? Hilflos trat er die Kutte von sich weg. Die Vorbeigehenden blickten ihn von der Seite an, weil er nur noch Hemd und Hose trug. Einige Mönche hatten vor einiger Zeit begonnen, ihn unentwegt anzustarren, hatten seine Nähe gesucht und ihn wie zufällig berührt. Wie immer wenn er etwas nicht verstand, hatte er sich in die Malerei zurückgezogen und war bestimmten Brüdern aus dem Weg gegangen. Bis ein Mönch ihn wegen seiner Illustrationen des Markusevangeliums vor allen gelobt und irgendwann in den kleinen Raum mit den kostbarsten Handschriften mitgenommen hatte. Warum nur war er mitgegangen? Sein Hochmut hatte ihn verleitet. Also war er in seinem Stolz selbst schuld, dass der Bruder ihn dort an die Wand gedrängt hatte, kaum dass die Tür verschlossen war. Dieser Feigling wusste, dass er nicht schreien konnte. Er hatte um sich geschlagen – Angst ist eine mächtige Mitstreiterin. Aber als der Mönch ihm seine Kutte über den Kopf gestülpt hatte und ihn mit Gewalt an das schwere Regal drückte, krachten mehrere Folianten herunter. Für beide war das ein Zeichen des Himmels gewesen, denn der Mönch hatte erschrocken von ihm abgelassen. Nicht durch die Klosterpforte, sondern durch die Pferdestallungen war er geflüchtet und über das Gatter geklettert. Dabei musste er seine geliebte Tafel, mit der er sich verständigen konnte, verloren haben.

Obwohl ihn anscheinend niemand verfolgte, war es ihm, als würden ihn alle anstarren. Was war an ihm so sehenswert? Dem Missgestalteten auf der anderen Straßenseite, der unentwegt mit seinem Holzteller auf den Boden klopfte, schenkte kaum jemand einen Blick. War er nicht diesem Bettler ähnlich? Hatten die Klosterbrüder ihm etwas verheimlicht? Entkräftet glitt er am kühlen Marmor des Brunnens zu Boden, zog die Knie vor die Brust und hätte am liebsten aufgegeben. Da dachte er an den einzig immer gütigen Vater, sah hinauf in den blauen Himmel Roms und betete.

Du wirst mich beschützen, darauf setze ich all meine Hoffnung. Als über ihm das Angelusläuten einsetzte, schloss er die Augen.

*Angelus Domini nuntiavit**, er stellte sich einen Vater vor, *fiat mihi secundum verbum tuum***, der ihn im Arm wiegen oder wenigstens an die Hand nehmen würde, *et verbum caro factum****, er fühlte eine sanfte Berührung auf seiner Wange.

»Du siehst aus wie ein vom Himmel gefallener Engel.«

Ein Engel musste vor ihm stehen. Paschalis hatte keinen Zweifel. Dunkel und sanft fühlte sich die Engelsstimme an, Wärme erfüllte Paschalis' Körper. In der Gewissheit, nichts als die reine Schönheit vor sich zu haben, öffnete er langsam die Augen und sah in das Gesicht einer leibhaftigen Frau. Sie trug prächtige Kleider und war ihm so nah, dass er ihren Duft wahrnahm. Nie hatte ein Mensch so einen Wohlgeruch verbreitet. Obwohl Paschalis in diesem Moment keinen sehnlicheren Wunsch hatte, als dass sie ihn mit sich nehmen möge, machte er zweimal das Kreuzzeichen vor seinem Mund, wie es ihm die Mönche gezeigt hatten.

»Ah, ich verstehe. Das macht nichts, im Gegenteil. In meinem Haus ist Verschwiegenheit das Wichtigste. Hast du denn keine Eltern, die auf dich warten?« Sie fuhr ihm durch die schwarzen Locken.

Paschalis schüttelte nur den Kopf und fiel vor ihr auf die Knie.

---

* Der Engel des Herrn verkündete.
** Mir geschehe nach deinem Wort.
*** Und das Wort ist Fleisch geworden.

Sie reichte ihm die Hand. »Steh auf und komm mit mir! Die Straße ist nichts für dich, sie macht die Menschen roh, gewalttätig und hässlich. Du brauchst Schutz und Geborgenheit. Ich werde dich kleiden, wie es deinem Körper zusteht, und werde ihm schenken, was er benötigt.«

Paschalis nahm ihre ausgestreckte Hand und erhob sich.

»Und Gott schuf den Menschen nach seinem Ebenbilde!«, flüsterte sie und Paschalis verstand nicht, warum ihre Augen bei diesen Worten leuchteten. Er wusste nur, dass er dieser Frau folgen musste.

40

Bologna, Santa Margareta di Antiochia* 1563

Die Stadt mit ihren hohen Türmen wurde mit jedem Schritt kleiner. Otto wollte nur noch nach vorn blicken, doch zwang sie ihn, immer wieder zurückzuschauen. Er hatte ihr so viel zu verdanken. Sie hatte ihn fürs Leben verändert

* 20. Juli

und geprägt. Er hatte sein Ziel erreicht und nach zahlreichen Prüfungen den Abschluss in der Tasche. Der Grundstock für eine gemeinsame Zukunft mit Giovanna war gelegt, fern von Kirche und Kanzel. Ihm wurde nach wie vor flau im Magen, wenn er daran dachte, dass er seinem Vater den Entschluss würde mitteilen müssen, das Kanonikat an den Nagel zu hängen. Er hatte sich lange Strategien zurechtgelegt, mit denen er ihm die unumstößliche Entscheidung beibringen würde. Die Drohung, zum Protestantismus zu konvertieren, in dem das Konkubinat ausdrücklich gebilligt wurde, war eine davon. Allerdings war er selbst nicht davon überzeugt. Er stellte sich eher vor, an einer Lateinschule zu unterrichten oder als Privatlehrer seinen Lebensunterhalt für sich und seine zukünftige Familie zu bestreiten. Mit seinem Professor Boncompagni verband ihn ein inniges Verhältnis. Dieser hatte ihm angeboten, in Bologna zu bleiben und sein Assistent zu werden. Otto hatte freundlich abgelehnt, denn er wusste, dass eine kirchliche Laufbahn mit einem Konkubinat nicht vereinbar war. Boncompagni prophezeite ihm einen schnellen Aufstieg in der katholischen Hierarchie. Es ehrte ihn zwar, so von dem berühmten Professor geadelt zu werden, die Worte reichten jedoch nicht, ihn von seinem eingeschlagenen Weg abzubringen.

Er hatte nur noch eines im Kopf, hinaus nach Persiceto. Er hatte Giovanna seit den Weihnachtsferien nicht mehr gesehen. Die ganze Zeit war er nur durch Briefwechsel mit ihr in Verbindung geblieben. Sie waren eine Familie. Er war endlich frei und nicht mehr an das Collegio mit all den Vorschriften, Geboten und sinnlosen Verordnungen gefesselt.

Du hast es so gewollt, betete er vor sich hin, *dein Wille geschehe.* Otto lief, was die Beine hergaben, die staubige, alte *Via Aemilia* entlang. Endlich erreichte er das Gut, die

Hunde hatten sein Ankommen freudig gemeldet und wedelten ihm um die Beine. Sie standen vor der Tür und begrüßten ihn. Giovanna überstrahlte alle mit ihrer Anmut.

»Wie wunderschön du bist, mein Engel!« Es kam ihm wie eine Ewigkeit vor, seit er sie zum letzten Mal getroffen hatte.

»Der Himmel hat uns etwas Wunderbares geschenkt, Otto.« Behutsam nahm sie seine Hand und legte sie auf ihren Bauch.

»Du bist das größte Geschenk, Giovanna!« Otto streichelte ihre Wangen und fand, dass die Zeit auf dem Hof ihr gut bekommen war. Sie hatte eine gesunde Gesichtsfarbe, ihre Blässe aus dem Siechhaus war völlig gewichen.

»Zwei Monate wenigstens«, meldete sich Moglie geschäftig und drängte Otto, ins Haus zu kommen. Die Familie war vereint.

Giovanna hustete. Otto musterte sie beunruhigt, doch sie winkte ab.

»Lass uns so schnell wie möglich aufbrechen, Otto! Es ist für unser Kind besser, wenn es im eigenen Nest geboren wird.«

Nach wenigen Tagen hatten sie Persiceto verlassen. Der Abschied war rührend gewesen, und Moglie hatte es sich nicht nehmen lassen, sie mit Proviant für eine ganze Kompanie auszustatten. Ambrogio, die gute Seele, hatte ihnen Perseo, eines seiner Pferde, geschenkt und jegliche Bezahlung verweigert.

Otto ließ Giovanna auf dem Pferd sitzen und lief neben ihr her. Einundzwanzig Tage waren sie bereits unterwegs gewesen über Ferrara, Verona und Trento, als Giovanna von einer Stunde auf die andere hohes Fieber, Krämpfe und Schüttelfrost bekam. Ein Bader in einer Herberge in

Bozen hatte von einer Weiterreise abgeraten, aber Giovanna drängte Otto dazu, keine Rücksicht auf sie zu nehmen, um möglichst rasch über die Berge zu kommen.

Als das Fieber nachgelassen hatte, wagten sie den Ritt über den Brenner. Es war selbst tagsüber eiskalt und Giovanna hustete immer wieder. Ihr Zustand war wechselhaft, gute Tage gingen einher mit schlimmen, und sie waren gezwungen, länger in den Herbergen zu verweilen.

Perseo, der stets den richtigen Tritt fand, war ein verlässlicher und genügsamer Begleiter, der ihnen sehr ans Herz gewachsen war und dem sie genügend Ruhezeiten gewährten, sodass sie nicht in die Verlegenheit kamen, ihn austauschen zu müssen.

Giovanna war inzwischen im achten Monat. Otto betete stundenlang oder erkundigte sich beinahe pausenlos nach ihrem Befinden.

»Es geht mir gut, Otto, ich fühle mich etwas schwach, aber wir haben doch jetzt den schwierigsten Abschnitt der Reise hinter uns und ich sehne mich danach, endlich in das Land deiner Familie zu kommen.« So oder ähnlich lautete jedes Mal ihre Antwort auf seine Nachfragen. Es ging ihr zunehmend schlechter, auch wenn sie es nicht zugeben wollte.

An einem für Mitte August ungewöhnlich trüben und kalten Freitag, an dem sie von Grein herunter bis vor die Tore Innsbrucks gekommen waren, beschloss Otto, dass unter diesen Umständen eine Weiterreise ausgeschlossen war. Giovanna wollte zwar stark sein und keine Schwäche zeigen, doch er sah, dass sie sich nur noch mit Mühe auf Perseo halten konnte. Bei den Prämonstratensern in Wilten fand Otto Aufnahme und ein in Heilkunde erfahrener Bruder kümmerte sich um die Hochschwangere. Er vermied das Aderlassen und verordnete stattdessen neben Kräutertee heiße Tücher, die in einem Sud aus Heilpflanzen getränkt worden waren und die er um ihre Beine wickelte.

Es war ein Wunder. Bereits nach zwei Tagen hatte der Bruder das Fieber vollkommen unter Kontrolle. Giovannas Lächeln und ihre gesunde Gesichtsfarbe kehrten zurück, und sie fühlte sich so weit genesen, dass sie Otto bereits am darauffolgenden Morgen drängte weiterzureisen.

»Ich kann es gar nicht erwarten, deine Heimat zu sehen; du und unser Kind, das ist mein ganzes Leben, Liebster. Alles, was man mir bisher verweigert hat, hast du mir gegeben: Vertrauen, Zuversicht, Geborgenheit und Liebe! Ohne dich wäre ich in diesem Siechhaus jämmerlich eingegangen.«

Otto legte seinen Arm um sie und drückte sie fest an sich.

»In Gottes Namen lass uns aufbrechen. Wir haben nicht viel Zeit, schließlich muss ich mich in Augsburg noch um eine Bleibe für uns kümmern. Wer weiß, wie lange es das Kleine in deinem Bauch aushalten wird?«

Otto sattelte Perseo, setzte Giovanna vorsichtig auf das Pferd, warf die Satteltaschen darüber und steckte dem Bruder eine Münze zu.

»Wir sind Euch unendlich dankbar für die große Hilfe. Gott vergelte es Euch reichlich.«

»Ich wünsche euch beiden eine gute Reise und plant lieber eine Übernachtung mehr ein, um Mutter und Kind zu schonen.«

41

Venedig, zwei Tage vor San Bartolomeo* 1563

Oktavian Honold war außer sich. Immer wieder schlug er sich mit beiden Fäusten an den Kopf und lief schreiend und tobend im großen Saal seines Palazzos auf und ab. Dabei hielt er einen Brief aus Augsburg in den Händen.

Wie dumm von mir! Warum habe ich nicht auf Rico gehört, als er modernere Waffen forderte, um die Feinde zu beeindrucken. Ich könnte mich selbst ohrfeigen ob meines Leichtsinns! Nun haben die Türken die Mine ausgeraubt, die Gesellschafter glauben nicht mehr an ihre Rentabilität. Rico und die besten seiner Leute von den Türken verschleppt und zahlreiche Söldner tot, das ist das Ergebnis.

Oktavian knallte das Papier auf seinen Schreibtisch. Im nächsten Moment kam sein Diener herein.

»Herr, ein Dominikaner aus dem Konvent *Santi Giovanni e Paolo* ersucht um ein Gespräch und bittet, vorgelassen zu werden.«

»Ich will niemanden sehen!«, schrie er den verdutzten Diener an. Bei dem Wort *Dominikaner* kamen ihm sofort die Erinnerungen an die Zeit im Collegio in den Sinn und natürlich Rico, den die Inquisition unter dem Einsatz aller ihr zur Verfügung stehenden Mittel in ihrem gesamten Machtbereich zu fassen versuchte. Mit seiner Hilfe war er auf ein Handelsschiff gekommen, um dem Zugriff der Häscher zu entgehen. Fluchthilfe für einen Mörder nannte man so etwas.

---

* 24. August

»Ich darf jetzt keinen Fehler machen«, murmelte Oktavian. »Der Weißrock soll sein Anliegen schriftlich hinterlassen.« Er schlug dem Diener unsanft die Tür vor der Nase zu, lief auf die andere Seite des Raumes, riss einen der Fensterläden auf, die vor der sommerlichen Hitze in der Lagune schützen sollten, und sog die salzige Luft tief ein. Auf die breite Fensterbank gestützt, legte er seinen Kopf in den Nacken und atmete gleichmäßig ein und aus, bis er sich beruhigt hatte. Der grandiose Blick über den *Canale di San Marco* auf *San Giorgio* und das Spiel des Lichts auf den Wellen ließen ihn langsam wieder klar denken.

Sie haben mich in Verdacht der Mitwisserschaft, ich hätte es mir denken können. Alle Freunde Ricos sind verdächtig. Das Verbrechen war ein herber Rückschlag für die Inquisition, hat es ihr doch mit dem Tod des Henkers den Kopf abgeschlagen und eine große Lücke in das dominikanische Selbstverständnis der kirchlichen Gerichtsbarkeit gerissen. Sie werden nicht nachlassen, den Schuldigen zu suchen. Sie werden jeden Stein im Kirchenstaat umdrehen. Dann wird auch mir kein Gott helfen können. Oktavian kam zu dem Schluss, dass er eine Vorladung zu einem Inquisitionsgericht auf jeden Fall vermeiden musste.

Das Leben hat noch nicht einmal richtig begonnen und schon trachtet man mir danach. Jetzt heißt es kühlen Kopf bewahren. Wenn es eine Fährte von Rico aus dem Kirchenstaat hierher nach Venedig gibt, die die canes Domini *aufgenommen haben, dann wird es nicht lange dauern, bis sich ihre Schlinge um meinen Hals legt. Die Strafe für den Schutz eines Mörders bedeutet in Venedig, egal, welchen Standes man sein mag, die Galeere. Es bleibt mir nur die Flucht über die Berge.*

Oktavian kramte in aller Eile die Briefe zusammen, die er von Rico aus Neusohl erhalten hatte, und verbrannte sie auf einem Teller. Sein Name durfte niemals mehr mit ihm in Verbindung gebracht werden. Er blickte ein letztes Mal wehmütig hinaus auf die Lagune, schloss die Läden und das Fenster, dann läutete er seinem Diener.

»Ich werde morgen früh abreisen; sorge dafür, dass alle Vorkehrungen dafür getroffen werden.«

42

Schongau, ein Tag nach dem Gedenken an die Enthauptung Johannes des Täufers* 1563

OTTO HATTE ALLES unternommen, um mit Giovanna Augsburg zu erreichen, aber zweieinhalb Tagesmärsche vor dem Ziel, im Heilig-Geist-Spital von Schongau, war die Reise zu Ende. Die Schwestern hatten Giovannas Zustand als äußerst besorgniserregend eingestuft und sie in ein eigenes Zimmer verlegt. Der Wundarzt des Spitals diagnostizierte bei seinem Besuch das Sumpffieber und riet zu einem Aderlass.

---

* 29. August

»Seht Ihr denn nicht, dass sie schwach ist. Wie könnt Ihr sie mit einem Blutverlust noch weiter schwächen wollen?«, schrie Otto den Bader an. Der Kräuterbruder in Wilten hatte Giovanna eben nicht zur Ader gelassen und Otto erinnerte sich, dass Oktavian von schädlichen Wirkungen des Aderlasses gesprochen hatte.

Giovannas rotes Haar glänzte in den weißen Laken wie ein Heiligenschein, aber das Fieber ließ sie nicht los.

Otto versuchte, ihrem Körper mit einem Kräutersud Linderung zu verschaffen, wie es der Bruder in Innsbruck getan hatte. Die Schwestern behandelten das Fieber mit Eiswasser aus einer Brauerei, in das sie Tücher tauchten, um damit Giovannas glühenden Körper abzukühlen. Jedoch vergeblich. Otto musste mit ansehen, wie Giovanna immer wieder das Bewusstsein verlor und in einer Art Dämmerzustand vor sich hin fantasierte.

In einem Moment schien sie hellwach und sah ihn flehend an. »Versprich mir, Otto, unser gemeinsames Kind zu retten, bitte. Ich spüre, dass mein Leben zu Ende geht, ich habe keine Kraft mehr.«

Otto legte seine Hand auf ihren Bauch, in dem sich das Kind bewegte. Er durfte ihr seine Verzweiflung nicht zeigen. »Ich werde die ganze Nacht hier bei dir beten, dass Gott dir einen Engel schicken möge, der dich von dieser schlimmen Krankheit befreit. Du darfst jetzt nicht aufgeben, Giovanna.«

Er bat eine Schwester, nach einem Pfarrer zu schicken. Kurze Zeit später kam der Seelsorger und spendete Giovanna das Sakrament der Letzten Ölung.

Otto wechselte nur wenige Worte mit dem Pfarrer, der von diesem abendlichen Auftritt nicht gerade erfreut schien und schnellstmöglich wieder das Weite suchte. Er betete die ganze Nacht einen Rosenkranz nach dem anderen und konnte sich vor Müdigkeit kaum noch an die Reihenfolge der Fürbitten erinnern. Dabei kontrollierte er beständig Giovannas Atem und kühlte ihre Stirn mit feuchten Tüchern. Irgendwann schlief er entkräftet neben ihr ein.

Der nahende Tag hatte das kleine Krankenzimmer in ein fahles Licht getaucht, als Otto aufwachte und sich aufrichtete.

»Giovanna!«, rief er, aber sie reagierte nicht, ihre Augen blieben geschlossen. Als er verzweifelt nach ihrer Hand griff, packte ihn ein Schauder. Er hielt die kalte Hand einer Toten. Im Nu war er auf den Beinen, torkelte aus dem Zimmer, immer noch seinen Rosenkranz um das Handgelenk gewickelt.

»Giovanna ist tot, holt einen Medicus«, schrie er aus Leibeskräften. »Rettet wenigstens das Kind, ich habe es ihr versprochen, ich bitte euch im Namen der Jungfrau und aller Heiligen.«

Eine Schwester nahm ihn tröstend bei der Hand und führte ihn zurück in das Zimmer.

»Wir tun, was wir können. Es wird nicht lange dauern, bis der Arzt eintreffen wird, er wohnt nur eine Straße weiter«, versuchte die Schwester, ihn zu beruhigen.

Otto setzte sich auf das Bett der leblosen Giovanna und streichelte zärtlich ihre weißen Wangen. Dann betete er mit der Schwester das Totengebet. Schließlich vernahm er die energischen Schritte des Medicus. Im nächsten Moment stürmte dieser ohne Gruß in das Zimmer.

»Seid Ihr der Vater des Kindes?«

Otto nickte.

»Wenn das Kind lebt, verlange ich für die Operation zwei Kreuzer, mein Herr.«

Otto öffnete seinen Beutel mit dem Ersparten und schüttete den Inhalt, der nur noch aus einigen Pfennigen bestand, auf den Tisch.

»Das ist alles, was ich habe. Es ist sicherlich nicht genug, aber bitte, in Gottes Namen, seid barmherzig und rettet mein Kind!«

Der Medicus blickte ungehalten auf die Münzen, dann erblickte er die Kette um Giovannas Hals. Erst als Otto ihr den Schmuck abgenommen und zu den Münzen gelegt hatte, stellte der Medicus mit lautem Knall seine schwere Tasche auf den Tisch und begann mit der Untersuchung. Er öffnete Giovannas Augenlider, um rasch zu erkennen, dass ihr Blick gebrochen war.

»Die Leichenstarre hat noch nicht eingesetzt. Wenn das Kind leben soll, bleibt uns nicht mehr viel Zeit!« Er schob Otto unsanft zur Seite. »Ich muss Euch nun bitten, den Raum zu verlassen. Die Schwester wird mir assistieren. Bringt mir eine Schüssel mit möglichst heißem Wasser und einen Stapel saubere Tücher, es wird sehr viel Blut geben. Macht schnell, es geht um Leben und Tod!«

Die Schwester begleitete Otto aus dem Zimmer und hieß ihn, auf einer Bank vor der Krankenstation zu warten. Otto vergrub seinen Kopf tief in die zitternden Hände.

»Herr, Schöpfer des Himmels und der Erde, in deine Hände empfehle ich ihren Geist, lass sie ruhen in Frieden, aber sei gnädig und lass das unschuldige Kind überleben. Was du auch immer mit mir vorhast, ich werde mich deinem Willen und deiner Vorsehung fügen, Amen.«

43

Rom, am selben Tag

Paschalis war glücklich. Er wohnte in einem herrschaftlichen Palazzo im *Borgo*, war gekleidet in edle Stoffe und genoss die abwechslungsreiche Küche, die unvergleichbar war mit dem Einheitsessen der Mönche in *San Paolo fuori le mura*. Bücher von Ariost, Boccaccio, Aretino und Petrarca, die eigentlich verboten waren, durfte er lesen. Er hatte wieder eine Aufgabe. Er verrichtete Botengänge, führte Buch über die Besuche seiner Herrin, hatte ein Auge und, noch wichtiger, ein Ohr auf alles, was sich in ihrem Gemach zutrug. Und dieses Gemach war eines der berühmtesten Schlafzimmer Roms; es war das Reich der Kurtisane Tiziana di Santa Fiora.

Es war Montag, und wie immer stand er oben am Fenster und wartete auf Alessandro. Paschalis konnte sich auf dessen pünktliche Ankunft verlassen. Insgeheim bewunderte er diesen Mann. Paschalis wusste, dass Alessandro zwar in die berühmte und einflussreiche Familie Sforza hineingeboren worden war, aber als jüngstem Sohn von insgesamt zehn Kindern seiner Mutter Constanza Farnese und seines Vaters Bosio Sforza waren ihm durch seine fünf älteren Brüder die wichtigsten Pforten zur Macht versperrt und die Schlüssel dafür längst verteilt. Und Paschalis kannte ein Geheimnis: Sforzas Großvater war kein Geringerer als Papst Paul III. Dieser hatte bereits früh seine Präferenzen festgeschrieben und seinen erstgeborenen Enkel mit neunzehn Jahren zum

Kardinal und Camerlengo ernannt. Als Alessandro an der Reihe gewesen wäre, waren die einträglichsten Güter bereits vergeben. Alessandro nannte sich fortan Ultimo und hatte einen anderen Weg an die Macht gewählt, nicht mit Schwert und Blut, stattdessen machte er sich die Schwäche der Geistlichkeit für das schöne Geschlecht zunutze. Er verschaffte schmachtenden Eminenzen und Exzellenzen, die in ihren Palästen gegen ihre Libido ankämpften, als Zuhälter Linderung ihrer Leiden. Dafür benutzte er seinen größten Schatz: seine Nichte Tiziana di Santa Fiora, die uneheliche Tochter seines ältesten Bruders, des Camerlengos Guido Ascanio Sforza di Santa Fiora. Er hatte ihr eine standesgemäße Ausbildung zukommen lassen, sie sprach mehrere Sprachen, spielte verschiedene Instrumente und war dazu in der Lage, mit gebildeten Menschen Konversation zu halten. Alessandro hegte und pflegte sein Juwel, dessen Existenz sein Bruder aus verständlichen Gründen zu verheimlichen suchte.

Paschalis wusste alles, denn sie war seine Herrin. Er kannte auch Alessandros Gepflogenheiten, seinen Hunger nach Macht und das wilde Verlangen nach ihr. Paschalis hatte dem Onkel immer wieder zugehört und beobachtet, wie dieser Tiziana umsorgte, um sich mit ihrer Hilfe in den Rängen der Kurie nach oben hangeln zu können. So hatte er es geschafft, die damals vierzehnjährige Jungfrau einem einflussreichen Kardinal ins Bett zu legen. Dieser hatte ihn fürstlich entlohnt und ihm die Türen in die Paläste der Bischöfe und Kardinäle geöffnet.

Von da an wurde Tiziana di Santa Fiora innerhalb der Kurie wie die geheime, süße und unwiderstehliche Rezeptur eines Zuckerbäckers angepriesen.

Paschalis kannte alle, die ein und aus gingen, und war bestens im Bilde über ihre Geschichten und ihre Schwächen.

Der Fürsprache eines Kardinals hatte Alessandro es auch zu verdanken, dass er vor drei Jahren zum Bischof von Parma ernannt worden war, eine Erhebung in den Kardinalsstand schien nur eine Frage der Zeit. Einzig Alessandros Bruder, Kardinal Guido Ascanio, stand dieser Erhebung im Weg. Er hatte bereits mehrmals versucht, Alessandro umbringen zu lassen.

Das zweiflüglige Tor öffnete sich und der Wagen fuhr beängstigend schnell in den Innenhof. Alessandro Ultimo, wenige Monate jünger als seine Nichte, die gleichzeitig seine Geliebte war, wartete, bis die Wärter die beiden Tore wieder verschlossen hatten. Dann verließ er den Wagen, schritt durch das große Eingangsportal und hastete die breite Freitreppe herauf in den ersten Stock, wo Paschalis ihm das Buch mit den Eintragungen überreichte und ihm die Tür in das Gemach seiner Herrin öffnete.

»Wie schön du bist, meine Göttin!«, rief er wie üblich und lief auf die Herrin zu.

»Ich bin glücklich, dich zu sehen, Alessandro, es gibt viel zu erzählen!« Es war ein Ritus, der sich wöchentlich wiederholte und der Paschalis nur allzu vertraut war. Bereits beim Hineingehen flogen die Kleidungsstücke der beiden durch die Luft und kaum auf dem riesigen Bett angekommen, riss ihr Alessandro stürmisch die letzten Röcke wie Fetzen vom Leib, um mit unbändiger Lust und aufgestautem wilden Begehren ihren Körper in Besitz zu nehmen. Paschalis stand vor der Tür und tat das, was er am besten konnte: zuhören.

»Hast du denn mit deinen Kardinälen ebenso viel Vergnügen?«, fragte Alessandro, nachdem er zum ersten Mal erschöpft von ihr abgelassen hatte.

»Du weißt doch, Alessandro, dass ich nur mit dir in Verzückung gerate, weil ich dich liebe und es mit den anderen

Männern einfach nur treibe und geschehen lasse. Außerdem wirst du ja bald zum Kreis der Kardinäle gehören. Ich genieße es, Macht über die Mächtigen zu haben, die nicht ahnen, dass ich sie mit meiner gespielten Lust ganz und gar beherrsche, dass ich es bin, die den Zeitpunkt bestimmt, die Dauer und das Ende. Manche wollen nur, dass ich ihnen zur Laute etwas singe oder für sie nackt tanze, damit sie mich durch einen Spalt hinter dem Wandschirm beobachten können.«

»Ich kann es kaum erwarten, dass mir endlich ergiebige Pfründe zuteilwerden und die Saat, die ich mit deiner Hilfe in die Fantasien der Mächtigen gepflanzt habe, endlich aufgeht und reiche Frucht bringt. Aber wie du dir vorstellen kannst, tut mein Bruder alles, um dies zu verhindern.«

Paschalis entging kein einziges Wort und er sah alles vor sich: wie sie ihm ihren Rücken zuwandte und er sie sanft vom Haaransatz bis hinunter zu ihrem Gesäß streichelte, das er mit beiden Händen knetete. Jedes Geräusch, und war es noch so leise, konnte er sofort zuordnen. Nach einer Weile hatten sich die Gemüter beruhigt.

»Wer hat dich denn in der vergangenen Woche besucht?« Paschalis vernahm das Rascheln von Papier. Offenbar las Alessandro die Einträge. »Kardinal Villanova hat dich zweimal abholen lassen?«

»Ja, und er will jedes Mal, dass ich ihm mit einer Peitsche den Rücken blutig schlage, was ihm sichtlich Vergnügen bereitet, bevor er sich daran ergötzt, mich zu nehmen.«

»Empfindet er denn Wollust, wenn du ihn schlägst?«

»Natürlich verspürt er höchste Wonne, wenn ich mich ihm hingebe; ich glaube, dass er sich mit den Schmerzen gleichzeitig die Buße erkaufen möchte. Er ist wohl der Überzeugung, dass auf diese Art erkaufte Lust keine Sünde sei.« Sie wurde ernst. »Ich habe nicht nur Freunde, Alessandro. Man hat mir erzählt, dass es im Vatikan diese Asketen gibt, die mich hassen.«

»Da mach dir keine Sorgen, mein Engel! Jeder, der in den Genuss kommt, von dir verwöhnt zu werden, schätzt sich glücklich, sich einen zeitlich begrenzten Anteil an deinem himmlischen Körper erkauft zu haben, und wird den Teufel tun, sein teuer bezahltes Gut in irgendeiner Weise in Gefahr zu bringen. Selbst der Papst findet es nicht anstößig, wenn die sündigen Seelen für ihr Vergehen zur Verantwortung gezogen werden und einen angemessenen irdischen Preis bezahlen.«

Die Herrin seufzte. »Da magst du hoffentlich recht haben.«

»Andrea di Cadrusio?« Alessandro hatte nachdenklich geklungen. Paschalis wusste sofort, um wen es ging. »Du weißt, wer das ist?«

»Ein greiser, blinder Monsignore, den ein junger Adlatus einen Tag vorher angemeldet und für den er auch bezahlt hatte. Er begnügte sich damit, mit seinen knöchernen Fingern meinen nackten Körper zu betasten und dabei unablässig Gebete zu murmeln. Er trug eine weiße Kutte.«

»Ein Dominikaner! Ich habe dir doch strengstens verboten, unbekannte Gäste in deinem Haus zu empfangen, Tiziana. Was, wenn das eine Falle und der alte Mann ein Lockvogel war?«

»Ich war der Meinung, dass du diesen Kontakt vermittelt hast. Woher hätte er sonst wissen sollen, wie er hierherkommen konnte?«

Paschalis hörte, wie Tiziana unvermittelt aufstand und in Richtung Fensterfront ging.

»Weiß der Teufel, wer von deinen Kunden geplaudert hat! Die Inquisition möchte ich auf keinen Fall am Hals haben. Ich bin nicht mächtig genug, um uns vor der heiligen Justiz zu schützen. Die einzige Möglichkeit, dieses Problem zu umgehen, ist ein Kardinalshut; dieser würde uns unangreifbar machen und ich hätte selbst etwas zu sagen in der Kurie. Um an den roten Hut zu gelangen, gibt es für mich nur einen Weg, Tiziana …«

Es klingelte an der Tür und Paschalis eilte nach unten. *Im spannendsten Moment muss ich die beiden allein lassen,* dachte er sich und öffnete. Es war ein Bote, der seinen Herrn anmelden wollte. »Wartet hier! Die Signora wird bald kommen«, schrieb er auf seine Tafel. Als er nach oben kam, waren die Gespräche übergegangen in das lustvolle Stöhnen Alessandros und das rhythmische Hecheln der Signora.

44

Auf dem Weg nach Norden, 31. August 1563

DER HIMMEL HATTE kein Einsehen. Unaufhörlich peitschten regennasse Böen über ihn hinweg. Otto hielt auf Perseo das unentwegt wimmernde Kind in einer Decke an seine

Brust und versuchte, es vor dem Regen zu schützen. Er hätte in Schongau bleiben sollen, überall in den Dörfern verweigerten sie ihm den Zugang. Seine Verzweiflung wuchs und die Angst, dass das Kind sterben könnte, wurde immer größer.

Verschwommen sah er am Horizont Häuser näher kommen.

»Das nächste Dorf. Wenn sie uns hier nicht Einlass gewähren, dann weiß ich mir nicht mehr zu helfen«, sprach er mit seinem Pferd. Der Ort war durch einen Mauerring und einen Graben geschützt.

»Gott grüße dich!«, rief er dem Torhüter zu. Der saß zusammengekauert in seiner Hütte und reagierte nicht.

Als Otto abstieg und ihn leicht anstieß, fiel er regungslos zu Boden. Otto sprach das Totengebet, öffnete das große Tor, nahm das Pferd am Zügel und ging in das Dorf. Der breite Weg war schlammig und aufgeweicht. Alles schien wie ausgestorben, keine Menschenseele war auf der Straße. Aus einem Bauernhof hörte er die durch Mark und Bein gehenden Schreie von ungemolkenen Kühen. An manchen Häusern hingen weiße Laken aus dem Fenster, das Zeichen für den Totengräber, seine Pflicht zu erfüllen.

Otto kannte die Pest bisher nur aus Erzählungen. Ihn schauderte. Am überfluteten Bach entlang erreichte er in der Dorfmitte eine Gastwirtschaft und zog an der Glocke.

»Um des Herrn und Heilands willen, ihr seid meine letzte Hoffnung!«, schrie er gegen die verschlossene Tür.

Nach bangem Warten öffnete sich endlich im Obergeschoss ein Fenster.

»Dieses Neugeborene ist nur wenige Stunden alt, seine Mutter ist bei der Geburt gestorben und braucht dringend eine Amme.«

»Wer hat dich überhaupt hereingelassen?«, fragte der Wirt barsch. »Die Pestverfügungen untersagen streng die Aufnahme von fremden Personen im Ort.«

»Der Torhüter liegt tot in seinem Häuschen, und nachdem ich in den Dörfern vorher abgewiesen wurde, hatte in eurem Flecken der Allmächtige Mitleid mit uns«, erwiderte Otto flehend.

»In solchen Zeiten ist man Fremden gegenüber misstrauisch. Den Säugling kann ich dir beim besten Willen nicht abnehmen, aber ich lege dir etwas zu essen in einen Korb.«

Otto wusste nicht mehr weiter; er nahm das Stück Brot aus dem Korb, den der Wirt an einer Schnur heruntergelassen hatte. »Gibt es denn wirklich niemanden in diesem Ort, der sich dieses armen Geschöpfs erbarmen würde?«, versuchte er es noch einmal.

»Alles, was ich tun konnte, habe ich getan, für das Weitere kann nur Gottes Wille helfen. Vertrau auf seine Huld und Güte.« Mit diesen Worten schloss der Wirt das Fenster.

»Huld und Güte, Huld und Güte!«, wiederholte Otto spöttisch. »Dann wird es wohl so sein.« Otto band Perseo vor der Wirtschaft an und ging den Weg hinauf zur Kirche, deren unverputzten Backsteinturm er von Weitem gesehen hatte.

Huld und Güte! Jetzt kannst du sie zeigen, deine Huld und Güte! Ich werde dir dieses Kind überlassen; wie einst Abraham seinen Sohn auf den Altar legte, weil du es von ihm verlangt hast. Ich werde es in dein Haus bringen, denn du hast mir seine Mutter genommen, mit der ich in Unzucht gelebt habe. Willst du, dass ich das Kind nicht behalten soll, weil es eine Frucht unserer Sünde ist? Warum lässt du mich am Leben, während du alles, was ich geliebt habe, von mir nimmst? Ist das ein Teil deines Plans, den du mit mir hegst?

Sind dies die Prüfungen, die du mir vor meiner kirchlichen Laufbahn in den Weg legst, oder ist es deine Rache? Hast du mich von Satan verführen lassen, um mir jetzt deine Güte, deine Barmherzigkeit und dein Mitleid zu verweigern?

Otto kam an einem mächtigen Schloss vorbei und erreichte über eine ausgetretene Steintreppe den Gottesacker, der die Kirche umgab. Überall waren frische Gräber, der Vorraum der Kirche war geöffnet, die Kirche selbst war abgeschlossen. Das Kind war inzwischen wohl aus Erschöpfung eingeschlafen. Er legte das kleine Bündel vor die Kirchentür. Plötzlich durchfuhr es ihn.

Mein Gott, du bist ja nicht einmal getauft!

Otto griff in das ausgetrocknete Weihwasserbecken und zeichnete mit dem darin befindlichen Staub und dem Wasser, das er aus seinem nassen Schal in das Becken wrang, ein kleines Kreuz auf die Stirn des hilflosen Geschöpfs.

»Ich spreche dich frei von allen deinen Sünden und taufe dich im Namen des Vaters, des Sohnes und des Heiligen Geistes. Amen.« Nach diesen Worten wandte er sich ab und flüchtete den Weg hinunter ins Dorf. Der Schmerz, sein eigenes Kind zurückzulassen und vielleicht nie mehr wiederzusehen, raubte ihm fast die Sinne.

Am Gasthof schwang er sich auf sein treues Pferd, schlang ein Stück Brot in sich hinein und trabte langsam in Richtung des Tors, durch das er hereingekommen war. Nach wenigen Häusern kam ihm der Totengräber entgegen. Vor seinem Leichenwagen war eine schwarze zottelige Mähre eingespannt. Der alte Mann trug einen weiten grauen Mantel und einen speckigen, ledernen Schlapphut mit einer langen Feder. Als er freundlich grüßte, dabei seine Pfeife aus dem Mund nahm, zeigte er nur noch zwei einzelne Zähne. Sein Wagen, den der Rappe hinter sich her zog, war leer. Otto hielt neben ihm an.

»Gelobt sei Jesus Christus! Sagt mir, guter Mann, wie man diesen Ort nennt. Hier ist doch alles gut katholisch, oder?«

»In Ewigkeit, Amen. Da muss ich dich enttäuschen, junger Freund. Leeder ist der einzige Ort weit und breit, der protestantisch ist, aber nicht nur das. Oben im Schloss leben sie nach dem Vorbild Schwenckfelds, der hatte seine eigenen Ansichten über Religion. Er selber war oftmals hier und hat vor Verfolgung Unterschlupf gesucht. *Sola scriptura, sola gratia, sola fide.** Das sind die Grundsätze, nach denen wir leben. Ich bin nicht mit allem einverstanden, aber wen interessiert das schon? Ich stehe in Diensten der Herrschaft und meine Pflicht ist es, alle auf ihrem letzten Weg zu geleiten, ob sie Katholiken, Protestanten, Schwenckfelder oder Marianische sein mögen. Ohne seine Seele ist der Mensch am Ende nur eine stinkende Masse, die einmal in die Grube hinabgelassen, nicht mehr ihren Glauben erkennen lässt. Die Erde mitsamt ihren Würmern nimmt eben auf, was ihr gehört, früher oder später. Staub zu Staub, so einfach ist das. Gegen den Tod ist kein Kraut gewachsen. Die Seele empfindet den Tod als Befreiung, den Körper wie ein lästiges Hindernis. So ist also der Tod, das schrecklichste der Übel, für uns ein Nichts. Solange wir da sind, ist er nicht da, und wenn er da ist, sind wir nicht mehr. Die meisten Menschen hängen an ihrem Leben, sie mögen mich nicht, weil ich sie an ihr eigenes bevorstehendes Ende erinnere, aber wenn es so weit ist und der Sensenmann in einem Haus Einzug hält, rufen sie mich, weil ihnen ein Toter schnell zur Last fällt, dabei ist das, was ihn zu Lebzeiten ausgemacht hat, eingegangen in die Ewigkeit«, erklärte ihm der alte Mann mit knorriger Stimme. Er grinste vielsagend.

---

* Allein durch die Schrift, allein durch die Gnade, allein durch den Glauben.

Otto nickte und wunderte sich, diese tiefgründigen Gedanken von einem Totengräber zu hören. Er ging einen Schritt auf ihn zu. »Ich habe eine große Bitte an dich: Vor der Kirche liegt ein Säugling, ein Knabe, er ist noch keinen Tag alt; tu einmal etwas für einen Lebenden und bring ihn zu einem Weib, das ihn an seiner Brust nähren kann. Du kommst in viele Häuser bei deinem Geschäft und weißt, welche Hausfrau sich des Kindes annehmen könnte. Das Einzige, was ich dir für diesen Dienst als Gegenleistung bieten kann, ist mein Pferd Perseo, das mich seit Bologna durch Wind und Wetter begleitet hat.«

»Öha«, entkam dem Alten ein geschäftiger Ausruf. Er sprang von seinem Karren, griff ins Maul des Pferdes und sah sich das Gebiss an. »Gar nicht schlecht; der macht noch einige Jahre.«

Otto bereute in diesem Moment sein voreiliges Angebot. Erst jetzt wurde ihm bewusst, wie sehr er an dem treuen Perseo hing. Giovanna hatte auf ihm gesessen. Er gehörte Ambrogio, auf dessen Hof sie für einen flüchtigen Moment glücklich gewesen waren. Nur mühsam verbarg er seine Regung vor dem Alten und übergab ihm die Zügel.

»Gott segne dich und soll es dir vergelten.« Otto streichelte ein letztes Mal den Hals des Tiers, das ihn mit seinen großen Augen ansah, als würde es ihm diesen schäbigen Handel zum Vorwurf machen. Er kam sich vor wie ein Verräter.

»Ich werde beide durchbringen, mach dir keine Sorgen, das Kind und das Pferd.« Der Totengräber saß froh gelaunt auf, schob sich die Pfeife in den Mund und trieb mit einem trockenen »Hüa« seinen Gaul an. Nach einem Schnalzen mit der Geißel zockelte das Gefährt los.

Perseo drehte sich mehrmals zu Otto um und trottete widerwillig dem Wagen hinterher. Otto sah dem Karren einige Augenblicke nach. Er konnte nicht gehen. Er musste es sehen, mit eigenen Augen. Der Totengräber ging zur Kirche.

Herr, mein Gott, rette meinen Sohn und ich will deiner Kirche mit meiner ganzen Kraft dienen.

Endlich kam er zurück, hielt das Bündel in seinen Armen und trug es hinüber in das Schloss.

Du hast ihn gerettet, oh Herr, ich danke dir. Nun lass mich sehen, was ich für die Kirche tun kann. Otto hatte eine Antwort erhalten. Voller Schmerz, aber aufrecht und selbstbewusst verließ er das Dorf.

Der Dauerregen und das geräuschvolle Schmatzen seiner Sohlen auf der schlammigen Straße störten ihn nicht mehr. Er fühlte eine neue Kraft. Als das Dorf längst im Regengrau verschwunden war, kam der Zweifel zurück.

»Schwenckfeld … Schwenckfeld?« Er erinnerte sich schwach an eine Vorlesung, in der von einer ketzerischen Sekte dieses Namens die Rede gewesen war, die im gleichen Atemzug mit Wiedertäufern, Böhmischen Brüdern und anderen Häretikern genannt wurde.

Du willst also, dass mein Sohn an der Brust einer Ketzerin aufwachsen soll. Ich weiß nicht, was du mir damit sagen möchtest, aber ich werde dies nicht so einfach hinnehmen.

Für Anna war es inzwischen zur schrecklichen Gewohnheit geworden, den Totengräber am Schloss vorbeifahren zu sehen. Am heutigen Tag wunderte sie sich, dass er den Wagen nicht hinauf bis an die Kirche fuhr, sondern das Gefährt unterhalb der Treppe stehen ließ, die in den Gottesacker führte. Wenig später läutete jemand die Glocke. Anna fühlte, dass es sich um etwas Wichtiges handeln musste. Sie trat weg vom Bettchen, in dem die kleine Helena, die sie vor drei Wochen geboren hatte, friedlich schlummerte, und ging hinab zur Tür. Dort hatte sich Karl anscheinend bereits um den Gast gekümmert.

Mit strahlenden Augen und einem schreienden Bündel im Arm sah er ihr entgegen.

»Eure Herrschaft! Für oimal holt der Totengräber koin Toata ab, sondern bringt neis Leabe. Des Biabla hot a voar dr Kirche g'funda. Wia Moses weiland in am Korb am Nil.« Karl schien vor Freude völlig außer sich, als er Anna das leise wimmernde Kind zeigte.

»Vor der Kirche? Gib mir das Neugeborene, Karl! Es soll geschehen, wie es der Herr von mir verlangt.« Anna nahm ihm das Bündel ab. »Es ist das Pfaffenkind, das mir die Els prophezeit hat«, flüsterte sie und fühlte sich erleichtert, dass sie auf diese schmerzlose Art zu dem Kind gekommen war. Die Worte der Els hatten sie nie losgelassen. »Die Pläne Gottes sind undurchschaubar, Karl, bei ihm ist kein Ding unmöglich. Welchen Heiligen feiern denn heute die Katholischen?« Sie wusste, dass Karl aus einer katholischen Familie stammte und immer noch die Heiligen verehrte.

»Heut isch der Feschttag vom heiligen Raymund Nonnatus*, Patron vo Hebamma und vo alle unschuldig Anklagta. Ma hot ean, so wills dia Legende, aus seiner Mutter rausg'schnitta, weil sie scho g'storba war, als er hätt auf d' Welt komma solla«, erklärte er und Anna zeigte sich beeindruckt von dem, was Karl alles wusste.

»Dann soll unser Neuankömmling, den uns der Herr in seinem großen Vertrauen und seiner unermesslichen Gnade

* Ungeboren

anvertraut hat, Raymund heißen«, beschloss Anna spontan und drückte den Kopf des Säuglings an ihre Brust. Bevor ihr Mann, der dazugekommen war, etwas sagen konnte, schnitt sie ihm das Wort ab. »Lass mich, Emanuel, ich habe auf dieses Kind gewartet, es ist mir vor einigen Jahren von einer Wahrsagerin prophezeit worden, und ich werde es aufziehen wie ein eigenes. Er wird Felizitas und Helena ein Bruder sein.« Sie sah Emanuel an.

Ihr Mann nickte, wirkte jedoch nachdenklich. »Ich weiß nicht, meine Liebste, wie lange wir in Leeder, jetzt mit drei Kindern, ausharren können. Vielleicht sollten wir für ein paar Jahre in die Stadt ziehen und das Ende der Pest aus sicherer Entfernung abwarten.«

»Der Herr, der Allmächtige, hat uns sein Vertrauen geschenkt, er wird uns beschützen, wir haben alles, was wir brauchen«, versuchte sie, ihn zu beruhigen. »Lass uns nichts überstürzen, Emanuel.«

Er legte ihr einen Arm um die Schulter. »Vielleicht hast du recht, Anna.«

Sie blickte auf das Kind.

»Zuerst werden wir dich baden, mein Kleiner, du bist ja voller Blut, deine arme Mutter konnte wohl nichts mehr für dich tun.« Anna übergab das kleine Menschenbündel der hinzugekommenen Magd.

Sie fühlte Zufriedenheit und Dankbarkeit für die Rettung dieses jungen Menschenkinds aus großer Not, während unten im Dorf der Schwarze Tod gnadenlos umherschlich.

45

Rom, drei Tage vor San Matteo* 1564

Es war Montag und Alessandro war wortlos an Paschalis vorbei ins Zimmer der Herrin gestürmt. Er schien sehr aufgeregt. Paschalis kümmerte sich nicht darum, er schwelgte immer noch in den Erinnerungen an die letzte Nacht, und sie erregten ihn und mahnten ihn, nicht das kleinste Detail dessen zu vergessen, was die Herrin ihm gezeigt hatte. Sie hatte ihm die Gunst gewährt, die zweite Nachthälfte bis zum ersten Hahnenschrei in ihrem Bett zu verbringen. *Mein schöner Engel, komm zu mir,* hatte sie ihn gerufen, h*eute Nacht sollen nur unsere Lippen und Zungen uns gegenseitig verwöhnen.* Sie zeigte ihm, wie es möglich war, mit dem Mund zu höchstem Glück zu gelangen. Die Herrin flüsterte ihm dabei jedes Mal die Namen der Stellungen ins Ohr, wie *il palloncino*, *la ruota*, *il serpente* und *porta del paradiso*. Paschalis war froh, dass er nie in die Lage kommen würde, die einzelnen Positionen beschreiben zu müssen, was ihm sicherlich die Schamesröte ins Gesicht getrieben hätte.

Plötzlich wurde er aus seinen Träumen gerissen, er hatte sich noch nie verhört:

»Was meinen Bruder anbelangt, habe ich einen Plan. Federico Gonzaga, ein Haudegen und gefürchteter Schläger aus meiner Natio in Bologna, dessen Familie längst an der Reihe wäre, einen Papst zu stellen, wird mir den Gefal-

---

* 21. September

len tun und deinen Vater aus dem Weg räumen«, redete Alessandro auf die Herrin ein.

»Du kannst das Scheusal umbringen lassen, er soll von mir aus verrecken«, hörte Paschalis die Santafiora antworten. Es entsetzte ihn, wie diesen zärtlichen Lippen, die imstande waren, so viel Lust zu erzeugen, so leichtfertig der Auftrag zu einem Vatermord entglitt. Er bekreuzigte sich hastig. Als seine Finger dabei seinen Mund berührten, schmerzten seine Lippen.

46

Rom, drei Tage vor San Callisto* 1564

PASCHALIS STELLTE SICH ihm zwar in den Weg, aber der Bote ließ sich von ihm nicht beirren und bestand darauf, seine Nachricht der Santafiora persönlich zu überbringen.

Kann dauern, Herrin ist beschäftigt, wartet hier unten!, hatte er auf seine Tafel geschrieben und hielt sie dem Boten

---

* 14. Oktober

vor die Nase, obwohl er wusste, dass seine Herrin alleine war.

»Du kannst Signorina di Santa Fiora sagen, dass mich Federico Gonzaga aus Mantua schickt. Ich werde so lange ausharren.« Paschalis hatte die Anweisung, ungebetene Gäste, Boten und Diener abzuwimmeln. *Bei Gonzaga hatte Alessandro doch den Mord an seinem Bruder in Auftrag gegeben.* Schließlich lief er nach oben und überbrachte seiner Herrin die Botschaft. Sie schwebte förmlich die Treppe herunter. In ihrem roten, bodenlangen Umhang sah sie aus wie eine Königin. Paschalis sah den Boten demutsvoll auf die Knie sinken.

»Signorina Tiziana, ich soll Euch vermelden, dass Euer Vater, der Camerlengo des Papstes, am vierten Oktober das Zeitliche gesegnet hat. Mein Herr Federico Gonzaga erwartet die vereinbarte Gegenleistung.«

»Das Scheusal soll in der Hölle braten. Komm am Montag wieder, dann wird Alessandro hier sein und deinen Auftraggeber entlohnen.«

Sie drehte sich um und ließ den Boten einfach stehen. Paschalis, der seine eigenen Eltern nie gesehen hatte, konnte nicht begreifen, wie die Herrin so sprechen konnte.

47

Leeder, Tag der unschuldigen Kinder* 1564

Seit dem Stephanstag schneite es ununterbrochen. Der Nachtwächter hatte die letzte Runde beendet und seine Warnung vor Gespenstern und Spuk in die eiskalte Nacht hinausgesungen, während der alte Keggelbauer mit seiner Frau in der Stube saß. Sie warteten auf die Mesnerin. Die wollte um Mitternacht kommen und den Stall ausräuchern. Jetzt, in den Rauhnächten, so hatte sie gesagt, wäre die beste Zeit dafür.

»Nix isch so, wia's frianer war. I woas mei Lebtag it, dass mir im Stall so a Unglück ghet hand. In oam Johr s'vierte Kälble verreckt und dazua no oans vo de beschta Rösser«, jammerte er und sah immer wieder zum Fenster hinaus.

»Vielleicht beated mir au z'wenig, seit mir eis nimma treffed?«, fragte die Bäuerin und schnäuzte in ihr Taschentuch.

»I glob, i siag as Liachtle komma«, unterbrach der Keggel seine Frau und stand auf. Noch bevor es klingelte, schlug der Hund an und fletschte bedrohlich die Zähne. »Isch guad, Barrabas, des isch blos d'Mesnerin«, beruhigte der Keggel ihn, zog seinen Umhang über, ging hinaus in den Hausgang und empfing die Mesnerin an der Tür.

»Isch scho zwölfe?«, fragte sie und klopfte sich den Schnee von den Kleidern.

»Freile, komm rei, mir gand glei num in Stall.«

»Dua mir a bisla a Kohle nei.« Sie zog ein kleines Rauch-

* 28. Dezember

fass aus dem Mantel und der Keggel holte ein wenig Glut aus dem Kachelofen. Vorsichtig legte sie zwei Körnchen Weihrauch darauf.

»Wosch, i muaß sparsam sei, i hau nimma viel und so viel Baura hand Malescht.«

Gemeinsam gingen sie hinaus in den Stall. Der Keggel leuchtete ihr, während sie durch die Reihen der Tiere stapften. Die Mesnerin murmelte: »Im Namen Jesu und der Jungfrau zerstöre ich hiermit jeden Fluch, den böse Geister, Hexen und Diener des dunklen Fürsten über dieses Haus gelegt haben. Fahrt hinaus, alle, die ihr Böses im Schilde führt. Im Namen des Vaters, des Sohnes und des Heiligen Geistes. Amen.« Dabei schwenkte sie das Rauchfass in alle Himmelsrichtungen.

»Vergelt's Gott, Mesnerin, komm in d'Stube und drink no an hoaßa Saft«, lud sie der Keggel ein.

»Du solltsch jetzt a Ruah hau in deim Stall, Keggel. Sei froah, dass dr no all g'sund sind. Im Dorf sterbed d'Leit wia d'Fluiga. Wosch, im Schloss doba isch der Deifl dahoam. Hosch du amol dia Zwilling g'secha? Dr Bua hot feierroats Hoor und s'Mädle isch blond«, raunte sie geheimnisvoll und nippte an ihrem Becher.

48

Rom, San Gregorio* 1565

Paschalis war seit Tagen aufgeregt. Die Herrin hatte ihn aufgefordert, sie in die Sixtinische Kapelle zu begleiten. Papst Pius IV. hatte zum Konsistorium geladen, um die von ihm kreierten neuen Kardinäle vorzustellen. Endlich sollte Alessandro zusammen mit zweiundzwanzig weiteren den begehrten Hut und damit die einträglichen Pfründe erhalten. *Die Sixtina, wo die Bilder wundersam sprechen sollen.* Schon in *San Paolo fuori le mura* hatten Mönche von den Malereien Michelangelos geschwärmt, nun sollte er sie zum ersten Mal mit eigenen Augen sehen. Die Herrin trug ein bodenlanges Kleid in Kardinalrot mit einer goldfarbenen Borte, einen schwarzen Spitzenschleier, der kaum dazu geeignet war, irgendetwas zu verhüllen; zudem Stelzpantoffeln, mit denen sie fast so groß schien wie er. Obwohl eigentlich nur wenige Schritte zu gehen waren, ließ sie sich mit dem Wagen am Obelisk vorbei direkt vor Sankt Peter bringen. Paschalis fragte sich, was sie mit dem Aufputz bezwecken wollte. Ein geschätztes Drittel der Kardinäle lag bereits bei ihr im Bett und auch von den neuen kannte sie den einen oder anderen bereits. Wollte sie die Herren auch noch im Gesicht erröten lassen, wenn sie in der Sixtina an ihr vorbeizogen?

Unfreundliche Schweizergardisten wiesen sie an, im hinteren Teil der Kapelle stehen zu bleiben. Paschalis blieb eng bei seiner Herrin, die sich erfolgreich durch all die Menschen in

* 12. März

die erste Reihe drängte. Er hatte nur Augen für die Gemälde an den Wänden und an der Decke. *Was für eine Lebendigkeit und Pracht, und tatsächlich scheinen die Figuren zu sprechen,* dachte er und ärgerte sich, dass die von der *Capella Paolina* einziehenden Kardinäle die Aufmerksamkeit so schnell auf sich zogen. *Da waren sie: gekleidet in ihre roten Roben, die Hände gefaltet, die Gesichter voller Inbrunst und gespielter Heiligkeit.* Kardinal Cornaro hatte ein Augenzwinkern für die Herrin übrig. Sie marschierten nach vorn an den Altar, vor dem der Papst unter dem monumentalen »Jüngsten Gericht« Michelangelos auf seinem Thron wartete. *In welches der beiden Bücher des Lebens die Herren sich wohl selbst einordnen würden,* fragte sich Paschalis. *Der Engel, der aus dem Buch mit den Namen der Auserwählten liest, sitzt in der Mitte. Ein zweiter Engel sitzt neben ihm und zeigt das sehr viel größere Buch vor, das die Namen der Verdammten enthält. Maria, die Fürsprecherin wendet ihr Gesicht ab. Sie kann nichts mehr für die Verstoßenen tun.* Paschalis grübelte, ob sein Lebenswandel dazu angetan war, ihm einen Platz im Buch der Auserwählten einzubringen. Unruhe am Eingang riss ihn aus seinen Gedanken, und der Zeremonienmeister führte die neu erwählten Kardinäle in zwei Reihen in die Sixtina. Die Umstehenden applaudierten und die Herrin wippte nervös mit dem Kopf hin und her.

»Da ist Alessandro!«, rief sie, lief ihm entgegen, fiel vor ihm auf die Knie, nahm seine Hand und leckte sie gierig ab. »Mein Geliebter, endlich sind wir am Ziel«, konnte Paschalis auf ihren Lippen lesen. Die Umstehenden drehten ihre Köpfe, manch einer hatte Abscheu und Verachtung in den Augen. Alessandro schien alles andere als erfreut über den Zwischenfall. Paschalis zog seine Herrin aus der Reihe. Nur widerwillig gab sie seinem Drängen nach.

49

Augsburg, Maria Magdalena* 1565

Die feierliche Vesper war bereits zu Ende und die Domherren und Domizellare hatten das Chorgestühl verlassen. Nur Otto von Gemmingen saß in seiner Bank und sinnierte vor sich hin, während der Organist über das Thema des *nunc dimittis* improvisierte.

Warum hast du mir etwas geschenkt, was ich beschützen sollte und das mir wichtiger war als alles auf der Welt, um es mir anschließend zu entreißen? »Habe ich Giovanna etwa mehr geliebt als dich?« Der betörende Klang der Orgel hatte es ihm erlaubt, den letzten Satz halblaut zu sprechen. »Du antwortest mir doch stets durch die Tat und nicht durch das Wort. So zeig mir den Weg und erwidere meine Gebete, du mein Gott!« Otto hatte den Verlust Giovannas immer noch nicht verwunden. Ein weiteres Studium in Ingolstadt hatte ihm zwar geholfen, über die schlimmste Zeit hinwegzukommen, aber zurück in Augsburg überfiel ihn erneut die Vergangenheit. Seit einigen Tagen saß er auf seinem alten Platz im Dom. Seine Gedanken führten ihn Tag für Tag hinauf nach Leeder.

Sola scriptura, sola gratia, sola fide. Die Worte des Totengräbers hatten sich tief in sein Gedächtnis eingeprägt.

Was wolltest du mir damit sagen? Du rettest meinen Sohn und vertraust ihn Menschen an, die deine und meine katholische Kirche verachten? Hast du mich dort hinauf-

---

* 22. Juli

geführt, um mir das wahre Christentum zu zeigen? Soll wenigstens mein Sohn im rechten Glauben erzogen werden? Das Hadern mit Gott gehörte zu seinen täglichen Übungen, es ließ ihn nicht los. Otto kniete sich hin, stützte beide Ellenbogen auf die Bank und versenkte das Gesicht in seine Hände.

Er wusste nicht, ob er eingenickt war, als ihn plötzlich jemand am Arm rüttelte. Er schreckte auf und blickte in das Gesicht eines Chorherrn.

»Von Gemmingen«, flüsterte er geheimnisvoll, »Ihr sollt zum Vikar kommen, sofort! Ein Brief mit einem dicken Siegel daran ist heute überstellt worden. Es muss etwas sehr Wichtiges sein!«

50

Rom, drei Tage nach Santi Pietro e Paolo* 1565

Es war Montag und Paschalis saß mit der Herrin im kühlen Innenhof des Palazzos. Paschalis war aufgefallen, dass die Besuche Alessandros seit seiner Kardinalserhebung an Regelmäßigkeit verloren hatten. Unabhängig davon liefen die Geschäfte der Santafiora immer besser. Es gab einige Kunden, die sich öffentlich damit brüsteten, mit der Kurtisane zu verkehren, und jede Woche ein Vermögen bezahlten, um ihre Gesellschaft zu genießen. Die Herrin war sogar imstande, den Palazzo, den Alessandro für sie angemietet hatte, zu erwerben. Über das von Papst Julius verhängte Kutschenverbot lächelte sie nur und bezahlte bereitwillig an den Governatore die festgelegte Strafe. Vormittags unterrichtete sie junge Mädchen im Gesang, Lautenspiel und in Konversation und bereitete sie auf den zukünftigen Beruf einer Mätresse vor. Im Vatikan wurde ihr Toleranz und Respekt entgegengebracht. In den Steuerbüchern, die Paschalis sorgfältig nachführte, wurde sie als *meretrix honesta*** geführt. Sie war eine Berühmtheit, allseits geschätzt und geachtet.

»Wir haben etwas gemeinsam, mein lieber Paschalis. Wir haben unsere Väter nie gesehen«, begann die Herrin das Gespräch.

Paschalis nickte.

»Aber beide Väter haben unsere Lebenswege entschei-

* 29. Juni
** Ehrenhafte Hure.

dend beeinflusst. Hast du jemals deinem Vater verziehen, dass er dich an die Pforte eines Klosters gelegt hat?«

Paschalis schluckte und schrieb auf seine Tafel: *Ich bin ihm dankbar, dass er mich nicht getötet hat. Ich war ein Kind, das nicht schreien konnte.*

»Du hast ein großes Herz, Paschalis. Ich habe meinen Vater immer gehasst. Es wäre mir eine große Genugtuung gewesen, wenn er erfahren hätte, wie gut ich heute von seinen Kardinalskollegen lebe. Er hätte mich damals ohne Weiteres anerkennen und meiner Mutter den würdelosen und dreckigen Weg durch die stinkenden Betten der Stadt ersparen können. Ich habe daraus gelernt und mich aus jeglicher Abhängigkeit befreit. Ich kann selbst bestimmen, mit welchen Männern ich mein Bett teile. Sicher, Alessandro hat mir geholfen. Aber meine Zuneigung zu ihm verflacht immer mehr. Er kümmert sich um seine Pfründe, meine Belange sind ihm unwichtig geworden.« Sie fuhr ihm mit ihrer Hand durch seine Locken. »Du bleibst mir treu, Paschalis, versprich es mir!«

Paschalis nickte, was hätte er anderes tun sollen?

51

Augsburg, Mariä Geburt* 1565

Otto hatte erfahren, dass Giacomo bei seinem Bruder Marx Fugger in Augsburg erwartet wurde. Er freute sich, Giacomo nach vier Jahren wiederzusehen.

»Otto mit Chorrock und Soutane? Ich habe geglaubt, dass du längst verheiratet bist!«, begrüßte ihn sein alter Freund und schlug ihm kameradschaftlich auf die Schulter. »So wie du in Bologna hinter der Rothaarigen her warst, hatte ich eigentlich nichts anderes erwartet!«

Otto umarmte ihn herzlich und wurde schnell ernst. »Giovanna ist tot, Giacomo.«

»Oh, das wusste ich nicht, es tut mir leid, Otto!«

»Ich habe sie mit in die Heimat genommen; sie war hochschwanger. In Schongau ist sie gestorben. Ein Arzt hat wenigstens das Kind gerettet.«

»Was ist mit dem Kind?«, wollte Giacomo wissen.

»Ich bin mit dem schreienden Säugling von einem Dorf zum anderen geritten, es herrschte die Pest. Niemand hat uns eingelassen. Lutherische haben mir dann endlich in höchster Not den Knaben abgenommen. Er ist gut versorgt und wächst bei einem Neffen von Hieronymus Rehlinger in einem kleinen Ort im südlichen Hochstift auf.«

»Rehlinger? Was du nicht sagst. Meine Vorfahren mütterlicherseits sind Rehlinger, es hätte schlimmer kommen können! In diesen schweren Zeiten kannst du froh sein, dass

* 8. September

er bei wohlhabenden Leuten untergekommen ist, die ihm wenigstens Nahrung und Bildung zukommen lassen.«

»Ja, darüber bin ich froh.« Otto schob den schmerzhaften Gedanken an seinen Sohn beiseite und wandte sich der Sache zu, bei der er hoffte, dass ihm sein Freund helfen konnte. »Ich werde als Sekretär des neu ernannten Kardinals Boncompagni nach Rom gehen!«, sagte er.

»Per aspera ad astra! Du greifst also nach den katholischen Sternen, Otto! Und was kann ich für dich tun?«

Otto musste lächeln. Ganz der alte Giacomo.

»Habt ihr Fugger nicht einen Handelstross, der in nächster Zeit nach Rom zieht und dem ich mich anschließen könnte?«, rückte Otto mit seiner Bitte heraus. »Das Domkonvikt ist über meine Entscheidung nicht gerade erfreut und hat mir weitere Geldmittel verweigert.«

»Das wird sich machen lassen. Ich werde Marx darüber informieren. In der Regel geht jede Woche eine Wagenkolonne nach Venedig und jeden Monat weiter nach Rom.«

Otto atmete erleichtert auf. »Das würde mir sehr helfen. Ich danke dir.«

»Weißt du etwas von Rico?«, wechselte sein Freund unvermittelt das Thema.

»Nichts Gutes. Er hat Sterminio und sechzehn andere Mönche auf dem Gewissen. Die Dominikaner hatten seiner Mona den Kopf abgeschlagen. Oktavian hat ihm zur Flucht verholfen und ihn bei den Honolds in den ungarischen Kupferminen beschäftigt. Anscheinend wurde er von den Türken überfallen und gefangen genommen. Das ist alles, was Oktavian mir berichtet hat.«

Giacomo runzelte die Stirn. »Rico war seit jeher ein Haudrauf und schwer zu bändigen. Immer mit dem Kopf durch die Wand. Türkische Gefangenschaft? Das bedeutet Galeere und Tod durch Erschöpfung. Gott sei seiner Seele gnädig!«

52

Rom, Tag nach Apparizione* 1566

OTTO WAR IM Oktober mit dem Fuggertross von Augsburg über Venedig nach Rom gereist. Über viele Tage hindurch quälten ihn seine Erinnerungen. Zuerst war es der rote Backsteinturm gewesen, der seine Gedanken hinauf nach Leeder zu seinem Sohn schweifen ließ. Dann hatte er Schongau passiert, wo Giovanna ihr junges Leben ausgehaucht hatte, und schließlich das Kloster in Wilten, von wo sie noch voller Hoffnung auf eine Genesung abgereist waren. Er hatte sich seine Tätigkeit in Rom als Neubeginn vorgestellt, und erst als sie nach Venedig kamen, ließ sich die Vergangenheit mit den Eindrücken dieser unglaublich schönen und bezaubernden Stadt etwas in den Hintergrund drängen.

* 6. Januar

Boncompagni war von Bologna nach Rom gezogen und hatte einen Palazzo am linken Tiberufer bezogen. Otto hatte sich schnell eingelebt. Seit Anfang Dezember war er neben der Haushälterin allein im Haus. Der Kardinal weilte noch in Spanien und hatte das Konklave verpasst, das nun bereits den achtzehnten Tag damit beschäftigt war, den neuen Papst zu wählen. Pius IV. war unerwartet mit nur sechsundsechzig Jahren gestorben. In Rom wurde spekuliert, ob Morone, D'Este, Farnese oder Ricci das Rennen machen würde. Otto war fast täglich in der Nähe des Vatikans, um als einer der Ersten das Ergebnis zu erfahren. Boncompagni hatte ihn beauftragt, sofort einen Boten mit dem Ausgang der Wahl nach Spanien zu schicken.

An diesem kalten Januartag spazierte Otto am Tiber entlang bis zur Insel, überquerte die beiden Brücken nach Trastevere, um auf der anderen Seite bis zum *Borgo* und an der Engelsbrücke wieder zurück in die Residenz zu gelangen. Auf der Höhe von *Sant'Onofrio*, es war am späten Nachmittag, läuteten die Glocken von St. Peter, und schnell befand er sich in einem Strom von Menschen, die zum Vatikan drängten. Am Obelisk standen bereits Hunderte und das Gerücht, das sich rasend verbreitete, wurde schnell zur Gewissheit: Der unbarmherzige Dominikaner und gefürchtete Großinquisitor Michele Ghislieri war der neue Papst. Rico hatte ihn damals als Ziegenhirt bezeichnet. Ein Schlag ins Gesicht für alle fortschrittlich Denkenden in der Kirche. Sogar die einfachen Leute auf den Straßen jammerten und bekreuzigten sich. Otto war entsetzt und sein Kardinal würde es ebenso sein.

53

Bologna, Sommer 1566

Ihn plagten unentwegt dieselben Träume. Sie ließen ihn nicht mehr los.

Da sind Donner und Stimmen und Blitze und Erdbeben. Und die sieben Engel mit den sieben Posaunen haben sich gerüstet zu blasen. Das Ende der Welt ist gekommen. Eine unsichtbare Macht wirft ihn aus dem Chorgestühl, um ihn herum nur Schreie, Jammern und Wehklagen. Rauch, Qualm und Hitze überall. Er stürzt in ein enges Loch, über ihm brennt der Himmel. Die Gruft des Abtes, sie sollte sein Grab werden. Der Racheengel über ihm: »*Komm, ich will dir das Gericht zeigen über die große Hure, die an vielen Wassern sitzt, mit welcher die Könige auf Erden Hurerei getrieben haben; und die auf Erden wohnen, sind betrunken geworden von dem Wein ihrer Hurerei.*« Die brennenden Balken fallen auf ihn herunter. Das Auge, der unsägliche Schmerz, die Dunkelheit, die Angst vor dem Nichts. Unmenschliche Pein durchfährt ihn, er schreit es hinaus. Dann Stille.

Das tägliche Leid hatte ihn stark gemacht. Eiter, Brandwunden, das offene Fleisch und nur die Hoffnung auf Linderung. Es musste einen Sinn gehabt haben. Der Herr schickt nur die Besten in seinen Weinberg. Der Ruf würde kommen, das wusste er. Sein Freund in Rom, Michele Ghislieri, der neue Papst, auf ihn würde er sich verlassen können.

54

Rom, ein Tag vor San Matteo* 1566

Paschalis hatte es endlich geschafft. Es war ihm gelungen, in die *camera prohibita*, den geheimen Raum der Herrin, zu gelangen, während sie außer Haus war. Sie verbrachte dort Stunden und hatte allen Angestellten verboten, diesen Ort zu betreten. Dort gab es einen Spiegel. Paschalis hatte immer wieder davon gehört, doch nun stand er davor und sah sich zum ersten Mal selbst. Voller Staunen betrachtete er sich und konnte nicht aufhören, sich überall abzutasten. Er fuhr mit den Fingern durch die schwarzen Locken, strich über seine Wangen und berührte die Lippen.

Nach deinem Ebenbilde schufst du den Menschen? Mein Gott, hast du mich so schön erschaffen, weil du vergessen hast, mir eine Stimme zu geben?

Er hörte von draußen laute Gespräche und unten öffnete jemand die Pforte. Schnell huschte er durch das Schlafzimmer der Herrin, schloss vorsichtig die Tür und erreichte gerade den Treppenabsatz, bevor die Santafiora und Alessandro ihn bemerkten.

Paschalis tat so, als hätte er lange in dieser Stellung gewartet, verbeugte sich und hörte aufmerksam den Worten der beiden zu.

»Wo hast du dich denn herumgetrieben? Der neue Papst versucht, mir das Wasser abzugraben. Ich pfeife auf deine Pfründe und deinen Kardinalshut! Was nutzt er mir, wenn

* 21. September

du nicht in der Lage bist, deinen Einfluss geltend zu machen? Du ziehst den Schwanz ein, sogar vor den Kardinälen, die du mir ins Bett gelegt hast.« Paschalis war überrascht, die Herrin so mit Alessandro sprechen zu hören.

»Er hat die Aufsicht über Sittlichkeit und Moral dem Governatore entzogen und an das Heilige Offizium übergeben. Du bist nicht die Einzige, die die neuen Maßnahmen treffen wird. Entweihung des Sonntags, Gotteslästerung und Ehebruch werden jetzt mit drakonischen Strafen geahndet. Die Uhren werden um Jahrzehnte zurückgedreht.«

»Das bringt mich nicht um ein Jota weiter. Wenn dir etwas an mir liegt, dann sorge dafür, dass diese Steine, die den großen Wagen die Zufahrt in den *Borgo* verwehren, sofort wieder verschwinden. Die Eminenzen gehen nicht gerne zu Fuß, zumal wenn sie auf Freiersfüßen unterwegs sind. Überhaupt: Wie kann es sein, dass ein Papst mit sechsundsechzig stirbt. Haben ihn seine Widersacher vergiftet? Warum musstet ihr ausgerechnet den Großinquisitor wählen? Mit diesem Dominikaner ist endgültig das Vergnügen aus dem Vatikan verbannt.«

»Ich habe ihn nicht gewählt. Mit dem alten Papst hätte ich dir helfen können, jetzt sind andere Seilschaften an der Macht. Für mich ist die Lage noch viel schlimmer. Mit Ghislieri ist eine Horde von Spionen und Flüsterern in den Vatikan eingezogen. Wenn die Schergen herausfinden, dass ich in den Mord an deinem Vater verstrickt bin, dann bin ich geliefert.«

»Hör auf mit deinen Ausreden, du Feigling, jetzt geht es um mich!«, schrie sie ihn an, riss die Tür zu ihrem Zimmer auf, drückte ihm die flache Hand ins Gesicht und schob in so hinein. Mit einem lauten Knall flog die Tür zu, und

Paschalis fiel auf, dass es ungewöhnlich still war. Wenn die Herrin richtig zornig war, dann sagte sie nichts mehr, wie ein Vulkan vor einem Ausbruch, der nur im Inneren kocht und brodelt. Das war kein gutes Zeichen.

Paschalis ging in sein Zimmer, er hatte genug gehört.

Am nächsten Tag erwartete Paschalis die Herrin zum Morgenessen.

»Ich brauche dich jetzt mehr denn je, Paschalis. Alessandro wird das Haus nicht mehr betreten. Er ist nicht willens und auch nicht in der Lage, mich zu schützen, und mit seinen Pfründen ist er nicht mehr auf mein Geld angewiesen. Ich benötige jemanden, der Macht und Einfluss hat. Wer von meinen Kunden könnte das sein?«

Paschalis überlegte, nahm seine Tafel und schrieb drei Namen auf: *Serbelloni, Savelli, Cornaro*.

»Serbelloni ist der Neffe des verstorbenen Papstes und hat zwei Kardinäle zu Vettern, Savelli ist seit fünfundzwanzig Jahren im Kardinalskollegium und Cornaro ist verrückt nach mir«, resümierte die Herrin. »Wer, glaubst du, kann auf den Papst einwirken?« Paschalis zeigte auf den ersten Namen.

»Wenn Serbelloni das nächste Mal kommt, werde ich ihn mir zur Brust nehmen, und sollte Alessandro irgendetwas gegen mich unternehmen, dann gnade ihm Gott.«

55

Konstantinopel, Sommer 1567

SULTAN SELIM II. trug den Beinamen »der Trunkenbold« und stand immer im Schatten seines Vaters Süleyman, genannt »der Prächtige«. Dieser hatte in seiner über vierzigjährigen Regierungszeit durch Eroberungen und Plünderungen unermessliche Reichtümer angehäuft und Moscheen, Minarette, Bäder und Regierungsgebäude errichten lassen, die in der Welt einzigartig waren. Die Zinnen und Kuppeln, oftmals mit purem Gold geschmückt, blendeten den Betrachter und zwangen seine Blicke ehrfürchtig auf den Boden; die Mauern der Paläste waren aus hellem, blank poliertem Marmor, die Plätze großzügig und freundlich und das unter der Sonne glitzernde Meer schickte seine Reflexionen in jeden noch so dunklen Winkel. Zudem bot die Stadt mit ihrer hohen Befestigungsmauer, noch aus der Zeit Theoderichs, und den über vierhundert Wachtürmen Sicherheit und wirksamen Schutz vor Angriffen von Meer- und Landseite.

Es gab eine Kehrseite des Glanzes: Konstantinopel war erbaut worden durch ein Heer von Zwangsarbeitern. Im *Bagno*, dem größten und berüchtigtsten Arbeitslager der islamischen Welt, auf Galata, der Landzunge gegenüber der Stadt gelegen, waren Tausende Sklaven unter unmenschlichen Zuständen eingesperrt. Ratten, Skorpione, Wanzen, Läuse und Schlangen tummelten sich in den Gemeinschaftsunterkünften, in denen die Gefangenen nachts angekettet und dem Ungeziefer hilflos ausgeliefert waren. Jeden Morgen wurden die Toten abgeholt, die arbeitsfähigen Männer wurden an die verschiedensten Baustellen der Stadt verliehen und von Wärtern dorthin geführt. Flucht war unmöglich, die Glatzköpfe erkannte man schon von Weitem. Die Schädel von auf der Flucht Getöteten wurden am Eingang auf langen Stangen ausgestellt, zur Abschreckung. Die Bedauernswerten mussten im Sommer sechzehn, im Winter acht Stunden arbeiten, zumeist alte Häuser abreißen, Steine klopfen und Material anschleppen. Es konnte aber noch schlimmer kommen: Diejenigen, die auf die Steingaleeren geschickt wurden, hielten höchstens sechs Monate durch. In der sengenden Hitze mussten sie unentwegt auf ihren Ruderbänken Baumaterial aus den Steinbrüchen über den Bosporus transportieren. Bei nachlassender Ruderleistung oder Erschöpfung wurden sie losgekettet und ins Meer gestoßen, in den sicheren Tod.

Nur das Ableben des Sultans und die daran geknüpfte Amnestie bot eine winzige Hoffnung. »*Sultan nasil?* Wie geht es dem Sultan?«, war deshalb die tägliche Frage unter den Gefangenen.

56

Rom, Ognissanti* 1568

PASCHALIS WAR HIN- und hergerissen. Seit dem Verschwinden Alessandros behandelte ihn die Herrin wie ihren Liebhaber mit allen nur denkbaren Annehmlichkeiten, schenkte ihm teure Kleidung, edelste Schuhe und exquisite Düfte. Und er musste sich eingestehen, dass er es genoss, ihr zu Diensten zu sein, wann immer sie ihn in ihr Schlafzimmer rief. Trotzdem beschäftige es ihn, mit welcher Kaltschnäuzigkeit sie ihre Interessen durchsetzte. Kardinal Serbelloni hatte wohl nicht ohne Eigennutz dafür gesorgt, dass wenigstens eine Zufahrt in den *Borgo* wieder geöffnet wurde. Immerhin hatte er dort selbst eine Wohnung. Der Papst war beschäftigt mit dem Trockenlegen von Sümpfen, der Schaffung neuer Abwasserkanäle und der Erhaltung der maroden Aquädukte. So war im *Borgo* eine trügerische Ruhe eingekehrt. Paschalis führte das Register der Herrin und bemerkte kaum einen Rückgang der Kunden. Einige Kurtisanen hatten aus Angst vor dem Zorn des Papstes bereits den *Borgo* verlassen, aber die Herrin wollte kämpfen, schließlich gab es in Rom keine solventere Klientel als die Rotkappen.

Luigi Cornaro war seit einer Stunde bei ihr. Er vergötterte die Herrin, und kaum eine Woche verging, in der er sie nicht besuchte. Paschalis lauschte den Gesprächen. »Ich zähle auf dich, Luigi, darauf dass du alles unternimmst, damit ich hier im *Borgo* weiter meinen Geschäften nachgehen kann.«

---

* 1. November

»Meine liebste Tiziana, es ist schwer, dieses Thema an den Papst heranzutragen. Er stammt aus ärmlichen Verhältnissen, ernährt sich wie ein Bauer, geht barfuß und hasst Vergnügen und Ausschweifung jeglicher Art. Er rät den Kardinälen zu Mäßigung und einfachem Leben, und natürlich ist ihm das Kurtisanenwesen ein Dorn im Auge. Kein Wunder, dass er sich Pius genannt hat. Es geht das Gerücht um, dass er bald einen neuen Inquisitor ernennen wird, dem er Judenverfolgung und den Kampf gegen Ketzerei, Gotteslästerung und die Reformation anvertrauen will. Sein engster Mitarbeiter, Camerlengo Vitelli, liegt im Sterben, Pius wird bald einen Neuen ernennen müssen. Wenn ich mein Doppelleben geheim halten kann und mit einer aufsehenerregenden Sache das Vertrauen des Papstes erringen könnte …« Er stockte und die Herrin fiel ihm jubelnd ins Wort.

»Du wirst der neue Camerlengo, Luigi, und ich weiß, mit welcher Geschichte du in dieses Amt gehoben wirst. Die ganze Stadt wird davon sprechen. Du lieferst der Inquisition den Mann aus, der meinen Vater, Ascanio Sforza, umbringen ließ.«

Paschalis war entsetzt, drehte sich ab und taumelte die Treppen hinunter. Hatte er eben gehört, wie seine geliebten Lippen Alessandro an die Inquisition auslieferten? Er lief ins Freie und musste sich übergeben.

57

Rom, San Silvestro* 1568

Fast ein Jahr war Otto mit Kardinal Boncompagni unterwegs gewesen. Dieser hatte ihn mit auf seine Reisen nach Spanien und in die Herzogtümer Italiens genommen, wohin er als Legat der Kurie beordert worden war. Otto lernte an seiner Seite Städte, Länder und Sprachen kennen und war inzwischen sein Vertrauter geworden. Er kehrte aber immer wieder gern nach Rom zurück. Er genoss die Stadt, fühlte sich wohl im Zentrum seines Glaubens, nahe am heiligen Petrus und all den Märtyrern. Am letzten Tag dieses ereignisreichen Jahres saß er mit seinem Kardinal beim Abendessen.

»Du weißt, Otto, dass heute eigentlich bereits der zehnte Januar wäre.« Otto blickte ihn fragend an. »Die Schalttagsvorschrift des julianischen Kalenders kumuliert einen kleinen Fehler, nämlich die Dauer eines Sonnenjahrs, und so hat sich der Kalender im Lauf der Jahrhunderte um zehn Tage verschoben und müsste dringend korrigiert werden. Eigentlich die Aufgabe des Papstes.« Boncompagni schmunzelte und nagte genüsslich an einer Fasanenkeule.

»Wir feiern also alle Feste zehn Tage zu spät? Wie seid Ihr denn darauf gekommen, Eminenz?«, fragte Otto verwundert.

»Astronomen in Wien und Prag fordern längst eine Kalenderreform. Ostern kann nicht mehr richtig berech-

* 31. Dezember

net werden. In drei Jahren würde das Fest auf den zweiundzwanzigsten März fallen, die Natur ist aber noch zehn Tage zurück. Man sieht es deutlich am einundzwanzigsten März, wenn Tag- und Nachtgleiche herrschen sollte, dass der Tag bereits länger ist als die Nacht. Die Kirche darf sich der Wissenschaft nicht mehr in den Weg stellen. Nun, der Papst hat sich mit anderen Dingen auseinanderzusetzen. Was hätte man auch anderes erwarten können, wenn ein Großinquisitor zum Nachfolger Petri gewählt wird.«

»Man konnte euch ja nicht wählen, da Ihr das Konklave versäumt habt, Eminenz«, stellte Otto fest und lächelte.

»Meine Stimme hätte er sicher nicht bekommen, weil ich sie für mich behalten hätte«, antwortete Boncompagni und lachte schallend.

»Anscheinend haben wir noch andere Dinge verpasst. Wusstet Ihr, dass der Papst den Palazzo Pucci gekauft hat? Dort hat er das Heilige Offizium eingerichtet und seine treuen dominikanischen Freunde aus der ganzen Welt versammelt«, berichtete Otto und der Kardinal witzelte: »Eine vierstöckige Hundehütte für die *Domini canes*! Tausende von Anklagen wegen Kleinigkeiten wie Fastenbrechen, Nichteinhalten des Sonntags, Fluchen und so weiter beschäftigen ein Heer von Juristen.«

»Weiß man denn inzwischen, wie die Sache mit Kardinal Sforza ausgegangen ist?«, fragte Otto. »In Trastevere hat man eine kopflose Leiche mit einem Kardinalsring am Finger aus dem Wasser gezogen.«

»Das war sicherlich nicht Sforza. Die Anklage wegen Anstiftung zum Mord an seinem Bruder Ascanio ist schwerwiegend. Kardinäle stehen über dem Gesetz und können nur vom Papst verurteilt werden. Der Vatikan behält sich vor, eine Verurteilung nicht öffentlich zu machen. Vermutlich hat die Inquisition eine falsche Spur gelegt und lässt den eigentlichen Missetäter – und die gibt es auch unter den Eminenzen – ohne seinen Ring in einem Kloster verschwinden. Es wäre nicht das erste Mal. Das ist schlimmer als der Tod, denn er verliert seine Pfründe, seine Macht und seine Freiheit. Sforza war angeblich kein Kind von Traurigkeit. Nun liegt er in einer kalten Zelle und betet sieben Mal am Tag um Vergebung seiner Sünden. Lass uns an angenehmere Dinge denken und auf das neue Jahr anstoßen, Otto«, sprach der Kardinal, küsste seinen Ring und prostete Otto zu.

58

Rom, acht Tage nach Apparizione* 1569

Die Santafiora hatte zur traditionellen *festa della befana* geladen. Dieser Tag war das glanzvollste Ereignis im *Borgo* und die Einladungen heiß begehrt. Paschalis hatte an zwanzig junge Mädchen Einlasskarten verteilt, die sich für das

* 6. Januar

große Fest beworben hatten, dazu waren alle Kunden der Herrin geladen, die es sich aufgrund ihres hohen geistlichen Standes leisten konnten, nicht anonym zu bleiben. Mit Spielleuten, Köchen und Bedienungspersonal befanden sich fast einhundert Menschen im Haus. Die Santafiora gefiel sich in der Rolle der Gastgeberin, die von allen hochgeschätzt und verehrt wurde. Während mehrerer Stunden wurde gegessen und getrunken. Es war ein regelrechtes Gelage. Je weiter die Nacht voranschritt, umso lauter wurde gesungen, umso wilder getanzt und mehr und mehr Gäste trugen immer weniger Kleidungsstücke. Paschalis konnte sich kaum der begehrlichen Hände und Finger erwehren, die ihn einluden, an dem wilden Treiben teilzunehmen. Zum Höhepunkt des Festes hatte die Santafiora ihren großen Auftritt. Als Hexe Befana verkleidet trug sie eine Maske mit einer riesigen warzigen Nase, eine schwarze Perücke und ihren roten seidenen Mantel, der innen mit weißem Fuchsfell unterfüttert war. Paschalis wusste wie alle anwesenden Gesalbten, dass dieser Mantel einen vollkommenen Leib umhüllte. Für heute hatte sich die Herrin etwas Besonderes ausgedacht. »Ihr alle wisst, dass der Papst nicht nur unser schönes Fest verboten hat, sondern auch möchte, dass alle Kurtisanen den *Borgo* verlassen. Meine Organisation versucht, den Kurtisanen im *Borgo* zu ihrem eigenen Haus und damit zu einem Wohnrecht zu verhelfen. Die heutige Versteigerung soll ganz allein diesem Zweck dienlich sein. Und ich darf euch verkünden, dass mein geschätzter Freund Luigi Kardinal Cornaro am heutigen Tag zum Camerlengo des Papstes ernannt wurde. Das stärkt meine Position und die unserer Organisation.«

Die Herren, die auf keinen Fall wollten, dass ihnen das sinnliche Vergnügen abhandenkam, applaudierten stürmisch. Dann begann das Spektakulum: Mit einem langen Stock dirigierte die Herrin die Versteigerung. Nacheinander kamen die jungen Mädchen die breite Treppe herunter. Die meisten hatten kaum etwas an. Unter dem Gejohle der lüsternen Menge wippten sie verführerisch mit den Hüften, drehten sich und lächelten, während sich die Herren gegenseitig überboten: zwei, vier, sechs Scudi. Die Herrin zeigte mit ihrem Stock auf den Meistbietenden und Paschalis sammelte das Geld ein. Die Preise stiegen mit jedem Mal, denn die Herrin hatte bewusst die aufreizendsten Mädchen ans Ende der Versteigerung beordert. Eines nach dem anderen verschwand mit seinem Freier in eines der Zimmer oder zog sich in irgendeine freie Ecke des Palazzos zurück. Viele der Geistlichen ersteigerten mehrmals Mädchen, sodass das Stöhnen, Seufzen und Schreien in dieser Nacht im Palazzo der Santafiora, das nur von den Musikanten übertönt wurde, kein Ende nehmen wollte.

Einer der Gäste war Paschalis während des gesamten Abends aufgefallen. Er hatte zwar eine gültige Einlasskarte, hielt sich aber stets im Hintergrund und beteiligte sich auch nicht an den Versteigerungen. Paschalis hatte den Eindruck, dass er sich in dieser Gesellschaft unwohl fühlte. *Irgendetwas stimmt nicht mit diesem Herrn, ich werde ihn zeichnen,* ging es ihm durch den Kopf und er begann, das Porträt des Fremden in seinem Skizzenbuch festzuhalten.

59

Leeder, August 1569

Raymund sprang das Treppenhaus hinauf in den oberen Stock, hörte aus dem Zimmer die quengelnde Stimme seiner Schwester und lugte durch das Schlüsselloch. Helena saß auf dem Schoß des Vaters.

»Gell, Papa, wenn ich groß bin, heirate ich den Raymund!«, sagte sie, als wäre es das Selbstverständlichste auf der Welt. Sie schaute ihren Vater aus blauen Augen erwartungsvoll an.

»Ganz die Mama, wenn sie sich einmal etwas in den Kopf gesetzt hat, dann kann man sie nicht mehr davon abbringen. Aber das geht leider nicht, mein Engelchen, weil ihr Geschwister seid«, sagte der Vater.

Helena verzog schmollend den Mund. Sie war mit der Antwort nicht zufrieden. »Warum dürfen denn Geschwister nicht miteinander heiraten?«

»Die Mama hat auch nicht ihren Bruder geheiratet, sondern ist aus Kempten gekommen und wurde meine Frau. Und ich habe nicht meine Schwester geheiratet, sondern die Mama.«

»Die Mama hatte gar keinen Bruder und musste aus Kempten fliehen, aber wenn sie einen gehabt hätte, dann hätte sie ihn geheiratet«, sagte Helena bestimmt, rutschte vom Schoß des Vaters, verschränkte die Arme und stampfte mit einem Bein trotzig auf den Boden. »Wenn ich sonst keinen aus dem Dorf haben will, außer den Raymund.«

Raymund musste herzhaft lachen, er war irgendwie stolz auf seine Schwester. Sie war anders als die anderen Mädchen. Sie war mutig und hatte stets ihren eigenen Kopf.

»Du wirst ja vielleicht in der Stadt einen Fürsten oder Grafen kennenlernen, der die kleine Prinzessin heiraten und mit auf sein Schloss nehmen wird.«

»Ich will keinen Grafen oder Fürsten. Ich will auch nicht in die Stadt, sondern hier im Schloss leben und den Raymund heiraten.« Ihre langen blonden Haare, die kunstvoll zu Zöpfen geflochten waren, drohten durch das heftige Kopfschütteln aufzugehen.

Raymund fand, jetzt war der geeignete Augenblick, um seine Schwester zu holen, und stürmte ins Zimmer. »Helena, Helena, kommst du mit in den Garten? Wir spielen Ritterturnier.«

Helena packte seine Hände. »Raymund, Raymund, wie schön, dass du da bist! Gell, du willst mich heiraten.«

»Ja, Schwesterlein, natürlich werde ich dich heiraten, aber jetzt komm mit in den Garten, wir brauchen ein Burgfräulein, um das wir kämpfen können.«

Helena zog sich ein Tischtuch über den Kopf und ließ sich an Raymunds ausgestreckter Hand die breite Treppe hinunter in den Hofgarten führen, wo sie bereits von ihrem jüngeren Bruder Hans, der inzwischen vier Jahre alt war, und den anderen Rittern mit ihren scharrenden Steckenpferden erwartet wurden.

60

Rom, Maria nascita[*] 1569

Vom Papst hört man, dass er an einer schweren Krankheit leiden soll und seine Zeit auf dem Stuhl Petri wohl bald abgelaufen sein könnte. Die Papabili bringen sich bereits in Stellung, sinnierte Otto und war sich nicht sicher, ob er selbst die Figur eines Planspiels werden sollte, das mit der Wahl Boncompagnis zum Papst enden würde.

»Sobald du Kardinal bist, stellst du dir vor, irgendwann Nachfolger Petri zu werden«, hatte er Otto einmal gestanden.

Macht zu haben, das ist es, was alle Würdenträger umtreibt. Die Geschicke der Kirche zu lenken, als Stellvertreter Christi, das haben einige der Päpste in der Vergangenheit vergessen. Der amtierende Pius V. hat eine Schreckensherrschaft installiert. Seine Schergen, die Inquisitoren, pflügen mit Verfolgung, Mord und Totschlag durch das Land. Protestanten sind ihm verhasst. Das Massaker an den Waldensern, Tausende abgeschlachtet. Nein, das Papsttum muss dringend reformiert werden und wer anders als Boncompagni wäre dazu imstande? Otto klammerte sich an diesen Gedanken und tat alles, um seinem Kardinal auf diesem Weg behilflich zu sein.

Am heutigen Morgen sollte Otto seinen Herrn vertreten. Im Saal des Mutterhauses der Dominikaner, *Santa Sabina* auf dem Aventin, hatten sich die Mitbrüder, wie seit den

---

* 8. September

Tagen Meister Eckards üblich, am 8. September zu Mariä Geburt aus allen fünfunddreißig Provinzen zum Generalkapitel versammelt.

Otto saß mit Vertretern der Kurie und Beobachtern anderer Orden auf der Empore des Kapitelsaals. Kardinal Boncompagni war es wichtig, dass er dieser Versammlung beiwohnte. Bald erkannte Otto, was der Grund dafür war.

»Ich danke Euch, dass Ihr mir das Wort erteilt, hochwürdigster Generalmagister«, sagte einer der Mönche, der sich von seinem Platz erhoben hatte und jetzt langsam seine schwarze Kapuze vom Kopf zog.

Ein Raunen ging durch den Saal. Obwohl er ihn nur von der Seite sehen konnte, fiel Otto das feuerrot vernarbte Gesicht auf.

Nachdem sich das Entsetzen gelegt hatte, konnte man eine Stecknadel fallen hören, so still war es geworden. Dieser Mensch genoss es sichtlich, die Blicke und Aufmerksamkeit der über zweihundert Mönche auf sich zu fühlen.

»Liebe Mitbrüder, ecce homo! Seht an, was das Feuer aus mir gemacht hat.« Er legte langsam den Kopf zurück und breitete feierlich seine Arme aus. »Für meine wundersame Rettung aus der Höllenglut von San Ignazio gibt es nur einen einzigen Grund. Gottes Wille war es, mich am Leben zu lassen, um diese Tat zu rächen.«

Otto erstarrte, er glaubte, sich verhört zu haben. »Wie ist das möglich? Erminio? Der Inquisitor lebt?«, flüsterte er und blickte ungläubig hinunter auf den Mönch in der weißen Kutte.

»Ich sage euch, wer etwas erreichen will, muss zuerst durch das Feuer gegangen sein. Ich werde den Mörder meiner Mitbrüder und alle anderen Abtrünnigen unserer Kirche und unseres Glaubens verfolgen und bekämpfen!«, rief er laut. »Wenn es sein muss, bis in den hintersten Winkel der Welt.«

Seine Zuhörer murmelten zustimmend.

Otto rutschte ein wenig zur Seite, um einen besseren Blick zu erhaschen. Er sah nur ein gerötetes Gesicht. Aus der Entfernung konnte er erkennen, dass der Mönch nur noch ein Auge hatte, die Höhle des linken war leer.

»Wer unter euch die Diskussionen des Konzils von Trient verfolgt hat, mag verstehen, dass diese Abspaltung für die Existenz unserer heiligen Kirche bedrohliche Ausmaße angenommen hat. Mit dem Abschaum des Predigers von Wittenberg haben sich im Sog die teuflischen, krank machenden Abwasser der Häretiker, Ketzer, Blasphemisten, Utraquisten, Täufer und Ungläubigen zu einer übel stinkenden Brühe vermischt, weite Teile des Landes überflutet und den blühenden Garten des Herrn verseucht und unfruchtbar gemacht. Aus diesem Nährboden zieht nun der Antichrist die Kraft zu wachsen und sich mit all seinen irdischen Helfern, die ihm huldigen, zu verbreiten: Sektierer, Hexen, Juden, Sodomiten und Mörder!«

Das Auditorium des Generalkapitels verfiel in eine erregte Diskussion.

Er ist es, es gibt keinen Zweifel! Otto musste mit ansehen, wie das Schreckensbild, das der Inquisitor so drastisch gezeichnet hatte, seine Wirkung nicht verfehlte. Er hatte mit seiner Rede alle Teilnehmer in seinen Bann gezogen und zudem mit der Ankündigung des Antichristen die Mönche in Angst und Schrecken versetzt. Viele bekreuzigten sich und streckten flehend die Hände zum Himmel.

»Was schlagt Ihr als weiteres Vorgehen vor, Eminenz?«, warf Vincenzo Giustiniani ein, der Generalmagister der

Dominikaner, der ganz oben an der Stirnseite der aufgestellten Tische saß und die Versammlung leitete.

Eminenz? Wie kann er ihn so betiteln? Otto wusste, dass jeder Kardinalshut, der verliehen wurde, Stadtgespräch war. Sollte der Dominikanerpapst Ghislieri seinen Weggefährten *in pectore** ernannt haben? Otto wusste nur zu gut, wie schamlos die Päpste ihre Macht benutzten.

»Papst Pius hat im vergangenen Jahr die *Congregatio Germanica* gegründet, eine jesuitische Idee von Borja und Canisius, um die an die vermaledeite Reformation verlorenen Gebiete nördlich der Alpen für die Kirche zurückzugewinnen«, fuhr der Entstellte fort. »Zum Vorsitzenden ernannte er ausgerechnet den Augsburger Kardinal Truchsess von Waldburg, dem der Ruf von Zögerlichkeit und Unfähigkeit anhaftet, verbunden mit Oberflächlichkeit, Missachtung des Zölibats und Verschwendungssucht. Seine Mitstreiter, Boncompagni, Madruzzo und Morone stammen aus demselben liberalen Lager, das die heiligen Werte der Kirche verwässert und trübe macht.«

»Ein ungeheuerlicher Vorwurf«, raunte Otto, nahm ein Blatt und seinen Kohlestift aus seiner Tasche. Er schrieb die Worte mit.

»Morone hat auf dem Augsburger Reichstag die Kirche an die Protestanten verkauft, die Kerkerhaft dafür hat leider nicht zu einem Umdenken geführt. Wie zu erwarten war, hat die *Congregatio Germanica* nicht die erwünschten und notwendigen Erfolge aufzuweisen; das Aussenden von Visitatoren und Legaten reicht bei Weitem nicht aus. Das Verderben bringende Übel der Ketzerei muss an der Wurzel gepackt und ausgerissen werden.« Der Kardinal wischte sich mit einem roten Tuch die Mundwinkel und erhob erneut

* Im Herzen, also im Geheimen.

die Stimme. »Aus den genannten Gründen ersuche ich das Generalkapitel, mir eine Versetzung in die süddeutsche Provinz zu gewähren, zudem bei der römischen Kurie unter dem Vorsitz Seiner Heiligkeit Papst Pius V. den Antrag zu stellen, mich mit der Vollmacht eines Großinquisitors auszustatten, um in besagter Provinz den Nährboden der Häresie und des Ketzertums abzutragen, wie übrigens die Mutter unseres Ordensgründers es im Traum vorhergesehen hat. Mit der Fackel der Erleuchtung will ich die Geschwüre der bereits vom Teufelswerk Infizierten ausbrennen und gleichzeitig Licht in das Dunkel der Verirrungen bringen, eine Gegenreformation einleiten und die versprengten Seelen zurückholen in den Schoß der einzigen und wahren Mutter Kirche, Amen.« Mit seiner rechten Hand fuchtelte er wild, als hielt er eine imaginäre Waffe.

Otto zuckte zusammen. Sollte der Inquisitor tatsächlich in seine Heimat versetzt werden, würde er mit Blut und Feuer wüten, und nicht nur all die notwendigen Reformen der Bildung und des Schulwesens würden vernachlässigt, sondern auch die protestantischen Dörfer wären gefährdet … Otto wagte nicht, daran zu denken.

Die Mönche waren beeindruckt und nickten zustimmend. Die aus den deutschen Landen angereisten Vertreter des Predigerordens erhoben sich spontan von ihren Stühlen und applaudierten stürmisch. Otto spürte, wie dort unten nicht nur ein Lüftchen der Zuversicht, sondern ein starker Wind aufzog. Der Inquisitor hatte ihn entfacht und den Mönchen das trügerische Versprechen gegeben, über die Gegner der katholischen Kirche hinwegzufegen und das geschundene Volk Gottes zu einen und auf den rechten Weg zurückzuführen. Otto kannte diesen Menschen und wusste, was es bedeutete, wenn dieser mit der Fackel die Geschwüre auszubrennen drohte. Er beobachtete, dass sich das Gesicht des Kardinals verkrampfte. Der entstellte Mann lächelte.

Hatte Boncompagni davon gewusst? War es ihm ein Bedürfnis, Otto die machtvolle Auferstehung des Inquisitors vor Augen zu führen? Wenn jemand dessen blutigen Zug in den Norden aufhalten konnte, war es allein der Papst. Doch warum sollte er das tun? Im Gegenteil, er hatte ihn zum Kardinal ernannt. Er benutzte den Krüppel und dessen Leidensfähigkeit, dessen Überzeugungskraft und die sichtbaren Narben des überlebten Feuersturms, um mit ihm Terrain zurückzugewinnen.

Otto musste so schnell wie möglich mit Boncompagni sprechen und dann sollten es alle erfahren, vor allem Oktavian und Giacomo. Zornig und mit wehender Soutane flüchtete er den Aventin hinunter.

61

Rom, am selben Tag

Nachdenklich kam die Santafiora mit dem Camerlengo die Treppe herunter.

»Ich würde die *festa della befana* im nächsten Jahr absagen, mein Engel. Ich weiß jetzt, wer sich da bei dir eingeschmuggelt hat.« Die Herrin hatte Luigi das Blatt mit dem Gesicht aus seinem Skizzenheft mitgegeben. Paschalis hatte die Sache schon vergessen. »Dann sag es mir endlich!«, drängte die Herrin.

»Ich bin mir sicher, dass es Balbetta war, einer der zahlreichen Dominikaner, die der neue Inquisitor aus Bologna mitgebracht hat und die jetzt um ihn herumschwänzeln. Das bedeutet, dass du unter Beobachtung des Heiligen Offiziums stehst. Das Fest war nun einmal illegal und könnte gegen dich verwendet werden, wenn es tatsächlich zu einem Prostitutionsverbot im *Borgo* kommen sollte.«

»Das wirst du wohl zu verhindern wissen, Luigi«, antwortete sie und strich ihm zärtlich über die Wange.

»Du bist mein Quell und meine Erlösung, Tiziana. Alles in der Welt würde ich tun, um dich nicht zu verlieren, das weißt du.« Er küsste sie mit Inbrunst.

Ein wichtiger Kuss, dachte sich Paschalis und zog sich dezent zurück.

62

Rom, San Michele* 1569

Die sommerliche Hitze war einer erfrischenden Brise gewichen, die vom Meer her wehte.

»Lass uns heute gemeinsam zu Fuß in die Vesper gehen«, schlug der Kardinal vor und Otto begleitete ihn nach *Santo Spirito in Sassia*. Er hatte ihm ausführlich vom Auftritt Erminios in *Santa Sabina* erzählt, es schien ihn allerdings nur am Rande zu interessieren. Otto konnte die Sache nicht auf sich beruhen lassen und wagte einen weiteren Anlauf.

»Könnt Ihr Euch vorstellen, Eminenz, dass mich der Antrag des Dominikaners, jenseits der Alpen Häresie und Ketzertum zu bekämpfen, sehr beunruhigt? Dieser Mensch lebt in einer Welt voller Hass und Rache. Die Reformation ist aus den deutschen Landen nicht mehr wegzudenken. Sie hat sich mittels Reichstagsbeschlüssen zementieren lassen. In Augsburg wie in anderen Städten sind die Katholiken inzwischen in der Minderheit.«

Boncompagni blieb stehen, schaute ihn vorwurfsvoll an und packte ihn an den Schultern. »Willst du wirklich kampflos zusehen, wie sich die Reformation eine Stadt nach der anderen einverleibt, wie unsere Kirchenschätze geplündert und Priester und Bischöfe vertrieben werden? Du, der du stets Unrecht getadelt und Recht verteidigt hast? Wo ist der von Gemmingen meiner Vorlesungen? Was ist es, das dich umtreibt, Otto?« Der Kardinal schüttelte ihn.

* 29. September

Otto schluckte und zögerte einen kurzen Moment. »Ich trage ein Geheimnis in mir«, begann er kleinlaut und erzählte seinem Kardinal die Geschichte seiner Geliebten und seines unehelichen Sohns.

»Ein Dorf, in dem sich Ketzer verstecken?«, fragte der Kardinal verwundert. »Und du hast die Befürchtung, dass der Inquisitor dort Zugriff bekommt, wenn er erst einmal im Land ist?«

»Es gibt dort immer noch eine kleine Gruppe Rechtgläubiger, die alles versucht, um ihre verhassten Gutsbesitzer zu vertreiben. Wenn sie auf die Idee kämen, die Inquisition anzurufen …«

Eine Weile herrschte Stille, dann legte der Kardinal seinen Arm um Ottos Schulter. »Ich verstehe dich, Otto, bin ich doch auch Vater eines Sohns, von dessen Existenz niemand erfahren darf. Der Papst ist hochzufrieden mit der Arbeit seines Inquisitors. Die beiden kommen aus derselben Schule. Er will ihn verständlicherweise in Rom behalten. Den Antrag, ihn zu entsenden, schiebt er schon lange vor sich her, und sollte er dem wirklich stattgeben, was ich nicht glaube, hat Otto von Waldburg, der Bischof von Augsburg, der treu an meiner Seite steht, in der Angelegenheit ein gewichtiges Wort mitzureden. Wir sind in der Lage, das Konsistorium dahingehend zu beeinflussen.« Boncompagni lächelte.

Der heilige Michael ist auf meiner Seite, dachte Otto zufrieden, als sie die Sakristei von *Santo Spirito in Sassia* betraten.

Erzellen die groß Hungers Not
so umb unsre Sünd willen Gott
Ließ kommen als man zellen war
tausend dazu fünfhundert jahr
Und siebzig, darauf dann offt
viel Leut viel Guets huond gehofft
Das Landtvolk het nit mer zu spinnen
und kunt kein bissen Brot gewinnen
Da traf sie not und jammer viel
wie ich hernach anzaigen will
Onmuetig war ich offt in Hertzen
wann ich sy sah in solchen schmertzen
Gedacht, bist Gottes Ebenbild,
und liegst hie wie ein Viech so wildt

Barnabas Holzmann, Augsburg 1570

63

Leeder, Mariä Lichtmess* 1570

»GALLA, GALLA, GALLA!«, schrie Lina aus Leibeskräften und ihre Mutter, die Halblützerin, zog ihr an den Haaren den Kopf nach hinten, sodass sie die Lippen aufeinanderpresste und ihr die Augäpfel aus den Höhlen traten. Lina konnte Schmerzen erdulden, ohne zu jammern oder zu weinen.

»Jetzt halt dei Gosch, Lina, und bleib ruhig hocka!«, schimpfte die Halblützerin und blickte entschuldigend in die Runde, doch niemand störte sich an dem Mädchen.

Lange Zeit hatten die Marianischen es nicht gewagt, sich zum gemeinsamen Rosenkranz und ihren Fürbitten zu treffen. Die Pest hatte fast ein Drittel der Bevölkerung dahingerafft. Auf manchen Höfen gab es keine Überlebenden, andere Bauernfamilien hingegen entkamen dem Schwarzen Tod ohne Verluste an Mensch und Vieh. Pfarrer Engelschalk aus Denklingen hatte davon abgeraten, sich zu versammeln, solange nicht die endgültige Ausrottung der Pest durch den Amtsarzt bestätigt worden war. Endlich, an Weihnachten 1569, kam das ersehnte Schreiben, das die Rehlinger am Schloss und an den beiden Zugangstoren anschlagen ließen.

Die Pest war besiegt. Der alte Keggel war im Winter eines natürlichen Todes gestorben, versehen mit den Sterbesakramenten, die ihm der Pfarrer gespendet hatte. Der

---

* 2. Februar

Alte hatte nach ihm rufen lassen, nachdem er sich zusehends müde und schwindlig gefühlt hatte und ihm sogar der Durst auf Bier vergangen war.

Die Keggelbäuerin bewirtete selbst die Gäste mit heißem Saft. Die Stimmung war schlecht, denn der Preis für das Überleben der Pest war für viele der Hunger.

»Alles hot doch damit ang'fanga, dass dr luthrisch Pfarrar s' Allerheiligschte uf Asch hot numziega lossa.« Der Mesnerin zitterten die Finger, jedes Mal wenn sie an diesen Tag des Unglücks und der Schande dachte.

»I sag uib, des ganze Dilemma hot mit deana Zwilling, der kloina Hex und deam roata Deifl z'tua. In deam Johr, wo dia auf d'Welt komma sind, isch doch d'Pescht ausbrocha, des hanged alles ziema.« Theo, der Knecht des Hauserbauers, sprach aus, was viele der Anwesenden insgeheim dachten.

»Der Deifl isch machtlos ohne seine Handlanger, Mägd und Knecht. Mit Ketzar hot er's b'sonders oinfach, drum glob i au, dass dia do doba an Pakt hond mit am finschtera Fürscht. It umsonscht verzölled d'Leit, dass Geisterklopfar, Höllezwingar und haufaweis Sealeliachtla unterweags sind, wemma d'Nacht im Wald dussa isch«, fügte der Schmied Vitus Linder an und bekreuzigte sich dreimal.

Die Hefflerin, deren Kropf noch größer geworden war, schimpfte mit ihrer heiseren Stimme: »Es weard verzöllt, dass dia si hoimlich treffed, beim Weldermüllar, im Schäfmoos und au beim Wiat, und de Gottseibeieis anbeata deand.« Sie hatte mit einem lauten Pfeifen eingeatmet, jetzt lief sie puterrot an, sodass die Umsitzenden ob der vermeintlichen Atemnot sich so erschreckten, dass sie sie auf den Boden legten und ihr hastig Luft zufächelten.

»Heiliger Blasius, hilf!«, rief die Lehnerin aufgeregt, faltete ihre gekrümmten Finger und sandte ein Stoßgebet zum Himmel.

»Du sotsch mit deim Kropf endli amol zum Abbeta gau, Hefflerin, des kansch ja nimma aushalta«, hatte die Halblützerin einen guten Ratschlag für die Geplagte übrig, nachdem diese sich mühsam aufgesetzt hatte.

Die Hefflerin winkte ab: »I bin doch scho bei der Weißin z'Oschterzell g'wesa und dia hot g'moint, dass do oiner dinna hockt, ma aber do nix macha ka und des alles nix fruchted, solang mir da Deifl im oigena Dorf halted.« Erneut pfiff es beängstigend laut aus dem weit geöffneten Mund, sodass Barrabas, der still unter der Ofenbank gelegen hatte, verstört aufjaulte.

»Hexa g'heared verbrennt. Aber es kommt no derzua, dass allweil no mehr G'schmeiß herziagt, it bloßeg vo Augschburg rauf, bis vo Ulm und sogar von der Schweiz rum kommed se; im Schloss saged se des seied Gesinnungsgenossen. Derwal hand mir selber it gnua zum Fressa. I woiß idda, was no alls passiera muass, dass ma si endlich in Augschburg und in Minka um eis kimmra duat und des G'sindel zum Deifl haut.« Magnus Huetter, der Moosmüller, hatte ganz besonders unter der Pest gelitten. Zwei Sommer lang hatte er kein Getreide mahlen können, weil es keine Ernte gegeben hatte. Es war allen Einwohnern verboten gewesen, das Dorf zu verlassen. Daher hatte kein einziger Sack Getreide seine am Wiesbach gelegene Mühle erreicht.

»Dr Himmel strooft eis und was wemmar andersch dua als beata? Des wead wohl erscht besser, wenn mir an andere Bischof hand, der dia Bruat vertreibt; seit dear Kardinal woara isch, hot ma dean bei eis nimma g'seacha«, sagte die Keggelbäuerin. Dann nahm sie ihren Rosenkranz heraus und stimmte den Schmerzhaften an, in den alle Anwesenden in gewohntem Singsang einsetzten. Nur Lina kommentierte fröhlich jeden einzelnen Vers mit einem gurgelnden »Vollagnad, vollagnad, vollagnad!«

64

Rom, Santi sette fratelli* 1570

OTTO GENOSS ES, wegzukommen von seinem Schreibpult, den Dekreten, Präzepten, Reskripten und Privilegien, die es schriftlich zu bearbeiten gab.

Heute begleitete er Ugo Boncompagni erneut zum Konsistorium in den Vatikan. Er freute sich wie ein kleines Kind, die Baustelle mit der neuen Kuppel von Sankt Peter besuchen zu dürfen. Der ungeheuerliche Bau war inzwischen so weit fortgeschritten, dass er sich wohl bald schließen würde, während das Langhaus von Alt-Sankt-Peter immer noch angrenzte und niemand genau wusste, ob es weiter verwendet oder abgerissen werden sollte. Die Audienzen

* 10. Juli

beim Papst waren sehr selten geworden, seit der Pontifex sich immer öfter wegen seiner fortschreitenden Gebrechlichkeit entschuldigen ließ.

Otto überlegte, wann er ihn zum letzten Mal gesehen hatte. Es mochte wohl mehrere Monate her sein. Seine tiefe Abneigung gegen alles, was dieser Papst verkörperte, ließ sich Otto zwar nicht anmerken, aber insgeheim wünschte er, das Pontifikat möge lieber heute als morgen zu Ende gehen. Mit großen Schritten hastete er seinem Kardinal hinterher durch die langen Gänge, über ausladende Treppen und unzählige Vierungen, bis sie schließlich das Audienzzimmer des Pontifex erreichten. Sie kamen zu spät.

Ein Schweizergardist öffnete die Tür. Der Papst hatte die Kongregation für Glaubenslehre, die *Congregatio Romanae*, in seinen Palast zu einem Kolloquium geladen, um mit den Mitgliedern und Beratern dieser wichtigen Institution die Herausgabe der Bulle »Quo primum« abschließend zu besprechen.

Boncompagni begrüßte die anwesenden Kardinäle mit einem dezenten Kopfnicken und drängte sich nach vorn, Otto blieb respektvoll hinter ihm.

Jetzt erst gewahrte er den Pontifex Pius V., der mit gesenktem Kopf und in vollem Ornat in seinem riesigen Thron fast versank.

Ein Bild der Ohnmacht und des Jammers, ging es Otto durch den Kopf, aber Mitleid konnte er beim besten Willen nicht für ihn empfinden.

»… haben Wir aus allen Landen von unhaltbaren Zuständen in den Kirchen, liturgischen Abweichlern, falschen Predigern, von im Gottesdienst nach eigenem Gutdünken veränderten Praktiken und anderen Perversionen Kunde erhalten. Die Neufassung und Vereinheitlichung der von

Unseren eigenen Priestern und Bischöfen vernachlässigten und den lutherischen Ketzern Anlass zur Kritik gewährenden Liturgie auf Grundlage der Beschlüsse des Tridentinischen Konzils war dringend notwendig und ein erster wichtiger Schritt zurück zu einer gemeinsamen, einheitlichen apostolischen und katholischen Kirche. Von nun an soll in allen kommenden Zeiten auf dem christlichen Erdkreis nicht anders als nach dem von Uns herausgegebenen Missale gesungen oder gelesen werden. Daher geht eindringliche Bitte um schnelle und umfassende Verbreitung der neuen Bulle.«

Nach dieser Einleitung verlas der Camerlengo den Text der eigentlichen Bulle, während der Pontifex blass und teilnahmslos seine körperlichen Beschwerden mit Mühe zu verbergen suchte. Der Camerlengo schloss mit dem Abschnitt:

»Überhaupt keinem Menschen also sei es erlaubt, dieses Blatt, auf dem Erlaubnis, Beschluss, Anordnung, Auftrag, Vorschrift, Bewilligung, Indult, Erklärung, Wille, Festsetzung und Verbot von Uns aufgezeichnet sind, zu verletzen oder ihm in unbesonnenem Wagnis zuwiderzuhandeln. Wenn aber jemand sich herausnehmen sollte, dies anzutasten, so soll er wissen, dass er den Zorn des allmächtigen Gottes und seiner heiligen Apostel Petrus und Paulus auf sich ziehen wird. Gegeben zu Rom bei Sankt Peter im fünfzehnhundertsiebzigsten Jahre der Geburt des Herrn am vierzehnten Juli im fünften Jahre Unseres Pontifikats. PP. Pius V.«

Nachdem es über den Inhalt der Bulle von den Anwesenden keinerlei Wortmeldungen gab und sie die Schrift genehmigten, meldete sich der Camerlengo wiederum zu Wort und las ein anderes vorbereitetes Blatt vor:

»Vor allem aus den deutschen Landen wurde Uns immer wieder berichtet, dass die Bevölkerung mittels Aberglauben,

Hexerei, kultischen Handlungen und Sektentum den Namen des Herrn verleugnet, die schützenden Mauern der Mutter Kirche verlässt und die Gottesfurcht mit Füßen getreten wird. Dazu liegt ein Antrag des Generalkapitels der Dominikaner vor, den von Uns hochgeschätzten Kardinalpriester vom Berg mit den Vollmachten eines Großinquisitors auszustatten und in die deutschen Lande zu entsenden, um die anfangs erwähnten Zustände mit Feuer und Schwert zu bekämpfen.«

Kardinal Truchsess von Waldburg trat erregt einen Schritt nach vorn. »Eure Heiligkeit, verehrtes Kollegium, als Bischof von Augsburg und Vorsitzender der *Congregatio Germanica* muss ich den Antrag der Dominikaner entschieden zurückweisen. Das Volk braucht keinen Inquisitor, sondern einen Prediger, der die verirrten Schafe wieder einfangen kann. Seuchen und Hungersnot lassen die Menschen vom rechten Glauben abfallen, deshalb sind sie aber nicht verloren, sondern müssen nur wieder auf den rechten Weg gebracht werden. Die Menschen sind auf der Suche und sehnen sich nach echten Vorbildern und den Worten überzeugter Glaubensbrüder. Gewalt, Rache und blutige Prozesse führen uns nicht ans Ziel.«

Der Papst legte schmerzverzerrt seinen Kopf in den Nacken und schloss die Augen, während im Collegium vereinzelte Bemerkungen fielen.

»Hat Eure Heiligkeit vergessen, dass vor fünfundzwanzig Jahren, nach dem Tod Pauls IV., das aufgebrachte Volk von Rom den Inquisitionspalast niedergebrannt hat?«, sprach der Kardinal unbeeindruckt weiter. »Wir sind auf dem besten Weg, zu den längst überwunden geglaubten Zuständen zurückzukehren. Kardinal vom Berg scheint mir nicht in der Lage, der Schäfer zu sein, den wir brauchen. Das Böse kann auf Dauer nicht mit Bösem vertrieben werden. Angst und Schrecken zu verbreiten, sind rückwärtsgerichtete Methoden und fragwürdige Handhabungen, um Abtrünnige wiederum zu frommen Christen zu machen. Hexenwahn, Aberglaube und Häresie können nur durch Bildung und Wissen bekämpft werden. Nutzen wir also die Errungenschaften des Buchdrucks; lassen wir die Unwissenden teilhaben am Fortschritt und an den Lehren unseres Herrn Jesus Christus und unserer Kirche. Es müssen im ganzen Land Schulen und Universitäten eingerichtet werden. Im städtischen Bereich Kloster- und Kathedralschulen, einhergehend mit der Verpflichtung der Bischöfe, die Schulen zu unterhalten. Auf dem Land sollen Magister eingesetzt werden, die nicht auf eigene Rechnung und auf Basis von jämmerlichen Schülerhonoraren bezahlt werden, sondern aus dem Zehnt oder kirchlichen Pfründen. Lehrinhalte sollen Lesen, Schreiben, Grammatik und Logik werden. Die in unserem Diözesangebiet notwendigen Reformen haben wir bereits durch einen neuen Katechismus und die Bestellung von überzeugenden jesuitischen Predigern eingeleitet. Lasst uns den Weg der Vernunft einschlagen und den Pfad des Hasses und der Rache verlassen, wie es uns das Evangelium vorschreibt.«

Otto war stolz und hörte begeistert den Worten seines Augsburger Bischofs zu, der ihm aus der Seele sprach. Ein bestätigender Blick Boncompagnis von schräg gegenüber bestärkte ihn.

»Richtig gesagt«, bemerkte Boncompagni und die Kardinäle Morone und Madruzzo nickten zustimmend.

Aus dem Hintergrund meldete sich in dunklem, bedrohlichen Tonfall die mahnende Stimme von Kardinal Ricci, der wegen seiner konservativen Ansichten und seiner bissigen Kommentare bekannt und gefürchtet war. »Er, der Herr, dein Gott, wird diese Leute ausrotten vor dir, einzeln nacheinander, fünftes Buch Mose, Kapitel sieben, Vers zweiundzwanzig. Dazu wird der Herr, dein Gott, Hornissen unter sie senden, bis umgebracht werde, was übrig ist und sich verbirgt vor dir. Lass dir nicht grauen vor ihnen; denn der Herr, dein Gott, ist in deiner Mitte, der große und schreckliche Gott. Besudelt nicht das Ansehen des großen Paul, von dem der Ausspruch stammt: *Selbst wenn mein eigener Vater Häretiker wäre, würde ich das Holz zusammentragen, um ihn verbrennen zu lassen.*«

»Lasst den Alten wettern!« Kardinal Boncompagni machte eine abwertende Geste in die Richtung des Zwischenrufers, dem Otto bereits mehrmals vom Kardinal diktierte gesalzene Briefe hatte überbringen müssen.

Der Papst hob mühsam seinen Kopf, er war nicht in der Lage, seine Miene zu verändern.

»Seine eigene dominikanische Vergangenheit lässt ihn zögern, sich den Einwänden und Gegenvorschlägen des Augsburger Bischofs anzuschließen, schließlich hatte er selbst Kardinal Erminio vom Berg nach Rom verpflichtet, aber der Widerstand ist zu groß. Er wird die Entsendung nicht unterschreiben«, erklärte Boncompagni Otto.

Der massive Widerstand in der *Congregatio Romanae* war nicht spurlos am Papst vorübergegangen. Seine Hände verkrampften sich an den Armlehnen des Stuhls. Er beugte sich leicht vor und begann, mit leiser und zitternder Stimme zu sprechen. »Wir stellen den Antrag auf Entsendung von Kardinal vom Berg zurück.« Boncompagni drehte sich herum und zwinkerte Otto zu. Der Papst kam ins Stocken: »Wir befürchten … mit Fug und Recht, dass Bücher … in den falschen Händen … für Unsere Kirche gefährlich …« Er versuchte, sich aufzurichten.

Kardinal Santorio, einer seiner engsten Vertrauten erhob die Stimme, als er den Pontifex um Worte ringen sah. »Einer

Liberalisierung des Schriftentums wurde vor über zehn Jahren durch die Einführung des *Index librorum prohibitorum* entgegengewirkt. Die Schriften des Wittenbergers und seiner Nachfolger haben die Christenheit gespalten und unserer heiligen und apostolischen Kirche großen Schaden zugefügt, das Lesen und die Exegese des Evangeliums müssen ausschließlich der Geistlichkeit vorbehalten bleiben. Eine massenhafte Verbreitung der Heiligen Schrift, verbunden mit der Übersetzung in die Sprache der niederen Stände und des Pöbels, darüber hinaus verbunden mit der Benutzung unheiliger Hände, wie es die Protestanten nun überall vorantreiben, schadet dem Ansehen, der Einheit und der Autorität unserer katholischen Kirche.«

Der Papst rang um Worte. »Da… darum we… werden Wir in Kürze ü… über die Verbreitung…«, weiter kam er nicht mehr. Mit einem heiseren Aufschrei, wohl ausgelöst von einem plötzlichen stechenden Schmerz im Unterleib, rutschte der Heilige Vater unkontrolliert zuckend von seinem Stuhl. Zitternd, die Arme um den Bauch geklammert, lag er wie ein kleines Kind zusammengekauert auf dem roten Teppich.

Otto sah sich um. Der anfängliche Schreck der Anwesenden wich bald einem gespielten Entsetzen, denn sicherlich würde der nächste Papst nur mit den Stimmen der hier Versammelten gewählt werden, und den Willen Gottes, dem die Zögerlichkeit des Papstes nach allgemeiner Ansicht missfiel, meinten sie nur allzu deutlich in diesem Schwächeanfall zu spüren.

Der Camerlengo beendete hastig die Versammlung und ein halbes Dutzend Bedienstete kümmerte sich aufgeregt um den Pontifex. Die anwesenden Kardinäle beteten um göttlichen Beistand, aber nicht um Gesundung, sondern darum, dass der Ärmste nicht allzu lange leiden musste. Boncompagni wandte sich Otto zu und deutete lächelnd auf den Ausgang.

Otto kam es vor, als würden sie in ausgelassener Stimmung den Saal verlassen.

»Davon, dass du in Dillingen deine eigene Buchdruckerei gegründet hast, wusste der Alte noch gar nichts!«, sagte Kardinal Morone und klopfte dabei seinem Freund und langjährigen Weggenossen, Kardinal von Waldburg, auf die Schulter.

»Mox vacantia sedis habebimus*«, murmelte Boncompagni süffisant.

Otto wusste, dass er sich selbst berechtigte Hoffnungen auf den Papstthron machte.

65

Leeder, Sommer 1571

Helena sass mit Karl vor dem Pferdestall und fütterte ihre beiden Krähen. Die Vögel hatte Karl im Frühjahr im Wald gefunden und sie ihr überlassen, vermutlich waren die Elterntiere verhungert. Sie waren Helenas ganzer Stolz und

* Bald haben wir einen leeren Papstthron.

inzwischen waren sie so zutraulich, dass sie sich auf ihren Arm setzten und aus der Hand pickten.

»Wia du mit deana Viecher umgoscht, Helena, dös isch scho ebbas B'sondres!«

»Ich kann mit ihnen sprechen, Karl, und sie verstehen mich! Ich glaube, dass jedes Tier eine Seele hat. Was meinst du?«

»Meine Rösser verstanded mi blind, weil i se dressiert hau! Aber a Seele hot nur der Mensch, Helena.«

Von einem Augenblick auf den anderen flatterten die Krähen aufgeregt davon.

Raymund, der herbeigelaufen kam, hatte sie erschreckt. Er hielt sich den Kopf. »Bitte, Karl, kannst du mir helfen und das Blut stillen?«

»Du Armer! Lass sehen«, rief Helena erschrocken.

»Es ist nicht schlimm! Vater und Mutter dürfen nichts davon erfahren, Helena, versprich es mir!«

»Ich verrate nichts«, sagte sie und legte ihm tröstend die Hand auf den Kopf.

»Hol mir Verbandszeug, Helena, und an Kruag mit Wasser!«

Helena eilte ins Schloss.

»Wia isch denn dös passiert, Raymund?«, fragte Karl und untersuchte die Wunde.

»Wir spielen Oberdorf gegen Unterdorf. Der Ball war schon hinter der Linie, ich hab's genau gesehen, aber die Unterdörfler haben weitergespielt. Dann ist der Keggel auf den Linder losgegangen. Ich wollte die Streithähne auseinanderbringen, da hat mich der Keggel angeschrien: ›Du roter Deifl, halt dich da raus!‹ Da hab ich ihn an den Schultern gepackt und geschüttelt. Irgendeiner von den Bauernlaffen aus dem Unterdorf hat mir seinen Stock von hinten auf den Kopf geschlagen. Das war das Ende vom Spiel.«

»Nur guad, dass du it weahleidig bisch, Raymund. Aber muascht idda naganga ins Dorf zum Spielen. Die Herrschaft sieht es gar it gera.«

»Warum habe gerade ich rote Haare, Karl, und die Geschwister sind alle blond?«

»Schau, Raymund, jeder Mensch ist ein einzigartiges Geschöpf aus der Hand vo eiserem Herrgott. Die oine hand kurze, die anderen lange Nasen, es gibt groaße und kloine Menscha und halt au Blonde, Braun-, Schwarz-, oder Rothaarige.«

»Aber niemand im Dorf hat rote Haare und sie rufen mir hinterher: ›Raymund, Raymund, der Deifl kummt!‹«

»Jetzt denk dir nix, dia Zeit got au vorbei.«

66

Rom, San Tomaso* 1571

Der Camerlengo lag bei der Herrin und hatte schon zum zweiten Mal seine Verzückung hinausgeschrien. Paschalis

* 21. Dezember

wartete wie gewohnt vor der geschlossenen Tür. Über längere Zeit war nur erschöpftes Atmen zu vernehmen.

»Ich hatte es ja längst erwartet. Nun scheint es wirklich einzutreten, Luigi, was im *Borgo* erzählt wird«, hörte er die besorgte Stimme der Herrin.

»Der Papst, dem es übrigens jeden Tag schlechter geht, hat sich nicht davon abbringen lassen und es jedenfalls so verfügt. Wenn du willst, kannst du das Papier gerne selber lesen.« Paschalis hörte ein Rascheln.

»Es ist nicht gut zu dulden, dass die schönsten Straßen des heiligen Rom, wo so viele Reliquien sind, wo fromme Gesinnung herrscht und wo der Heilige Stuhl und so viele Klöster ihren Sitz haben, von Huren bewohnt werden. PP Pius V.«, las sie. »Fromme Gesinnung! Dass ich nicht lache! Es geht um Angebot und Nachfrage. Hunderte Klerikale strömen täglich aus dem Vatikan in den *Borgo*, um sich das zu holen, wonach ihr Körper verlangt. Die meisten der Kurtisanen besitzen Häuser und haben das Wohnrecht.« Tiziana knüllte hörbar das Papier zusammen und Paschalis vermutete, dass sie es auf den Boden schleuderte. »Du bist durch mich in deine Position gekommen und wirst alles in deiner Macht Stehende veranlassen, dass diese Weisung zurückgenommen wird, Luigi! Hast du mich verstanden? Sie bedroht nicht nur meine Existenz im *Borgo*. Was nutzt mir der Palazzo, wenn ich darin nicht meinem Gewerbe nachgehen darf?«

»Ich kann dir eine Empfehlung schreiben, damit du bei der heiligen Justiz eine Ausnahmeregelung erhältst. Aber auch das wird schwer, denn der Inquisitor kann Frauen nicht leiden und Kurtisanen schon gar nicht.«

»Dann beeil dich und bring mir das Papier. Ich will diese Sache so schnell als möglich aus der Welt schaffen.«

67

Rom, ein Tag vor Santi Fabiano e Sebastiano* 1572

Paschalis hatte sich gut auf diesen Besuch vorbereitet, schließlich kam es darauf an, wie er die beiden Briefe präsentierte. Er hatte einiges über den Inquisitor erfahren. Es imponierte ihm, dass dieser das einfache Leben als Mönch weiterführte, obwohl er sich eine standesgemäße Wohnung mit prunkvoller Einrichtung, wie sie allen Purpurträgern zustand, hätte leisten können. Stattdessen wohnte er angeblich weiterhin in einer bescheidenen Zelle der Mönchsgemeinschaft der Dominikaner in *Santa Sabina* und ließ sich täglich mit einer Kutsche zum Offizium der *Congregatio pro doctrina fidei* fahren. Ansehen zu müssen, wie Dutzende von Würdenträgern der Kirche ein Doppelleben führten, von der Kanzel zu Enthaltsamkeit und Abstinenz aufriefen und selbst in Sünde lebten, soll ihn sehr verbittert haben. Er selbst lebte das, was er verkündete. Das mächtige Gebäude, in dem er tagsüber seinen Aufgaben nachging, befand sich auf der linken Seite des Petersplatzes direkt am *Campo Santo Teutonico*. Paschalis zeigte seine Tafel mit dem Namen des Kardinals und man schickte ihn in den ersten Stock. *Die riesigen Gänge müssen bei jedem Besucher das Gefühl der Ohnmacht und Bedeutungslosigkeit vor dem Heiligen Offizium erwecken*, dachte sich Paschalis. Im Vorzimmer herrschte Grabesruhe. Während der langen Wartezeit konnte er all die Gespräche mithören. Es ging um Prozesse wegen Amtsmissbrauchs, Intri-

* 20. Januar

gen, angemaßte Heiligkeit und Verfahren gegen Quacksalber, Naturwissenschaftler und Astronomen, die die Erde als Mittelpunkt der Schöpfung infrage stellen wollten. Der Mann hinter dieser Tür war mächtig, das spürte Paschalis an dem Verhalten der Bittsteller. Endlich kam er an die Reihe. Der wachhabende *Kustos* in blankem Harnisch und Helm forderte ihn auf einzutreten und nahm seine Hellebarde aus dem Weg. Paschalis wusste, worum es in dem Schreiben ging, das ihm seine Herrin mitgegeben hatte.

Der Kardinal, dessen Gesicht auf Paschalis noch entstellter wirkte, als es ihm Luigi beschrieben hatte, schien ihn gar nicht zu beachten. »Laudetur Jesus Christus«, rief der Kardinal.

Paschalis kannte die Antwort, aber verbeugte sich stattdessen.

»Wer hier eintritt, hat gefälligst zu grüßen, sonst schmeiß ihn hinunter auf die Straße«, schrie er mit rotem Kopf den *Kustos* an.

Paschalis fühlte sich schlecht, zudem gedemütigt.

»Eminenz, es tut mir leid, diese Person vorgelassen zu haben. Es ist der stumme Diener von Signorina Tiziana di Santa Fiora. Er überbringt ein Empfehlungsschreiben des Camerlengo Luigi Cornaro und wünscht in einer dringenden Angelegenheit zum Heiligen Offizium vorgelassen zu werden.«

Paschalis ging auf die Knie, senkte sein Haupt und streckte ihm das Papier entgegen. Für einen kurzen Augenblick entstand eine beklemmende Stille.

»Was für ein schöner Jüngling. Du hast zwar keine Stimme, aber ich nehme an, Gott hat dir wenigstens das Gehör gelassen?« Paschalis nickte und beobachtete, wie der Kardinal um den Schreibtisch ging, vor ihm stehen blieb und ihn am Kinn zu sich emporzog.

»Du verschwendest dich an diese nichtsnutzige Hure, die als Gehilfin des Teufels Geistliche verführt? Schämst du dich nicht?«

Paschalis senkte verschüchtert den Blick und deutete auf den Brief in seiner Hand.

Der Inquisitor riss ihn auf und las ihn laut vor:

»Seiner Eminenz, dem hochwürdigsten Kardinal vom Berg, zum Gruße. In einem dem Heiligen Offizium vorliegenden Gesuch des Consiglio wird gefordert, dass ich, um meiner Tätigkeit weiterhin nachgehen zu können, mein Haus im *Borgo* verlassen und in das neu errichtete Hurenviertel im *Hortaccio* ziehen soll. Diese schmutzige und rattenverseuchte Gegend ist meines Standes unwürdig und würde für die meisten meiner Kunden, die am *Vaticano* wohnhaft sind, eine mühsame und unerfreuliche Fahrt durch die stinkenden Gassen der Stadt bedeuten, da mir selbst das Fahren in einem eigenen Wagen untersagt worden ist. Ich bitte daher das Heilige Offizium um Niederschlagung dieser Forderung, zumal ich pünktlich Steuern und Abgaben an den Kirchenstaat entrichte.« Der Inquisitor schnaubte. »Welche Unverfrorenheit erlaubt sich diese Hure?« Er war außer sich, warf den Brief auf den Schreibtisch, umklammerte die Tischkante, wohl um nicht vollends seine Beherrschung zu verlieren.

»Schlimm genug, dass dieses Wesen ein Vermögen aus dem sündhaften Verhalten von Kirchenmännern gemacht hat, die ihren diabolischen Verführungskünsten erlegen sind. Warum also sollten für sie andere Regeln gelten als für alle anderen ihrer ehrlosen Schwestern? Man sollte sie nicht nur auspeitschen, sondern anschließend in einem Sack im Tiber versenken.« Der Kardinal wandte sich ab.

Paschalis war auf so eine Reaktion gefasst gewesen. Mit stoischer Ruhe reichte er den zweiten Brief an den Kardinal weiter. Diesem fiel sofort das Wappen des päpstlichen Kämmerers ins Auge.

»Was hat der Camerlengo damit zu tun?«, flüsterte er, um dann laut zu lesen: »Tiziana di Santa Fiora, die Enkelin Seiner Heiligkeit Pauls III., Kurtisane und ehrenhafte Hure, in freundschaftlicher Verbindung mit Priestern, Bischöfen und Kardinälen, bittet inständig darum, in ihrem Haus verbleiben zu dürfen. Sie erfüllt die Bedürfnisse zahlreicher Bewohner des Vatikans, die den kurzen Weg in den *Borgo* zu schätzen wissen. Nach meiner und anderer Kardinäle Meinung sollte sie nicht außerhalb wirken müssen, um größeres Unheil zu vermeiden. Gelobt sei der Herr.«

Paschalis sah, wie dem Kardinal vor Entsetzen über das, was ihm aus den Gemächern des Papstes vorgelegt wurde, das Blatt aus den Fingern glitt.

»Ist es möglich, dass der engste Mitarbeiter des Papstes sich für eine Kurtisane einsetzt, die es anscheinend mit Dutzenden von Geistlichen treibt? Wie tief waren die in diese Angelegenheit verstrickten Würdenträger gesunken, dass sie sich mit dieser sich schamlos zur Schau stellenden und offensichtlich teuflischen Frau abgaben? Stecken der Papst und sein Camerlengo vielleicht gar mit ihren eigenen Interessen dahinter?«

Paschalis vernahm selbst den leisesten Ton seiner Überlegungen und ihm entging nicht der plötzliche Sinneswandel des Kardinals, der sich mit einem roten Tuch in der leeren Augenhöhle rieb. Der Kardinal hielt einige Momente inne und sah ihm anschließend in die Augen. Sein Blick hatte mit einem Mal etwas von Güte.

»Schöner Jüngling! Wie heißt du eigentlich?«

Paschalis nahm seine Schiefertafel, drehte sie herum und schrieb in schwungvollen Lettern seinen Namen darauf.

»Paschalis, der an Ostern Geborene, ein schöner Name. Also, Paschalis, richte deiner verdorbenen und verachtenswerten Herrin aus, dass Wir, einer plötzlichen überirdischen Eingebung folgend, dem Willen des Camerlengo entsprechen werden, was ihr das Wohnrecht im *Borgo* sichern wird, zu welchem niederen und sündigen Zweck das auch immer geschehen mag. Dafür wird er, Kardinal Cornaro, Uns einen Gefallen tun. Es handelt sich um eine Genehmigung, die als schriftlicher Antrag seit fast zwei Jahren unbearbeitet auf dem Schreibtisch Seiner Heiligkeit liegt und auf deren Unterschrift harrt. Der Camerlengo weiß, worum es geht. Teile ihm diesen Unseren Entschluss mit und sei gewiss, dass die Akte erst geschlossen wird, wenn dies zu Unserer Zufriedenheit gelöst ist.«

Paschalis notierte alles auf seiner Tafel, verneigte sich und wollte sich zurückziehen, als ihn der Kardinal nochmals bei der Hand nahm und seine Züge sich etwas entspannten.

»Unzucht ist ein schweres Vergehen und du bist nicht einmal in der Lage, es zu beichten, mein lieber Paschalis. Indem du diesem sündigen Treiben zusiehst oder auch beiwohnst, machst du dich schuldig gegen die Gebote des Herrn und läufst Gefahr, dein ewiges Leben durch diese schändlichen Missetaten zu verwirken! Ich selbst kann dir eine Rückkehr in den Schoß der Kirche ermöglichen und dir die Absolution erteilen, wenn du willig bist zur Umkehr!«

Paschalis schauderte und verbeugte sich vor dem Hinausgehen. Die Tatsache, dass er nicht beichten konnte und ihm daher der Zugang zum einstigen Himmelreich verwehrt sein könnte, traf ihn. Darüber hatte er nie nachgedacht. Dieser Inquisitor war sehr streng mit sich und den anderen, gleichzeitig bewunderte Paschalis irgendetwas an diesem Mann. Er wusste nicht genau, was es war.

68

Rom, Santi Fillipo e Giacomo* 1572

Energisches Klopfen an der Tür ließ ihn aufschrecken. Es musste wohl etwas sehr Wichtiges anstehen.

»Steh auf und begleite mich in den Vatikan. Mit dem Papst geht es zu Ende, das habe ich gerade von dessen Kurienkardinal erfahren. Du weißt, dass unser Verbleib im *Borgo* an die Zustimmung des Inquisitors geknüpft ist. Seine Ernennung zum Großinquisitor ist noch nicht unterschrieben. Wir müssen jetzt schnell handeln.«

Paschalis war sofort hellwach. Was für eine Nachricht! Er konnte es kaum erwarten, in die päpstlichen Gemächer zu gelangen. In Windeseile zog er sich an, entzündete eine Fackel und ging mit ihr die paar Schritte zur Pforte des Papstpalastes. Die Herrin schien sehr beunruhigt.

»He, Türhüter, ich möchte sofort zum Camerlengo Seiner Heiligkeit vorgelassen werden«, fuhr Tiziana di Santa Fora den Schweizergardisten an, der aus einem kleinen Fenster lugte. Paschalis staunte über ihren ungewohnt scharfen Tonfall.

»Um diese Zeit ein aussichtsloses Unterfangen, Signorina. Kommt morgen früh wieder!«, erwiderte der Wachmann und wollte bereits die Luke schließen, doch die Herrin legte rasch ihre Hand ins Fenster.

»Jetzt hör mir gut zu, Schweizer! Der Papst liegt im Sterben und ich habe ein lebensrettendes Elixier hier in dieser

* 1. Mai

Ampulle.« Sie hielt ihm ein braunes Fläschchen vor die Nase. »Solltest du mir den Zugang zu den Gemächern des Papstes verweigern und der Papst wird in der Zwischenzeit sterben, geht es dir ebenfalls an den Kragen. Hast du das verstanden?« Paschalis wusste, dass es sich dabei lediglich um ein wohlriechendes Öl handelte, das sie stets bei sich trug.

Der Wachmann wurde unsicher und zog die Stirn in Falten. »Dann, in Gottes Namen. Wartet hier! Ich werde den Camerlengo herunterbitten.«

Die Turmuhr schlug zur zweiten Stunde, der Vigil. Kaum war der letzte Glockenschlag verklungen, öffnete sich das große Tor und der Camerlengo stand vor ihnen. »Tiziana, mein Engel, komm schnell herein«, flüsterte er, »ich kann hier nicht mehr weg. Dem Heiligen Vater entschwinden die Lebensgeister.«

Paschalis huschte hinter seiner Herrin durch die Pforte, die sich einen triumphierenden Blick zu dem Schweizergardisten nicht verkneifen konnte.

»Warum hat er das verdammte Papier noch nicht unterschrieben, Luigi?«, begann Tiziana, als sie durch die finsteren Gänge des Papstpalastes liefen.

»Sei bitte leise, Tiziana. Es geht nicht mehr, er kann nicht mehr schreiben. Er liegt seit Tagen in einem tiefen Schlaf, sein Puls wird immer schwächer.«

»Dann musst du es tun, Luigi!«

Der Camerlengo blieb unvermittelt stehen.

»Du weißt, dass ich alles für dich tun würde. Du lebst in meinen Träumen und meinen Sehnsüchten, aber das kann ich nicht!« Er liebte Tiziana, das wusste Paschalis, aber als er ihr ungestüm an den Busen griff, schob sie ihn unsanft zurück.

»Was heißt das, du kannst das nicht?«

»Dem Papst die Hand führen und das Papier unterschreiben. Das ist es doch, was du willst!«

»Was ist denn dabei? Dann mache ich es eben selbst.«

Der Camerlengo zögerte kurz. »Wenn du meinst!«, stimmte er ihr schließlich zu. »Ich kann die Ärzte nur für kurze Zeit aus dem Raum schicken. Alles muss sehr schnell gehen! Gott steh uns bei!«

Die vielen Treppen und Gänge verwirrten Paschalis. Er wünschte, es wäre hell und er könnte die Bilder betrachten, die überall an den Wänden hingen. Doch es war keine Zeit, in Ehrfurcht zu erschaudern. Schließlich blieb der Camerlengo spürbar unschlüssig vor einer großen Tür stehen, die von zwei Gardisten bewacht wurde.

»Jetzt mach schon, Luigi«, zischte die Herrin ihn an.

Auf ein Zeichen des Camerlengos öffnete einer der Schweizer die Tür.

Paschalis' Herz pochte wild, er atmete tief ein und folgte den beiden. Ein unangenehmer Geruch von abgestandener Luft und Medikamenten quoll ihnen entgegen, als sie das riesige, von Kerzen beleuchtete Schlafzimmer des Pontifex betraten, der bleich in seinem Himmelbett lag und wie tot die Hände auf der Brust verschränkt hatte.

Der Camerlengo bat die beiden Dottori, die an seinem Bett saßen, ihn für kurze Zeit allein zu lassen, da die junge Frau sich von ihm verabschieden wolle.

Luigi verschwand im Nebenzimmer und kam mit Papier und Schreibutensilien zurück. Er und die Herrin steckten gemeinsam den Federkiel in die Hand des Papstes. Ein Schauer ergriff Paschalis, als er sah, mit welcher Respektlosigkeit die Herrin die Unterschrift Seiner Heiligkeit auf dem Papier nachzeichnete. Der Camerlengo ließ einen Tropfen Siegelwachs auf das Schriftstück fallen und gemeinsam drückten sie den Ring des Papstes hinein. Anschließend legte der Camerlengo das Papier zurück auf den Schreibtisch.

»Der Herr sei mir gnädig!«, raunte er und bekreuzigte sich.

»Hab dich nicht so und sei froh, dass der Alte endlich krepiert. Jetzt kommen hoffentlich wieder andere Zeiten. Du hast übrigens einen Wunsch frei, Luigi, eine Hand wäscht die andere«, versprach sie ihm und griff ihm aufreizend zwischen die Beine.

Paschalis war entsetzt, er war Zeuge eines Verbrechens geworden. Das Fälschen von Dokumenten konnte mit dem Abhacken der Hand bestraft werden. Er spürte erneut ein tiefes Unbehagen gegenüber seiner Herrin. Sie war eiskalt und berechnend. War auch er für sie nur ein Mittel zum Zweck? Hatte der Inquisitor vielleicht recht mit seinen Anschuldigungen gegen sie?

69

Santa Sabina, am selben Tag

Feiertagsfrieden lag über der Stadt. Durch das geöffnete Fenster drang nur das Gurren der Turmtauben. Er lag bäuchlings ausgestreckt auf dem Boden seiner Zelle und betete. Um die neunte Stunde durchbrach der *Campanone*, die größte und tiefste Glocke der Basilika San Pietro, die Stille. Es vergingen Sekunden bis zum zweiten Schlag, in denen er noch Hoffnung hatte. Nach nur kurzer Zeit setzte eine Kirche nach der anderen mit ihrem Geläut in die dumpfe Klage ein. Er wusste, was dies bedeutete.

Papst Pius V., der Dominikaner auf dem Stuhl Petri, sein Freund Michele Ghislieri, auf dem all seine Hoffnung ruhte, hatte für immer die Augen geschlossen, ohne seinem Antrag nachzukommen.

»Il papa e morto!«, ertönte es von allen Seiten. Die Nachricht vom Tod des Papstes verbreitete sich wie ein Lauffeuer. Die Mönche versammelten sich zum »de profundis« in der Kirche.

Er stand auf und starrte vorwurfsvoll auf das Kreuz an der Wand. »Mein Gott, der du allein die Versuchungen der Hölle erkennst, die Fallstricke des Bösen sichtbar machen kannst, den Teufel und seine Heerscharen zu bezähmen in der Lage bist, du hast deinen treuen Diener Antonio Michele Ghislieri abberufen, ohne dass es ihm möglich war, seinen unerschrockenen Kampf gegen die alles niederreitenden Horden der Hölle zu vollenden. Du hast mich schwerer Prüfungen unterzogen, die ich alle unter großen Opfern bestanden habe. Ich war dir stets ein getreuer Diener und werde unermüdlich danach streben, deine aus den Fugen geratene Kirche zurückzuführen in deinen Schoß. Bestimme einen Gotteskrieger als Nachfolger des Apostels Petrus und lasse mich teilhaben am unnachgiebigen Kampf gegen das Böse und die Sünde, die uns überall umgibt, aber nicht mein Wille geschehe, sondern der deine. Amen. Ich hatte geglaubt, dass ich mich auf dich verlassen kann, Michele!«, murmelte der Inquisitor.

Aus der Klosterkirche drangen die dumpfen Gesänge der Mönche in seine Zelle.

»Aus der Tiefe rufe ich, Herr, zu dir. Erhöre meine Stimme, o Herr.«

»Jetzt mach wenigstens im Jenseits deinen Einfluss geltend. Sei mein Fürsprecher, Michele, vor Gott, dem Allmächtigen, und allen Heiligen.«

Er ließ seine Peitsche auf den Rücken sausen.

»Meine Seele hofft auf den Herrn. Vom Morgen bis zum Abend hoffet Israel auf den Herrn …«, klang es inbrünstig herüber.

»Io son papabile … papabile … papabile![*]«, schrie er hinaus über die Stadt. Dreiunddreißig Mal schrie er es. Dann fiel ihm die Geißel aus der Hand und er sank erschöpft auf den Boden. Wohl zwei Stunden lag er so auf der kalten Erde. Schmerz und Kälte ließen seinen Körper erstarren. Es war der Preis dafür, dass sich ihm die geistige Klarheit der Gedanken öffnete. Es dauerte ungewöhnlich lange, dann zeigte sich ihm, was zu tun war. Er stand auf, zog ein frisches Leinenhemd über und legte die weiße Kutte an.

»Deo gratias, ich werde sofort diesen Brief schreiben«, flüsterte er, nahm fast zärtlich das Kruzifix von der Wand und küsste es.

---

* Ich bin wählbar zum Papst.

70

Leeder, Mai 1572

Während Helena Stifte, Farben und weiße Blätter zu Weihnachten bekommen hatte, hatte sein Vater ihm einen Bogen und zwei Pfeile geschenkt. Aber schon nach wenigen Versuchen waren die Pfeile zerbrochen. Als der Schnee geschmolzen war, hatte sich Raymund selbst Pfeile geschnitzt, Federn daran geklebt und sie ausprobiert.

Auch heute sammelte er die verflogenen Pfeile auf und schoss sie ein ums andere Mal ab.

Wusch! Wieder zischte ein Pfeil ellenlang an der Zielscheibe vorbei und in Gedanken entglitt ihm ein Fluch. Zornig warf er den Bogen auf den Boden.

»Du muscht halt a weng Geduld hau, Raymund«, rief Karl ihm zu, der wohl seinen verzweifelten Versuchen zugesehen hatte.

»Ich kann machen, was ich will, der Pfeil kommt ins Trudeln und verliert seine Richtung«, erwiderte Raymund wütend.

Karl nahm ihm einen der Pfeile aus der Hand und untersuchte die am Ende angeklebte dreifache Befiederung.

»It so hitzköpfig, Raymund! Es liegt alles am Holz, em Drall und de Fedra. Schau: Es isch wichtig, dass du auf oim Pfeil bloßig oi Windung vo Fedra verwendescht. Du hosch do linke und rechte Fedra, die rotiered idda g'meinsam! Und no ebbas: Nimm Entafedra, dia sind härter! Hosch verstanda?«

Raymund nickte.

»Alle Fedra miassed dia gleich Richtung hau und dazu schräg oder sogar g'wunda auf de Schaft babed* weara.«

»Ach Karl, kannst du mir nicht zeigen, wie genau diese Federn angeordnet werden müssen?«

»Jo mei, dös isch idda so oinfach! Bevor mir damit anfanged, brauched mir dös richtige Holz.« Er hielt den Pfeil in beiden Händen und rieb diese aneinander, sodass der Pfeil an der oberen Hälfte einen kleinen Kreis zeichnete.

»Dea Pfeil darf oba und unda bloß ganz weanig ausschlaga, sonscht fliagt a irgendwo na; dia Haselnussstecke sind ungleichmäßig g'wachsa, suach dir junge Äschtla von der Esche, dia sind härter und wachsed grader.«

Er war besessen davon, die Pfeile so zu bauen, dass sie ins Ziel flogen. Sofort kletterte er auf die Eschen und schnitt die geraden Triebe ab. Dann lief er auf der Suche nach den schönsten Federn hinaus an den Ziegelweiher, wo Wildenten brüteten. Die Nester lagen meist einige Fuß vom Ufer entfernt im Sumpf, sodass es ihm nicht erspart blieb, bis zur Hüfte durch den Pfuhl zu waten. Glücklich, aber von oben bis unten verdreckt kam er zurück ins Schloss.

»Pfui, du stinkst nach Hühnermist!«, empfing ihn Helena und rümpfte die Nase. »Lass dich bloß nicht so bei der Mutter blicken!«

»Entenmist, Schwesterlein«, erwiderte er zufrieden lachend.

* geklebt

71

Rom, San Pancrazio* 1572

Am Vorabend des Konklaves, zu dem zweiundfünfzig Kardinäle mit ihrer Entourage in Rom eingetroffen waren, um einen Nachfolger auf den Stuhl Petri zu wählen, saß Otto mit Kardinal Ugo Boncompagni und zwei Dutzend der wichtigen Stimmengeber, ihren Legaten und Sekretären im Palazzo des Kardinals beisammen. Farnese, Medici, Savelli, Ricci und Boncompagni galten als die Papabili. Der erbitterte Kampf fand zwischen den beiden Herzogtümern Toskana und Parma, also zwischen Medici und Farnese statt. Für Boncompagni, das hatte dieser Otto erklärt, ging es darum, bei einem Patt an dritter Stelle zu stehen. Boncompagni hatte eingeladen und die besten Köche Roms überschlugen sich mit dem Auftischen all der Köstlichkeiten, von denen es nun auf unbestimmte Zeit galt, Abschied zu nehmen. Jeder der anwesenden Konklaveteilnehmer griff beherzt zu, da bekannt war, dass während der Abstimmung im Vatikan nur einfache Speisen und Brunnenwasser gereicht wurden, um das Gremium durch Askese im Kopf frei für den Empfang des Heiligen Geistes zu halten. Otto beobachtete das ungezügelte Essen und Trinken der Würdenträger mit Abscheu. Welch schmutzige Geschäfte hier getätigt wurden, war ihm schnell offenbar. Es ging darum, Gerüchte, Indiskretionen oder Lügen über die jeweiligen Gegner zu verbreiten, in der Absicht, die noch unschlüssigen Vertreter zu beein-

---

* 12. Mai

flussen. Mehrmals hatte Otto im Auftrag seines Kardinals mit einem Goldstück in der Faust und einem Kärtchen, auf dem der Name Boncompagni stand, den einen oder anderen unschlüssigen Kandidaten aufsuchen müssen. Otto war hin- und hergerissen zwischen der Hoffnung, dass endlich ein vernünftiger Mensch mit fortschrittlichen Ansichten den Papstthron besteigen könnte, und dem Wissen um das widerliche Geschachere um Stimmen, bei dem selbst Boncompagni jede Art von Anstand und Sitte vermissen ließ. Otto war klar geworden, dass der Weg an die Macht durch einen schmutzigen Pfuhl führte. Spätestens seit heute wusste er, dass der Heilige Geist bei diesem Konklave wohl keinen Einfluss haben würde.

»Ist euch bekannt, dass die Santafiora durch Mithilfe höchster Repräsentanten der Kurie erreichen wollte, als einzige Kurtisane weiterhin im *Borgo* residieren zu dürfen?«, fragte Scipione Rebiba, Kardinalspriester von San Maria in Trastevere, in die gemütliche Runde, während ein Diener ein Tablett mit gebratenen Singvögeln, Wild, Käse, orientalischen Früchten und Austern auf den Tisch stellte.

Der Rotwein löste zunehmend die Zungen der Kardinäle und so mancher erzählte mehr, als er wollte oder ihm zustand.

»Es wird davon gesprochen, dass hochrangige Beamte im Heiligen Offizium erpresst wurden, um die Anklage gegen die Santafiora fallen zu lassen, aber es soll ihr nichts genutzt haben. Es ist außerdem die Rede davon, dass ein Papabile einen unehelichen Sohn haben soll«, antwortete Girolamo Simoncelli, Kardinaldiakon von Santi Cosma e Damiano, geheimnisvoll und steckte sich von dem prächtig geschmückten Holztablett genüsslich ein kaltes Stück Fasanenkeule in den Mund.

Otto hörte aufmerksam zu und wusste sofort, dass es sich dabei um seinen Kardinal handelte.

Kardinal Madruzzo hob seinen Becher, trank jedoch nicht. »Wir können dankbar sein, dass der Einäugige endlich sein Ziel erreicht hat und als Großinquisitor den Kirchenstaat gen Norden verlassen wird; unvorstellbar, wenn er auch noch im Konklave als Märtyrer auf Stimmenfang gegangen wäre. Bei einem Patt zwischen den beiden großen Lagern hätte er sich sogar Chancen ausrechnen können!« Kardinal Madruzzo gehörte selbst nicht zu den Favoriten.

»Sie sprechen über Euren unehelichen Sohn, Eminenz«, raunte Otto seinem Kardinal zu und erntete dafür eine finstere Miene. Otto zuckte mit den Schultern.

»Niemand darf es erfahren, sonst bin ich geliefert. Komm mit!« Der Kardinal sprang auf und begab sich an den Tisch des Camerlengo, den er grob an der Schulter packte und zur Seite nahm.

»Ich dachte, dass die Sache längst vom Tisch sei, Luigi, aber es wird immer noch von meinem unehelichen Sohn gesprochen. Das kann mich Stimmen kosten, wenn nicht gar das Amt. Woher kommt dieser Angriff auf meine Kandidatur?« Boncompagni fuhr sich nervös durch die Haare. Der Sumpf um ihn wurde tiefer.

»Ich hatte keine Zeit, es dir zu erzählen, Ugo, verzeih mir meine Nachlässigkeit. Die Santafiora, die anscheinend mit einem gefälschten Empfehlungsschreiben von mir bei Erminio vorstellig wurde, kam schon vor Wochen mit dem Angebot zu mir, dass Erminio die Anklage gegen sie fallen lassen würde, sollte er im Gegenzug seine Beförderung erhalten. Sie ist ihm in die Falle gegangen, denn Erminio pfeift auf seine Zusage und ist schon hinter ihr her. Ich denke, dass sie sich durch vorzeitige Flucht der öffentlichen Auspeitschung entziehen wird.« Der Camerlengo räusperte sich. »Der Inquisitor aber ließ nicht locker. Am Tag, als der Papst gestorben ist, bekam ich von ihm einen Brief, in dem er ankündigte, dass er im kommenden Konklave die Existenz deines Sohnes öffentlich machen wolle, sollte nicht dem Antrag auf seine Beförderung zum Großinquisitor endlich stattgegeben werden. Ich hatte keine Zeit mehr, dich zu informieren. Es blieb mir keine andere Wahl. Um deine Kandidatur nicht zu gefährden, habe ich dem Papst die Hand geführt, die Beförderung unterzeichnet und den Siegelring auf den Brief gedrückt. Damit ist der Weg frei für deine Wahl zum neuen Pontifex. Mit seiner Beförderung verzichtet der Einäugige auf die Teilnahme am Konklave und wird die Existenz deines Sohnes für sich behalten. Der Himmel sei den armen Geschöpfen gnädig, die seinem glühenden Hass zum Opfer fallen werden! Bitte verrate mich nicht, ich habe es für dich getan!«

»Er hat es also geschafft!« Otto war entsetzt. Er dachte an die Protestanten, die Schwenckfelder und seinen Sohn in Leeder. Er musste so schnell wie möglich zurück nach Augsburg, um das Schlimmste zu verhindern.

»Wenn ich Papst werden sollte, sollst du für deine Treue reichlich belohnt werden«, murmelte Boncompagni zufrieden und der Camerlengo verbeugte sich vor ihm, als wenn er es bereits wäre.

»Dürfte ich um ein Gespräch bitten, Eminenz?«, fragte Otto den Kardinal und bat ihn in eine ruhige Ecke des Raumes.

»Ich habe soeben erfahren, dass der Inquisitor nun doch in die Süddeutsche Provinz entsendet wird. Es schmerzt mich, dass Ihr Euer Versprechen nicht einhalten konntet und der Situation geopfert habt. Ich muss zurück in die Heimat und alles versuchen, meinen Sohn zu schützen. Daher bitte ich Euch, mich mit dem heutigen Tag aus Euren Diensten zu entlassen.« Otto schluckte, aber es musste gesagt werden.

Boncompagni schien wenig beeindruckt. Er legte ihm einen Arm um die Schulter. »Mein lieber Otto, warum denn so empfindlich? Es ist noch niemand Papst geworden, der sich nicht vorher die Hände schmutzig gemacht hätte. So sind die Spielregeln der Macht. Du solltest sie kennen – schon deswegen, um andere damit zu entlarven. Ich verstehe deinen Zorn und dein Unbehagen, aber es wird nicht lange dauern und sie werden den Einäugigen hassen, wie überall, wohin ihn bisher seine Verbitterung und seine Menschenverachtung geführt haben. Sollte die Wahl des neuen Papstes auf mich fallen, werden wir sicherlich einen Weg finden, ihn früher oder später unschädlich zu machen.«

72

Denklingen, September 1572

Otto hatte sich kurz nach der Wahl Boncompagnis zum neuen Papst dem Augsburger Bischof von Waldburg anvertraut. Auch er musste ihm eingestehen, dass er nicht mehr in der Lage war, den Amtsantritt des Großinquisitors zu verhindern. Den Vorwurf, sein Bistum zu vernachlässigen, den man ihm in Augsburg machte, konnte Otto nur zu gut verstehen. Denn spätestens jetzt wäre es an der Zeit gewesen, sich selbst durch Präsenz dem drohenden Problem in den Weg zu stellen. Stattdessen bat der Bischof Otto, nach Dillingen zurückzukehren und Nikolaus Elgard, den er mit der Visitation des Bistums beauftragt hatte, zu unterstützen. Die Erfahrungen in der Ewigen Stadt hatten Otto für diese Aufgabe qualifiziert, und so teilte er sich mit dem jungen Elgard die Besuche der einzelnen Gemeinden auf. Otto übernahm den südlichen Teil des Bistums und Nikolaus den nördlichen.

Schmerzliche Erinnerungen stiegen in ihm auf, als Otto von Schongau in Richtung Norden ritt, um bei Pfarrer Engelschalk in Denklingen Quartier zu nehmen. Er hatte sich hier anmelden lassen, weil er sich insgeheim Informationen aus dem Nachbardorf erhoffte. Fast zehn Jahre waren vergangen, seit er seinen neugeborenen Sohn vor der Kirchentür in Leeder abgelegt hatte. Er hatte sich zwar den göttlichen Plänen gefügt, sein zukünftiges Leben in den Dienst der Kirche zu stellen, aber immer wieder ertappte er sich selbst dabei, sein eigen Fleisch und Blut, die Frucht seiner Liebe zu Giovanna, kennenlernen zu wollen.

Deshalb erschien ihm der Auftrag für diese Visitationsreise wie ein Wink des Himmels und er hatte dieses Angebot nur allzu gern angenommen.

Wenn er in zugigen und stinkenden Herbergen absteigen, auf primitiven Strohsäcken schlafen und oftmals die halbe Nacht das Gegröle von Betrunkenen aus den Gasthäusern ertragen musste, sehnte er sich oft nach seinem komfortablen Zimmer im Domkonvikt zurück. Zahlreiche Pfarrer hatten ihm aus Angst eine Unterkunft im Pfarrhaus verweigert, da sie die Entdeckung ihres Konkubinats mit der Haushälterin fürchteten.

»Wie haltet Ihr es mit dem Zölibat, Herr Pfarrer?«, wollte er nun von Engelschalk wissen. Otto hatte in jeder Gemeinde einen Fragenkatalog abzuarbeiten, der vom Bischof persönlich zusammengestellt worden war.

»Mein lieber Vikar, ich stehe reinen Herzens am Tisch des Herrn, meine irdische Verbindung ist die Mutter Kirche, meine Braut ist die Heilige Jungfrau.«

»Damit gebt ihr ein vorbildliches Zeichen einer Lebensform, die dem Bischof sehr gefallen wird. Wie wird denn in der Nachbargemeinde damit umgegangen?« Er wollte wissen, was in Leeder passierte, und vor allem, wie es seinem Sohn gehen mochte.

»In Leeder wurde schon vor mehr als vierzig Jahren der protestantische Ritus eingeführt. Das Allerheiligste haben sie nach Asch umziehen lassen. Man betrachtet sich als unabhängige Reichsritterschaft und nicht als Untertan des bayerischen Herzogs. Das führte bisher dazu, dass die Rehlinger, die Herren von Leeder, das Einsetzungsrecht eines Pfarrers, auf das der Bayer schon mehrmals pochte, missachtet haben und sich aus München nichts vorschreiben lassen. Die Fronten sind verhärtet und die ursprünglich katholische Bevölkerung leidet darunter. Ich betreue den letzten Rest, der sich trotz des unfreundlichen, reformatorischen und sektischen Umfelds in Leeder erhalten hat. Einige kommen zu mir in die heilige Messe, ich spende die Sakramente der Taufe, der Beichte, der Kommunion und auch der Letzten Ölung, wenn es die Zeit und die Umstände erlauben. Die Rehlinger, die selbst Anhänger eines schlesischen Predigers sind, drücken für all diese Dinge ein Auge zu. Zudem werden die jährlich stattfindenden Flurumgänge, Haus- und Hofsegnungen sowie Bittgänge geduldet. Es gibt katholische Familien und sektische, wobei alle den Zehnten abliefern müssen, unabhängig von der praktizierten Religion. Mit einer kleinen Gruppe, die ich wegen ihrer Hingabe an die Gottesmutter als Marianische bezeichnen möchte, bete ich hin und wieder den Rosenkranz und leiste geistlichen Beistand. Sie treffen sich heimlich bei einer Bauernfamilie und versuchen aus dem Untergrund, bei Herzog und Bischof auf ihre Lage aufmerksam zu machen. Dabei geht es vor allem um Schandbriefe an Herzog Albrecht, dass er doch Truppen schicken möchte, oder an die Fugger, dass sie den Rehlingern das Land abkaufen sollen. Aber nur im Fall einer Klage vor dem Hochgericht wären die Rehlinger angreifbar, weil ihnen nur die Niedergerichtsbarkeit zusteht.«

Otto sog alle Neuigkeiten mit großem Interesse auf.

Pfarrer Engelschalk freute sich, dass er jemandem all diese Zustände schildern konnte, der aufmerksam zuhörte.

»Was wäre das denn für eine Klage?«, fragte Otto nicht ohne Hintergedanken.

»Nun, ein Malefizverbrechen. Aber das weiß man in Leeder ganz genau und wird sich peinlichst davor hüten, sich schuldig zu machen.«

»Der eingesetzte Lehrer Georg Mayer, ein ehemals rechtgläubiger Priester, unterrichtet die Kinder in den falschen Lehren des Doktor Luther, aber auch des schlesischen Ketzers, den sie wie einen Messias verehren. Dieser hat sich selbst mehrmals auf den Einöden um das Dorf herum versteckt gehalten. Mayer ist das geistige Oberhaupt. Er soll zahlreiche Verteidigungsschriften für Schwenckfeld verfasst haben. Er besitzt alle Schriften und zu ihm pilgern sie in Scharen. Im Laufe der Jahre hat sich allerlei Geschmeiß aus Nah und Fern angesiedelt, da jeder dort geschützt und ungestört unter seinesgleichen den falschen Lehren huldigen kann. Es wird von Leuten aus Ulm, Nürnberg, Straßburg, ja sogar von eidgenössischen und welschen Zuwanderern berichtet.«

»Lohnt es sich denn, mit den Rehlingern ins Gespräch zu kommen?«

»Ich habe es oft genug versucht, dabei aber immer wieder feststellen müssen, dass neben dem Misstrauen, das mir, einem katholischen Würdenträger, von den Rehlingern entgegengebracht wird, die verschiedenen Auffassungen über grundsätzliche Fragen der christlichen Lehre, der Sakramente und der Umsetzung der Zehn Gebote so weit auseinanderliegen, dass die einzige wirkliche Gemeinsamkeit die Existenz Gottes und seines Sohnes ist. Für eine gemeinsame Basis ist das zu wenig.«

»Würdet Ihr mich denn einmal nach Leeder mitnehmen?«, fragte Otto den Pfarrer unverblümt. »Sicherlich interessiert sich der Bischof für die Situation der katholischen Seelen, die unter dem Diktat von Abtrünnigen und Ketzern leben müssen«, behauptete er.

»Die Marianischen treffen sich immer am ersten Samstag im Monat, das nächste Mal also am vierten Oktober, wo wir das Fest des Erzengels Michael nachfeiern wollen. Wenn Ihr noch hier seid, nehme ich Euch gerne mit. Aber macht Euch darauf gefasst, dass wir in einem einfachen Bauernhaus einkehren werden. Der Geruch von Kuhstall wird tagelang in Euren Kleidern hängen.«

Otto dachte mit Wehmut an die gemeinsame Zeit mit Giovanna bei Ambrogio in Persiceto.

»Das macht mir nichts aus. In meiner Studentenzeit in Italien habe ich des Öfteren bei Ausflügen ins Umland in einfachen Bauernhäusern übernachtet.« Das kleine Seufzen, das ihm dabei entglitten war, hatte der Pfarrer wohl nicht bemerkt, es erinnerte ihn aber selbst daran, dass die Vorkommnisse von damals noch sehr lebendig waren.

73

Rom, San Clemente* 1572

Schon eine ganze Weile starrte Paschalis hinunter in den Hof, wo es aus einem Haufen verklumpter Asche qualmte. Obwohl man dem neuen Papst Gregor XIII. nachsagte, dass er das Edikt über die Vertreibung der Kurtisanen aus dem *Borgo* rückgängig machen wollte, hatten die Schergen der Inquisition die Santafiora festgenommen. Mit Gewalt hatten sie sich nachts Zutritt verschafft, die Herrin aus dem Bett geholt und den Palazzo geplündert. Paschalis hatte zusammen mit den anderen Bediensteten nur hilflos zusehen können, wie sie mit lautem Gejohle ihre wertvollen Kleider und Schuhe in den Innenhof geworfen und dort angesteckt hatten.

Er war nun seit drei Tagen allein im Palazzo. Gedanken schossen ihm kreuz und quer durch den Kopf. Sein Zuhause war verwüstet, auch er war bei der Fälschung der Unterschrift im Vatikan dabei gewesen und hatte sich mitschuldig gemacht; ihn hatten sie in Ruhe gelassen, aber die Herrin?

Er wusste um die Macht der Kirche. Es war unmöglich, dass die niederträchtige Tat am Sterbebett des Papstes ungesühnt bleiben würde. Daher hielt sich sein Mitleid für die Santafiora in Grenzen.

Das schöne Leben in Prunk und Wohlstand als Diener der begehrtesten und schönsten Kurtisane Roms war vorbei. Die edlen Düfte, mit denen er sich benetzen durfte, waren dem durchdringenden Gestank von verbranntem Leder gewichen,

---

* 23. November

der im ganzen Haus und in seinen Kleidern hing. Sein Wissen über die Schwächen der Mächtigen war wertlos geworden. Er war nur ein kümmerliches, sprachloses Überbleibsel, ein nutzloses Rädchen. Er hasste diesen Gedanken. Er musste dieses Haus verlassen, doch wohin? *Ich selbst kann dir eine Rückkehr in den Schoß der Kirche ermöglichen, wenn du willig bist zur Umkehr.* Paschalis wusste, was zu tun war.

74

Leeder, Februar 1573

IMMER NOCH LAG der Schnee kniehoch auf den Feldern. Raymund hatte für seine Schwester im Hofgarten eine Schneeburg gebaut. Stolz lugte er aus dem Eingang.

»Komm herein, Karl, und schau dir meine Burg an.«

Die Begeisterung des Kutschers für sein Werk aus Eis und Schnee hielt sich in Grenzen.

»Reschpekt, Raymund! Wenn i au koin Schnea meah seacha kann! Der schlimmschte Winter seit Menschengedenken, mir wäred froh, wenn's de Schnea bald fortnemma dät«, jammerte Karl.

»Was gefällt dir denn nicht an dem vielen Schnee?«

»Mir wared wegen der haushoacha Schneeweahe wochenlang von der Außenwelt abg'schnitta. Viel Vieh isch verfroara oder verhungred. Luchs, Füchs und Bära kommed bis ans Dorf und suached was zum Fressa. Ausghungrete Wölf hand in der letschta Zeit bei zwoi Baura unter de Schoof a Bluatbad ang'richted und über zwanzig Tierla toatbissa.«

Raymund lauschte mehr fasziniert als erschreckt den Schilderungen. »Hast du denn schon einmal einen Wolf gesehen?«

»Uf em Weg nach Schäfmoos isch mir scho mehrmals oiner hinterher. Wölf sind schüch und kommed nur in d' Dörfer, wenn's im Wald nix mea zum Jaga gibt.«

»Ach bitte, Karl, ich möchte auch einen Wolf sehen. Lass uns rausfahren nach Schäfmoos.«

»Dea wead bestimmt auf uns warta, Raymund.« Karl lachte, klopfte Raymund auf die Schulter und stapfte durch den tiefen Schnee zu seinen Pferden.

Als man 1573 Jahr
zehlt, das ist wahr,
Hat sich ein große Thewerung angefangen,
in welcher viel Volcks zugrund ist gangen.
Die Hungersnoth nahm überhand
danach im ganzen Teutschland.
Wann eins über die Gassn thet gahn
und zwey beinander theten stahn.
Thet eins dem andern klagen sein Noth,
es het in seinem Haus kein Brod.

Aus »Memminger Chronik« von Christoph Schorer

75

Rom, zwei Tage nach San Gregorio* 1573

Der Kardinal hatte sein Versprechen eingelöst und Paschalis als reuigen Büßer zur Probe aufgenommen.

»Bisher hat deine Schönheit der Sünde gedient, diene jetzt dem Hässlichen in Demut!« Mit diesen Worten war er der Adlatus des Inquisitors geworden. Die erste Sühne, die der Kardinal ihm auferlegt hatte, war, an der Befragung seiner ehemaligen Herrin teilzunehmen.

So wartete er, nun wieder mit einem Chorrock bekleidet, auf den Beginn des Verhörs in der Engelsburg.

»Ich kann nur aufs Neue beteuern, dass das Empfehlungsschreiben des Camerlengo nicht gefälscht war, sondern von ihm in meiner Anwesenheit eigenhändig unterschrieben wurde.«

Sie hatte ihn noch nicht erkannt, obwohl er schräg hinter dem Inquisitionsgericht saß. Sie trug das Kleid, in dem sie verhaftet worden war, die langen Haare hatte man ihr abgeschnitten. Ihr entstelltes Äußeres erleichterte es ihm, weniger Mitgefühl zu entwickeln.

»Das ist eine perfide Lüge. Niemals hätte ich so ein Schreiben verfasst!«, widersprach Luigi Kardinal Cornaro heftig.

Paschalis traute seinen Ohren nicht.

»Eure Eminenz, Ihr seid entlassen«, wandte sich der Vorsitzende ihm zu.

---

* 12. März

»Elender Lügner, für deinen Schwanz war ich dir gut genug! Fottere te stesso!*«, zischte die Santafiora ihm hinterher, sodass es jeder im Raum vernehmen konnte.

Paschalis verbarg ein Lächeln. Ohne seine angeblich große Liebe nochmals anzusehen, verließ Luigi Cornaro den kalten, fensterlosen Raum in der Engelsburg.

Paschalis war erleichtert, denn hätte man ihn selbst nach der Wahrheit gefragt, hätte er dem Camerlengo widersprechen müssen.

»Du erwartest also, dass wir in diesem Fall, wo deine Aussage gegen die des hochwürdigen Kardinals steht, einer ehrlosen Hure Glauben schenken?«, fragte der Vorsitzende der dreiköpfigen Kommission seine ehemalige Herrin.

»Ich bezahle Steuern, besitze ein Haus im *Borgo* und bin weitaus höher angesehen, als ihr in euren Kutten es euch vorstellen könnt. Das zu meiner Ehre. Ich war der Meinung, dass das Gericht einzig an der Wahrheitsfindung interessiert sei, und nicht daran, die Mitglieder der Kurie, selbst wenn sie sich größter Verfehlungen schuldig gemacht haben, in Schutz zu nehmen.« Die Santafiora sah den Mönch eindringlich an.« Paschalis erkannte immer deutlicher, dass der Prozess für sie verloren war, bevor er überhaupt begonnen hatte. Der Dominikaner ging nicht auf ihre Bemerkung ein.

»Wiederholt hast du die Vorschriften und Weisungen der kirchlichen Institutionen missachtet. So hast du, obwohl es untersagt war, jedes Jahr eine *festa della befana* gefeiert, bei der ungezügelt gefressen und gesoffen wurde, dort ist die Unschuld mehrerer Jungfrauen versteigert worden. Moral und Anstand wurden mit Füßen getreten.«

»Pah, ihr seid doch neidisch, dass ihr selbst nicht dabei wart«, antwortete sie abfällig.

---

* Fick dich selbst!

»Kardinal Erminio hat mir persönlich den Verbleib im *Borgo* zugesichert«, sagte sie stattdessen. »Daraufhin habe ich meinen Einfluss in der Kurie geltend gemacht und erreicht, dass der Papst dessen seit Langem anstehende Beförderung unterschreibt. Ich verlange, dass er zu seinem Wort steht.«

Paschalis zuckte bei ihrer Lüge innerlich zusammen. Denn sie selbst hatte dem siechen Papst die Hand geführt.

»Du kanntest den Papst?«, bohrte der Mönch weiter.

»Seinen Vorvorgänger. Nun, ich will nicht übertreiben. Ich habe nur einen kleinen Teil von ihm näher kennengelernt, als ich nämlich auf ihm saß. Gesprochen haben wir nicht miteinander. Einer aus der Vielzahl der Kardinäle, die mich regelmäßig besuchten, hatte mich wohl Seiner Heiligkeit wärmstens empfohlen.«

Das Gremium tuschelte in gespielter Erregung miteinander.

»Du hast dich mehrerer Todsünden schuldig gemacht: des Hochmuts, der Völlerei und der Wollust. Du hast einen Kardinal der Lüge beschuldigt, hast dich bis zuletzt geweigert, die päpstliche Weisung zu befolgen, den *Borgo* zu verlassen, und gestehst freimütig, mit Kardinälen und selbst mit einem Papst Unzucht getrieben zu haben. Das Gremium zieht sich zur Beratung zurück. Du wirst bis zur Urteilsverkündung hier in der Engelsburg inhaftiert bleiben. Schafft sie weg! Die Sitzung ist geschlossen.«

Die Santafiora stieß ein heiseres Lachen aus und wandte sich ab. In dieser Sekunde trafen sich ihre Blicke, es war der Moment, auf den Paschalis gerne verzichtet hätte.

»Paschalis! Was machst du hier?«, schrie sie hysterisch und wollte sich auf ihn stürzen, was die Büttel im letzten Moment verhinderten. »Du falsche Schlange! Ich habe dich aus der Gosse geholt und an meinem Busen genährt. Alles, wozu deine Zunge und deine Lenden imstande sind, hast du mir zu verdanken. Jetzt sitzt du hier in einer stinkenden Kutte, du undankbares Geschöpf!«

Die Schergen brachten sie nach draußen, während sie weitertobte. Der vorsitzende Dominikanermönch drehte sich zu ihm um und warf ihm ein vielsagendes Lächeln zu. Paschalis errötete.

76

Leeder, März 1573

Raymund zog es nach jedem Unterricht hinaus zu Karl. Immer noch lag der Schnee kniehoch auf den Feldern. Die Wölfe ließen ihn nicht mehr los. Bereits seit Tagen waren sie das Hauptgesprächsthema im Schloss.

»Hosch se heit Nacht au g'hört?«, fragte Karl, nachdem Raymund ihn im Stall getroffen hatte.

»Nein, nein, erzähl mir, Karl, wie hört sich das an?«

Karl nahm seine Pfeife aus dem Mund, legte den Kopf in den Nacken und heulte los.

»Ich will sie so gern hören, aber noch lieber will ich einen sehen, Karl.«

»Frog dein Vater, ob er di amol mitnimmt, wenn dr Ludwig dia Wolfsgruaba kontrolliera duat.«

Ohne Zögern lief Raymund ins Schloss und stürmte ins Arbeitszimmer seines Vaters. »Bitte, Vater, nehmt mich mit, wenn Ihr wieder zur Wolfsgrube geht!«

Sein Vater blickte von den Papieren auf, die auf dem Schreibtisch lagen. »Das ist zu gefährlich, du bist noch zu jung!«

Doch Raymund ließ nicht locker und bettelte fast täglich, bei jeder sich bietenden Gelegenheit.

»Zieh dir warme Sachen an, Raymund, wir gehen hinaus in den Wald!«, flüsterte ihm der Vater nach dem Morgenessen überraschend zu.

Raymund umarmte ihn stürmisch.

»Aber kein Wort zu den Mädchen und zu deinem kleinen Bruder. Hast du verstanden? Auch nicht hinterher!«

»Ehrenwort, ich sag nichts!«

Wie der Blitz rannte Raymund hinauf in sein Zimmer. Geschickt wich er Helenas Fragen aus, zog seinen dicken Mantel und die Wollmütze an und lief hinunter an die Straße.

Karl kam mit einem Zweigespann aus dem Stall und zwinkerte Raymund vielsagend zu, als er sich mit seinem Vater in den offenen Schlitten setzte.

Auf der Anhöhe, kurz bevor es hinunter ins Wildbad ging, wartete Ludwig, Vaters Jagdaufseher, mit seiner Armbrust und stieg in den Schlitten. Zu viert fuhren sie an der Halde entlang in den Wald hinein.

»Hier kannst du warten«, rief Ludwig Karl zu, als sie das Viertel einer Stunde durch den hohen Schnee gefahren waren.

»Darf ich die Armbrust einmal tragen?«, fragte Raymund seinen Vater, nachdem der Schlitten angehalten hatte und sie ausgestiegen waren.

»Nur, solange sie nicht gespannt ist.«

Ludwig reichte sie ihm. Ehrfürchtig hielt Raymund die schwere Waffe in der Hand.

»Vielleicht siehst du ja heute auch noch, wie man damit umgeht, aber jetzt lass uns keine Zeit verlieren«, mahnte der Jäger und nahm die Armbrust wieder an sich.

Karl blieb bei seinem Schlitten.

»Gib auf dich Obacht, Raymund! Der Wolf isch schwer auszumrechna!«, warnte er, während er sich seine Pfeife ansteckte.

»Hab keine Sorge, Karl.« Raymund hatte sich noch nie so erwachsen und stolz gefühlt.

Ludwig erklärte ihm die Spuren im Schnee. Sie stießen auf die Fährten von Wildschweinen, Rehen und Hasen. Der Wald wurde immer dichter.

»Wolf!«, schrie Ludwig plötzlich, kniete sich in den Schnee und deutete auf eine frische Fährte direkt vor ihm. Deutlich waren die Krallen zu sehen, die über den Ballenabdruck hinausragten.

Raymund wurde es heiß vor Aufregung.

»Ich gehe ein Dutzend Stiefellängen voraus und mache die Spur, die Herrschaften bleiben in gebührendem Abstand.«

Raymund und sein Vater taten wie geheißen.

Kurz darauf blieb Ludwig stehen und hob seine rechte Hand. »Pst, bleib stehen, Raymund! Hörst du das Jaulen?«

Sie verharrten und lauschten in den winterlich stummen Wald hinein. Ludwig nahm vorsichtig seine Armbrust von der Schulter.

»Ich höre nichts, Vater«, flüsterte Raymund. In Wahrheit dröhnte sein aufgeregtes Herz in den Ohren.

Ludwig winkte, dass sie ihm folgen sollten. Raymund bemühte sich, hinter dem Vater in der Spur zu bleiben. Dann erreichten sie die Wolfsgrube, vor der Ludwig bereits mit der aufgezogenen Armbrust Stellung bezogen hatte.

»Bleibt hinter mir!«, rief der Jagdaufseher, als die beiden näher an den Rand der Grube traten, um hineinzusehen. »Der Abbruch ist unter dem Schnee versteckt; nicht, dass mir einer von euch hinunterfällt!«

Vorsichtig tastete sich sein Vater voran und Raymund folgte ihm Schritt für Schritt, bis das Loch direkt vor ihnen lag.

Raymund blickte zu dem Wolf, der verzweifelt im Kreis herumlief. Er fletschte die Zähne und hatte die Rute in die Höhe gereckt. Das Tier war sich seiner aussichtslosen Lage wohl bewusst.

Raymund tat der Wolf leid. »Vater, nicht schießen! Bitte, bitte, er soll nicht schießen, er soll ihn leben lassen! Vielleicht ist dieser Wolf unschuldig und es war ein ganz anderer? Wer weiß denn, ob er wirklich die Schafe gerissen hat?«, rief er und klammerte sich an den Mantel seines Vaters.

Der Jagdaufseher hatte seine Armbrust bereits angelegt, es machte klack und der Bolzen schoss in das Herz des Wolfs, der in den Schnee fiel und kurz zuckte.

Sein Vater nahm Raymund in den Arm. »Auch wenn der Wolf niemandem etwas getan hat, hängen wir ihn unten im Dorf auf. Sein Tod hilft den Bauern, dass sie wieder ruhig schlafen können.«

»Das verstehe ich nicht! Es kann doch nur jemand verurteilt werden, der schuldig ist, oder?« Er wandte sich traurig von seinem Vater ab.

77

Dillingen, zwei Tage nach Sankt Simon und Juda* 1573

Otto grüsste den Pförtner im Vorübergehen, eilte die breite marmorne Freitreppe hinauf in den zweiten Stock, um dann vor der mit silbernen Beschlägen versehenen Eichentür zu warten, die der Sekretär des Bischofs, Frater Guntram, an einem kleinen Tischchen bewachte. Die fürstbischöfliche Residenz suchte an Prunk, Glanz und Kostbarkeiten ihresgleichen.

»Seine Exzellenz bittet um etwas Geduld, Herr Vikar«, erklärte ihm der Sekretär.

Otto nutzte die Gelegenheit, um die herrlichen Fresken zu betrachten, die im Vorzimmer Wände und Decken

* 28. Oktober

zierten. Am besten gefiel ihm die Hochzeit von Kana, eine ausgelassene Szene, in der gegessen, getrunken und gefeiert wurde, Jesus mitten unter Feiernden. Sein so geschätzter Kardinal von Waldburg, der die schönen Künste liebte, hatte diese Szene ausgesucht und sich selbst am Tischende des Hochzeitpaars, einen Becher in die Höhe haltend, malen lassen. Er war überraschend im April in Rom verstorben. Otto stand nun in Diensten des jungen Bischofs Johannes Eglof. »Gelobt sei Jesus Christus.« Die schwere Tür hatte sich geöffnet und der Bischof empfing Otto mit einladender Geste auf einem mit Samt bezogenen Lehnstuhl, der mit goldenen Borten verziert war.

»In Ewigkeit, Amen«, antwortete Otto, ging vor dem Bischof auf die Knie und küsste seinen Ring.

»Wir sind gespannt auf Euren Bericht, von Gemmingen, kommt und nehmt Platz. Frater Guntram wird alles mitschreiben.« Der Bischof gab dem Sekretär das Zeichen hereinzukommen und bat Otto, an einem der schlichten Sessel Platz zu nehmen, die sich um einen großen Konferenztisch gruppierten.

»Auf meiner Reise durch die Dörfer der Pflege Schongau habe ich nur in wenigen Fällen betrübliche Beobachtungen gemacht. Selten wurden die Fastengebote gebrochen, über Tanz und Lustbarkeiten an Feiertagen, üble Rede, Fluchen, Schlägereien sind mir kaum Berichte zu Ohren gekommen. Die Andachten und Rosenkränze waren gut besucht, in wenigen Fällen haben Gläubige schon nach der Predigt die Messe verlassen. Das Volk ist gottesfürchtig und hält die Gebote. Allerdings ist das Land sehr gebeutelt durch Unwetter, schlechte Ernten und ein schreckliches Hochwasser mit Erdrutschen und Murenabgängen in einigen Dörfern. In manchen Gotteshäusern liegt der Schmutz einen halben Schuh hoch, niemand kümmert sich darum, denn es herrschen oft Hunger und Elend. Ein großer Teil der Pfarrer kann nicht einmal richtig lesen; offen halten sie sich Konkubinen. In zwei Dörfern sind zudem sektische, protestantische Pfarrherrn installiert, wie ich bereits im Falle von Leeder Eurer Exzellenz mitgeteilt habe.«

Der Bischof atmete tief ein und schien beunruhigt. »Erzählt mir vom katholischen Leben in den sektischen Gemeinden, von Gemmingen.« Der Kirchenfürst lehnte sich zurück.

»Es handelt sich um die beiden Gemeinden Emmenhausen und Leeder, die zwar unter landesfürstlicher Oberhoheit stehen, deren niedere Gerichtsbarkeit aber von den jeweiligen Herrschaften ausgeübt wird. In Emmenhausen unterhält der Obrige Honold seit Langem einen protestantischen Pfarrherrn, den er eigenmächtig eingesetzt hat. Er hat mir außerdem einen Beschwerdebrief mitgegeben, weil auf Eure bischöfliche Weisung hin sein Vogelherd, den er bereits von seinen Voreltern geerbt hatte, vom Denklinger Jäger zerstört worden sei. In Leeder beschäftigt Emanuel Rehlinger einen calvinistischen Pfarrherrn und Schulmeister namens Georg Mayer. In beiden Gemeinden ist man der Meinung, nach den Regeln des Reichstagsbeschlusses von 1555 zu handeln. Dabei gibt es zahlreiche katholische Seelen, die von den Nachbargemeinden aus die Sakramente empfangen und priesterlichen Beistand erfahren. In Leeder lernte ich eine Gruppe frommer und gläubiger Katholiken kennen, die sich unter den besonderen Schutz der Jungfrau gestellt hat.« Wie gerne hätte er bei seinem Besuch in Leeder nur von Weitem seinen Sohn gesehen. Jetzt wusste er wenigstens seinen Namen. Raymund hatten ihn die Rehlinger genannt, so hatten es ihm die Marianischen erzählt, und anscheinend hatte er Giovannas rote Haare. »Ich muss jedoch gestehen, dass vor allem die Rehlinger großzügig sind und Bittgänge, Flursegnungen und das Auslaufen der Katholischen in die Nachbarkirchen erlauben.«

»Grundsätzlich sollten die beiden Dörfer zurück in den Schoß der katholischen Kirche, auch wenn anscheinend die Rehlinger bei Euch gewisse Sympathien geweckt haben; was aber den Honold aus Emmenhausen angeht, ist unstrittig, dass das Jagdrecht ein für alle Mal hochstiftisch ist und dieser Vogelherd daher illegal. Richtig ist, dass er bei meinem Amtsantritt untertänigst um Vergunst des Waidwerks ersucht hatte, was ich dem bekennenden Lutherischen verwehrt habe. Die neuen Gesetze erlauben die Wahl der Religion durch den Fürsten oder Landesherrn *cuius regio, eius religio*, darauf berufen sich die Herren vermutlich.«

Otto musste vorsichtig sein. Er wollte auf keinen Fall, dass die Rehlinger in Schwierigkeiten gebracht wurden. Auf der anderen Seite schmerzte ihn der Gedanke, dass sie seinen Sohn zu einem Ketzer erzogen. Also versuchte Otto, den Bischof nicht gegen die Rehlinger aufzubringen. »Es ist nicht alles schlecht. Den Untertanen in den protestantischen Dörfern geht es besser als in manchen katholischen. Die Obrigkeit sorgt für den kostenlosen Unterricht aller Kinder. Wir sollten zumindest versuchen, in Sachen Bildung mit den Abtrünnigen gleichzuziehen.«

Der Bischof strich mit seiner Rechten über seinen Bart. »Guntram, setz mir bitte einen Brief an Herzog Albrecht auf. Ich möchte in dieser Angelegenheit nichts unversucht lassen, denn bald wird ein anderer die Verhältnisse in der Diözese zur Anklage bringen, der Herr sei uns gnädig!«

»Meint ihr den Inquisitor?« Otto erschauderte bei dem Gedanken daran.

»Erst vor Kurzem erhielt ich die Nachricht aus Rom, dass er noch im Herbst hier eintreffen wird.« Der Bischof blickte mit versteinertem Gesicht auf das mit bunten Farben ausgemalte Deckenfresko, das ein weltliches Idyll darstellte, und bekreuzigte sich; sein Sekretär nickte und machte sich sofort an die Arbeit. Otto verabschiedete sich von Johannes Eglof und irgendwie war es ihm, als würde er den Bischof nie wieder sehen.

78

Rom, San Martino* 1573

Die Inquisition hatte die Santafiora für schuldig befunden, dennoch war es ihr mittels einflussreicher Anwälte und Fürsprecher gelungen, ihre Bestrafung um über ein halbes Jahr hinauszuzögern. Schon bald nach dem Urteil, bei dem ihr gesamtes Vermögen der Inquisition zugesprochen worden war, hatte Paschalis den Kardinal persönlich

* 11. November

in den Palazzo geführt. Alles, was sie an Wertsachen und Kunstgegenständen angehäuft hatte, nahmen seine Büttel mit und verbrachten es in ihren schwarzen, geschlossenen Wagen. Paschalis war dem Kardinal und Großinquisitor zu großem Dank verpflichtet, schließlich hatte ihm dieser einen Ablass aller begangenen Sünden gewährt und versprochen, dass er ihm sein ganzes Leben lang dienen dürfe. Er bekam von ihm eine silberne Kette mit dem Bildnis des Heiligen Vitus geschenkt, den der Kardinal sehr verehrte. Paschalis wusste sehr wohl, dass die Geschichte des Heiligen, der von seinem Vater mit musizierenden und tanzenden Mädchen eingeschlossen wurde, die ihn verführen sollten, eine ständige Warnung an ihn war, zukünftig in Keuschheit und Enthaltsamkeit zu leben.

Paschalis wich nicht mehr von der Seite des Kardinals. Er fühlte sich von ihm geschätzt und geehrt. Er war nun die rechte Hand der Macht.

Sie saßen im Wagen seiner ehemaligen Herrin. Zum ersten Mal hatte er darin gesessen, nachdem sie ihn von der Straße aufgelesen hatte. An drei Seiten war das päpstliche Wappen aufgemalt. Doch irgendwie roch es im Inneren immer noch nach ihr. Paschalis fröstelte. Weniger wegen der Kälte, die sich bereits über die Stadt gelegt hatte, als vielmehr wegen des Anlasses, aus dem sie unterwegs waren. Es sollte der Abschied von Rom werden, aber vorher wollte der Kardinal einen kleinen Umweg machen.

Paschalis wusste, wie wichtig dem Kardinal dieser Tag war. Dafür hatte er die geplante Reise über die Alpen verschoben. Inzwischen war alles gepackt und vorbereitet. Mit seinen beiden Juristen Balbetta und Hornstein ließ sich der Kardinal in seinem Wagen vom Aventin hinunter zum *Campo de' Fiori* fahren. Fast täglich wurden dort zur fünften Stunde die Urteile der Römischen Inquisition von der weltlichen Gewalt vollstreckt.

Als sie auf den Platz einbogen, hatte das Spektakel schon begonnen. Eine ansehnliche Menschenmenge wollte sich die Auspeitschung einer so bekannten Persönlichkeit nicht entgehen lassen. Die Menschen stieben vor dem schwarzen Wagen mit den goldenen päpstlichen Wappen auseinander.

»Ich hoffe, dass unter den neugierigen Zuschauern viele sind, die ihre Dienste in Anspruch genommen haben.« Der Kardinal öffnete die Tür des Fahrzeugs, versuchte seinem Gesicht ein Grinsen abzuringen und drängte Paschalis nach vorn. »Wirf einen letzten Blick auf deine sündhafte Vergangenheit, Paschalis! Gleich wird nichts mehr von ihrer Schönheit übrig sein!«

Der Galgen stand auf einem Podest, sodass das Schauspiel weithin sichtbar war. Der Henker hatte die Santafiora bereits so hoch mit den Händen an den Querbalken gebunden, dass sie gerade noch mit den Zehen den Boden berührte. Dann riss er ihr unter lautem Gejohle die Kleider vom Leib. Sie hatte trotz ihrer Zeit im Kerker einen makellosen Körper.

Paschalis zuckte zusammen, als der erste Schlag sie traf. Dreißigmal fuhr die Peitsche auf sie nieder, bei jedem Schlag zählte das ganze Volk laut mit. Die Santafiora schrie mit jedem Hieb nur kurz auf. Als der Henker von ihr abließ, hing sie kraftlos in ihren Fesseln, vermutlich war sie ohnmächtig.

Paschalis zitterte. Obwohl er die Bestrafung als gerecht empfand, fühlte er sich, als sei etwas zerschlagen worden, das ein Teil von ihm war. Er sträubte sich dagegen, dennoch empfand er tiefes Mitleid.

»Du wirst niemanden mehr verführen, schamlose Schlampe!«, sagte der Kardinal voller Genugtuung. »So lasst uns nach Germanien aufbrechen, dort wartet eine größere Aufgabe: Es gilt den Teufel und seine Handlanger aufzustöbern und zu vernichten. Paschalis, mein Tuch!«

Paschalis reichte ihm das rote Taschentuch, mit dem dieser sich zufrieden die leere Augenhöhle auswischte.

79

Konstantinopel, Herbst 1573

Salomon Askenazy, einer der angesehensten Agenten und erfolgreicher Diplomat zwischen West und Ost, erschien froh gelaunt im zweiten Hof des Sultanspalastes. »Beim Propheten, wie lange haben wir uns nicht mehr gesehen?«, schrie er über viele Köpfe hinweg seine Wiedersehensfreude dem Dolmetsch entgegen. Sie umarmten sich herzlich, was bei dem Größenunterschied immer etwas ungelenk aussah.

Der Dolmetsch war glücklich, mit Salomon in seiner Muttersprache sprechen zu können.

»Dein Erfolg ist dir bereits vorausgeeilt, Salomon. Die ganze Stadt spricht seit Wochen von nichts anderem als von der unerwarteten Einigung mit Venedig. Ich bin gespannt, alle Einzelheiten deiner Reise aus deinem Mund zu erfahren.«

»Mit dem Tod von Papst Pius V. ist der energischste unserer Feinde ausgefallen. Damit zerbrach die Allianz zwischen dem Papst, Spanien, Venedig und Genua endgültig. Venedig steht wieder allein dem osmanischen Großreich gegenüber. Nun sucht man, auch aus Angst vor Rache und um des Handels willen, einen Ausgleich mit dem Sultan. Weit entfernt, meine Mission selbst loben zu wollen, kann ich dir berichten, dass es uns gelungen ist, mit den Venezianern einen Separatfrieden zu schließen, der Zypern türkisch bleiben lässt. Alle unsere Gefangenen werden ohne Gegenleistungen sofort freigelassen. Dazu kommt, dass die Korsaren Tunis eingenommen haben, was ein wichtiger Handelsplatz und unmittelbar vor Sizilien ist. Sie werden dem Sultan fette Tribute zahlen.«

»Dafür wird dir und deiner Delegation nicht nur der Sultan höchste Ehren und Dankbarkeit erweisen, sondern alle auf Zypern verbliebenen Landsleute. Dein Name wird unsterblich sein und von den freigelassenen Kriegern noch viele Generationen lang gepriesen werden.« Der Dolmetsch richtete sich in seiner ganzen beeindruckenden Erscheinung auf, um sich tief vor Salomon zu verbeugen.

»Genug der Lobpreisungen, mein Freund! Lepanto war ein mächtiger Einschnitt in die Beziehungen zum Abendland. Der Papst hat sogar einen speziellen Gedenktag verfügt, als jährlich wiederkehrende Erinnerung an die erfolgreiche Schlacht gegen den Islam. Man hat diesen Sieg der Mutter des Propheten Jesus zugeschrieben. Es hat eine regelrechte Hetze gegen die Türken eingesetzt.« Bald waren die beiden umringt von Neugierigen, die im Palast ein und aus gingen.

»Salomon, wie gern hätte ich dich auf dieser Mission begleitet.«

»Dann hättest du dir selbst ein Bild machen können, wie die Kirche sich ausgebreitet hat und die Menschen unter strenger Kontrolle hält. Selbst in einer Stadt, in der es von Menschen, Sprachen und Religionen aus aller Welt nur so wimmelt, wird man als Besucher das beklemmende Gefühl nicht los, ständig unter Beobachtung der Geistlichen zu stehen. Fast jeder Fünfte auf den Plätzen ist ein Schwarzrock. Der Patriarch Giovanni Trevisan befehligt ein Heer von Jesuiten und Dominikanern, die mit glühenden Reden von den Kanzeln herab die Menschen einschüchtern und sie unter Androhung von Höllenqualen gegen Ketzer aufstacheln. Meine eigenen Glaubensgenossen werden seit Pius IV. gezwungen, auf der Insel Ghetto in einem abgegrenzten Bezirk zu wohnen, teilweise unter unwürdigen Verhältnissen wie das Vieh zusammengepfercht.« Salomon seufzte. »Der Streit um die Religion ist im Abendland voll entfacht. Die Gegner stehen sich voller Hass gegenüber. Glaub mir, mein Freund, es wird noch viel Blut fließen um des Glaubens willen.«

»Da lob ich mir die Toleranz des Sultans, in dessen Reich Juden, Christen und Muselmanen friedlich zusammenleben können.« Der Dolmetsch strich sich zufrieden über seinen Bart.

80

Florenz, drei Tage nach San Martino* 1573

PASCHALIS HATTE SICH das Reisen anders vorgestellt. Das ewige Geratter und Geschaukel ließ die Enge im Wagen für die vier noch unangenehmer werden. Jede Nacht verbrachten sie in einem anderen Kloster oder einer Herberge. Jedes Mal musste er die Kiste aus- und am nächsten Tag wieder einpacken. Die anfängliche Euphorie war verflogen und er konnte die Gespräche über Gesetzestexte, *Carolina* und *Malleus Maleficarum* nicht mehr hören. Heute allerdings freute er sich auf die Ankunft, denn sie würden die Nacht in Florenz verbringen. Er hatte viel gehört von den reichen Florentinern, die es sich leisten konnten, die besten und berühmtesten Künstler des Reiches zu beschäftigen. Paschalis liebte die Ornamentik und die bunten Farben der Freskomaler.

Eine berittene Garde eskortierte sie bis zum Kloster der Dominikaner. Nach der Ankunft erledigte Paschalis seine täglichen Arbeiten, begleitete den Kardinal zur Vesper in die Kirche, dann zurück in seine Kammer, wo der Inquisitor alle Stundengebete verrichtete, die er während des Tages versäumt hatte.

Nun hatten sie sich im Refektorium zum Abendessen eingefunden. Von Hornstein wandte sich nach dem Essen an den Kardinal.

»Eminenz, die hiesige Weberzunft hat bei Buonarotti eine Monumentalstatue in Auftrag gegeben. Sie steht unweit von

---

* 11. November

hier vor dem *Palazzo Vecchio*. Ihr solltet sie Euch unbedingt ansehen. Es ist ein David mit der Schleuder.«

»Was ist denn daran so wichtig zu sehen, Hornstein? Dass er womöglich nackt ist?«, fragte der Kardinal.

»Ja, natürlich ist er nackt, aber ihr kennt ihn.«

Erminio stimmte schließlich zu, sich die Statue anzusehen.

Die beiden Juristen warteten schon vor dem Wagen, als Paschalis mit dem Kardinal über die Piazza ging.

»Siehst du, was ich sehe?«, fragte ihn der Kardinal.

Paschalis zuckte mit den Schultern und schrieb *wunderschöner Mann* auf seine Tafel.

»Das bist du, Paschalis«, schrie der Inquisitor. »Schau nur, alles stimmt: Haare, Gesicht, Beine und Muskeln. Was für eine Ähnlichkeit. Aber er kann dich nicht gekannt haben. Vielleicht deinen Vater?«

Paschalis starrte ungläubig auf die Statue, während die Leute um sie herum stehen blieben und eifrig diskutierten.

»Aber ja, er ist es! Welche Übereinstimmung, David lebt.« Alle wollten sie ihn berühren, ihm an die Beine fassen. Paschalis wehrte sich, so gut er konnte, und war froh, als er endlich wieder in der Kutsche saß.

81

Augsburg, erster Adventssonntag* 1573

Inzwischen hatte sich die Nachricht vom baldigen Eintreffen des Kardinals überall verbreitet. Otto konnte nicht verstehen, dass sogar manche seiner Mitbrüder im Dom die Ankunft des Inquisitors als Befreiung feierten. Sein Antrag auf einen Untersuchungsausschuss beim bayerischen Herzog war abgelehnt worden. Eine anonyme Warnung an die bayerische Regierung war vermutlich genauso im Sande verlaufen wie sein versuchter Einspruch beim städtischen Rat in Augsburg. Die Geschichten und Legenden, die dem einäugigen Inquisitor vorausgeeilt waren, hatten ihn zu einer sehnlichst erwarteten schaurigen Sensation anwachsen lassen wie ein exotisches Tier in einem Wanderzirkus.

Otto verachtete diesen Menschen und er wollte alles unternehmen, um ihm das Leben so schwer wie möglich zu machen.

Ihm kam eine Idee. Der Bruder des Dombaumeisters Rittner war für den Unterhalt der bayerischen Donaubrücken verantwortlich, und der war Protestant. Otto kannte ihn aus seiner Zeit in Ingolstadt. Er konnte ein Lächeln nicht unterdrücken. *Die heilige Luzia als Patronin der Blinden wird mir behilflich sein.*

* 29. November

82

Leeder, 11. Dezember 1573

»SIE HABEN WIEDER einmal mit Schmierereien die Schlossmauer verziert.« Emanuel kam verärgert in das Kaminzimmer. Anna saß mit dem inzwischen achtjährigen Hans Jakob am Tisch und versuchte, ihn lateinische Vokabeln abzufragen. Raymund und Helena waren bei Karl in den Stallungen.

»Und wie lautet heute die Botschaft der Marianischen?«, fragte Anna.

»*Libera nos a malo**«, antwortete Emanuel. »Wir können froh sein, dass es nicht wieder gegen Raymund geht.«

»Schick doch gleich den Gärtner hinunter, dass er es wegputzen soll.«

»Das tue ich, aber ich mache mir ernsthaft Sorgen um unser Gut und unsere Kinder. Die Felder haben zu wenig Erträge, die Kornpreise haben sich fast verdreifacht. Die Bauern sind unzufrieden, weil sie sehen, dass sie sich und das Vieh kaum über den Winter bringen werden.«

»Wir haben die Pest überstanden, jetzt werden wir auch diesen Winter überleben«, beruhigte ihn Anna.

»Das Schlimme ist, dass diese Marianischen für alles einen Schuldigen brauchen. Ich bin froh, dass uns der Bayernherzog noch in Ruhe lässt. Augsburger Religionsfrieden hin oder her: Sie werden alles daran setzen, den Ort wieder katholisch zu machen.«

»Wichtig ist, dass wir zusammenstehen, Caspar hält seine

---

* Erlöse uns von dem Übel.

schützende Hand über uns.« Anna nahm ihren Mann in den Arm.

»Du hast recht, meine liebe Anna, Vertrauen und Gebet haben uns bisher immer beschützt.«

83

Auf dem Weg nach Dillingen, Sankt Luzia* 1573

Es war bitterkalt und die dicken Mäntel hielten sie nur leidlich warm. Paschalis war begeistert von all den neuen Eindrücken. Der schwarze Wagen wurde zwischen den Herrschaftsgrenzen von jeweils einem halben Dutzend schwer bewaffneter Reiter eskortiert, was die Wichtigkeit ihres Unternehmens unterstrich. Jedermann sollte sofort die Autorität und die Macht der Personen spüren, die in diesem Wagen befördert wurden. An allen Grenzen und Zollstationen wurde ihnen Respekt erwiesen. Die Fahrt hatte länger als geplant gedauert, weil die Pässe bereits schneebedeckt gewesen waren.

* 13. Dezember

Vor zwei Tagen in Augsburg war der Wagen erstmals mit Dreck und Steinen beworfen worden.

»Elendes Rattennest!«, hatte der Kardinal geschimpft und die Stimmung im Wagen hatte sich beträchtlich verschlechtert. Von den Dominikanern in Augsburg hatte der Inquisitor erfahren, dass die Stadt Dillingen der Delegation einen großen Empfang bereiten wollte. In gespannter Vorfreude hatten sie die letzten beiden Etappen in Angriff genommen.

Paschalis konnte die Stadt mit ihren Türmen bereits in der Ferne erkennen, als die Kolonne unvermittelt anhielt. Der bewaffnete Anführer des päpstlichen Geleitzugs war vom Pferd gestiegen und kam an das Fenster des Wagens. Paschalis öffnete es und schüttelte den Juristen, der eingeschlafen war.

»Man verwehrt uns den Übergang über die Donaubrücke.«

Balthasar von Hornstein schreckte auf und lugte empört hinaus. »Wer besitzt die Frechheit, sich einer päpstlichen Delegation in den Weg zu stellen?«

Ein Soldat mit Brustharnisch und Helm trat an den Wagen heran. Das bayerische Wappen war unübersehbar. »Auf Befehl des Hofarchitekten Rittner ist die Donaubrücke wegen dringender Ausbesserungsarbeiten für alle Fuhrwerke gesperrt. Ihr könnt sie gern zu Fuß überqueren, wenn Ihr keinen Umweg über Ulm oder Donauwörth in Kauf nehmen wollt.«

»Ich war der Meinung, dass der bayerische Herzog katholisch ist! Was sollen wir davon halten?«

Der Jurist warf dem Kardinal, der ebenfalls geschlafen hatte, einen fragenden Blick zu. Der schüttelte den Kopf und von Hornstein wandte sich wieder an den Soldaten.

»Der Großinquisitor des Heiligen Vaters Papst Gregor, den Ihr vor Euch habt, der als Apostolischer Präfekt und Administrator in dieses Land berufen ist und dessen Reise nach Dillingen so kurz vor dem Ziel unterbrochen wurde, wird nicht zu Fuß die Brücke passieren. Wir werden einen Umweg machen und bei der nächsten Möglichkeit flussabwärts übersetzen.« Balthasar von Hornstein hatte versucht, in klaren Worten die Position der Delegation zu vermitteln.

Paschalis beschlich ein ungutes Gefühl. Wäre es nach ihm gegangen, hätten sie die Brücke zu Fuß überquert. Aber ihn fragte niemand.

»Wie Ihr wollt, verehrte Herren. Für die Weiterreise auf der südlichen Donauseite kann der Herzog allerdings keine Garantien geben. Am sichersten wäre es, über die Reichsstraße von Augsburg aus nach Donauwörth oder über Ulm zu reisen.« Der Soldat des Herzogs verbeugte sich und marschierte zurück zu seiner Einheit.

»Verehrte Herren, ich gebe zu bedenken, dass der Weg nach Donauwörth durch das Moos führt; ein sumpfiges Gebiet auf einer unsicheren Straße, die zudem von Räubern, Gesetzeslosen und anderen zwielichtigen Gestalten belagert wird.« Der berittene Anführer des päpstlichen Geleitschutzes hatte das Gespräch mit angehört und war anscheinend mit den Örtlichkeiten vertraut.

»Für wie einfältig hält uns eigentlich dieser Legatus«, rief der Kardinal erbost. »Oder ist es eine bewusste Provokation des Bayern, um unseren seit Langem erwarteten und sicherlich prunkvoll organisierten Einzug in die Stadt zu verhindern?« Nach kurzer Diskussion beschloss der Kardinal, über das Territorium des württembergischen Herzogs Ludwig zu fahren und in Ulm die Donau zu überqueren.

»Das kostet uns einen halben Tag, davon ganz abgesehen ist es gar nicht sicher, ob die Lutherischen uns in Ulm überhaupt über die Donau lassen«, wandte von Hornstein besorgt ein.

»In jedem Fall müssen wir einen Boten an die bischöfliche Residenz schicken, um dort den Grund unseres Verzugs zu melden«, entgegnete der Kardinal.

»Veranlasst, dass unsere Verspätung kundgemacht wird«, rief von Hornstein dem Anführer durch das Fenster zu.

»Ich lasse einen Reiter übersetzen. Er wird in Dillingen Bescheid geben. Wenn alles gut geht, werden wir am Abend eintreffen.«

Die Reise donauaufwärts brachte keinerlei Probleme. Nach fünf Stunden erreichten sie die Freie Reichsstadt Ulm. Paschalis freute sich über den Umweg, er hatte schon über die Stadt gelesen.

»Ulmer Geld regiert die Welt, heißt es in einem Gedicht. Seit Jahrhunderten bauen sie an ihrem Münster und werden doch nicht fertig. In dieser Stadt wurde ich geboren als Sohn eines treulosen Vaters und einer noch treuloseren Mutter.« Die Worte des Kardinals klangen nachdenklich. Paschalis konnte sich nicht erinnern, dass er jemals etwas von sich erzählt hatte.

Der Tross kam vor der Donaubrücke zum Halten. Eine Abordnung des Rates verkündete ihnen unter dem mitgeführten Stadtwappen, dass eine Durchfahrt nur mit leerem Wagen, und unter Ablegung aller päpstlichen Insignien möglich sei.

»Was habe ich gesagt? Lutherische, die nur darauf warten, uns eine Abreibung zu verpassen!«, rief von Hornstein. Alle Proteste halfen nichts, selbst als sich der Kardinal mit seinem entstellten Gesicht den Stadtvertretern zeigte, rührte sich kein Mitleid. Die Ratsbüttel verhängten die päpstlichen Wappen auf dem Wagen, indem sie Rupfensäcke darüber nagelten. Sie nötigten alle auszusteigen.

Paschalis half dem schimpfenden Kardinal, sein Ordensgewand abzulegen, und stellte sich schützend vor ihn. So stapften sie kurz darauf unter dem höhnischen Gelächter der Gassenjungen, Bauern und Händler über die hölzerne Brücke. Balthasar von Hornstein erwirkte in einer heftigen Debatte mit den Ratsherren, die für diesen Anlass ihr feinstes Ornat angelegt hatten, lediglich, dass sie die Kutsche unmittelbar nach der Brücke wieder besteigen durften, womit ihnen das Spießrutenlaufen durch die gesamte Stadt erspart blieb.

»Ich verfluche dieses Protestantenpack!«, murmelte der Kardinal in sich hinein.

»Habt Ihr nicht einen kleinen Ablassbrief bei Euch, damit meine arme Seel dereinst vergnügt aus dem Feuer springt, wenn meine Münze in Eurem Kästchen klingt, Hochwürden?«, spottete einer der Büttel aus sicherem Abstand unter dem hämischen Gelächter seiner Kameraden dem Kardinal hinterher.

Der reagierte nicht.

An der Grenze zum bayerischen Herzogtum, in Sichtweite des Ulmer Münsters, öffnete sich schließlich der Schlagbaum für die päpstliche Delegation. Inzwischen hatte es zu regnen begonnen und die Dämmerung legte sich über die Stadt.

»Heute nach Dillingen zu kommen, ist ausgeschlossen. Wir können versuchen, in einer katholischen Pfarrei eine Unterkunft zu organisieren«, verkündete der Vorreiter durch das Seitenfenster in den Wagen.

»Es ist genug Zeit verschwendet worden. Mir schmerzen alle Glieder. Wir fahren, so weit wir kommen«, kommentierte der Kardinal mürrisch. Paschalis spürte, wie es in dem Kirchenmann ob dieser Demütigung brodelte, und er konnte es nur zu gut verstehen.

»Ich werde diese protestantische Brut ausrotten. Die Oberschicht in den Städten ist für uns erst einmal verloren, aber auf dem Land müssen wir das eingebüßte Terrain mit aller Gewalt zurückgewinnen. Macht mir alsbald eine Aufstellung über die protestantischen Nester, die sich von uns abgewendet haben. Dort werden wir unsere Arbeit beginnen, zur Ehre Gottes.«

Die beiden Juristen nickten.

»Paschalis, das Taschentuch!«

Er reichte ihm den Stofffetzen. Stets wenn er sich in Aufregung redete, tränte ihm das verlorene Auge.

Die Wege waren durch den starken Regen aufgeweicht, an einer Poststation wechselten sie nochmals die Pferde. Die Hufe der Tiere pflatschten jedes Mal laut, wenn sie sie aus dem Morast zogen. Dadurch wurde die Fahrt um ein Beträchtliches verlangsamt, und es war bereits hell, als die Kolonne schließlich durchnässt, mit Dreck und Schlamm vollgespritzt und im strömenden Regen durch das gespenstisch menschenleere Dillingen zum Torbogen der bischöflichen Residenz rollte.

»Willkommen! Wir haben den Befehl erhalten, auf das Eintreffen der Delegation zu warten und keinesfalls das Tor zu schließen«, sagte einer der beiden Torwärter zu Paschalis, der neugierig aus dem Fenster lugte. Der andere bekreuzigte sich, als sie vorbeifuhren. Paschalis sah an dessen grimmiger Miene deutlich weniger Begeisterung über ihr Eintreffen und hörte ihn nuscheln: »Dr Einäugige aus Rom, dean hot's grad no braucht.«

84

Leeder, Sommer 1574

RAYMUNDS SCHWESTERN KONNTEN es nicht mehr erwarten und nutzten nach einem langen, kalten Winter den ersten richtig warmen Tag, um im Wildbad zu schwimmen. Die Mutter hatte Raymund gebeten, mitzugehen und die Geschwister nicht aus den Augen zu lassen, nachdem Hans Jakob lieber zu Hause blieb. Das Wildbad, weniger als das Viertel einer Wegstunde von Leeder entfernt, gehörte zum Besitz der Rehlinger. Raymund fand schwimmen langweilig, er wäre lieber mit Karl in die Wälder gegangen.

»Raymund ist wasserscheu, Raymund ist wasserscheu!«, sangen seine Schwestern pausenlos und gingen ihm damit gehörig auf die Nerven.

»Ach, lasst mich doch in Ruhe!«, rief er den beiden zu, die fröhlich im Wasser planschten. Er selbst saß mit Peter, dem Müllerssohn, auf der Wiese und schnitzte an einem Stück Holz herum. Sie kannten sich von den Konventikeln, die öfters in der Weldermühle abgehalten wurden. Dort trafen sich ihre Eltern mit anderen Schwenckfeldern, diskutierten, beteten und sangen.

»Ich wollt auch so schöne rote Locken haben wie du«, sagte sein Freund.

Raymund blickte auf Peters kahl geschorenen Kopf.

»Was hast du eigentlich für eine Haarfarbe, Peter? Warum schneiden sie dir immer die Haare ab?«

»Mutter sagt, damit sich das Ungeziefer, das es in jedem

Hof gibt, der Viecher hat, nicht in den Haaren einnisten kann. In der Mühle wimmelt es von Flöhen, Läusen und anderem Getier.«

»Komm endlich ins Wasser, Raymund!«, schrie Helena ungeduldig.

»Baden ist etwas für kleine Mädchen!«, erwiderte Raymund missmutig. »Für Männer gehört sich das nicht, ihr könnt froh sein, dass ich mitgekommen bin, um euch zu retten, falls eine von euch ersaufen sollte.«

»Pah, Männer!«, erwiderte Helena laut.

»Was gehört sich denn noch für Männer, außer ertrinkende Mädchen zu retten?« Helena kam ans Ufer und spritzte ihn nass.

»Dann komm wenigstens du ins Wasser!«, rief sie Peter zu, als Raymund sich gelangweilt wegdrehte. Peter ließ sich nicht lange bitten, zog sein Hemd aus und sprang zu den beiden ins Wasser. Raymund hatte schließlich doch ein ungutes Gefühl, dass Peter an seiner Stelle mit seinen beiden Schwestern im Wasser herumbalgte. Es dauerte nicht lange und den dreien wurde es zu kalt. Bibbernd stiegen sie aus der moorigen Brühe. Helena kam lachend auf ihn zu, sie hatte nur ein Hemd an. Sie wrang es über ihm aus, und er sah durch den nassen Stoff hindurch, dass seine Schwester auf dem Weg war, eine Frau zu werden.

»Was starrst du mich denn so an?«, rief sie schlotternd und schüttelte das Wasser aus dem Haar.

»Na, Helena, auch schon Brüste bekommen?«, kommentierte Felizitas und kicherte verschämt.

Raymund bemerkte, wie Peter auf seine Schwester starrte.

»Lass die Finger von Helena, sonst bekommst du es mit mir zu tun.«

»Schon gut. Ich hab nichts gesehen und sag auch nichts!«
Helena stellte sich zwischen ihn und Peter.

»Peter und Felizitas, dreht euch bitte um und zählt bis fünfzig. Ich muss dem Raymund etwas ganz Wichtiges zeigen.«

Die beiden schauten sich fragend an, taten schließlich wie ihnen gesagt und fingen gemeinsam an zu zählen. Helena vergewisserte sich, ob die beiden nicht schummelten, und kam mit einem breiten Grinsen auf Raymund zu. Sie blieb vor ihm stehen, schob langsam ihr Hemd in die Höhe gab ihm stolz den Blick auf ihren kleinen Busen frei, um ihn ganz schnell wieder zu bedecken. Darauf war Raymund nicht gefasst gewesen.

»He… Helena, du hast ja …!«

»Pst!« Sie legte den linken Zeigefinger auf ihren Mund.

»Zweiundvierzig, dreiundvierzig, vierundvierzig.«

Raymund spürte, dass er puterrot angelaufen war. Helena nahm seine Hand und zog ihn auf den Boden, wo sie sich mit angezogenen Knien neben ihn setzte, als wäre nichts gewesen.

»Achtundvierzig, neunundvierzig, fünfzig.«

»Das bleibt unser Geheimnis«, flüsterte sie ihm ins Ohr, während Peter und Felizitas sich verdutzt umdrehten und nicht verstanden, was sich hinter ihrem Rücken abgespielt hatte.

85

Dillingen, drei Tage vor Sankt Martin* 1574

Fast ein Jahr war seit ihrer Ankunft in Dillingen vergangen. Paschalis hatte einen geregelten Tagesablauf. Er schrieb Briefe, die ihm diktiert wurden, und verrichtete Botengänge innerhalb der bischöflichen Residenz. Der Kardinal hatte fast das komplette Personal ausgewechselt. Zur Verstärkung seiner Vertrauten Hornstein und Balbetta hatte er noch weitere Juristen von der Universität in Ingolstadt zum Umzug nach Dillingen bewegen können. Eine Sache war Paschalis seit der ersten Begegnung klar: Bischof Eglof, der Herr des Hauses, und der Kardinal würden niemals Freunde werden. Zwei Welten prallten da aufeinander.

Wie jeden Montag hatte auch heute der Kardinal seine Mitstreiter um sich versammelt, um die laufenden Prozesse, Verläufe und weitere Entscheidungen zu erläutern. Bischof Eglof ließ keinen dieser Montagstermine aus, auch wenn ihm nur die Rolle eines Beobachters zukam. Paschalis stand wie immer hinter seinem Herrn. Er hatte zahlreiche Dispute zwischen den beiden miterlebt und am Ende waren sie jeweils unversöhnlich auseinandergegangen.

»In Nördlingen wurde das peinliche Verfahren an vier Hexen eröffnet, drei davon waren sofort geständig. Die Oettinger Hexen warten auf die Hinrichtung. Was die niederen Gerichte betrifft, werden jetzt Gotteslästerung, Sonn-

* 11. November

tagsschändung, Ehebruch und Häresie streng verfolgt und von den jeweiligen Amtsleuten bestraft. In die lutherischen Gemeinden werden wir die besten Prediger schicken und das Volk zur Umkehr rufen.« Pater Coelestis gefiel sich im Vortrag der Ereignisse und war glücklich, als der Kardinal es ihm durch ein kurzes Kopfnicken dankte.

Paschalis mochte den eitlen und bisweilen aufbrausenden Dominikaner nicht. Er ahnte, dass Bischof Eglof, der während der Aufzählungen nur den Kopf geschüttelt hatte, nun aufstehen würde. »Gott ist die Liebe und die Verzeihung. Er hat seinen Peinigern und der Ehebrecherin verziehen, und ich frage Euch, wer von euch ist ohne Sünde? Im Gegenteil, Ihr ladet schwere Schuld auf Euch, indem Ihr unschuldige Frauen durch Folter zu einem Geständnis zwingt.«

Der Kardinal stand unvermittelt auf und schlug schnaubend seinen Stock auf den Tisch. »Eglof, hört endlich auf mit diesem pastoralen Gewinsel. Wir leben in schlimmen Zeiten. Ketzer, Hexen und Protestanten sind dabei, unsere Kirche zu zerstören. Wir stellen uns Satan in den Weg und Ihr werdet das nicht verhindern, sonst macht Ihr Euch mitschuldig. Geht mir aus den Augen!«, schrie er den Bischof an, der sich, von der Heftigkeit überrascht, in den Stuhl fallen ließ. Dann hörte Paschalis, wie sich der Kardinal zu Balbetta beugte und ihm etwas zuflüsterte: »Aqua tofana!«

Paschalis vermutete, dass es sich um ein Medikament handelte, das ihm Balbetta besorgen sollte. Der Kardinal klagte nie über irgendwelche Leiden oder Gebrechen, und Paschalis konnte nicht fragen, aber er vermutete, dass der Brandanschlag nicht nur seelische, sondern schwere körperliche Schmerzen verursacht hatte. Als der Inquisitor Anstalten machte zu gehen, half er ihm und führte ihn hinaus. Er war sehr aufgeregt, kurz vor dem Ausgang drehte er sich um und schrie: »Jeden Montag diese Rechtfertigungen. Ich habe es satt! Die Sitzung ist geschlossen.«

86

Augsburg, Sankt Anna* 1575

DIE DOMHERREN HATTEN sich versammelt. Otto konnte nicht glauben, dass Bischof Eglof mit achtunddreißig Jahren abberufen worden war. Bei seinem letzten Besuch in Dillingen schien er ihm zwar nachdenklich, aber bei guter Gesundheit zu sein. Er wurde den Gedanken nicht los, dass der Kardinal den missliebigen Bischof aus dem Weg geräumt haben könnte. Dass es zwischen den beiden mehrmals offen zum Streit gekommen war, wurde immer wieder erzählt. Am heutigen Tag sollte nun die Wahl des Nachfolgers stattfinden. Die Gerüchte hatten sich auf den

* 26. Juli

berüchtigten Marquard II. verdichtet, der in Bamberg als Dompropst zahlreiche Verfahren gegen unschuldige Frauen eingeleitet hatte. *Sicherlich ist er der Wunschkandidat des Kardinals*, dachte sich Otto. Kurz vor der Wahl waren Otto die Jesuiten zu Hilfe gekommen, die Marquard des Mordes, der Häresie und des Konkubinats anklagten. Er soll als Student in Italien bei einer Rauferei seinen Daumen verloren haben. Das Domkapitel hatte sich aber davon nicht beeindrucken lassen. Nachdem Herzog Albrecht V. von Bayern und Erzherzog Ferdinand von Österreich ihre Zustimmung zu dem umstrittenen Bamberger gegeben hatten, war die Schlacht verloren. Die Abstimmung *in secreto* ergab siebenundzwanzig Stimmen für und dreizehn gegen Marquard. Otto war sich sicher, dass der Kardinal einige Domherren mit dem blutigen Geld der unschuldig verurteilten Frauen gekauft hatte. Der Kampf ging weiter und Otto hatte gesehen, wie eine Bischofswahl ihren Gang nehmen konnte. *Die nächste wird anders verlaufen*, das schwor er sich an diesem denkwürdigen Tag.

Dann wann ein trudt in die gefengknus kompt, so mus sie sich nackend ausziehen, alsdann sein maister suche ihr das zeichen, welches ein flecklein ist, als wann es geritzet were, wann ers dann gefunden, so sticht er mit einer schneidenden nadel hinein, do es dann ein trudt ist, so gibt es kein blud, auch verregt sie sich nicht.

Aus dem Handbuch für Scharfrichter

87

Dillingen, Sankt Katharina von Alexandria* 1576

Ein nasskalter Nebeltag lag über dem Donautal. Auf den Straßen war nur unterwegs, wer unbedingt musste. Ihm in seinem geschlossenen Wagen konnten Wind und Wetter nichts anhaben. Er reiste wie ein vornehmer Herr mit zwei Dienern in einer eigenen Kutsche, übernachtete nur in den besten Häusern und ließ sich seine Dienste wahrhaft teuer entlohnen. Er kam dorthin, wo man ihn brauchte, und das Geschäft lief immer besser, an solch trostlosen Tagen wie heute war es ihm fast zu viel.

Im Untergeschoss des Rathauses hatten die Büttel alles vorbereitet; bereits vor Jahren war dort ein Befragungsraum eingerichtet worden, in dem die Angeklagten hintereinander von ihm begutachtet werden sollten. Wie keinem anderen im Land traute man ihm zu, allein durch Examination eine Hexe von einer Unschuldigen unterscheiden zu können. Heute sollten neun Frauen vorgeführt werden, gegen die schwere Anschuldigungen vorgebracht worden waren. Auf Befehl des Großinquisitors waren gleich nach dessen Amtsantritt überall an den Kirchen Kisten aufgestellt worden, man nannte sie Tamburis, in die jedermann auf einem Zettel Gesetzesverstöße, das Fernbleiben vom Gottesdienst, Ehebruch, Verstöße gegen die Fastengebote, aber auch Hexerei, Zauberei und derlei anonym melden konnte. Regelmäßig wurden unzählige Personen denunziert. Die kleineren

---

* 25. November

Delikte wurden den Pflegern oder Amtsleuten vor Ort überlassen, wenn es um Häresie, Zauberei oder gar Hexerei ging, schaltete sich der Großinquisitor von seinem Amtssitz in der bischöflichen Residenz persönlich in den Prozess ein. Seither hatten sich die Prozesse vervielfacht. Die immer zahlreicher werdenden Anklagen, Vernehmungen, Folterungen und Verurteilungen hatten das Land verändert. Überall in den Gemeinden entstand eine Stimmung des Misstrauens, der Angst und des Argwohns. Keiner traute dem anderen über den Weg. Falschen Behauptungen und bösartigen Verleumdungen waren Tür und Tor geöffnet. Kleinste Streitigkeiten konnten fatale Auswirkungen haben. Schließlich bot die neue Form der anonymen Denunziation eine willkommene Möglichkeit, alte Rechnungen zu begleichen oder sich am Besitz der Wehrlosen zu bereichern.

Alles wartete auf ihn, die Hauptperson, den Nachrichter Meister Christoph von Biberach. Alle wussten, dass sich der Meister bereits in der Stadt befand, aber wer wollte ihm, der für den Zeitpunkt verantwortlich war, einen Delinquenten vom Leben ins Jenseits zu befördern, etwas über die Zeit erzählen? Er war es gewohnt, dass man auf sein Eintreffen geduldig wartete. Vor ihm öffnete ein Büttel von außen die Tür und kündigte ihn respektvoll an: »Meister Christoph von Biberach.«

Der eigenwillig bunt gekleidete, beeindruckend groß gewachsene Nachrichter von fünfzig Jahren mit Vollbart und schulterlangem Haar spazierte lässig und erhobenen Hauptes die fünf Treppenstufen in den Raum herunter, während seine beiden jungen Diener eine schwere Kiste hinterherschleppten. Sein Aussehen glich eher dem eines Spielmanns oder Gauklers, sein Auftreten hingegen war das eines weit gereisten Nobelmannes.

In dem kalten, fensterlosen Gewölbekeller hatten sich der Amtmann Jörg Kainz, drei Ratsherren und die Vertreter der Kirche eingefunden, die beiden Dominikanermönche in weißem Habit mit schwarzer Cappa. Sie alle hatten auf einer langen Bank hinter einem großen schweren Tisch Platz genommen. Der Stadtschreiber stand unruhig an seinem Schreibpult, bereit, das Protokoll auf Papier zu bringen; vier bewaffnete Büttel hatten regungslos in den jeweiligen Ecken des Raumes Position bezogen, in dessen Mitte ein dickes Seil mit einem Eisenhaken über ein Holzrad lief und von der Decke baumelte: der gefürchtete Streckgalgen. Dieser konnte durch einen Holzzylinder auf- und abgelassen werden, an dem rechts und links Drehstäbe befestigt waren.

»Gott zum Gruß, Exzellenzen, Räte und Stadtverweser, Kathrein lässt den Winter rein!«, rief der Nachrichter gut gelaunt in die Runde, legte seinen Umhang und seinen befiederten Hut in die Arme der Diener und rieb sich die Oberarme, um sich aufzuwärmen. Alle Anwesenden standen auf. Ihm die Hand zur Begrüßung zu reichen, war jedoch strengstens untersagt, galt sein Beruf doch als unrein. Man beließ es bei einem zwanglosen Winken mit der rechten Hand.

»Wir danken ihm, Meister Christoph, dass er uns ein weiteres Mal behilflich ist bei der Suche nach der Wahrheit und heißen ihn in unserer Stadt herzlich willkommen.« Der Amtmann Kainz begrüßte den Henker. Beim letzten Auftrag war der Nachrichter in doppelter Mission in Dillingen gewesen. Einem zum Tode verurteilten Mörder und Straßenräuber hatte er unter großem Applaus mit einem sauberen Hieb den Kopf vom Rumpf getrennt, bei der damals beschuldigten Frau konnte er allerdings keinerlei Anzeichen von Hexerei und Teufelswerk feststellen. Sie war auf sein Anraten hin freigelassen worden, die Kosten des Verfahrens hatte, zum Verdruss des Amtmanns, die Stadtkasse bezahlen müssen. Heute war die Sache viel komplizierter und weitaus umfangreicher.

»Wir werden ihm insgesamt neun Frauen vorführen, die der Hexerei und insbesondere der Viehtötung, der Kindstötung, des Schadenzaubers, der Teufelsbuhlschaft, der Gotteslästerung und anderer abscheulicher Delikte angeklagt sind. So wolle er denn bei der Wahrheitsfindung behilflich sein und seines Amtes walten.« Der Amtmann nahm sich sehr wichtig, und es schien fast, als würde er sich über den Prozessbeginn freuen.

»Ich komme mit Examinationen, peinlichen Verhören und Hinrichtungen gar nicht mehr mit. Der Teufel und seine Anhänger haben sich wohl bei Euch eingenistet. Dann werden wir sehen, welcher Gespielinnen er sich in Dillingen bedient.« Meister Christoph nahm auf einem Stuhl neben seinen beiden Dienern Platz, Amtmann Kainz gab dem Büttel an der Tür ein Zeichen und wenig später zog dieser die erste vermeintliche Delinquentin hinter sich her die Treppe herunter. Ihre Hände waren gefesselt.

»Name, Alter, Stand?«, fragte der Amtmann die Frau, die verstört um sich blickte.

»Gerhild Maierin, fünfundzwanzig, verwitwet«, erwiderte die Beschuldigte leise und mit gesenktem Kopf. Sie war gezwungen, so vor dem Gremium Aufstellung zu nehmen, wie sie der Büttel dirigierte, der sie fest an beiden Ellbogen hielt.

»Wann hat sie zuletzt gebeichtet?«, warf der Dominikanerpater Coelestis ein, den der Nachrichter von einigen Prozessen im Umfeld kannte.

»Vor fünf Tagen«, antwortete sie schüchtern.

Der Dominikaner nahm das Kreuz, das er um den Hals trug, hielt es vor sie und befahl ihr: »Bete das Vaterunser, das Ave-Maria und den Engel des Herrn!«

Gerhild Maierin tat wie geheißen und küsste anschließend das Kreuz, das der Pater ihr an den Mund hielt. Lange verweilten ihre Lippen auf dem Corpus Christi, sie hob langsam den Kopf und ihr Blick verklärte sich, als würde sie in weiter Ferne etwas Erhabenes erblicken. Von einem Wimpernschlag auf den anderen überkam sie scheinbar eine Gelassenheit und Ruhe, was vor allem den Pater offensichtlich verstörte.

»Sagt mir doch bitte, warum ich hier bin und was mir vorgeworfen wird?« Sie sprach mit leiser, aber fester Stimme.

»Du hast keine Fragen zu stellen, sondern nur zu antworten«, erwiderte der Amtmann streng. »Ich frage dich deshalb. Bist du die Buhle eines Teufels?«

»Nein, ich kenne weder einen Teufel noch bin ich seine Gespielin«, antwortete sie unaufgeregt und besonnen.

»Hast du Schadenzauber verübt, Menschen oder Tiere verhext oder betreibst du schwarze Magie?«

Sie schüttelte den Kopf. »Ich weiß nicht, wovon Ihr redet. Ich bin unschuldig, ich habe niemandem etwas zuleide getan, es muss eine Verwechslung sein, glaubt es mir! Ich habe mit meinem Mann bis zu dessen Tod ein ehrenwertes Leben geführt. Ich achte die Gebote, führe ein gottesfürchtiges Leben und bin eine reine Magd des Herrn.« Sie vermied es, den einzelnen Männern in die Augen zu blicken. Sie schien mit einer unsichtbaren Macht Zwiesprache zu halten. Ihr Gesicht entspannte sich immer mehr.

»So kommen wir nicht weiter. Ich übergebe dich hiermit zur Examination in die Hand des Meisters Christoph. Er walte seines Amtes, Herr Nachrichter!«

Die Herren setzten sich und Gerhild Maierin blieb weiterhin ungewöhnlich gefasst. Unter den Räten wurde aufgeregt getuschelt, denn spätestens an dieser Stelle fingen die Delinquentinnen gewöhnlich an zu jammern und zu schreien.

Der Meister erhob sich. »Es handelt sich lediglich um ein gütliches Verhör. Tu nur das, was ich sage!«, wandte er sich an die Frau. »Ausziehen, Stadtknechte!«, befahl er den Bütteln in barschem Ton.

Die Büttel legten augenblicklich ihre Waffen zur Seite, lösten mit geübten Handgriffen die Fesseln der Frau und beraubten sie ihres einzigen Kleidungsstücks. Ein Rupfensack, in den für den Kopf und die Arme drei Löcher eingeschnitten waren.

Gerhild Maierin stand nackt vor dem Tribunal und versuchte, mit ihren Händen ihre Scham zu bedecken. Ihre langen braunen Haare hatte man ihr abgeschnitten. Krampfhaft verschloss sie die Augen, als könne sie sich dadurch den lüsternen Blicken der Anwesenden entziehen. Auf dem kalten Lehmboden hätte sie im flackernden Licht der Fackeln den Schatten des Streckgalgens gesehen, der bedrohlich an die Wände geworfen wurde. Die Herren musterten die Maierin in vereinter Schamlosigkeit und genossen die dargebotene Zurschaustellung eines so wohlgeformten weiblichen Körpers in vollen Zügen.

Aber es gab etwas, eine unsichtbare Kraft, eine Aura, das spürten alle Anwesenden im Raum, die sich schützend über diese Frau gelegt hatte.

»Nimm die Arme hoch, sonst muss ich dich aufziehen lassen«, befahl ihr der Henker und deutete auf den Strick.

Beim Anblick des von der Decke hängenden Hakens nahm sie ohne Zögern die Arme in die Höhe. Ihre Brüste, die nichts von ihrer Jugendlichkeit eingebüßt hatten, hoben und senkten sich mit ihrem Atem, der nach wie vor ruhig und gleichmäßig war.

»Büttel, nimm dir eine Kerze und leuchte mir!«, ordnete der Henker an.

Der Knecht folgte der Aufforderung.

»In Gottes Namen«, flüsterte Meister Christoph, ging die drei Schritte auf die Maierin zu und begann unter den neugierigen Blicken der Anwesenden mit seiner Untersuchung. Als Erstes zog er ein zwei Finger breites Amulett aus der Tasche und hielt es ihr unter die Nase; dabei murmelte er ein Gebet. Dann fing er an, den gesamten Körper der Maierin von oben bis unten mit seinen Fingern abzutasten, keine noch so kleine oder intime Stelle ließ er aus. Routiniert suchte er ein Hexenmal.

Auf der Bank herrschte gespannte Aufmerksamkeit, man ergötzte sich zwar an dem frischen Fleisch, wie die Büttel es nannten, und an den Erniedrigungen der Frau, aber die Ruhe und Gelassenheit, mit der die Maierin die Demütigungen über sich ergehen ließ, ängstigte die Anwesenden sichtlich.

»Nadelprobe!«, rief der Meister den beiden Dienern zu und zeigte auf eine kaum erkennbare bräunliche Verfärbung am Gesäß. Der Amtmann kam hinzu und betrachtete die Stelle.

Einer der Diener öffnete die Kiste, nahm ein Lederetui heraus, in dem verschiedene Nadeln nach Länge und Dicke eingeordnet waren, und hielt es dem Meister in gebührendem Abstand zur Auswahl hin.

»Bald werden wir es wissen, meine Herren.« Der Henker nahm eine mittelgroße Nadel aus dem Etui, stellte sich so, dass alle freien Blick auf das Mal hatten, und stach hinein.

Gerhild Maierin zuckte kurz zusammen, gleich darauf ergoss sich ein kleines rotes Rinnsal über ihren weißen Oberschenkel.

»Lasst sie gehen, die Frau ist auf keinen Fall eine Hexe. Sie geht zur Beichte, betet regelmäßig, trägt keinerlei teuflische Abzeichen und reagiert natürlich auf Schmerz, ich finde keine Schuld an ihr.«

Auf der Bank wurde das Urteil des Henkers eifrig kommentiert, jedoch galt das Wort des Experten als unanfechtbar. Der Amtmann nahm eine offizielle Haltung ein. »Gerhild Maierin, die Untersuchung des Nachrichters im Auftrag des Rates und der katholischen Kirche haben keine Schuld erkennen lassen. Also geht Eures Weges!« Er gab den Bütteln ein Zeichen, die ihr daraufhin den Rupfen in die Arme drückten und sie zur Tür hinausschickten.

»Wie lautete die Anklage gegen dieses Wesen?«, erkundigte sich Meister Christoph, als die Beschuldigte das Kellergewölbe verlassen hatte.

»Hexerei, Teufelsbuhlschaft, Teufelsanbetung, Teufelspakt, Schadenzauber, Viehtötung, die ganze Litanei«, antwortete einer der beisitzenden Ratsherren dem Meister, nicht ohne vorher mit dem Amtmann Kainz einen vielsagenden Blick ausgetauscht zu haben.

»Ich rieche eine Hex schon aus hundert Fuß Entfernung, aber das sieht doch ein Blinder, dass diese Frau unschuldig ist und nichts mit dem Teufel zu tun hat; dafür müsst Ihr mich nicht aus Biberach anreisen lassen. Welche Beweise hattet Ihr denn gegen sie vorzubringen?«, schimpfte der Meister.

»Die Maierin wurde von mehreren Personen unabhängig voneinander denunziert, daher erging Anklage. Sie soll Schadenzauber verübt haben und wurde gesehen, wie sie sich mit ihrem sündigen Körper auf der Leithe mehreren Teufeln hingegeben hat. Ein Zeuge will sogar beobachtet haben, wie sie in der Nacht auf einem Besen über die Donau geflogen ist«, las der Stadtschreiber auf ein Zeichen des Amtmanns aus der Anklageschrift vor.

»Beweise der Hexentätigkeit gibt es haufenweise im ganzen Land, den Bauern verreckt das Vieh in den Ställen, Kinder werden tot geboren, und wer mit den finsteren Mächten paktiert, ist zu ganz anderen Schandtaten fähig; das würde eine peinliche Befragung schnell offenlegen. Bischof Marquard hat dieses Verfahren zur Wahrheitsfindung erlaubt und ich verweise ausdrücklich auf Artikel einhundertneun der Peinlichen Halsgerichtsordnung Karls V., deren Anwendung hier gefordert ist«, schaltete sich Pater Coelestis in das Gespräch ein.

»Es sieht ja fast so aus, als wärt Ihr Euch schon vorher einig gewesen, dass diese Frau schuldig gesprochen werden soll. Und Ihr Dominikaner seid ja ohnehin schnell bei der Hand, wenn es darum geht, die Foltergeräte auszupacken. Wir werden ja sehen, was Eure restlichen Angeklagten an Teufelszeug zu bieten haben, Hochwürden. Wenn dem so sein sollte, werdet Ihr früh genug in die falsche Fratze Satans blicken.«

88

Augsburg, am selben Tag

Otto hatte im Dom seinen alten Freund Giacomo empfangen.

»Du hattest es mir ja geschrieben, aber wie ist es möglich, dass selbst dein verehrter Papst Boncompagni dieses Miststück nicht verhindern konnte?«, wollte Giacomo wissen.

»In Rom sind sie froh, dass sie nichts mehr mit ihm zu tun haben. Hat deine Familie nicht Einfluss auf den Herzog? Er ist der Einzige, der uns den Kardinal vom Hals schaffen könnte.«

»München ist katholisch und wird sich hüten, ein solches Geschenk aus Rom zurückzuweisen.«

»Es wird in einer Katastrophe enden, wenn dieser Mensch weiter wüten darf.«

»Was ist denn bisher geschehen?«

»Es ist schlimmer, als ich vermutet hatte. Der Kardinal hat erreicht, dass Marquard II. vom Domkapitel zum Augsburger Bischof gewählt wurde. Er war vorher Domdekan in Bamberg und kennt sich in Hexenfragen bestens aus. Wer weiß, wen er alles bestochen hat, um eine Mehrheit zu erobern. Die Domherren, die ihn ernannt haben, stammen allesamt aus gutem Haus, für sie kann es nur einen Kandidaten geben, der sich auch erkenntlich zeigt.«

Giacomo machte ein besorgtes Gesicht. »Eine ziemlich korrupte Bande, die das Sagen hat. Und da sitzen einige, die wir Fugger hätten beeinflussen können. Wenn wir davon gewusst hätten.«

»Seit Erminio hier ist, hat er Dörfer und Städte mit Blut und Tod überzogen. Er lässt selbst kleinste Übertretungen der Gottesdienstordnungen drakonisch bestrafen. Der Einäugige hat unter Mithilfe des neuen Bischofs und mit der Vollmacht des Papstes alle wichtigen Positionen nach seinem Gutdünken umbesetzt, vor allem die Rechtsabteilung und die neu ernannten Hofräte. Anklagen im Hochstift, die die hohe Gerichtsbarkeit betreffen, durchlaufen im Eiltempo die Instanzen. Er bezieht sich dabei auf die *Carolina*. Damit ziehen seine Helfer durch die Lande, klagen an, foltern und richten nach Belieben.«

Sein Freund seufzte. »Wir können nur daran arbeiten, dass du so schnell wie möglich an die Schalthebel der Macht gelangst, ich sehe keinen anderen Weg.«

89

Dillingen, am selben Tag

Inzwischen war das Prozedere des gütlichen Verhörs an fünf Beschuldigten angewendet worden. Lediglich an einer Frau hatte der Meister aus Biberach eindeutige Beweise festgestellt, nämlich Abwehrreaktionen auf sein Hostienamulett, nicht blutende Hexenmale und die Verweigerung des Gebets. Sie wurde in den Turm verbracht, wo man sie den verschärften Verhören unterziehen würde, weil sie noch nicht gestanden hatte.

Die Stadt musste aus dem Gemeindesäckel die Prozessbeteiligten verköstigen und entschädigen. Erst nachdem schriftlich Anklage erhoben worden war, durfte der Amtmann auf das Einkommen der Beschuldigten zurückgreifen. Kainz wollte sich nicht lumpen lassen und hatte in der »Traube« ein reichliches Mittagsmahl in Auftrag gegeben. Die Ratsherren saßen mit dem Amtmann an einem großen Tisch in der Brauereigaststätte und ließen sich die gebratenen Forellen aus der Donau und das Kraut mit Knödeln schmecken. Meister Christoph musste, wie es die Sitte war, an einem kleinen Nebentisch Platz nehmen, was gar nicht zu seinem eleganten Äußeren passte. Die Büttel und die beiden Diener des Meisters am unteren Ende des Tisches mussten sich mit einer großen Schüssel dicker Suppe zufriedengeben, aus der sie gemeinsam löffelten. Dazu gab es Brot und reichlich Bier.

»Die Beschuldigungen und Denunziationen hören nicht mehr auf, fast jeden Tag liegen neue anonyme Anzeigen im

Kasten; die Untersuchungen nehmen kein Ende und mehr als eine Hinrichtung im Monat können wir uns nicht leisten«, klagte Jörg Kainz und griff in die dampfende Schüssel mit Knödeln, die eine Bedienstete der Traubenwirtin gerade auf den Tisch gestellt hatte.

»Wir müssen froh sein, dass endlich einmal mit der ganzen Hexerei aufgeräumt wird und die Leute wieder ruhig schlafen können, wenn der Teufel mit seiner Brut in die Schranken verwiesen wird. Da sollte die Stadt dankbar darum sein«, widersprach eines der Ratsmitglieder und genehmigte sich einen kräftigen Schluck Bier aus dem Humpen.

»Vielleicht müssen wir bei unserem Auswahlverfahren strenger vorgehen, damit wir nicht so viel Zeit und Geld verlieren mit den aufwendigen Examinationen. So eine Sache wie mit der Maierin darf nicht noch einmal passieren«, warf ein anderes Ratsmitglied besorgt ein, was beim Amtmann eifriges Kopfnicken auslöste.

Während des allseitig zufriedenen Schmatzens und Rülpsens, trat der junge Dominikaner in die Gaststube. Er bündelte mit einem lauten Räuspern die Aufmerksamkeit aller auf sich und richtete den Blick auf das Blatt, das er in der Hand hielt. »Meine Herren, ich habe Euch auf Befehl des Fürstbischofs Marquard II. Folgendes mitzuteilen: In Übereinstimmung mit Seiner Eminenz, von päpstlichen Gnaden Großinquisitor Kardinal Erminio, ist hier in Dillingen ab sofort das bisher praktizierte Akkusationsverfahren abgeschafft. An seine Stelle tritt das Inquisitionsverfahren, das Kläger, Ermittler und Richter unter der göttlichen Autorität zusammenfasst. Den Vorsitz des Gerichts führt ab heute die Inquisition als apostolische Administration. Der Amtmann und die Räte werden als stimmlose Beisitzer zugelassen. Bei jeder des bösen Zaubers angeklagten Weibsperson, so sie nicht geständig sei, ist auf die gütliche Befragung und die Examination zu verzichten und mit dem peinlichen Verhör fortzufahren. Der amtierende Nachrichter Christoph von Biberach ist von dieser Entscheidung in Kenntnis zu setzen.«

Die Räte und der Amtmann sahen sich erstaunt an.

»Es waren dem Herrn Bischof wohl ein paar Unschuldige zu viel heute oder habt Ihr mein Untersuchungsergebnis gleich dem Einäugigen mitgeteilt? Darum seid Ihr doch augenblicklich hinauf in die Residenz gelaufen, um möglichst schnell Bericht zu geben, oder?«, maulte der Meister an seinem Tisch, warf verärgert seine Serviette auf den Boden, stand auf und stellte sich mit seiner ganzen Größe in den Raum. »Ich will Euch etwas sagen, Ihr Herren von Dillingen, mit mir macht Ihr dieses Spielchen nicht. Ich foltere keine Unschuldigen; gerne knöpfe ich Euch Mörder und Räuber auf oder schlage ihnen den Kopf ab, aber holt Euch für die Drecksarbeit, wen Ihr wollt. Wenn Euer Inquisitor Blut sehen will, soll er das mit seinem eigenen Gewissen vereinbaren. Herr Amtmann, lasst mir die geleisteten Dienste anweisen, damit ich mich empfehlen kann.«

Er winkte seinen beiden Dienern, die sich vor dem Aufstehen hastig die Münder vollstopften, und verließ erhobenen Hauptes die »Traube«.

»Kein Unschuldiger wird verurteilt werden und Gott selbst wird demjenigen Standhaftigkeit verleihen, der Folter zu widerstehen, der gottesfürchtig und guten Willens ist. Wir müssen uns daran erinnern, dass die Verfahren und Exekutionen nicht in erster Linie dazu dienen, die Seelen der Angeklagten zu retten, sondern vor allem dazu, das Gemeinwohl zu fördern und den Leuten Furcht einzuflößen«, erklärte der Dominikaner den verdutzt dreinschauenden Stadtvertretern. »Wegen des Abgangs des Biberacher Henkers braucht ihr Euch keine Sorgen machen. Unser Herr Bischof wird den Bamberger Nachrichter bitten, das blutige Geschäft zu übernehmen. Er kennt sich aus, hat bereits mehrere Dutzend Weiber verbrannt und bekommt jedes Geständnis.«

»Und wer soll die peinliche Befragung der noch inhaftierten Weibspersonen durchführen?«, wollte der Amtmann wissen.

»Sobald der Bamberger Henker eingetroffen ist, werde ich persönlich im Auftrag des Großinquisitors die weiteren Befragungen, seien sie nun gütlich oder peinlich, vornehmen.«

»Dann können wir uns ja auf gewaltige Kosten gefasst machen. Nach dem Freispruch der Maierin steht ja nun die ganze Finanzierung der Prozesse auf wackligen Beinen; ihr Stadthaus und Nachlass waren fest eingeplant. Auf den Kosten für die Hinrichtungen der anderen Weibspersonen werden wir wohl sitzen bleiben«, sinnierte Amtmann Kainz vor sich hin, und die letzten Bissen des Prozessmahls wollten ihm nicht so recht schmecken.

90

Augsburg, ein Tag nach Sankt Nikolaus* 1576

SEINE WOHNUNG IM Domkonvikt hatte zwar eine Feuerstelle, aber es war nicht eingeheizt und dementsprechend ungemütlich. Otto störte sich nicht daran. Wenn er wollte, konnte er den Feuerknecht rufen lassen, und der würde schnell Abhilfe schaffen. Ihn beschäftigte etwas anderes. Hilflosigkeit und die Erkenntnis, mit einem Problem nicht fertigzuwerden, waren Dinge, mit denen Otto überhaupt nichts anzufangen wusste. Die Ereignisse schienen über ihm zusammenzustürzen. Bedauern und Mitleid mit den Opfern der Inquisition waren das Einzige, was ihm blieb. Er konnte und wollte sich nicht damit abfinden. Ein Funken Hoffnung für ihn war, dass sich in einigen Orten vorsichtiger Widerstand gegen den Bischof und seinen Vollstrecker regte. Der Dompropst hatte ihm die Beschwerdebriefe verschiedener Amtsleute des Bistums, die in Dillingen vorstellig wurden und vergebens auf eine Antwort warteten, auf den Schreibtisch gelegt. Inzwischen hatte sich herumgesprochen, dass sich am Dom eine Opposition gegen den Bischof gebildet hatte. Während er in seiner Wohnung auf und ab ging, schob jemand geräuschvoll etwas unter der Tür hindurch.

Otto hob den versiegelten Brief auf. Er kam aus Leeder. Als er mit Pfarrer Engelschalk im Oktober 1573 einer ihrer Zusammenkünfte beigewohnt hatte, hatte er den Marianischen versprochen, die Sorgen und Nöte, die die katholische

* 6. Dezember

Bevölkerung bewegten, weiterzutragen und nach Kräften Abhilfe zu schaffen. Er öffnete den Brief, überflog die Zeilen und erschrak:

Mehrfach ist von verschiedenen Seiten und Zeugen berichtet worden, dass in Leeder die himmlischen Mächte mit den teuflischen einen gewaltigen Kampf führen, dass sich im Schloss, worin der Rehlinger mit seiner sektischen Familie wohnhaft ist, unheimliche Dinge und Unglaublichkeiten ereignen und dort mehrere Teufel ein und aus gehen, dass Tote am helllichten Tag gesehen worden sind und in den Nächten arme Seelenlichter über dem Friedhof schweben, die aus dem Fegefeuer flehentlich um ewige Ruhe bitten. Alles Unheil, das über das Dorf gekommen ist, soll seinen Ursprung in der Niederkunft der Zwillinge haben, die mit der grausamen Pestilenz Anno '63 einhergegangen ist; die kleine Helene trägt Teufelsmale und der rote Raymund soll ein Kind des Satans sein. Daher soll mit Ihro gnädigen Hilfe und des ehrwürdigen Herrn Bischofs eine Exercitio, wie schon andernorts geschehen, eingeleitet, die Ketzerei ausgetrieben und dem bösen Spuk ein Ende bereitet werden. Darum bitten wir inständig im Namen Gottes, der Jungfrau und ihres Sohnes Jesus Christus, Amen.

»Raymund, um Gottes willen!«, rief Otto und ließ sich auf einen Stuhl fallen. Sein Sohn war in großer Gefahr. Wozu waren diese Menschen fähig? Ging es nur um die verhinderte Ausübung ihrer Religion oder war es der Neid auf die Besitzenden, die Obrigkeit, der Hass auf die Ausbeuter, die Unzufriedenheit über die schlechten Ernten, die gestiegenen Preise, Hunger und Krankheiten? Es war klar, dass eine Lösung des Problems nur über die Rehlinger führen konnte. Wenn die Maschinerie der Inquisition einmal ins Rollen gekommen war,

war sie nicht mehr aufzuhalten. Auch wenn er sich immer wieder versuchte einzureden, dass Giovanna und er Raymund nur die besten Gaben vererbt haben konnten, musste er sich eingestehen, dass sein Sohn in einer Ketzerfamilie aufwuchs und er wahrscheinlich dazu erzogen wurde, die katholische Kirche, und somit seinen eigenen Vater, zu hassen. Aber wie konnte er Raymund helfen, ihn schützen?

Sein Sohn musste schnellstens weg aus Leeder und in Sicherheit gebracht werden, bevor die Inquisition sich des Ortes bemächtigen würde. Aber wie? Ein Studium in Italien? Zuerst musste er alles daran setzen, die Briefe aus Leeder an den Inquisitor abzufangen.

91

Augsburg, Februar 1577

Ach, Emanuel! Wie konntest du mich mit den halbwüchsigen Kindern nur allein lassen? Anna seufzte tief und zog an der Glocke. Sie war nicht einmal vierzig und schon Witwe.

Die Sorgen um das Gut, Krankheiten, Intrigen und Verleumdungen, alles war mit einem Mal über sie hereingebrochen. Es zehrte an ihren Nerven. Sie brachte seit Tagen kaum einen Bissen hinunter und dann war da noch die Sache mit Helena und Raymund, die sie nicht aus den Augen lassen konnte. Gläubiger standen mit Forderungen vor der Tür. Sie wusste nicht, wer es gut mit ihr meinte und wer sie betrügen wollte. Fünf Tage nachdem sie ihren Mann beerdigt hatte, hatte sich Anna auf den Weg nach Augsburg gemacht. Onkel Hieronymus war immer für sie da gewesen, wenn sie ihn gebraucht hatte. Er würde ihr sicher in dieser schweren Zeit beistehen.

Hieronymus residierte am Rathausplatz in einem der schönsten und prächtigsten Patrizierhäuser der Stadt mit Blick auf den Perlachturm. Ein Diener öffnete ihr und brachte sie nach oben in die warme Stube.

»Anna, wach auf mein Seel! Um Himmels willen! Du alleine hier in Augsburg? Wie siehst du denn aus? Du bist ja leichenblass. Was ist passiert?«

»Lobsinge seinen Namen, Oheim, ich bringe traurige Kunde. Emanuel ist an Lichtmess von Gott dem Allmächtigen ins ewige Himmelreich abberufen worden.« Anna versuchte, so gefasst wie möglich zu wirken, was ihr nur schwerlich gelang. Schließlich ging sie vor dem alten Mann auf die Knie, um ihre Tränen zu verbergen.

Hieronymus nahm sie in den Arm. »Der Herr gebe ihm die ewige Ruhe und das ewige Licht leuchte ihm, er lasse ihn in Frieden ruhen, Amen.«

Sie verharrten minutenlang wortlos, ehe Hieronymus wissen wollte, woran sein Neffe gestorben war. »Er war doch kerngesund. Gab es vielleicht einen äußeren Anlass?«

»Er fühlte sich ein paar Tage vorher unwohl, schenkte

dem aber keine große Bedeutung. Am letzten Januartag abends bekam er hohes Fieber, worauf ich sofort nach dem Bader geschickt habe. Dessen kalte Wadenwickel haben für etwas Linderung gesorgt. Am zweiten Februar wurde das Fieber stärker und Emanuel rief nach den Kindern. Als alle um sein Bett versammelt waren, hat er sich von jedem Einzelnen verabschiedet, danach wurde sein Atem immer kürzer, der Puls raste und nachmittags um halb fünf hauchte er sein Leben aus.«

»Mach dir keine Sorgen, Anna, ich werde alles tun, was in meinen Möglichkeiten steht, um dir zu helfen.« Er legte väterlich seine Hand auf ihr Haupt und streichelte ihr blond glänzendes Haar. »Ich habe ein schlechtes Gewissen, Anna, weil ich mich seit dem Tod meines Bruders nur wenig um euch gekümmert habe. Ich hoffe, du verstehst, dass ich mit meinen achtundsechzig Jahren selbst meine Kräfte allmählich schwinden sehe und meine restliche Energie damit verschwendet habe, Marx eine erfolgreiche Übernahme der Gesellschaft zu ermöglichen.«

»Du brauchst dich nicht schlecht zu fühlen, Oheim, aber vielleicht können uns deine guten Beziehungen hilfreich sein?«

»Alles, was möglich ist, werde ich für euch veranlassen! Setz dich und sprich, was dir auf dem Herzen liegt!«

Anna setzte sich an den Tisch. »Es wächst mir alles über den Kopf, das Gut, die ständigen Anfeindungen, die Gläubiger und die Kinder. Ich bitte dich um Hilfe, vor allem für Raymund. Er ist nun bald vierzehn Jahre alt. Er und seine Schwester Helena werden von der Dorfbevölkerung öffentlich als Teufelskinder beschimpft und bedroht. In einem Brief, den uns ein Bote aus Augsburg ins Haus brachte, rät mir ein Unbekannter, Raymund zum Studium nach Italien zu schicken, um seine Qualitäten zu entwickeln. Es gibt anscheinend Menschen, die unbedingt wollen, dass er aus Leeder verschwindet. Er hatte seit jeher eine mehr als herzliche Beziehung zu Helena, die beiden sind unzertrennlich. Niemand außer Emanuel und zwei unserer Bediensteten weiß es, aber Raymund ist nicht unser eigenes Kind, er wurde uns damals im Pestjahr '63 vom Totengräber ins Haus gebracht, der ihn vor der Kirche gefunden hatte. Ich habe ihn und Helena wie Zwillinge genährt und aufgezogen. Einer unserer Gärtner hat die beiden im Sommer erwischt, als sie zusammen halb nackt im Gesindehaus lagen. Du kannst dir vorstellen, was sie dort getrieben haben. Sie sind keine Kinder mehr und wissen wohl instinktiv, dass sie nicht Bruder und Schwester sein können. Eine räumliche Trennung der beiden wird wahrscheinlich das Beste sein.«

Hieronymus legte die Stirn in Falten. »Ich schicke dir für eine Weile einen Verwalter nach Leeder, der die dringenden Geldangelegenheiten in den Griff bekommen wird. Das Bauernvolk sucht für alles Unheil, das über ihr Verständnis hinausgeht, einen Schuldigen. Du hast recht, Anna, Raymund ist ein junger Mann. Er sollte standesgemäß einen Beruf erlernen, und das hier in der Stadt. Das wird ihm guttun. Was wollte denn Emanuel aus ihm machen?«

»Wir wollten, dass er ein Studium aufnimmt, aber Raymund ging lieber mit seinem Vater auf die Jagd und streifte mit Pfeil und Bogen durch die Wälder, anstatt seinem Großvater nachzueifern, der ja, wie du weißt, von Caspars Schriften besessen war und Dutzende seiner Bücher verschlungen hat.«

»Wenn er nicht studieren möchte, könnte er doch etwas erlernen, was ihm später auf dem Gut von Nutzen sein kann?«

»Hans Jakob, mein Jüngster, wird später das Gut leiten; das hat Emanuel zu Lebzeiten so bestimmt. Das Gut ernährt uns nur noch mühsam, die Pest hat die Einwohner stark dezimiert, das Wetter ist unberechenbar, und die Bauern haben kaum das Nötigste für sich selbst. Die Kinder müssen lernen, auf eigenen Beinen zu stehen.«

»Wir werden etwas finden, Anna, beruhige dich. Wichtig ist, dass Raymund einen ratssässigen Beruf erlernt, der ihm Ansehen verleiht und ihm die Möglichkeit eröffnet, Handel zu treiben; ein Rehlinger sollte bei allen Zunfthandwerkern in der Stadt mit offenen Armen empfangen werden. Was hältst du davon, wenn ich den alten Büchsenschmied Tibutius Benzenauer frage, ob er sich seiner annehmen könnte. Seine Werkstatt im Lechviertel ist im ganzen Land bekannt und geschätzt. Seine Prunkwaffen werden bis nach Spanien und Italien exportiert.«

»Das ist sicherlich ein Beruf, der Zukunft hat, bei all den bewaffneten Konflikten, die es zurzeit auszufechten gilt, auch wenn mir jegliche Auseinandersetzung mit Waffen zuwider ist und ich damit meine Mühe habe, wenn mein Sohn zu einem Kriegsprofiteur werden sollte.«

»Benzenauer stellt nur Waffen für die Jagd und für repräsentative Zwecke her. Seine Waffen werden von Fürsten, Grafen und Königen bestellt, die damit in ihren Wäldern ihrer Leidenschaft frönen und auf alles schießen, was sich bewegt. Er wird wohl beim Meister im Haus wohnen müssen, aber weil die Benzenauers nur einen Katzensprung entfernt sind, habe ich immer noch ein Auge auf ihn, und nach Leeder ist es gerade einmal eine Tagesreise.«

Schließlich gab Anna ihre Zustimmung.

92

Dillingen, großer Malefiztag 1577

Von ihrem Garten aus, der sich an die südliche Stadtmauer drängte, konnte Gerhild Maierin hinunterschauen auf die weite Landschaft und die träge fließende Donau. Diesen Blick genoss sie täglich, manchmal konnte man die Berge sehen, auf jeden Fall sah man auf das bunte Treiben in den Auen und das Rudern der Schiffe auf dem Fluss.

Heute mied sie die Aussicht. Stattdessen hatte sie fünf schmerzhafte Rosenkränze gebetet, für jede der armen Kreaturen einen. Schon am Vorabend hatte sie die Fenster mitsamt den Läden geschlossen; die Schmerzensschreie der Frauen waren ihr somit erspart geblieben. In ihren Gedanken sah sie, wie sie sich im Todeskampf in den Flammen aufbäumten. Während Gerhilds Examination hatte man Maria, ihre sechsjährige Tochter, in ein Waisenhaus gebracht. Es war ihr nicht einmal mehr möglich gewesen, sich um ihren Verbleib zu kümmern, denn als die Büttel Gerhild aus ihrem Haus verschleppt hatten, war Maria mit Freundinnen in der Stadt unterwegs gewesen und später in das Heim gebracht worden. Endlich, nach drei Monaten des mühsamen Wegs durch die Instanzen und des bangen Wartens, hatte sie ihr Kind vor wenigen Tagen wieder mit nach Hause nehmen dürfen.

»Gell, Mama, du lässt mich nie wieder allein. Die Schwestern waren so böse zu mir und die anderen Kinder haben mich an den Haaren gerissen und zu mir Hex gesagt. Was ist eine Hex, Mama, ich bin doch keine Hex, oder?« Maria nahm den Arm ihrer Mutter mit ihrer Kinderhand und drückte ihn ganz fest an sich. Es war das erste Mal, dass sie über die schlimmen Ereignisse im Waisenhaus sprechen konnte.

Gerührt setzte sich Gerhild Maierin auf einen Stuhl, nahm ihre Tochter auf den Schoß und drückte den Kopf an ihre Brust. »Ich verspreche es dir, mein Engel; von nun an werden wir immer zusammen bleiben, egal, was kommen mag.« Gemeinsam starrten sie in das Licht einer einzelnen brennenden Kerze, die nur spärlich die dunkle Stube erhellte.

»Weißt du, Maria, es gibt gute und schlechte Menschen, aber nicht jedem sieht man es an, ob er gut oder böse ist. Frauen, die im Wald Kräuter sammeln, die sich die Kräfte der Natur zunutze machen, um anderen Menschen zu helfen, um beispielsweise mit Salben und Tinkturen bei einer Geburt Schmerzen zu lindern, was glaubst du, sind das gute oder schlechte Menschen?«

»Das sind bestimmt gute Menschen, wenn sie anderen helfen«, erwiderte die Kleine, ohne lange nachzudenken.

»Schau, und trotzdem werden sie als Hexen verfolgt und umgebracht, weil man glaubt, dass sie mit ihrem Wissen Böses tun. Und immer wenn etwas passiert, das die Menschen nicht verstehen, sind die Hexen schuld.« Gerhild Maierin vermied es, ihrer Tochter von den beiden Tagen im Gefängnis, den Grausamkeiten der Inquisition und den heutigen Hinrichtungen zu erzählen.

Erst als es dämmerte, sich die Menge längst verlaufen hatte und die Stadtbüttel bereits dabei waren, die noch glühende Asche mit großen Schaufeln in die Donau zu schieben, wagte sie einen Blick hinunter. Sie konnte sich sehr gut vorstellen, wie der ganze Klerus, der Bischof und der Inquisitor mit großer Genugtuung auf der Tribüne gesessen hatten und den einfachen Bürgern und Bauern, die aus dem ganzen Umland herbeigeströmt waren, die angeblich von Gott erhaltene Macht demonstriert hatten.

Gerhild hatte den Glauben an die Kirche verloren. Im Gefängnis war sie mit den Frauen zusammen gewesen, die heute in den Flammen gestorben waren. Unter der Folter hatte keine ihre Unschuld beweisen können. Nur dem Mut und der Umsicht eines Menschen, dem ansonsten im ganzen Lande Verachtung, Abscheu und Hass entgegenschlug, hatte sie es zu verdanken, dass sie überlebt hatte. Es war ihr großes Geheimnis geblieben; niemandem hatte sie es bisher erzählt: Sie hatte während der ganzen Prozedur neben dem Henker eine weiße Gestalt gesehen, deren Anwesenheit ihr die Angst genommen und die Befragung für sie so glücklich hatte verlaufen lassen. Es war für sie der Beweis, dass der Himmel ihre Gebete erhört und ihr einen Engel zur Seite gestellt hatte. Dieser Engel würde sie und Maria auch weiterhin begleiten und beschützen. Nicht die Kirche hatte die Hand über sie gehalten, sondern der Himmel. Die Geistlichen wollten sie vernichten, daher war für Gerhild seit diesem Tag offenbar, dass das Böse sich auch der Kirche bemächtigt hatte. Was für eine hinterhältige Strategie Satans, dachte sie sich, wer würde an der Autorität und Rechtmäßigkeit des Klerus und seiner Entscheidungen je einen Zweifel hegen? Die Mächtigen der Hölle konnten unerkannt unter dem Deckmantel des Glaubens ihr perfides Werk vorantreiben.

Während sie diesen Gedanken nachhing, zog unten jemand an der Glocke. Sie öffnete das Fenster im ersten Stock, das auf die Gasse ging.

»Wenn Ihr Gerhild Maierin seid, soll ich Euch einen Brief übergeben«, rief ein junger Laufbursche herauf.

»Warte, ich komme gleich.«

Sie eilte die Treppe hinunter, drückte dem Boten einen Viertelbatzen in die Hand, nahm das Papier entgegen, das dem Siegel nach aus der Schreibstube des Rates kam, und hangelte sich unter bösen Vorahnungen die Treppe hinauf. Sie musste sich erst einmal setzen. Maria ließ sich auf dem Boden zwischen ihren Beinen nieder und sah sie mit großen Augen an.

Der Brief, den sie entsiegelte und öffnete, hatte schon beim schnellen Überfliegen ihre Vermutung bestätigt. Der Grund ihrer Anklage hatte nichts mit ihr zu tun, sondern mit dem Erbe ihres Mannes, ihrem Stadthaus. Man wollte die Gunst der Stunde nutzen und sie aus dem Weg räumen.

... und um Ihro eigen Interesse willen weiteres Ungemach zu vermeiden, dem Verkauf des Hauses für die Summe von 100 fl zuzustimmen. Gez. Kainz, Amtmann.

»Diese falsche Schlange, Kainz! Eine Unverschämtheit! Das Dreifache ist das Haus wert«, stieß sie hervor. Es war eine hinterhältige Intrige, der sie aufgesessen war. Man war dazu bereit gewesen, sie als Hexe zu verbrennen, nur um anschließend ihr Vermögen und ihr Haus zu konfiszieren. Jetzt, nachdem die Anklage gescheitert war, scheuten die Stadtvertreter nicht einmal vor einer Erpressung zurück. Doch welche Wahl hatte sie?

»Was steht in diesem Brief, Mama?«, fragte ihre Kleine, die wohl spürte, dass das Schreiben bei ihrer Mutter irgendetwas verändert hatte.

»Es ist nichts Schlimmes, Maria«, versuchte sie, beruhigend auf ihre Tochter einzuwirken, und strich ihr übers Haar, »aber ich glaube, dass wir zwei bald eine schöne Reise machen werden.«

»Oh ja, dann besuchen wir Menschen, die uns gerne haben!«

»Was hältst du davon, wenn wir über die Donau weiter in den Süden fahren, wo uns niemand kennt?«

Maria kletterte auf den Schoß ihrer Mutter und küsste sie auf die Wange.

»Ich möchte immer bei dir bleiben, Mama, bei der besten Mama der Welt!«

Ein stilles, wohltuendes Glück durchfuhr Gerhild Maierin bei den Worten ihrer Tochter, die sich fest in ihre Arme kuschelte, und sie darin bestärkte, das bereits verwirkt geglaubte Leben als ein unerwartetes Geschenk anzunehmen und Gott dafür zu danken.

93

Leeder, Sankt Peter und Paul* 1577

Die Marianischen sassen wieder beim Keggelbauer zusammen und beteten.

»Mir hand … Ketzar im Dorf … I sags uib … Des sind …

* 29. Juni

Ketzar!«, eröffnete die Hefflerin nach dem Rosenkranz den gemütlichen Teil des Abends und pfiff nach jedem zweiten Wort.

Die Keggelbäuerin blickte besorgt in die hilflosen Gesichter.

»Des wiss mer doch scho lang! Jedefalls jetzt, wo dr Schlossherr aufm Friedhof liegt, weats eng für d'Rehlingerin. Dös wead do doba bald de Bach nagau. Dös kenna mer verwarta«, erwiderte die Mesnerin. »Dia kloa Hex hot zwoa Kräha und dr roat Deifl isch mehr im Wald dussa als im Schloss. Do woasch ja, was dös bedeited. Die paktiered mit em dunkle Fürscht. Vo deana zwoa got dös Unglück im Dorf aus«, berichtete Theo vom Hauserbauer bedrohlich und bekreuzigte sich.

»Es war umsunscht, der scheene Vikar hot idda auf eiseren Briaf g'anworted, obwohl a versprocha hot, dass a eis hülft«, jammerte die Schmelzerin, und die Halblützerin stimmte zu: »Mir brauched ebban, der de Deifl austreibt.«

Dann stand Magnus Huetter, der Moosmüller, auf. Er glaubte, dass es jetzt an der Zeit war, seinen Vorschlag auf den Tisch zu bringen. »Ihr kenned beata, so viel ihr wend, des hot alls koan Weart. I hau mir des scho lang iberlegt, dass mir wia unter ar Glogge lebed, dia wo nix nauslosst. Es muass oar her, der dia Glogge z'sammeschleed. I sag bloß Inquisition.«

Die Mesnerin bekreuzigte sich. »Hand ihr vo deam Inquisitor in Dillinga g'heard? Dea ruumt jetzad auf im ganza Land. Dean brauch mer bei eis.«

»Mir hand doch scho zwoamal an Briaf an de Bischof in Dillinga g'schrieba«, wandte die Lehnerin ein und Magnus Huetter erwiderte: »Wea woas denn, ob dia ebbar liest. Wenn's sei muass, reit i selber na noch Dillinga, wenn sonscht nix hülft.«

Einen Augenblick hörte man nur das Pfeifen der Hefflerin, dann wich langsam das Entsetzen der Hoffnung. Jetzt erst erntete der Moosmüller zustimmendes Gemurmel.

94

Augsburg, Sankt Afra* 1577

VIERZEHN JAHRE WAREN vergangen, seit Otto Bologna verlassen hatte und ihm sein Gott unter dramatischen Umständen innerhalb weniger Stunden seine Geliebte, sein Kind und seine eigenen Zukunftspläne genommen hatte. Er hatte ihm einen Weg gewiesen, den Otto nun versuchte, in aller Konsequenz, Demut und Treue zu seinem Schöpfer zu verfolgen. Es war müßig, Bischof Marquard von der Sinnlosigkeit der Hexen- und Ketzerverfolgungen zu überzeugen. Trotzdem kämpfte Otto bei den Predigten, die er gelegentlich im Dom halten durfte, gegen den Hexenwahn und das tägliche Morden und Brennen an. Innerhalb weniger Jahre

* 7. August

hatte das fatale Bündnis zwischen dem Großinquisitor aus Rom und Bischof Marquard das Land mit einem Netz aus Misstrauen, Hass und Angst überzogen.

Dem Dompropst unterstand die Verwaltung des Hochstifts in Augsburg. Als dessen Stellvertreter war Otto die unangenehme Aufgabe zugefallen, mit einem Bündel von Beschwerdebriefen in Dillingen beim Großinquisitor persönlich vorstellig zu werden. Ein Zusammentreffen mit Erminio ließ sich nicht länger aufschieben. Nun wollte er es hinter sich bringen. Als er aber an diesem Morgen in den Wagen stieg, um sich nach Dillingen fahren zu lassen, erfasste ihn ein eigenartiges Gefühl, das geprägt war von den Erinnerungen an die Vorkommnisse in Bologna, dem Castello, Rico und schließlich der Gegenüberstellung mit dem Kastraten vor der Untersuchungskommission im Parlatorium des Dominikanerklosters. Bis heute war er sich nicht sicher, ob nicht Erminio selbst einer der drei Mönche gewesen war, die ihm damals bei der nächtlichen Befragung Furcht eingeflößt hatten.

Nach sechs Stunden erreichte der Wagen die fürstbischöfliche Residenz. Otto konnte kaum glauben, wie sich alles verändert hatte. Bereits bei der Einfahrt in den großen Innenhof ergriff ihn die Beklommenheit, ein Gefängnis zu betreten. Alle Fenster waren mit schweren Eisengittern versehen worden. Die ursprünglich im neuen Stil der Italiener von Kardinal von Waldburg erbaute Residenz glich inzwischen einer Trutzburg. Die schwere Tür fiel hinter ihm mit dumpfem Knall in Schloss, Otto zuckte zusammen. Alles war düster und kalt, die bukolischen Fresken im Treppenaufgang und im Empfangsraum waren übertüncht worden. Das Einzige, das ihn an seine früheren Besuche erinnerte, war Guntram, der kauzige Sekretär, der inzwischen bereits dem dritten Bischof zu Diensten war. Er erkannte ihn und forderte ihn höflich auf, im Empfangsraum an der großen Tafel am unteren Ende Platz zu nehmen und auf seine Eminenz zu warten. Dabei rümpfte er fast unmerklich die Nase, was Otto jedoch sofort aufgefallen war.

Schon an der Sitzordnung war ihm klar, welche Rolle der Inquisitor für sich in seinem Machtspiel vorgesehen hatte. Wie beim letzten Abendmahl waren es dreizehn Stühle, der in der Mitte war besonders groß und prächtig; für Otto blieb nur der Platz des Verräters Judas Iskariot einsam auf der anderen Seite.

Otto wunderte sich nicht, dass man ihn fast eine halbe Stunde hinhielt, dies gehörte zu den Spielregeln der Macht. Endlich kündigten Geräusche hinter der Tür die Ankunft seiner Eminenz an.

Ein Schwall von Menschen strömte aufgeregt durch das doppelflügelige Portal in den Raum, und erst als alle ihren Platz am Tisch eingenommen hatten, betrat der Kardinal selbst das Besprechungszimmer, energisch und entschlossen, mit erhobenem Haupt, begleitet von einem jungen Adlaten.

Wie bei meiner ersten Begegnung in Bologna vor achtzehn Jahren trägt er immer noch das weiße Dominikanerhabit mit schwarzer Cappa und Kapuze, ging es Otto durch den Kopf. Dann sah er das entstellte Gesicht. Ein Schauer durchfuhr ihn. Eine dünne pergamentartige Haut hatte sich über die verbrannte Wange gelegt und ließ die roten Adern durchscheinen. Seine Lippen waren verschwunden und ein Teil des Mundes war mit der Backenmuskulatur verwachsen, was seiner Miene jegliche Regung verwehrte. Über seiner linken Augenhöhle trug er eine schwarze Augenklappe.

Otto stand auf und wollte ihm entgegengehen, jedoch wies man ihn an, vor dem Kardinal Abstand zu bewahren.

»Gott zum Gruß, *von* Gemmingen.« *Verächtlicher kann man das »von« nicht aussprechen,* dachte Otto. »Viele Jahre sind ins Land gegangen, seit unserer letzten Begegnung in Bologna. Ich schätze Euren Glauben und wundere mich, dass Ihr es trotz Eurer angeborenen Mittelmäßigkeit so weit gebracht habt, Herr Vikar. Der Makel, mit einem Massenmörder befreundet gewesen zu sein, ist ein großes Hindernis, das schwer wiegt und Eurem weiteren Aufstieg in der kirchlichen Hierarchie wohl im Wege stehen wird. Ihr sprecht im Namen des Dompropsts, wie ich lese. Was habt Ihr vorzubringen?« Der Kardinal hatte ihn keines Blickes gewürdigt. Otto versuchte, sich den Ärger über diese Beleidigungen nicht anmerken zu lassen.

»Es freut mich, Eure Eminenz so voller Energie wiederzusehen. Wie Ihr bereits selbst bemerkt habt, ist die Herkunft nicht immer ein Garant für den erfolgreichen beruflichen Werdegang. Ich komme im Auftrag zahlreicher Räte und Landesverweser aus verschiedenen Städten und Dörfern. In allen von uns visitierten Sprengeln beherrscht die Menschen die dringende Sorge, dass durch die seit nunmehr zwei Jahren eingeleiteten Inquisitionsverfahren sich in unserem Land Angst, gegenseitiges Misstrauen und Hass ausbreiten. Unschuldige und unbescholtene Menschen leben in ständiger Furcht vor Denunziation, Verhaftung, Folter und Tod. Kindern werden ihre Eltern weggenommen, Familien auseinandergerissen, unter der Folter wird jedes Geständnis erzwungen. Ich fordere daher die Heilige Inquisition auf, im Namen des barmherzigen Gottes, dessen Sohn selbst seinen eigenen Mördern vergeben hat, dieses sinnlose Töten einzustellen und zurückzukehren zu den Werten der Bergpredigt. Zu Liebe, Wahrheit, Frieden, Besitzverzicht, Gerechtigkeit, Treue und Keuschheit. Der Herr reicht damit allen Sündern seine gütige und vergebende Hand.« Otto atmete tief durch und fühlte einen winzigen Augenblick ein ehrliches Erstaunen im Saal.

Dann drehte sich der Kardinal erstmals zu ihm. »Heilige Einfalt, von Gemmingen. Da habt Ihr etwas nicht richtig verstanden, denn wir wurden vom Stellvertreter Gottes, Papst Pius V., eingesetzt, nicht um den Menschen den Himmel auf Erden zu bereiten, sondern den Gläubigen und Gottesfürchtigen dereinst das ewige Leben zu ermöglichen. Den Ungläubigen und allen, die mit den Mächten der Finsternis paktieren, bringen wir die ewige Verdammnis. Wenn also die von Euch beschriebenen schlimmen Zustände geändert werden sollen, muss die Wurzel des Bösen bekämpft werden, und zwar mit allen Mitteln. Die Höllenpforten sind geöffnet.« Der Kardinal stand auf und erhob seinen Stock. »Satan hat seine Horden auf die Menschheit losgelassen. Wenn Euch das nicht bewusst ist, von Gemmingen, öffnet Eure Augen, von denen Ihr zwei gesunde besitzt, erkennt die Zeichen der Zeit und die Kräfte, die unsere Kirche zerstören wollen.« Seine Stimme überschlug sich im Eifer und bedrohlich wies er mit dem Stock auf Otto. »In diesem Zusammenhang sei darauf hingewiesen, dass jeder Versuch, unseren Kampf mit Worten oder Taten zu behindern oder uns die geschuldete Mitwirkung zu verweigern, als Häresie eingestuft und unabhängig von Person und Herkunft gnadenlos verfolgt wird. Überlegt Euch, von Gemmingen, ob Ihr auf der richtigen Seite steht!« Der Kardinal wandte sich dem Mann an seiner rechten Seite zu, der ihm etwas ins Ohr flüsterte, dann blickte er zurück zu Otto. »Ich will nicht verhehlen, dass man uns in einigen Gemeinden geradezu einlädt, das Böse auszurotten. Unsere Anwälte sind gerne bereit, Euch dafür Beweise vorzulegen, wie sie auch bereitwillig mit Euch über die Bergpredigt diskutieren werden. Informiert das Domkapitel über diese Unterredung, ich darf mich empfehlen.« Damit gab der Kardinal seinem Adlatus ein Zeichen, alle standen schlagartig auf und seine Eminenz ließ sich von dem jungen Mann hinausführen. Sechs der Männer verließen ebenfalls den Saal, die anderen verneigten sich und setzten sich wieder.

Otto hatte verloren. Es war eine bittere Niederlage. Er war in seine Schranken verwiesen worden. Dieser Mensch hatte sich in seine Welt der Rache zurückgezogen; nichts konnte ihn dazu bewegen, diese zu verlassen. Nun war er also sogar selbst verwarnt und angemahnt. Seinem Plan, durch die Vergrößerung der eigenen Macht die Kreise der Inquisition zu stören, hatte Erminio gerade einen mächtigen Dämpfer versetzt, wenn nicht sogar einen Riegel vorgeschoben. Otto fühlte sich hilflos und bloßgestellt. Trotzdem wollte er wissen, ob unter den angedeuteten Einladungen auch dasselbe Schreiben war, das er aus Leeder bekommen hatte.

»Eine Exegese der Bergpredigt möchte ich Ihnen, meine Herren, heute nicht mehr zumuten, gerne würde ich aber einen Blick in die erwähnten Bittschriften aus den Gemeinden werfen, die um ein Inquisitionsverfahren ersuchen.«

Einer der Anwälte öffnete einen mit Schnüren sorgsam verschlossenen Karton und legte mehrere Schriftstücke auf den Tisch.

»Die Hilferufe der Bevölkerung, sie vor den höllischen Mächten zu schützen, erreichten uns aus Rettenberg, Weilheim, Schwabmünchen, Nördlingen und Ellingen. Untersuchungen und Befragungen sind bereits eingeleitet«, erklärte der Jurist kühl und reihte die Akten vor sich auf. Otto fragte nicht weiter nach, bedankte sich und verließ den Raum.

Die Inquisition hat Leeder bisher links liegen lassen. Ihm entglitt ein Seufzer. Das war wohl das einzig Erfreuliche an diesem Tag. Beim Hinausgehen verabschiedete er sich herzlich von Bruder Guntram und schob ihm einen Silberling zu.

»Vergelt's Gott«, antwortete Guntram artig. »Wenn ich Euch irgendwie behilflich sein kann, Herr Vikar, seid ungeniert und lasst es mich wissen!«

Otto beugte sich zu ihm hinunter. »Du kannst mir sehr wohl behilflich sein, Frater! Wenn die Inquisition ein Schreiben aus Leeder erhalten sollte, lege den Brief zur Seite«, sagte er leise, »und leite ihn nicht weiter. Ich werde es dir mit großzügigen Zuweisungen danken. Miserere mei, Domine!«

Frater Guntram nickte leicht in sein Doppelkinn, strich sich über seine Kukulle und verabschiedete Otto, wie es sich für einen Geheimnisträger gehörte: dezent und zurückhaltend. Otto war zufrieden.

Ich bin also der Freund eines Massenmörders, daher sollen mir weitere kirchliche Ämter verwehrt sein! So spricht ein vom Bösen besessener Frauenhasser, Folterknecht und vielfacher Mörder. Wenigstens habe ich erreicht, dass die Rehlinger vor weiteren Nachstellungen verschont bleiben werden, dachte Otto, als er die große Freitreppe hinunterging. Unten wandte er sich noch einmal um und ließ seinen Blick über die Wände und die vergitterten Fenster gleiten.

95

Augsburg, vier Tage nach Sankt Bartholomäus* 1577

OTTO KAM DER Brief seltsam vor; er hatte kein Siegel und war nur schlicht zusammengefaltet. Jemand wollte anscheinend nicht als dessen Urheber erkannt werden. Hastig öffnete er ihn.

Euer Hochwürden, salutem in Christo,

am heutigen Tag erschien ein heruntergekommener Müller aus Leeder. Er wollte zum K. vorgelassen werden. Er könne nicht schreiben und lesen, daher müsse er persönlich vorstellig werden. Seine Geschichte von Lutherischen, Ketzern, Teufelskindern, toten Tieren, Missernten und Geistererscheinungen in seinem Dorf hat sich einer der Juristen aufgeschrieben. Der Kardinal fand den Müller so glaubwürdig, dass sich bereits am kommenden Montag eine Delegation auf den Weg machen wird. Misericordia mei. G.

»Was ist mit unserer Abmachung? Willst du mir jetzt auch Raymund wegnehmen? Auf welcher Seite stehst du?« Otto schrie es hinauf zum Kreuz. Nur ganz allmählich ordnete er seine Gedanken. *Bis zur Abreise vier Tage, von Dillingen aus drei, bleibt eine Woche. Ein Tribunal – Hilfe aus München? Raymund muss schnellstens weg. Eine anonyme Warnung nach Leeder schicken? Sollte er sich offenbaren? Eine Entführung? Giacomo vielleicht? Er kennt den Herzog.*

* 24. August

Dann kam ihm der entscheidende Gedanke. *Was würde man ernst nehmen? Vielleicht wenn ein Familienmitglied – der reiche Kaufmann? Also zuerst zum Rehlinger und dann nach Ingolstadt – ein Rechtsgutachten.*

96

Leeder, 31. August 1577

ZEIT ZU GEHEN. Warum jetzt schon? Onkel Hieronymus kam zwei Wochen zu früh. Weil es besser, vernünftiger war – oder nur einfacher für alle anderen? Natürlich war Hans Jakob, obwohl jünger als er, von Vater dazu ausersehen, das Rehlingergut zu leiten. Der gütige Vater hatte ihn übergangen. Aber er wollte das Gut gar nicht. Er wollte hinaus in die Welt und neuen Dingen auf die Spur kommen, verstehen, wie man etwas verbessern konnte, wie damals mit den Pfeilen, die er so lange gerader und exakter befedert hatte, bis sie ihr Ziel nicht mehr verfehlt hatten. Und dann hatte ihn Helena mit diesem unbeschreiblichen Blick Anerkennung und Achtung fühlen lassen. Helena – wie konnte er sie nur verlassen? Sie hatten einander doch geschworen, immer zusammenzubleiben. Eine Magd hatte dieses Gelöbnis mitgehört und das ganze Schloss hatte sich ereifert, Bruder und Schwester wollten … Ja was denn! Durfte er seine Schwester nicht lieben? War das der wahre Grund, warum er weggeschickt wurde? Nicht, weil er in Augsburg ein Handwerk lernen sollte? Augsburg, so weit, groß und unbekannt. Das Tor, das ihm einen neuen Horizont öffnen würde. Er war so neugierig darauf, wollte alles kennenlernen. Aber was, wenn es ihm dort so erging wie hier? Nein, er würde die Kappe, die Helena ihm geschenkt hatte, dort von Anfang an tragen; niemand würde seine roten Haare sehen, daran reißen oder sie mit Schafmist beschmieren. Niemand würde ihn mit den Geschwistern vergleichen und ihm nur Unterschiede zu ihnen aufzählen. Niemand würde die Mutter mit den Schmierereien an der Schlossmauer wegen ihm zum Weinen bringen und vor niemandem musste er seine eigenen Tränen mehr verstecken. Zeit zu gehen.

Vielleicht gehörte er ja wirklich nicht zu ihnen, warum musste man überhaupt dazugehören? Wenn sie nicht wollten, dann ginge es auch allein. Lernen musste er ohnehin allein, und lernen wollte er – so viel!

»Der Benzenauer ist ein guter Lehrmeister«, hatte Onkel Hieronymus gesagt. War das nicht egal? Wenn er nur von ihm lernte, wie man eine Büchse baute, sich selber eine bauen konnte und dann –

Er wollte niemandem damit etwas antun, er wollte nur, dass ihm niemand mehr etwas antun konnte. Wenn er dann zurückkäme, müssten sie nicht alle ihre Lästermäuler halten? Also musste er fortgehen, um zurückzukommen. Ja, er würde zurückkommen.

Langsam hob er seine Hände, langsam fasste er seine Kappe, langsam zog er sie sich vom Kopf und richtete sich auf. Zeit zu gehen.

97

Leeder, 6. September 1577

GEORG MAYER BLÄTTERTE in seinen Schriften und schwelgte in Erinnerungen. Nun waren es zwanzig Jahre, seit er mit Anna nach Leeder gekommen war. Die Schwenckfeldergemeinde in Leeder war stetig gewachsen. Viele suchten hier Zuflucht, da nach dem Tod Caspars in immer mehr Orten Vertreibungen stattfanden. Pilgerhausen galt noch immer als sicher. Die Briefe aus Ulm, Isny und Memmingen, mit deren Gemeinden Georg in Kontakt stand, waren beunruhigend; sie berichteten vermehrt von Anklagen und Verfolgungen. Georg schrieb immer noch Verteidigungen gegen Anfeindungen der Lehre Caspars, seine Energie war ungebrochen, aber immer öfter kamen ihm Zweifel. Anna hatte ihm anvertraut, wie es um das Gut stand. Es schmerzte ihn, dass er ihr nicht helfen konnte. Mit dem kleinen Gehalt, das sie ihm für die Gottesdienste bezahlte, die er jeden Sonntag als protestantischer Prediger abhielt, konnte er sich mit dem Notwendigsten versorgen. Anna setzte ihre ganze Hoffnung in …

Tok… totok… totok… Mächtige Schläge an die Eingangstür ließen das ganze Haus erzittern. Georg erschrak zu Tode. *So klopft kein Freund*, durchfuhr es ihn, und ihm war, als würde sein Blut in den Adern gefrieren.

Nachwort

Leeder unter Rehlingerherrschaft

Leeder war seit dem Verkauf des Gutes von Sigismund Gossembrodt an die Rehlinger anno 1509, den das Domkapitel von Augsburg genehmigt hatte, fast neunzig Jahre in deren Besitz. Die Lage an der wichtigen Verbindungsstraße von Augsburg nach Venedig, die vorhandenen Schlösser und herrschaftlichen Gebäude und die Markttätigkeit, die seit der ersten Hälfte des 16. Jahrhunderts nachgewiesen ist, machten den Flecken zu einem begehrten Besitz.

Ulrich Rehlinger der Ältere (1477–1547), Bürgermeister von Augsburg, verheiratet mit Ursula von Gossembrodt (1480–1560), sah anfangs im Erwerb des Ritterguts Leeder mit den Wäldern und Bauernhöfen sicherlich neben einem wildreichen Jagdrevier und einem Sommersitz eine weitere Möglichkeit, durch die in Lehensverhältnissen stehenden Bauern sein Vermögen zu vergrößern. Anno 1509 konnte im Hochstift noch niemand ahnen, dass nur wenige Jahre später die Reformation das Land überziehen würde und der jeweilige Eigentümer eines Ortes über die Religionszugehörigkeit seiner Bewohner zu bestimmen legitimiert war. Ulrich Rehlinger, dessen Frau Ursula eine begeisterte Anhängerin der Reformationsbewegung war, nutzte die Möglichkeit, den neu entstehenden Glauben ins Land zu tragen und zu verbreiten, indem er den Ort bereits 1527 unter dem Widerstand der Einwohner reformierte. Der Besitz des Dorfes ermöglichte die Ausübung der niederen Gerichtsbarkeit in eigener Regie, in den hochstiftischen Nachbarorten wurde diese von eingesetzten Pflegern ausgeübt. Die Blutgerichtsbarkeit hingegen, das sogenannte Malefiz, oblag dem bayerischen Herzog.

Bereits mit Beginn der Zwanzigerjahre des 16. Jahrhunderts hatten sich neben der Lehre Martin Luthers, Calvins und Zwinglis auch die Reformpläne Caspar Schwenckfelds (1490–1561), eines adligen Predigers aus Ossig in Schlesien, entwickelt und fielen vor allem in den süddeutschen Städten auf fruchtbaren Boden. So entstand in Augsburg eine Gemeinde mit Anhängern des Schlesiers, darunter befanden sich auch die Familien der Rehlinger.

Die Ankunft des lutherischen Predigers Michael Keller hat im Dorf nachweislich für solchen Ärger gesorgt, dass der bayerische Herzog diesen sofort wieder abziehen musste. Allen Widerständen und dem tief verwurzelten Katholizismus zum Trotz wurde Leeder in den folgenden Jahren eine protestantisch ausgerichtete Gemeinde. Ulrich Rehlinger, damals lediglich reicher Bürger und kein Adliger, gewährte seinen Untertanen eingeschränkte Bekenntnisfreiheit und konfessionell gemischte Ehen, aber er brachte auch den Großzehnt, den die Geistlichkeit über viele Jahre innegehabt hatte, in weltliche Hände und sicherte damit seiner Familie Wohlstand und Ansehen. 1545 kaufte Ulrichs Sohn, der Patrizier Jacobus III. Rehlinger (1497–1571), der ebenfalls dem Schwenckfeldertum nahestand, den Ort Leeder und seine Außengüter für zweiundzwanzigtausend Gulden von seinem Vater. Er gewährte Caspar Schwenckfeld und seinen Anhängern über viele Jahre hinweg Unterschlupf in der Gemeinde, in der er selbst von 1552 bis zu seinem Tod am 29. Mai 1571 lebte. Emanuel Rehlinger (1531-1577) übernahm die Besitzung Leeder nach dem Tod seines Vaters von der Erbengemeinschaft für zweiunddreißigtausend Gulden. Vermutlich auf die Empfehlung des aus Kempten stammenden Predigers Georg Mayer heiratete Emanuel Rehlinger im Jahre 1558 Anna Dorn (1535–1581) aus Kempten.

Ketzer oder Heiliger

Caspar von Schwenckfeld war ein schlesischer Reformator, der ursprünglich den Lehren Luthers nahestand, sich im Lauf der Jahre aber immer weiter von diesen distanzierte. Die Schriften und Briefe des Predigers waren vor allem im süddeutschen Raum verbreitet. Für die katholische Amtskirche waren seine radikalen Ansichten Ketzerei, seine Anhänger Häretiker und damit zu eliminieren. Seine zahlreichen schriftlichen Disputationen mit Luther, Bucer, Melanchthon und vielen weiteren Größen seiner Zeit sind erhalten. Schwenckfelds wichtigste Forderung an einen »rechten Christen« war die Ausrichtung des Lebenswandels am Evangelium. Seine spiritualistische Glaubenslehre verpflichtete zur Toleranz und Brüderlichkeit. Die Kirchen handelten seiner Meinung nach nicht im Geiste der Apostel, zudem bestehe die apostolische Gemeinde nicht aus Gebäuden, Organisationen und von der Kirche eingeführten Regeln wie Zölibat und Sakramenten; diese lehnte er allesamt ab. Er kritisierte den Ablass, den blinden Gehorsam und die Knechtung der Bauern durch die Besitzenden sowie die herrschende Geistlichkeit. Durch Steuern und Abgaben würde den Leibeigenen ein würdiges Leben verweigert, um damit wenigen Privilegierten ein sorgenfreies Dasein zu ermöglichen.

Die Obrigkeit war im Erfinden von Steuern und Abgaben höchst kreativ, sodass den Bauern und ihren Familien oft nichts mehr zum Leben übrig blieb, zumal die Gefahr von Missernten oder Wetterschäden zur damaligen Zeit immer vorhanden war. Gegen diese Steuer- und Abgabenpolitik rebellierten im ersten Viertel des 16. Jahrhunderts nicht nur die Bauern, sondern auch große Teile des Bürgertums, die sich mit der gegen den katholischen Ablasshandel und weitere Missstände aufbegehrenden Reformationsbewegung solidarisierten.

Trotz seiner radikalen Theorien war Schwenckfeld stets ein Mann des Friedens und der Versöhnung. Er wollte die Lebensbereiche in den untersten Schichten durch Predigt und Lehre der christlichen Liebe auf Basis der Worte Jesu reformieren. Die ständige Furcht und Besorgnis der Fürsten, die Erleuchtung ihrer Untertanen würde ihnen die Macht über diese rauben, veranlasste den Klerus in Rom im Jahre 1527 zu dem Vorwurf, Schwenckfeld heize die Revolution an. Von da an war er bis zum Ende seines Lebens auf der Flucht.

Caspar Schwenckfeld war gezwungen, Schlesien zu verlassen und ins Exil zu gehen; seine Lehren allerdings verbreiteten sich durch den verbesserten Buchdruck in Windeseile im gesamten Reich. Nach seinen Straßburger Jahren (1529–1533) verbrachte er viele Jahre in Ulm und in kleinen Gemeinden in Süddeutschland, ständig in privaten Konventikeln predigend. Mehrmals, unter anderem nachweislich in den beiden Jahren 1557 und 1558, fand er in Leeder Unterschlupf, vermutlich auf einem der außerhalb liegenden Gehöfte Schäfmoos, Wildbad oder Weldermühle. Zahlreiche Briefe aus dieser Zeit sind erhalten, die Caspar Schwenckfeld an die Gemeinden im ganzen Land versandte und die sich – wie Schätze kopiert und von einer Generation zur nächsten weitergegeben – heute in Pennsylvania in den USA befinden, wohin sich die letzten Schwenckfelder nach ihrer Vertreibung aus Europa 1740 geflüchtet hatten. Dort gibt es neben einer Zentralbibliothek des Schwenckfeldertums noch neun aktive Gemeinden.

Zuflucht und Rückzugsort für Freunde und Gesinnungsgenossen

Der Augsburger Religionsfrieden von 1555 entspannte die Situation der Verfolgten nicht, da es nur um die Abgrenzung von Lutheranern und Katholiken ging, alle anderen Religionen und Glaubensrichtungen, wovon es eine Vielzahl gab, waren de jure verboten und deren Anhänger folglich auszurotten. Die theologischen Anforderungen und radikalen Thesen Caspar Schwenckfelds an seine »Brüder und Schwestern«, wie er seine Anhänger nannte, waren vom bereits etablierten und praktizierten Luthertum weit entfernt. Johannes Martt (Martin), katholischer Pfarrer von 1549 bis 1563, und seine Freunde Gall Keel und Hans Müller, die im schweizerischen Altstätten beheimatet und allesamt begeisterte Schwenckfelder waren, flüchteten sich ebenfalls nach Leeder, das zu einem geheimen Zentrum des Protestantismus und speziell des Schwenckfeldertums wurde. Conrad Schmid, Schulmeister in Leeder, vermutlich der Vorgänger Georg Mayers, zeichnete 1557 seine Entwicklung vom Luthertum über das Täufertum bis hin zum Anhänger Schwenckfelds in seiner gedruckten Schrift »HJstori vnnd Dancksagung eines/ dem Gott durch Christum auß grossen Nöthen/ eusserlich vnd jnnerlich geholffen hat«. (CSCH XV. Seiten 345–363)

Von Johann Martt sind zahlreiche Briefe und Schriften erhalten, die er aus Leeder beziehungsweise nach Leeder geschrieben hat. (Berlin, Staatsbibliothek Preußischer Kulturbesitz Ms. germ. fol. 427 und 526). Oftmals verwendete Martt in seinen Briefen das Synonym »Pilgerhausen«, um den Ort Leeder nicht namentlich zu nennen. Von hier aus schrieb der Prediger Georg Mayer, der ursprünglich Pfarrer in Kempten war, das jedoch unter Aufsicht des Hochstifts stand und das er 1557 wegen seiner »dissidentischen Gesinnung« verlassen musste, unter dem Pseudonym Theophilus Agricola allein zwischen 1557 bis 1561 dreizehn Verteidigungsschriften für Schwenckfelder, darunter das berühmte »Christlich Bedencken« aus dem Jahre 1558.

Schwenckfelder waren sehr tolerant, ihr religiöses Leben spielte sich im Inneren ab. Sie kamen zu Diskussionen, Gebeten und Gesängen im privaten Kreise zusammen und lebten ihre Religion unsichtbar und parallel zur täglichen Beschäftigung. Georg Mayer war bis 1572 Pfarrer in Leeder.

Nach ihrer Ausweisung aus Ulm 1572 wurde auch die Magd Susanna Hornung in Leeder aufgenommen. Sie hatte im Hause von Agatha Streicher gedient, einer berühmten und hochgeachteten, bis hinauf zu Fürsten und Königen geschätzten Ärztin. In Agatha Streichers Haus wurde Caspar Schwenckfeld bis zu seinem Tod am 10. Dezember 1561 versorgt und gepflegt.

Bischof Johann Otto von Gemmingen

Geboren wurde Johann Otto von Gemmingen 1545 in Mühlhausen an der Würm als wohl viertes von zwölf Kindern. 1560 erhielt er das Kanonikat am Dom zu Augsburg. Er hat in Italien – die Stadt ist unbekannt – Jurisprudenz studiert und ließ ein Jahr des Studiums in Ingolstadt folgen. Nach der Priesterweihe 1580 wurde er Dekan und war wohl weit über die Grenzen Augsburgs hinaus beliebt und geschätzt. Die gesicherten Fakten über sein Leben beginnen erst mit seiner Wahl zum Bischof von Eichstätt 1590, die er abgelehnt hat. Er wollte in Augsburg bleiben und hat dies selbst gegenüber dem Kaiser verteidigt. Nach seiner Wahl zum Bischof von Augsburg am 20. März 1591 traten mehrere Zeugen auf, die ihm höchste Befähigung und Eignung bestätigten. »Semper laudatissimae vitae, etiam a suspicione concubinatus aut cuiusvis scandali immunis, semper catholicae Romanae fidei cultor modo, sed zelator et propugnator celerrimus.*« Johann Otto von Gemmingen führte das Hochstift Augsburg aus einer schweren Schuldenkrise heraus und stellte es auf finanziell sichere Füße. Sowohl die Einführung des Missale Romanum, als auch des Katechismus des Canisius wurden von ihm vorangetrieben. Sein Bestreben war es, Bildung in jeden Ort seines Bistums zu bringen. Immer wieder ließ er Schulen und Lehrer kontrollieren.

Klimaveränderungen, Aberglaube und Hexenwahn

Die zweite Hälfte des 16. Jahrhunderts gilt heute als »die kleine Eiszeit«. Massive Ernteausfälle durch Regen, lange

* Sein Lebenswandel kann nicht hoch genug gelobt werden, er ist frei von jeglichem Verdacht eines Konkubinats oder irgendwelcher Skandale, steht treu zur Kirche und ist gleichsam ihr Pfleger und eifrigster Verteidiger. Zitat nach: Friedrich Zoepfl: »Das Bistum Augsburg und seine Bischöfe im Reformationsjahrhundert«, Verlag Winfried Werk, 1969. Rechte beim bischöflichen Ordinariat Augsburg.

Winter und kalte Sommer ließen die Menschen hungern und gingen einher mit einer Pestepidemie in Süddeutschland im Jahre 1563. Klimakatastrophen, Hunger, Furcht vor den Türken und religiöse Zerwürfnisse trieben die Menschen in den Aberglauben und boten den Nährboden für die Verfolgung von Hexen, Minderheiten und Andersgläubigen. Die gegen Ende des 16. Jahrhunderts durchgeführten Allgäuer Hexenprozesse von Oberdorf, Schwabmünchen, Schongau sowie weitere im gesamten süddeutschen Raum stehen laut Wolfgang Behringer (Verfasser von »Hexenverfolgung in Bayern«) in unmittelbarem Zusammenhang mit dem schlechten Wetter, damit verbundenen Ernteausfällen, der Pest und den Hungersnöten. Sie kosteten Hunderte von unschuldigen Frauen das Leben.

Wetterphänomene, Sonnenverfinsterungen, Kometen und anderes Unerklärbares in dieser Zeit wurden als Strafe des Himmels oder als Ausbund der Hölle betrachtet. Die Menschen waren den Naturgewalten vor allem durch Unwissenheit hilflos ausgeliefert.

Die Els von Ettringen war eine weit über die Landesgrenzen hinaus bekannte Wahrsagerin und Zauberin. Sie wurde auch bei zahlreichen Hexenprozessen um ihre Meinung gefragt, vor allem wenn es darum ging, unnatürliche Krankheiten oder Wetterphänomene als Hexenzauber zu erklären.

Die Rehlingerketten

Seit dem Jahr 1595 sind die Ketten des Raymund Rehlinger in der Kirche von Leeder angebracht. Sie haben den Autor zu diesem Roman inspiriert.